KAY JACOBS
Kieler Courage

MÄRZ 1920 Kiel im Frühjahr 1920. Der Weltkrieg ist seit eineinhalb Jahren vorüber, doch der Geist, der zu ihm geführt hatte, dauert an. In Berlin planen nationalistische Kreise, die junge Weimarer Republik in eine Militärdiktatur zu wandeln. Es kommt zum Kapp-Putsch. Währenddessen wird in Kiel Katharina von Lettow-Vorbeck, die Tochter eines berühmten Weltkriegsgenerals, tot aufgefunden. Sie war Schülerin des Oberlyzeums und hatte kurz vor ihrem Tod erbittert mit ihrer Zimmergenossin Mona Fährbach gestritten. Mona und ihr Verlobter Valentin geraten in Verdacht. Doch für Kommissar Rosenbaum und seine Assistentin Hedi zeichnet sich kein klares Bild ab. Missverständnisse, Intrigen und der Putschversuch behindern ihre Arbeit. Zu den bisherigen Verdächtigen gesellt sich ein ehemaliger Askari, ein Krieger, der in der Schutztruppe für Deutsch-Ostafrika gekämpft hat. Und im Hintergrund zieht Katharinas Vater an unsichtbaren Fäden. Auf Rosenbaum und Hedi wartet ein unübersichtlicher Fall.

© Erik Schlicksbier

Kay Jacobs, Jahrgang 1961, studierte Jura, Philosophie und Volkswirtschaft in Tübingen und Kiel. Er promovierte über Unternehmensmitbestimmung und war anschließend viele Jahre in unterschiedlichen Kanzleien als Rechtsanwalt tätig. Heute lebt er mit seiner Familie in Norddeutschland und schreibt über all das, was er als Anwalt erlebt hat oder hätte erlebt haben können. Für »Kieler Helden« wurde er mit dem Silbernen Homer ausgezeichnet.

Näheres unter: www.kayjacobs.de

KAY JACOBS
Kieler Courage

Kriminalroman

GMEINER

Immer informiert

Spannung pur – mit unserem Newsletter informieren wir Sie
regelmäßig über Wissenswertes aus unserer Bücherwelt.

Gefällt mir!

Facebook: @Gmeiner.Verlag
Instagram: @gmeinerverlag
Twitter: @GmeinerVerlag

MIX
Papier aus verantwor-
tungsvollen Quellen
FSC® C083411
FSC
www.fsc.org

Besuchen Sie uns im Internet:
www.gmeiner-verlag.de

© 2021 – Gmeiner-Verlag GmbH
Im Ehnried 5, 88605 Meßkirch
Telefon 0 75 75 / 20 95 - 0
info@gmeiner-verlag.de
Alle Rechte vorbehalten
1. Auflage 2021

Lektorat: Sven Lang
Herstellung: Mirjam Hecht
Umschlaggestaltung: U.O.R.G. Lutz Eberle, Stuttgart
unter Verwendung eines Fotos von: © ullstein bild
Druck: CPI books GmbH, Leck
Printed in Germany
ISBN 978-3-8392-2835-7

Arbeiter, Arbeiter,
Wie mag es dir ergehn,
Wenn die Brigade Erhardt
Wird einst in Waffen stehn.
aus dem Kampflied der Brigade Ehrhardt

Die werden uns alle umbringen! (...)
Wir müssen uns bewaffnen!
Gudrun Ensslin
nach dem Tod von Benno Ohnesorg

I

Die Buddenbrooks flogen von links nach rechts und Effi Briest kam ihnen entgegen. Auf halbem Weg trafen sie sich, nicht zu einer gesitteten Kaffeerunde, eher wie Manfred von Richthofen und kanadische Jagdflieger einander getroffen hatten. Jetzt lagen die Bücher deutlich lädiert auf dem Dielenboden von Katharinas und Monas Zimmer, das eine direkt unter der Deckenlampe, das andere unmittelbar vor Monas Bett. Die Bücher stammten aus der Schulbibliothek des Kieler Oberlyzeums am Blocksberg und gehörten im Jahr 1920 zur Pflichtlektüre des dreizehnten Jahrgangs. Nun würden die beiden Fräuleins die lädierten Bücher bezahlen müssen.

Nach einer kurzen Schrecksekunde brüllte Mona Katharina an: »Hure!«

Und Katharina brüllte zurück: »Trampel!«

Dann folgte: »Asoziales Biest!«

Und: »Mauerblümchen!«

Wären ihnen schlimmere Worte eingefallen, sie hätten sie benutzt. Mona warf mit ihrem Schönschreibheft, das wie ein getroffenes Moorhuhn flatternd auf halbem Weg abstürzte und neben den Buddenbrooks liegen blieb. Katharina kramte ihre Handtasche hinterm Bett hervor und schleuderte sie auf Mona, die zur Abwehr ihren Arm hob. Die Tasche hätte sie am

Kopf getroffen, wären ihre Reflexe nur ein wenig langsamer gewesen.

Der Grund für alles: eigentlich eine Lappalie. Für Katharina. Für Mona nicht. Ein Riss, kaum fünf Zentimeter lang, in Monas blauem Ausgehkleid.

Es war ihr einziges Ausgehkleid. Für das Lyzeum hatte sie eine Schuluniform, für den Alltag mehrere Straßenkleider in sittsamem Schwarz, Dunkelgrau oder Braun, aber sie besaß nur ein fröhliches Ausgehkleid. Sie hatte in den letzten Sommerferien lange bei der Ernte helfen müssen, bevor sie es sich hatte leisten können.

Ihre Familie war alles andere als wohlhabend. Dass Mona überhaupt hier am Oberlyzeum aufgenommen worden war und im Pensionat wohnen durfte, verdankte sie allein der Fürsprache des Dorfschulmeisters von Passade, einem alten Mann mit weißem Schnurrbart und traurigen Augen, der in den Kriegsjahren besonders schwere Klassenarbeiten ausgegeben hatte und, wenn er es irgendwie vertreten konnte, den Jungen eine sechs gab und sie sitzen bleiben ließ, damit sie nicht in den Krieg zögen. Den Mädchen hatte er gute Noten gegeben, damit sie nach der Dorfschule aufs Lyzeum und dann vielleicht sogar aufs Oberlyzeum würden gehen können und nicht in die Munitionsfabriken müssten. Wirklich erfolgreich war seine Strategie nicht gewesen. Die Mädchen waren mit guten Noten in die Fabriken und die Jungen ohne Schulabschluss an die Front gegangen. Und seine Augen waren immer trauriger geworden.

Monas Vater war ohne Beine aus dem Krieg zurück-gekehrt, und jetzt lebte die Familie von einer schmalen Versehrtenrente und von dem, was die Mutter mit Putzen hinzuverdiente. An die Unterkunftskosten vom Pensionat oder auch nur an das Schulgeld wäre nicht zu denken gewesen, wenn der Dorfschulmeister nicht den Direktor des Oberlyzeums gut gekannt und Monas Talente nicht bis zur Grenze der Unanständigkeit über-trieben gelobt hätte. So aber waren ihr das Schulgeld erlassen und die Pensionskosten von der Gesellschaft freiwilliger Armenfreunde übernommen worden.

Katharinas Welt war ganz anders. Sie entstammte dem pommerschen Landadel, dem Geschlecht der Let-tow-Vorbecks. Ihr Vater war ein berühmter General und ein Held des Weltkriegs. Sie konnte sich so viele Kleider kaufen, wie sie wollte, jedenfalls soweit es in dieser Nachkriegszeit Kleider zu kaufen gab, doch wenn es mal keines gab und sie dringend eines brauchte, dann ließ sie es sich schneidern. Sie besaß auch viele schöne Kleider, allerdings hatte sie kaum eines davon bei sich. Denn sie lebte erst seit einem Monat in Kiel, die Eltern lebten in Schwerin, und sie hatte nur so viel Kleidung dabei, wie sie in zwei Koffern hatte mitneh-men können, und ein Ausgehkleid war nicht darunter. Deshalb hatte sie sich Monas Kleid ausgeliehen.

Ursprünglich wollten Mona und Valentin, ihr Ver-lobter, miteinander ausgehen. Zu zweit wollten sie aus-gehen, in das Palast-Theater am Dreiecksplatz, und »Das Cabinet des Dr. Caligari« anschauen. Als Valentin Mona abholen wollte, saß Katharina schmollend in der Zimmerecke wie ein vergessener Regenschirm, und Valentin schlug vor, dass sie mitkommen solle. Mona wurde nicht um ihr Einverständnis gebeten, und sie war nicht wirklich einverstanden, aber sie sagte nichts dazu. Stattdessen bekam sie einen Migräneanfall, so stark, dass sie nicht mehr ausgehen mochte. Katharina wusste aus eigener Erfahrung zu berichten, dass man nicht nur nicht ausgehen, sondern am liebsten ganz allein sein wollte, wenn man Migräne hatte. Mona wollte tatsächlich lieber allein sein, aber dass Valentin mit Katharina ausginge, das wollte sie eher nicht, doch so kam es, Mona wurde nicht gefragt. Gefragt wurde sie allerdings nach ihrem Ausgehkleid, wo sie es jetzt doch nicht brauche. Sie wollte es eigentlich nicht verleihen, aber sie mochte nicht ablehnen. Doch was sie überhaupt nicht wollte, war, dass Katharina erst tief in der Nacht heimkehren würde, lange nach Ende des Films und viel später als zehn Uhr, dem Beginn der vorgeschriebenen Nachtruhe, zu der alle Bewohnerinnen des Pensionats in ihren Betten liegen mussten. Sie stellte sich schlafend, als Katharina ins Zimmer schlich. So blieb die wichtigste aller Fragen ungefragt, die Frage, was in der Zwischenzeit geschehen war.

Am nächsten Tag gab Katharina ihr das Kleid zurück – genauer gesagt: Sie warf es achtlos auf ihr Bett – und fügte kein Wort des Dankes oder der Entschuldigung, nicht einmal einen Hinweis auf den Schaden hinzu. Mona hob es auf, entdeckte den Riss und musste Tränen unterdrücken. Katharina fuhr sie an, sie solle sich jetzt mal nicht so anstellen. Noch immer keine Entschuldigung, kein Angebot, ihr ein neues Kleid zu kaufen oder ihr eines von den eigenen zu schenken, nicht einmal, die Kosten für eine Ausbesserung zu übernehmen. Stattdessen der Hinweis, dass der Riss entstanden sei, als Katharina sich mit Valentin amüsiert habe, und zwar sehr wild amüsiert habe. Natürlich entsprach diese Darstellung nicht der Wahrheit, da war sich Mona vollkommen sicher. Katharina hätte sie es zugetraut, ihr traute sie alles Gemeine zu, aber Valentin würde sie nicht hintergehen. Nicht auf diese Weise und sicher nicht mit dieser eingebildeten Schnepfe. Trotzdem verlor Mona in diesem Moment ihre wohlerzogene Zurückhaltung.

»Du hinterlistiges Biest!«, rief sie.

Um Katharinas Mund huschte ein Ausdruck gehässiger Freude, doch nur kurz, sie schien noch nicht zufrieden zu sein. »Langweilige Kuh!«, grölte sie zurück. »Mit dir wird es keiner lange aushalten.«

»Valentin und ich werden heiraten! Und du wirst es nicht verhindern können.« Monas Hand machte eine abfällige Geste, oder war es bereits die erste Wurfübung? »Glaubst du vielleicht, ich hätte nicht bemerkt, dass du ihm ständig schöne Augen machst?«

»Ich ihm?«

»Ja, du ihm! Und er hat es auch bemerkt. Hat er gesagt. Und dass er dich nicht leiden kann, hat er auch gesagt!«

»Und mir hat er gesagt, dass er dich hässlich findet, dass deine Augen zu klein sind und deine Nase zu groß. Und dann haben wir gelacht!«

Danach waren die Bücher geflogen. Und die bösen Worte. Und das Schönschreibheft und die Tasche. Und als Worte nicht mehr ausreichten und der Vorrat an Wurfgeschossen aufgebraucht war, gingen sie mit Fingernägeln aufeinander los, mit Kratzen und Kneifen, und sie zogen sich an den Haaren. Als auch das nichts mehr half, musste das Bücherregal umgekippt werden. Fast begrub es Katharina unter sich, aber nur fast.

*

Wer in diesen Wochen das Haus von Gustav Radbruch betrat, verließ es regelmäßig nicht, ohne eine Tasse Tee getrunken zu haben. Auch wer keinen Tee mochte, wem er mit Zucker zu süß, mit Milch zu lind und ohne alles zu fad war, wurde genötigt, zumindest eine kleine Tasse zu probieren. Und das, obwohl Radbruch Juraprofessor war und die Strafbarkeit von Nötigung sehr wohl kannte.

Seine besondere Liebe zum Tee hatte er erst vor ein paar Monaten entdeckt. Halb durch Zufall, halb durch Streben hatte er gerade eine außerordentliche Professur erhalten, an der Universität in Kiel, dem Geburtsort seines Vaters. Gleich am ersten Samstagnachmittag spazierte er mit Lydia, seiner lieben Frau, durch die ihnen noch fremde Altstadt, um ihre neue Heimat zu erkunden. Radbruchs alte Heimat war Lübeck, wo er geboren worden und zur Schule gegangen war, auf dieselbe Schule wie Thomas Mann, nur zwei Jahrgänge trennte sie. Bei einem Vergleich der beiden Städte zog Kiel den Kürzeren, jedenfalls aus Radbruchs Sicht. Kiel war die Stadt der Arbeit und des Militärs, Lübeck die Stadt des Welthandels und der Kunst. Und Radbruch war ein Feingeist, der Literatur und den Künsten zugetan, nur aus Gehorsam gegenüber dem Vater zum Juristen geworden und ein großer Verehrer von Thomas Mann, der den Mut hatte, den Radbruch nicht gehabt hatte: die Schule abzubrechen und freier Schriftsteller zu werden.

Sie starteten den Spaziergang vor ihrem Haus in Düsternbrook, schlenderten durch die Brunswik und gelangten an den Kleinen Kiel, einen ehemaligen Seitenarm der Förde, der wie eine Banane westlich an die Altstadt geschmiegt einst als Stadtgraben gedient hatte. Die Altstadt betraten sie von Norden über die Dänische Straße, am Schloss vorbei zum Alten Markt, dem Zentrum der Stadt mit den Persianischen Häusern und der Nikolaikirche, wo seit alten Zeiten Bauern und Höker Grünwaren und Obst anboten. Die Radbruchs mussten den Platz diagonal queren, um in die Holstenstraße zu gelangen und dem mittelalterlichen Handelsweg über die Holstenbrücke aus der Stadt hinaus zu folgen. So, genau so hatten sich die Stadtgründer den Weg der Kaufleute vorgestellt, diagonal über den Marktplatz, vom geschäftigen Treiben an der Eile gehindert, zu einer Rast verführt und zum Feilbieten ihrer Waren. In der Holstenstraße setzten sich die Radbruchs ins Café Monopol und beobachteten die Leute, wie sie vom Metzger zum Bäcker hetzten und dann vielleicht zum Fischhändler. Überall konnte man wieder etwas bekommen, nur wenige Monate nach dem Ende des Krieges, auch wenn die Auswahl noch klein war, die Qualität meist schlecht, die Preise hoch – nicht jeder konnte sich das leisten. Und doch, es ging voran, der Weltenbrand war erloschen, die Asche kühlte ab. Die Zeiten blieben noch immer unruhig, aber das Versprechen einer besseren Zukunft war gegeben.

Radbruch trank seinen Kaffee aus, und seine Frau schlug vor, nach Hause zu gehen. Sie wies schräg gegenüber in eine kleine Querstraße, das müsste die richtige Richtung sein. Vor einem Laden fiel des Professors Blick auf ein Emailleschild:

Paul Heyck
i. Fa. Heinrich G. Radbruch Nachfolger
Kolonialwaren, Teehandlung
Import von chinesischen und japanischen
Kunst- und Industriesachen

»Heinrich G. Radbruch«, das war der Name seines Vaters. Und das war ein Zeichen. Sie betraten den Laden, und exotische Düfte hüllten sie ein, Düfte, die sie kannten, aber unglaublich lange nicht gerochen hatten. Zitrone, Ingwer, Pfeffer, Zimt, das alles war so lange her. Dann sahen sie eine Dose »Darjeeling first flush« und konnten kaum glauben, dass diese Köstlichkeit zu bekommen war, in Kiel, wenige Monate nach dem Weltkrieg. Der Verkäufer berichtete voller Stolz, er habe den Sack persönlich im Hamburger Freihafen abgeholt. Natürlich hatte der Professor sich eine Tüte abfüllen lassen. Von da an besuchte er jeden Samstag die Teehandlung Heyck, um seine Vorräte aufzufrischen. Nicht jeden Samstag konnte er »Darjeeling first flush« bekommen, aber immer fand er etwas Köstliches, das er ausprobieren konnte.

Heute, es war der 11. März, hatte der Professor Valentin Mohr zum Tee gebeten. Valentin war sein Doktorand und bester Schüler, und sie wollten über dessen Dissertation sprechen. Vor dem Krieg, als Radbruch noch in Heidelberg gelehrt hatte, hatte er eine Reihe von ebenso talentierten, vielleicht sogar talentierteren jungen Leuten gekannt. Mit zwei von ihnen stand er noch in Briefkontakt, von den anderen wusste er nicht einmal, ob sie den Krieg überlebt hatten. Jetzt war Valentin seine große Freude. Er schrieb über »Das Wesen der Strafe«.

Sie saßen in Radbruchs Arbeitszimmer vor dem Panoramafenster mit Blick auf den Garten, zwischen ihnen ein riesiger Schreibtisch aus Mooreiche, übersät mit Folianten und Notizpapier. Nur eine kleine Fotografie, die ihn mit seinem guten Freund Karl Jaspers zeigte, fand dort noch Platz. Lydia Radbruch kam herein und servierte den Tee, was sie immer tat, wenn ihr Mann

Besuch hatte, nicht aus einem traditionellen Rollenverständnis heraus, das hatten die Radbruchs überwunden, sondern weil sie eine gute Gastgeberin sein wollte. Im Gegenzug servierte der Professor den Tee, wenn seine Frau Besuch hatte, kam sich dabei aber trotz aller Emanzipation reichlich deplatziert vor und kassierte nicht selten ungläubige Blicke.

Valentin hatte sich Notizen zu Kants »Metaphysik der Sitten« gemacht, Radbruch hatte sich mit Feuerbach und Liszt bewaffnet. Nun waren die Kontrahenten bereit, intellektuell aufeinander einzudreschen.

»Nein, hören Sie auf mit diesem metaphysischen Firlefanz«, sagte der Professor und schleuderte Valentin eine abfällige Handbewegung entgegen, ganz gegen seine kontemplative, fast schon phlegmatische Natur. »Sühne und Läuterung, alles Unsinn. Strafe erfüllt nur einen Zweck: den potenziellen Täter von seiner Tat abzuhalten. Sicherung, Besserung und Abschreckung sind die Mittel dazu.«

»Aber Kant sagt …« Valentin blätterte hektisch in der Metaphysik.

»Mumpitz ist das«, erwiderte Radbruch. Es fiel ihm nicht leicht, so über Immanuel Kant zu sprechen. Denn er war Neukantianer und stand dazu. Aber wo Kant irrte, irrte selbst Kant. Und dass er irrte, war für Radbruch klar, und vielleicht aus Enttäuschung über sein großes Vorbild regte er sich immer auf, wenn es um Kants Straftheorie ging. »In einer Kulturgesellschaft gibt es nur ein Gut, das für sich selbst steht: der Mensch in seiner Würde. Alles andere hat einen Zweck, der auf dieses eine höchste Gut gerichtet ist. Strafe steht nicht für sich selbst, sie hat einen Zweck.«

Valentin verstummte. Er schaute auf seinen Tee und rührte einen Löffel Zucker hinein. Für den Professor war das Frevel, Zucker im Tee. Valentin wusste das, und der Professor wusste, dass er das wusste.

Nach einer Zeit nachdenklichen Umrührens ergriff der Doktorand wieder das Wort: »Und was ist mit dem Mörder, der erst Jahrzehnte nach seiner Tat überführt wird, wenn er uralt und gebrechlich ist? Einer, der körperlich nicht mehr in der Lage ist, jemanden zu töten? Der wird sicher nicht rückfällig, also bedarf er keiner Prävention. Wollen Sie den davonkommen lassen?«

»Natürlich nicht. Zur Prävention gehört auch die Bestätigung von Verhaltensregeln durch Aburteilung von Verstößen. Die Gesellschaft muss in ihrem Unwerturteil bekräftigt werden. Auch das ist Prävention.«

»Aber wenn allein Prävention eine Strafe rechtfertigt, dann könnte der Staat jeden wegsperren, der zu einer Straftat neigt, ohne dass er sie bereits begangen haben muss. Arme und Bedürftige müssten in Haft genommen werden, weil sie aus Not zum Diebstahl neigen, Jähzornige, weil sie zu Gewalttaten neigen.«

»Prävention ist der Zweck der Strafe, Schuld ihre Voraussetzung, und ohne bereits begangene Straftat keine Schuld. Sonst würden Sie den Einzelnen zum Schutz der Gesellschaft, die auch aus ihm besteht, aufopfern. Das wäre ein Widerspruch in sich. Außerdem verletzte es die Würde des Einzelnen, weil er dann nur noch Objekt staatlichen Handelns und nicht mehr Träger von Rechten wäre.«

»Aber Schuld ist doch ein metaphysischer Begriff.«

»Schuld ist in erster Linie ein kultureller Begriff. Die Gesellschaft bestimmt, was verboten und was erlaubt ist, nicht der Liebe Gott.«

Diese Gedanken waren nicht alt, nicht etabliert, sie hatten sich in den Köpfen der geistigen Eliten noch nicht festgesetzt, sie waren auch noch nicht bis ins Detail zu Ende gedacht. Und doch bildeten sie die notwendige Grundlage für einen demokratischen Rechtsstaat. Das war Radbruchs feste Überzeugung.

»Aber wenn der Mensch bestimmt, was Schuld ist, dann bestimmt er auch, was Recht ist. Und das liefe auf Willkür hinaus.«

Der Professor stand auf und schaute in den Garten, der noch weitgehend unbeeindruckt von dem sich ankündigenden Frühjahr vor sich hin schlief.

»Nicht der Einzelne bestimmt das Recht, mein Junge, sondern die Gesellschaft, die in ihrer Kultur verhaftet ist. Und Kultur entwickelt sich. Große Künstler, Denker und Staatsleute können sie beeinflussen, aber niemand kann sie bestimmen. Deshalb war das Recht vor hundert Jahren anders, als es heute ist. Und in China ist es anders als hier.«

Valentin kippte den Tee hinunter und ließ sich vom Professor nachschenken. Den Zucker rührte er nicht wieder an. Es war ihm offenbar ernst geworden.

»Trotzdem«, murmelte er und blätterte nachdenklich in Kants Metaphysik, obwohl er kaum eine Chance hatte, darin Hilfe zu finden, um seine Zweifel zu beseitigen. »Führt denn Kultur immer zum Guten? Fühlt man sich nicht zwangsläufig schutzlos bei dem Gedanken, dass es kein ewiges Gesetz gibt?«

»Zum ersten Mal fühlt ein Mensch sich schutzlos, wenn er erkennt, dass der Vater nicht der stärkste Mann auf Erden ist.«

»Glauben Sie nicht an Gott, Herr Professor?«

Die Gretchenfrage. Wie sollte Radbruch antworten? Er zog seine Pfeife aus der Westentasche, stopfte sie jedoch nicht und steckte sie nicht an, sondern roch fromm und andächtig ein Weilchen daran herum.

»Wir sind erwachsen geworden. Gott gibt uns vielleicht Ratschläge, aber er macht uns keine Vorschriften mehr.«

Zögerlich klappte Valentin die Metaphysik zu. »Aber der Moment, in dem ein Mörder zum Tode verurteilt wird«, sagte er leise. »In diesem Moment schweigen wir und wir machen keine Scherze mehr. Es ist ein heiliger Moment, der Moment der Läuterung, den wir auch dem Mörder schulden, damit er von der Last seiner bösen Tat befreit wird. Und Sie machen etwas ganz Profanes daraus, ein Mittel zum Zweck.«

»Sie sind unbelehrbar, mein Junge.«

»Sie auch, Herr Professor.«

II

Ein helles Leinentuch lag ausgebreitet auf dem Rasen, übersät mit feuchten Flecken, die die Umrisse eines Menschen nachzeichneten, dem Turiner Grabtuch nicht unähnlich. Und wie jenes bedeckte auch dieses eine Leiche, die Leiche eines jungen Fräuleins, die aus dem Kleinen Kiel gezogen worden war.

Als Kommissar Rosenbaum eintraf, war sein Assistent gerade dabei, einen Schutzmann auszuschimpfen.

»Was sind Sie nur für ein Trottel!«

»Ich, ich …« Der Schupo ließ einen Lappen hinter seinem Rücken verschwinden, und vermutlich wäre er am liebsten gleich mitverschwunden.

Kriminalassistent Klaus Gerlach tobte sich in einen Rausch. Ihm fielen immer wieder neue Schimpfworte ein, die er dem Uniformierten an den Kopf schleuderte, Worte, die Rosenbaum zum Teil gar nicht kannte, der Schupo wohl auch nicht, die Gerlach beim Kommiss gelernt haben musste, als er vier Jahre lang das Vaterland gegen die Russen und den Franzmann verteidigt hatte.

Rosenbaum ging auf die beiden zu. »Hat *er* das Mädchen umgebracht?«, fragte er, als er, von seinem Assistenten noch unbemerkt, bereits neben ihm stand.

»Was? Nein.« Gerlach drehte sich zum Kommissar um und war erkennbar überrascht. Er ließ sich nicht gern unterbrechen, aber in Anwesenheit seines Chefs musste er sich zügeln. Auch das dürfte er beim Kommiss gelernt haben.

»Dann lass ihn am Leben.«

Der Kriminalassistent wandte sich wieder dem Uniformierten zu, der schon, ein wenig verfrüht, leicht aufgeatmet hatte. »Sie sollen den Tatort sichern und nicht zerstören! Das muss man sich doch mal merken können!« Gerlach schnaufte ein paarmal. »Ziehen Sie jetzt ab. Und nehmen Sie das Ding da mit.«

»Jawohl«, hauchte der Schupo, griff nach einem halb vollen Wassereimer, der neben ihm stand, und verschwand.

Der Kommissar klopfte seinem sich allmählich beruhigenden Assistenten auf die Schulter. »Was ist passiert?«

»Achtzehnjährige weibliche Person, vermutlich ertrunken. Stand wahrscheinlich auf diesen Planken und fiel ins Wasser oder wurde hineingestoßen.« Gerlach zeigte auf einen kleinen Holzsteg, der kaum einen Meter über die Uferböschung hinausragte und von dem aus gerne Enten gefüttert wurden. Die Stelle war bekannt dafür, dass hier öfter Leute ins Wasser fielen. Mehrfach hatte die Kieler Zeitung deshalb – und weil der Steg die Uferanlagen verschandele – gefordert, ihn abreißen zu lassen, was die Kieler Neuesten Nachrichten zu der Feststellung veranlasste, dass die Artikel der Kieler Zeitung regelmäßig mehr Bürgern Schmerzen zufüge und dass ihr Verlagsgebäude das Stadtbild stärker verunstalte als der Steg. Tatsächlich waren nur selten Menschen durch den Steg zu ernsteren Schäden als einem Schnupfen gekommen, außer im Winter, wenn die Kinder sich Kufen unter die Stiefel schnallten und von der besonderen Brüchigkeit des Eises rund um den Steg überrascht wurden.

»Auf den Planken waren Wasserspritzer, und dieser Schwachkopp von Wachtmeister hatte nichts Besseres zu tun, als mit einer nassen Bürste alle Spuren wegzuwischen«, seufzte Gerlach.

Wie auch Rosenbaum war er technisch und naturwissenschaftlich sehr interessiert. Als er gegen Ende des Krieges für einige Wochen bei den Doughboys interniert gewesen war, hatte er von neuen Methoden der amerikanischen Bundespolizei gehört, mit denen forensische Fachleute aus der Form von Blutspritzern einen konkreten Handlungsablauf rekonstruieren konnten. Er wusste zwar nichts Näheres, aber es hatte ihn inspiriert. Und jetzt blieb ihm nur, dem Schupo böse hinterherzuschauen.

»Dann fragen wir mal die Leiche«, sagte Rosenbaum.

Sie gingen hinüber zu dem toten Mädchen. Gerlach zog pietätvoll das Tuch zurück und legte den toten, nassen Körper eines hübschen jungen Fräuleins frei, schwarzes Haar, weiße Haut, sittsames Tageskleid, ein wenig wie das schlafende Schneewittchen.

Rosenbaum drückte mit der linken Hand den Unterkiefer des Mädchens hinunter, steckte zwei Finger der rechten Hand tief in ihren Mund, zog sie wieder hinaus und wischte sie mit seinem Taschentuch trocken. So hatte er es sich bei Professor Ziemke, dem Kieler Gerichtsmediziner, abgeschaut. Der Luxus, dass ein Arzt am Tatort erschien, um seine ersten medizinischen Untersuchungen durchzuführen, so wie Rosenbaum es bei der Kieler Polizei eingeführt hatte und wie es in den letzten Jahren vor dem Krieg üblich gewesen war, dieser Luxus gehörte der Vergangenheit an. Die Zeiten waren schlecht, die Verbrechensrate hoch, das Personal der Gerichtsmedizin dezimiert, der Kommissar und sein Assistent mussten die meiste Tatortarbeit selbst erledigen.

»Noch warm«, sagte er. »Der Todeseintritt ist allenfalls ein bis zwei Stunden her.«

Er strich die Ärmel des Mädchens hoch, betrachtete die Handgelenke und die Arme, schob die Rüschen am Kragen zur Seite, betrachtete den Hals. Blaue Flecken und frische Abschürfungen waren zu finden, Kampfspuren und Würgemale.

»Gestoßen, nicht gefallen«, sagte er. »Aber warum schwamm sie nicht an Land?«

»Sie konnte vielleicht nicht schwimmen. Oder sie war vom Würgen bereits bewusstlos. Oder verlor das Bewusstsein durch den Kälteschock.«

»Zeugen?«

»Nur die beiden Lausbuben dort hinten, die haben sie gefunden.« Gerlach zeigte auf zwei Jungen, die verängstigt und kreidebleich am Rande der Uferböschung standen und von einem Wachtmeister am Fortlaufen gehindert wurden. »Sie dachten zunächst, ein Sack läge im Wasser, und warfen mit Steinen danach. Dann erkannten sie eine Hand. Sonst keine Zeugen.«

Xavier Kunz traf ein. Er stellte seinen Fotoapparat und die schwere Ausrüstung ab und begrüßte die beiden Ermittler. Kunz war früher Maler, Kunstmaler – er selbst sagte Kunzmaler – gewesen, hatte damit aber kaum etwas verdient. Anfangs pflegte er einen Stil, bei dem die Nasen nie zwischen den Augen saßen, sondern irgendwo anders am Körper, und als Nasen oft nur schwer zu erkennen waren. Das hatte natürlich tiefe Bedeutung, doch in Kiel konnte er damit nichts werden. In Berlin, Düsseldorf oder München ja, aber in Kiel sicher nicht. Dann verlegte er sich auf einen naturalistischen Stil und malte Wälder, Hirsche und Segelschiffe. Diese Werke konnte er zwar verkaufen, jedoch nur zu einem Spottpreis, weil seine Kundschaft nicht zahlungskräftig war. Wer in Kiel Geld hatte, fuhr nach Berlin, Düsseldorf oder München und kaufte Bilder mit Nasen, die man nicht erkennen konnte. Irgendwann gab er auf und suchte sich etwas anderes. Als nach dem Krieg die lange vakanten Stellen des Polizeifotografen und des Polizeizeichners neu ausgeschrieben wurden, war er der einzige Kandidat, der sich auf beide Stellen bewarb, ein für den Stadtkämmerer unerwartet glücklicher Umstand. Kunz wurde eingestellt. Was er zunächst verschwieg hatte, war, dass ihm jede Erfahrung mit Fotoapparaten fehlte. Bei seinen ersten Polizeifotos waren die Motive oft nahezu schwarz oder fast weiß, oder die Nasen saßen oft nicht zwischen den Augen, ganz so wie bei seinen früheren Gemälden, nun jedoch nicht gewollt, sondern wegen unbeabsichtigter Unter-, Über- oder Doppelbelichtung. Doch Kunz konnte die missglückten Fotos durch gelungene Zeichnungen ersetzen und so seine Anstellung retten – nicht zuletzt wegen der Fürsprache des Kämmerers. Inzwischen war er in der Lage, zuverlässig brauchbare Fotografien anzufertigen. Die Ermittler gingen zur Seite und ließen ihn seine Arbeit machen.

Rosenbaum schaute zu den beiden Lausbuben hinauf. Hinter ihnen stießen die Fährstraße, die Bergstraße, der Lorentzendamm und der Martensdamm aufeinander. Rechts lag die »Ki-Spa-Leih-Ka«, wie die Einheimischen mundfaul ihre Kieler Spar- und Leihkasse nannten, vis-à-vis das Oberlandesgericht, links dahinter das Kaiserliche Kanalamt, an dessen Eingangsportal das »Kaiserliche« schamhaft überklebt worden war, obwohl eine Umbenennung offiziell noch gar nicht stattgefunden hatte und auch der Kaiser-Wilhelm-Kanal – der einzige Grund für die Einrichtung des Kanalamtes – noch immer Kaiser-Wilhelm-Kanal hieß. Hier war eine durchaus belebte Gegend, und niemand sollte etwas gesehen und keine Hilferufe gehört haben? Jetzt war es sieben Uhr abends, bereits dunkel, aber zur Tatzeit musste es noch hell gewesen sein, und niemand hatte etwas mitbekommen?

»Wissen wir, wer sie ist?«

»Das hier hatte sie bei sich.« Gerlach hob eine Handtasche auf, die neben der Leiche lag. »Da ist eine Wohnbescheinigung des Oberlyzeums drin.«

»Das Lehrerinnenseminar? Das ist doch hier irgendwo in der Nähe.«

»Gleich dahinten, am Blocksberg, keine fünfhundert Meter von hier.«

Sie winkten einen der verblieben Wachtmeister, die in vorsichtiger Entfernung um sie herumstanden, zu sich, trugen ihm auf, die Leiche zur Gerichtsmedizin transportieren zu lassen, und machten sich zu Fuß auf den Weg zum Oberlyzeum.

Seit einem Jahr durften die Frauen an politischen Wahlen teilnehmen und ihre Stimmen wurden sogar mitgezählt. Etliche Jahre früher, 1908, noch tief im Kaiserreich, hatte es sogar bereits eine Gesetzesreform gegeben, nach der Knaben- und Mädchenschulen prinzipiell gleichgestellt worden sind.

Für Jungen gab es seit Längerem neben den Gymnasien auch Realgymnasien und Oberrealschulen. Sie alle schlossen mit dem Abitur ab, das zu einem Hochschulstudium berechtigte. Diese Schulformen unterschieden sich nur darin, ob der Fächerschwerpunkt im altsprachlichen, neusprachlichen oder naturwissenschaftlichen Bereich lag. Es galt: Je gymnasialer die Schule, desto angesehener die Ausbildung und desto schlechter das Englisch. Für die höhere Ausbildung der Mädchen gab es das Lyzeum, früher Höhere Töchterschule genannt, und das Oberlyzeum, früher Höheres Lehrerinnenseminar genannt. Der Abschluss war das Abitur, aber das Studium an einer deutschen Universität war für die Abiturientinnen nicht ohne Weiteres möglich. Sie mussten entweder im Ausland studieren oder eine zusätzliche Prüfung an einem deutschen Gymnasium für Knaben ablegen.

Die praktische Umsetzung der Gleichstellung scheiterte bislang im Wesentlichen an der geistigen Flexibilität der hierzu berufenen Ministerialbeamten und der pädagogischen Elite des Reiches. Zwar kannten diese Leute die Bedeutung der Wörter, die sie im neuen Schulgesetz fanden, und sie beherrschten die Grammatik, sie in sinnvoller Weise zu interpretieren. Indes hinderte sie ihr für naturgesetzlich angesehenes Weltbild daran, konsequente Folgerungen aus dem Gelesenen zu ziehen.

»Die Frau kann und soll im öffentlichen Leben die Gehilfin des Mannes, nie seine Herrin sein; bei uns in Deutschland geht es gegen die Manneswürde und Mannesehre, amtlich unter Frauen zu dienen«, fauchte Professor Manzei Gerlach an, als dieser sich erdreistet hatte zu fragen, warum eigentlich er, also ein Herr, und nicht eine Dame Direktor des Oberlyzeums sei, wo es doch um die Ausbildung von jungen Damen gehe.

Gerlach schaute den Direktor verdutzt an, Rosenbaum räusperte sich und der Direktor hüstelte ein wenig, als sei er um seines politisch nicht mehr korrekten Ausbruchs verlegen.

»Da haben Sie sicherlich recht«, sagte Rosenbaum. »Ich würde jetzt aber gerne auf Ihre Schülerin zu sprechen kommen.«

»Ich kenne diese Person gar nicht persönlich, und die Lehrkräfte sind heute nicht mehr im Haus. Sie müssten vorläufig mit der Hausdame des Pensionats sprechen.« Dann brüllte der Direktor ins Vorzimmer: »Fräulein Meyer!« Als Fräulein Meyer unterwürfig in der Tür erschien: »Führen Sie die Herren zu Fräulein Gosch-Fassbinder.« Und schließlich wieder an die Kriminalbeamten gerichtet: »Guten Tag, meine Herren. Unterrichten Sie mich, wenn Sie den Fall gelöst haben.«

»Sicher nicht«, murmelte Gerlach beim Hinausgehen und Rosenbaum nickte dem Direktor zum Abschied höflich zu.

Das Oberlyzeum teilte sich das Gebäude am Blocksberg, einem gelungenen Beispiel preußischer Kasernenarchitektur, mit dem Lyzeum I. Im hinteren Trakt des linken Flügels war für beide Lehranstalten ein Pensionat eingerichtet worden, allerdings mit deutlich begrenzter Kapazität. Nur Schülerinnen, die im Stadtgebiet keine Unterkunft bei Familienangehörigen finden konnten, hatten Aussicht, hier ein Bett zu bekommen.

Als sich Rosenbaum und Gerlach auf dem Weg zu Fräulein Gosch-Fassbinder über das Linoleum der gespenstisch leeren Korridore quietschten, überkam sie ein Hauch von Zucht und Paternalismus. Sie erwarteten eine strenge, altjüngferliche Gouvernante, deren Aufgabe es war, einen Ameisenhaufen von hübschen, koketten und unerschöpflich eingebildeten Gören zu disziplinieren. Dass Fräulein Gosch-Fassbinder dazu tatsächlich in der Lage war, erkannten sie auf den ersten Blick. Streng in einen Dutt mündendes Haar, im Gesicht ein eklatanter Mangel an Haut, der wie bei einem Dobermann jede Mimik verhinderte, und die Stimme wie eine Kreissäge.

»Ihr Name war Katharina von Lettow-Vorbeck«, sagte sie eher leise, wenig kreischend, aber scharf.

»Lettow-Vorbeck?« Rosenbaum kratzte sich über dem Ohr. »Habe ich schon mal irgendwo gehört.«

»Ihr Vater ist Paul von Lettow-Vorbeck.«

»Paul von … der Löwe von Afrika?«

Jeder kannte Generalmajor Paul von Lettow-Vorbeck. Er war Kommandeur der Schutztruppe für Deutsch-Ostafrika gewesen. Mit Ausbruch des Krieges von jeglichem Kontakt zum Mutterland abgeschnitten kämpfte er mit seinen wenigen deutschen Offizieren und vielen einheimischen Askaris gewitzt, guerillaartig und zäh gegen einen zahlenmäßig vielfach überlegenen Gegner. So gelang es ihnen, feindliche Kräfte zu binden und damit die deutschen Truppen an den europäischen Fronten zu entlasten. Bis zum Schluss blieben sie trotz hoher Verluste unbesiegt und stellten den Kampf erst ein, als sie von dem Waffenstillstand in Europa hörten. Noch hatte man in Deutschland nur gerüchteweise von dem heroischen Kampf der Schutztruppe und ihres Kommandeurs gehört. Als aber nach dem Waffenstillstand alle Heldengeschichten bestätigt waren, erwuchs Lettow-Vorbeck zu einem Nationalhelden, zum Löwen von Afrika, und zog mit seinen Männern in einem berauschenden Triumphzug durch das Brandenburger Tor in Berlin ein, als wäre er Napoleon. Seine Geschichte war Balsam für die geschundene deutsche Seele und Nährboden für den Mythos des im Felde unbesiegten deutschen Soldaten. Dass auch sein Kampf von den erbärmlichen Grausamkeiten des Krieges geprägt war, wurde nicht zur Kenntnis genommen.

Rosenbaum machte sich nicht viel aus Kriegshelden, denn er machte sich nicht viel aus Krieg, jedenfalls nichts, was für Heldengeschichten taugte. Ein wenig beeindruckt war er jetzt doch, freilich ohne es sich anmerken zu lassen.

»Wissen Sie, warum Fräulein von Lettow-Vorbeck heute Nachmittag zum Kleinen Kiel gegangen war?«, fragte er.

Fräulein Gosch-Fassbinder wusste es nicht. Auch nicht, was Fräulein von Lettow-Vorbeck zuvor gemacht und was sei heute noch vorgehabt habe. Ebenso wenig, ob sie schwimmen gekonnt und was sie in ihrer Freizeit getrieben habe, nur dass sie durchschnittliche Schulleistungen und unterdurchschnittliche Disziplin erbracht habe.

»Hatte sie hier Freunde oder gar Feinde? Hat sie sich mit jemandem gestritten?«, wollte Rosenbaum wissen.

»Nun ja, ich kenne sie nicht so gut. Sie war erst einen Monat bei uns.« Die Hausdame räusperte sich. »Sie war sehr ichbezogen, wenn Sie verstehen, was ich meine.«

»Nein, verstehe ich nicht.«

»Am besten wird sein, Sie fragen ihre Zimmergenossin Fräulein Fährbach. Die Schülerinnen des Lyzeums teilen sich ein Zimmer zu viert oder zu sechst, die des Oberlyzeums zu zweit. Ich führe Sie hin.«

Wieder quietschte es durch den Korridor. Als sie vor Katharinas und Monas Zimmer standen, war es verschlossen. Fräulein Gosch-Fassbinder öffnete die Tür mit ihrem Generalschlüssel und ließ die beiden Kriminaler hinein.

»Fräulein Fährbach muss ausgegangen sein«, stellte sie fest.

Die Betten waren offensichtlich nicht gemacht, Hefte und Bücher lagen ungeordnet herum, teils sogar auf dem Fußboden. Verschämt hob die Hausdame einige auf, legte sie auf einen Tisch und merkte an, dass auch Fräulein Fährbach unterdurchschnittliche Disziplin zu zeigen pflege.

»Oder hat hier ein Streit stattgefunden?« Gerlach begutachtete das Bücherregal, dessen Kranzgesims an der vorderen rechten Ecke ein wenig ramponiert erschien.

»Nein, wieso Streit? Disziplin.«

»Sie legen viel Wert auf Disziplin, nicht wahr?«, stellte Rosenbaum fest.

»In dieser Anstalt werden die jungen Damen auf den Beruf der Lehrerin vorbereitet. Das erfordert Disziplin, damit Disziplin weitergegeben werden kann.«

»Dann hatte das Fräulein Lettow-Vorbeck also die Absicht, Lehrerin zu werden?«, wollte Gerlach wissen, während Rosenbaum noch darüber nachdachte, ob nicht ein Zirkelschluss vorlag.

»Die wenigsten unserer Absolventinnen werden später in diesem Beruf tätig sein.«

»Sondern?«

»Sie heiraten.«

Seit alters her bestand noch immer der Lehrerinnenzölibat. Eine Frau, die im öffentlichen Dienst Beschäftigung als Lehrerin finden wollte, durfte nicht verheiratet sein, trotz Weimarer Verfassung und SPD-Regierung. So war ein Lehrerinnenseminar nur eine verkappte Aufbewahrungsanstalt für höhere Töchter zur Überbrückung der Zeit bis zur Heirat. Nicht selten wurden nur diejenigen später Lehrerinnen, die zu wenig Haut im Gesicht hatten, um einen Mann erkennbar anzulächeln.

»Die Schülerinnen müssen sich abmelden, wenn sie das Haus nach sechs Uhr abends verlassen wollen«, sagte Fräulein Gosch-Fassbinder.

»Jetzt ist es halb acht«, stellte Gerlach fest.

»Mangelnde Disziplin, Herr Kommissar, mangelnde Disziplin. Man sieht ja, wohin das führt.«

Ein wenig mehr Mitgefühl hatte Rosenbaum erwartet, aber vielleicht fehlte auch etwas Haut am Herzen.

»Zeigte sich die Disziplinlosigkeit von Fräulein Lettow-Vorbeck und Fräulein Fährbach auch in anderen Dingen?«

»Fräulein Fährbach wollte sich zum Schülerinnenrat wählen lassen.«

Es könnte sein, dass sich ein Hauch von Ekel auf dem Gesicht der Hausdame zeigte. Es könnte aber auch Einbildung sein.

»Räte, Beiräte, das sind neumodische, undeutsche, revolutionäre Marotten. Was für eine Idee: Die Schüler sollen die Lehrer beraten?«

»Es soll wohl so eine Art Interessenvertretung sein …«, meinte Gerlach.

»Im Interesse unserer Schülerinnen liegt es, eine gute Ausbildung zu genießen. Und dazu müssen sie ihren Lehrern gehorchen und nicht sie beraten.«

Ein Kreischen, vom Korridor her, gerade als der Kommissar fragen wollte, welcher Schrank dem Opfer gehörte. Sie stürzten hinaus, die Hausdame voran. Eine Treppe tiefer saß ein blondes Fräulein auf einer Holzbank, schluchzte und kramte in ihrem Täschchen nach einem Taschentuch. Ein anderes Fräulein kniete vor ihr und tätschelte ihr Knie.

»Was ist da los?« Wie ein aufziehendes Unwetter stieg Fräulein Gosch-Fassbinder die Treppe hinunter, näherte sich in gemäßigtem Tempo dem blonden Fräulein, bedrohlich und unaufhaltsam.

»Ich habe ihr von Katharina erzählt«, sagte das kniende Fräulein und erhob sich, das blonde Fräulein erhob sich ebenfalls.

»Du hast dich nicht abgemeldet«, sagte die Hausdame zu der Blonden.

»Entschuldigung, Fräulein Gosch-Fassbinder. Das habe ich vergessen.«

»Wo bist du gewesen?«

»Bei meinem Verlobten. Er hat mir ein Kapitel seiner Dissertation in die Maschine diktiert.«

Maschineschreiben gehörte auf einem humanistischen Gymnasium für Jungen natürlich nicht zu den Unterrichtsfächern, wohl aber für Mädchen auf einem Oberlyzeum.

Der Kommissar ging auf das blonde Fräulein zu und stellte sich zwischen sie und die Hausdame, nicht ohne einen missbilligenden Blick hinter sich zu werfen.

»Ich bin Kriminalkommissar Rosenbaum. Sie sind Fräulein Fährbach?«

»Ja. Desdemona Fährbach, aber alle sagen Mona zu mir.«

Als Rosenbaum nach einem Ort fragte, an dem er sich ungestört mit Mona unterhalten könne, wies die Hausdame ihnen eine Tür, gleich neben der Holzbank. Dahinter lag eine kleine Kammer mit Stühlen, ein Warte- oder Pausenraum offenbar. Gerlach hinderte Fräulein Gosch-Fassbinder daran, ihnen zu folgen, indem er darum bat, die Personalunterlagen des Opfers einsehen zu dürfen.

Rosenbaum schloss die Tür, und Mona setzte sich auf die Vorderkante eines Stuhls, so, als wollte sie gar nicht sitzen, als wollte sie gleich wieder aufstehen oder aufspringen oder gar nicht da sein. Sie fragte, wie es passiert sei. Rosenbaum erzählte, was er wusste.

»Wann haben Sie Katharina zum letzten Mal gesehen?«, fragte er, als Mona sich ein wenig gefangen hatte.

»Am Nachmittag. Als ich ging.«

»Wann genau?«

»Um drei etwa.«

»Sie gingen dann direkt zu Ihrem Verlobten?«

»Ja. Ich habe die Straßenbahn genommen.«

»Wissen Sie, was Katharina danach vorhatte?«

»Nein.«

»Sie hat nichts gesagt?«

»Nein.«

»Haben Sie eine Vermutung, was sie am Kleinen Kiel gewollt haben könnte?«

»Vielleicht spazieren gehen?«

»Allein?«

»Ich weiß es nicht.«

»Wollte sie sich vielleicht mit jemandem treffen? Hatte sie Freunde oder Bekannte?«

»Nicht, dass ich wüsste.«

»Mitte März, trübes Wetter, kurz vor Sonnenuntergang, nicht direkt die Zeit für einen einsamen Spaziergang.«

»Ich weiß es doch nicht.«

»Waren Sie eng befreundet?«

»Eher nicht. Sie war auch noch nicht so lange hier.«

»Aber Sie teilten sich ein Zimmer.«

Monas Blick war nach unten gerichtet. In der Hand knüllte sie ihr Taschentuch.

»Sie hatten einen Streit, nicht wahr?«

Jetzt presste sie das Blut aus den Fingerspitzen.

»Sie hatten einen Streit. Worum ging es dabei?«

Es dauerte, bis Mona antwortete.

»Im Grunde um nichts. Es war belanglos.« Monas offensichtliche Erregung vertrug sich nicht mit der Belanglosigkeit ihrer Antwort.

»Worum also?«

»Sie hat sich ein Kleid von mir ausgeliehen, und als ich es zurückbekam, hatte es einen Riss.«

»Kann ich das Kleid mal sehen?«

»Ich habe es weggeworfen.«

»Wie sah es denn aus?«

»Blau. Mit kleinen weißen Blüten.«

Rosenbaum fixierte sie mit seinem Blick und Mona wich aus. Ihre Erregung wirkte auf ihn nicht wie Betroffenheit, eher wie Schuld.

»Ach bitte«, sagte sie, »kann ich gehen?«

»Ich muss die Sachen von Fräulein Lettow-Vorbeck durchsehen, bevor Sie in Ihr Zimmer gehen können.«

Mona nickte gefügig und stumm.

»Ach, fast vergessen.« Rosenbaum hob die Handtasche hoch, die bei der Toten gefunden worden war und die er die ganze Zeit in seinen Händen trug. »Fräulein von Lettow-Vorbeck hatte das bei sich. Mögen Sie einmal nachschauen, ob etwas fehlt?«

Mona nickte und griff nach der Tasche. Dann griff Rosenbaum nach Monas Arm. Hautabschürfungen und blaue Flecke verbargen sich unter dem Ärmel.

»Was ist das?«

Mona zog den Arm weg. »Ich bin gefallen. Vorhin. In der Straßenbahn. Sie bremste plötzlich.«

Rosenbaum reichte ihr die Handtasche. Sie öffnete sie, stöberte ein wenig, schob eine Puderdose und ein Pillendöschen zur Seite, inspizierte das Portemonnaie und eine Brieftasche. Dann stutzte sie und schaute den Kommissar ratlos an.

»Das Geld fehlt.«

»Welches Geld?«

»Ein Briefumschlag mit hundert Mark. Sie hat es erst gestern von ihren Eltern geschickt bekommen. Jeden Monat hundert Mark, damit sie auch mal ausgehen kann. Die Eltern wollten nicht, dass sie sich von Männern einladen lässt.«

»Hundert Mark? Ein enormes Taschengeld für ein achtzehnjähriges Fräulein.«

Mona nickte. Für sie dürfte es etwa der Betrag sein, von dem die ganze Familie eine Woche leben musste.

»Sind Sie sicher, dass sie den Umschlag in der Handtasche aufbewahrt hat?«

»Ich habe selbst gesehen, wie sie ihn hineinsteckte.«

»Könnte sie ihn vielleicht wieder herausgenommen haben?«

Mona schaute Rosenbaum weiter mit derselben Ratlosigkeit an. Dann stand sie auf, drückte ihm die Tasche in die Hand und rannte aus der Tür. Der Kommissar folgte. Sie huschte die Treppe hinauf in ihr Zimmer. Rosenbaum versuchte Schritt zu halten, schaffte allerdings nur eine Geschwindigkeit, die einem älteren, leicht übergewichtigen Mann gebührte. Als er das Zimmer betrat, hockte Mona vor Katharinas Nachttisch, das Türchen geöffnet, die Schublade durchsucht, und zuckte mit den Schultern.

»Das wäre der einzige Ort, wo es noch hätte sein können.«

*

Sergeant Hashim stand in einer Fernsprechkabine der Alten Station und starrte auf den Telefonapparat, der vor ihm an der Wand hing. Er hatte für neun Uhr ein Gespräch angemeldet, gleich würde es klingeln, das Fräulein würde ihn verbinden und er würde jeden Mut brauchen und sich mit aller Kraft zusammenreißen, um sinnhafte Worte zu formulieren. Er schaute zur Seite, durch die Glasscheibe auf den Fernmeldegast, der an seinem Schreibtisch geschäftig Formulare ausfüllte und keine Notiz von ihm nahm. Dann starrte er wieder auf den Telefonapparat, in dem Moment klingelte es.

»Guten Abend, Herr General.«

»Hast du was rausgefunden, Junge?«

Generalmajor von Lettow-Vorbeck grüßte ihn nie förmlich zurück. Das brauchte er auch nicht. Er machte es wett, indem er ihn »Junge« nannte. Trotz allem, was geschehen war, nannte er ihn noch immer so.

»Ich …«

»Jetzt rede schon. Warst du bei Levetzow?«

Konteradmiral Magnus von Levetzow war Kommandant der Marinestation Ostsee und als solcher militärisch verantwortlich für den Festungsbereich Kiel, ein strammer Monarchist und vielleicht Schlimmeres.

»Ja. Aber …«

»Und? Was ist seine Haltung?«

»Ich glaube, das Stationskommando wird loyal zur Admiralität stehen.«

»Und die Bevölkerung?«

»Das kann ich noch nicht sagen, Herr General. Ich muss Ihnen aber mitteilen …«

»Kiel ist die Stadt des Matrosenaufstandes, alles linke Gesellen. Bolschewisten sind das, die …«

»Herr General!« So hatte Hashim noch nie mit seinem Chef gesprochen. Und er hätte es niemals gewagt, wenn nicht das Unaussprechlichste hätte ausgesprochen werden müssen: »Sie ist tot, Herr General.«

*

Es brabbelte und es quiekte. Artikulierte Laute konnte es nicht. Es hieß David.

Rosenbaum hielt seinen Zeigefinger in die Wiege und gab ebenfalls Laute von sich, nur wenig artikulierter als die von David, der jetzt versuchte, nach dem Finger zu greifen.

Hedi Kuhfuß jaulte vor Vergnügen. »Er wird bald Papa zu Ihnen sagen, Chef.«

Zum ersten Mal an diesem Tag weitete sich Rosenbaums Mund zu einem Lächeln. Papa, das wäre möglich. Tatsächlich hatte Rosenbaum mit der Zeugung des Kindes aber nichts zu tun gehabt. Er war in seinem Leben nur einer Frau so nahegekommen, dass daraus Kinder hatten entstehen können, seiner Ehefrau. Ansonsten war er ausschließlich Männern vergleichbar nahegekommen, doch das war ein ganz anderes Thema.

Frau Kuhfuß – Hedis Mutter und Davids Oma – rief zum Essen. Rosenbaum war hier oft zum Essen eingeladen und, wie so oft, war er zu spät gekommen. Selten hatte er aber eine so gute Ausrede: Mord am Kleinen Kiel. Er hatte mit Gerlach begonnen, sämtliche Schülerinnen und, soweit erreichbar, das Lehrpersonal des Lyzeums zu befragen, doch niemand wusste etwas Erhellendes vorzubringen, und so entschloss sich der Kommissar, die restlichen Befragungen von seinem Assistenten allein durchführen zu lassen, um endlich der Einladung nachkommen zu können. Gerlach war damit einverstanden gewesen, er wusste, wie wichtig seinem Chef diese Einladungen waren, und er selbst hatte heute nichts mehr vorgehabt.

»War es überhaupt ein Mord?«, fragte Hedi, als sie in die Küche hinübergingen.

»Ich denke schon«, antwortete Rosenbaum und kräuselte die Stirn. »Die Abschürfungen, die Würgemale, das verschwundene Geld.«

Sie setzten sich. Herr Kuhfuß öffnete die Flasche Rotwein, die Rosenbaum mitgebracht hatte, und seine Frau stellte eine große Suppenterrine auf den Tisch. Es gab Schnüsch mit Katenschinken, ein Gericht, das Rosenbaum erst bei Frau Kuhfuß kennengelernt hatte, das es wahrscheinlich nirgendwo anders als in Schleswig-Holstein gab, das er durchaus schätzte, jedenfalls wenn Schinken dazu gereicht wurde und nicht Matjes. Als Frau Kuhfuß es Rosenbaum zum ersten Mal angeboten hatte, hatte es sich angehört, als hätte sie geniest, und als sie erklärt hatte, dass Matjes dazugehörten, hatte er gesagt, dass sein Glaube ihm den Genuss von fermentiertem Fisch verbiete. Dann hatten sie sich angeschaut und gleichzeitig losgelacht. Und von da an gab es oft Schnüsch, aber mit Katenschinken. Milch gehörte hinein und Butter und viel frisches Gemüse, was im März durchaus eine Herausforderung war, aber von Frau Kuhfuß und ihrem Improvisationstalent glänzend gemeistert wurde.

Nach dem Essen spülte Hedi das Geschirr ab, während sich zwischen ihrem Vater und Rosenbaum regelmäßig eine Auseinandersetzung darüber entzündete, wer abtrocknen durfte, und die durch einen Wettlauf zum Geschirrtuch entschieden wurde. Meist gewann Rosenbaum. Dann setzte sich die Familie mit ihrem Gewohnheitsgast ins Wohnzimmer, sie plauderten ein wenig über die aktuelle Versorgungslage und die politische Entwicklung, am meisten jedoch über David, rauchten Zigarren und tranken den restlichen Wein. Als es Zeit wurde, David die Brust zu geben, zogen sich die Eltern taktvoll zurück. Für sie war es selbstverständlich, dass Rosenbaum bei Hedi sitzen blieb, für sie war er Davids wahrer Vater.

Als Hedi und Rosenbaum sich kennengelernt hatten, elf Jahre war das nun her, da war sie Sekretärin des Kriminaldirektors gewesen und er Obersekretär, sie noch sehr jung, er noch nicht ganz so alt. Sie schwärmte für ihn, wie junge Frauen manchmal für ältere Männer schwärmten, und sie machte keinen Hehl daraus. Er begehrte sie und versuchte, einen Hehl daraus zu machen. Es gelang ihm nicht. Vielleicht hatte er es nicht ernsthaft versucht, vielleicht sein Begehren selbst nicht hinreichend ernst genommen, denn eigentlich begehrte er keine Frauen. Später wurde er zum Kommissar befördert und sie zu seiner Assistentin. Er hätte sie ablehnen und einen anderen Assistenten verlangen können, aber das brachte er nicht fertig, und er hätte es auch nicht gewollt. Jedes Mal, wenn sie einander berührten, flüchtig, durch Zufall oder wenn sie seine Hand nahm – nie hätte er ihre Hand genommen – oder beiläufig ihre Hand auf seine Schulter legte, jedes einzelne Mal blieb in seiner Erinnerung haften. Einmal kam es zu einem Kuss, doch nur flüchtig und eher wie ein Unfall.

Vor einem Jahr saßen sie in ihrem Büro in der Blume – so nannten die Kieler ihr Polizeipräsidium, weil es in der Blumenstraße lag – und studierten gemeinsam eine Akte.

»Chef?«, sagte Hedi.

»Hedi?«, antwortete Rosenbaum, ohne seinen Blick von dem Vernehmungsprotokoll abzuwenden, das er gerade las.

»Ich bin schwanger, Chef.«

Er schaute weiter auf das Protokoll, nicht mehr auf die Wörter, nur noch auf das Papier.

»Ich muss aufhören zu arbeiten.«

Er konnte nicht sagen, dass er das geahnt hatte, auch nicht, dass er es geahnt hätte, wenn er es für möglich gehalten hätte. Aber er hatte bereits Veränderungen an ihr beobachtet, ein Stück gereizter, ein Stück rundlicher, und seit einigen Wochen lehnte sie jedes Mal ab, wenn er ihr eine Zigarette reichen wollte.

»Wann?«, fragte er, sein Blick blieb am Protokoll kleben.

Hedi antwortete nicht, schaute ihn nur eine Zeit lang stumm an. Dann stand sie auf, schleuderte den Stift, den sie in der Hand hielt, auf den Schreibtisch und rannte wortlos aus dem Raum.

In den folgenden Wochen verloren sie kein einziges Wort über dieses Thema. Rosenbaum taxierte täglich mit heimlichen Blicken den Umfang ihres Bauches, er horchte auf, wenn sie stöhnte oder seufzte oder sich ins Kreuz fasste, und er machte sich Sorgen, wenn sie – was zwei- oder dreimal vorkam – morgens nicht zur Arbeit erschien. Doch nach außen ließ er keine Anteilnahme erkennen. Es ging ihn nichts an, zumindest wollte er sich nicht einmischen, und er wollte nicht den Eindruck erwecken, dass er das wollte oder dass es ihn sonderlich beschäftigte. Nachts lag er oft wach und dachte an Hedi und machte sich Sorgen. Sie hatte keinen Mann, lebte noch bei ihren Eltern, sie war auf dem Weg zur alten Jungfer und dann ins Ungewisse abgebogen.

Als der Bauch so dick war, dass Hedi kaum noch die Treppe zum Büro schaffte, sprachen sie wieder darüber.

»Ab Morgen habe ich Urlaub«, sagte sie. »Bis zur Geburt. Und dann ins Wochenbett.«

Rosenbaum nickte. Was sollte er antworten? Oder tun? Er könnte sie heiraten. Doch er war bereits verheiratet, wenn auch nur in einer Konvenienzehe. Charlotte, seine Frau, lebte in Berlin, sie sahen sich nur selten, ein- oder zweimal im Jahr, wenn er sie besuchte. Er schätzte sie, in gewisser Weise liebte er sie, er hatte zwei Kinder mit ihr großgezogen, eines davon lebte noch, sie war ihm wichtig. Er würde sich nicht scheiden lassen, auch nicht für Hedi.

Als Hedi Urlaub hatte und die Niederkunft immer näher rückte, besuchte er sie mehrmals in der Woche. Aus der Spielzeugabteilung von Schmielau am Markt brachte er Märchenbücher und Blechkarussells mit, und von der Drogerie Wagner Reformwaren. Manchmal streifte Hedi ihren Bauch frei und er legte seine

Hand darauf. Es war ein riesiger Bauch, einer, in dem Zwillinge oder Drillinge verschwenderischen Platz gehabt hätten.

»Vielleicht sind es Zwillinge«, sagte er.

»Ach Chef, Sie Quatschkopf«, lautete Hedis Antwort. »Das hätte der Arzt gehört. Die Herztöne, er hätte gehört, wenn es mehrere wären.«

Der errechnete Geburtstermin kam. Und er verging. Hedi sagte, die Hebamme habe gesagt, das sei bei Erstgeburten ganz normal, und ihre Mutter habe das auch gesagt. Weitere Tage vergingen. Plötzlich war Hedi im Krankenhaus, eine Woche lang. Rosenbaum durfte nicht zu ihr und er erfuhr nichts, auch nicht, warum er nicht zu ihr durfte und warum er nichts erfahren durfte. Er sorgte sich grenzenlos. Als Hedi wieder zu Hause war, hatte sie tatsächlich nur ein Kind, und das hieß David.

»Wieso soll er David heißen?«, fragte Rosenbaum. »Er ist doch kein Jude.«

»David ist ein schöner Name«, sagte Hedi.

Rosenbaum war Jude und sein zweiter Vorname lautete David. Er fühlte sich aufgefordert, die Patenschaft für das Kind zu übernehmen. Doch er war nun mal Jude, und David sollte evangelisch getauft werden.

»Wieso geht das nicht?«, fragte Rosenbaum den Pastor.

»Weil Pate einer evangelischen Taufe nur sein kann, wer die Zulassung zum Abendmahl besitzt«, antwortete der Pastor.

»Und euer Christus? Hatte der eine Zulassung? Und Johannes der Täufer? Petrus?«

Mit diesen Fragen wurde das Gespräch einvernehmlich beendet.

Jedem, der Familie, den Nachbarn, dem Bekanntenkreis, den Kollegen, den Vorgesetzten, auch dem Pastor, einfach jedem war von nun an absolut klar, dass Rosenbaum auch der Erzeuger sein musste, und jeder reagierte auf seine Weise: der Pastor mit einem angewiderten Kopfschütteln, die Nachbarn mit Tuscheln, einige Kollegen mit anerkennendem Schulterklopfen, Hedis Eltern mit der Diskussion, ob das Kind eine Hakennase bekommen werde. Hedi störte sich nicht daran, jedenfalls sagte sie, dass es sie nicht störe, und vielleicht gefiel es ihr sogar ein wenig. Auch Rosenbaum störte es nicht, nur Charlottes Meinung war ihm wichtig. Er hatte ihr versichert, dass er mit der Zeugung des Kindes nichts zu tun hatte, und sie hatte ihm geglaubt, jedenfalls hatte sie gesagt, dass sie ihm glaube – und wenn sie es vielleicht doch nicht tat, dann hatte sie ihm verziehen.

»Seit der Geburt heult Hedi viel«, sagte neulich die Mutter zu Rosenbaum. Wenn er zu Besuch war, heulte sie nicht. Die Mutter nahm es als Zeichen, dass er ihr und dem Kind guttue. Das sagte sie ihm auch. Rosenbaum hatte von solchen Eigenartigkeiten gelesen und er hatte es damals auch bei Charlotte bemerkt. Während der Schwangerschaft benahmen sich Frauen oft eigenartig, nach der Schwangerschaft waren sie unberechenbar. Doch ein paar Wochen später würde das vorbei sein. Seit Davids Geburt waren inzwischen etliche Wochen vergangen.

Als die Eltern die Tür hinter sich zugezogen und Hedi mit David ausreichend unartikulierte Laute ausgetauscht hatten, knöpfte sie ihre Bluse auf und David strampelte vor lauter Vorfreude auf die nächste Mahlzeit. Sie gab sich vollständig ungeniert, weder hielt sie das Kind so, dass Rosenbaum von ihren Brüsten möglichst wenig sehen könnte, noch stellte sie sie zur Schau, sie bewegte sich, als wäre sie mit dem Kind allein. Rosenbaum versuchte, nicht unverschämt hinzusehen und nicht verschämt wegzusehen, doch im Grunde tat er beides.

»Wieso haben ihre Eltern sie mitten im Schuljahr auf eine neue Schule geschickt?« Hedi unterbrach die Frage mehrmals, um mit den Lippen zu schürzen.

Rosenbaum brauchte etwas Zeit, um sich darüber klar zu werden, dass Hedi nicht von David oder ihren Brüsten sprach. »Würde mich auch interessieren«, sagte er schließlich.

»War sie denn vorher schon in Kiel?«

»In Schwerin. Wo die Eltern leben.«

Jetzt schürzte auch Rosenbaum seine Lippen. Er beugte sich vor, strich mit dem Zeigefinger über Davids Wange, der sich darum nicht scherte, sondern nur an seiner Nahrung interessiert war. Fast hätte Rosenbaum Hedis Brust berührt, verlegen zog er die Hand zurück.

»Aber wie kann man sich das vorstellen: ein Raubmord am Kleinen Kiel, am helllichten Tag? Hat der Täter ihr die Handtasche weggerissen, durchstöbert, den Umschlag mit dem Geld herausgenommen, das Portemonnaie aber drin gelassen, die Tasche sorgfältig wieder verschlossen, ihr umgehängt und sie dann ins Wasser gestoßen?«

»Eigenartig, nicht? Sie muss ihn gekannt haben. Ein Streit? Um Geld?«

David wechselte die Seite.

»Gerlach hat ein Rezept in ihrem Nachttisch gefunden, das sie noch nicht eingelöst hat.« Rosenbaum zog es aus der Tasche, fast hätte er es dort vergessen. »Von einem Dr. Max Stapelhöhe, praktischer Arzt, Dahlmannstraße.«

»Max Stapelhöhe – würde eher zu einem Lagerarbeiter passen, nicht?« Hedi nahm das Rezept und schaute es sich an. »Onopordum-Extrakt, das kenne ich. Das habe ich auch mal genommen. Wegen meiner Kreislaufprobleme in der Schwangerschaft. Hat nicht geholfen. Homöopathie. Alles Hokuspokus. Au!«

David hatte seine Sättigungsgrenze erreicht, was er im Allgemeinen dadurch kundzutun pflegte, dass er seiner Mutter in die Brustwarze biss. Hedi reichte das hinterhältige Verdauungspaket Rosenbaum herüber, der es sich mit ein paar Leinentüchern bewaffnet über die Schulter legte. Die drei waren ein eingespieltes Team.

»Die Zimmergenossin verhält sich eigenartig. Sie verheimlicht irgendetwas«, sagte Rosenbaum und klopfte David auf den Rücken. »Vielleicht könnten Sie mal mit ihr sprechen?«

»Klar, Chef. Mache ich, wenn Sie wollen.«

Dass die beiden sich trotz all der Vertrautheit noch immer siezten, wirkte auf jeden, der es mitbekam, einigermaßen befremdlich. Nicht nur die Eingeweihten, die Familie, die Nachbarn oder der Pastor wunderten sich, auch Fremde, man spürte ein persönliches Band zwischen ihnen, das zu dieser förmlichen Anrede partout nicht passte. Aber beide wollten es so, Hedi, weil sie die feste Absicht hatte, wieder als seine Assistentin zur Polizei zurückzukehren, Rosenbaum, weil er hoffte, auf diese Weise eine zu große Nähe verhindern zu können.

Nach ein paar Rülpsern war David bereit für den Verdauungsschlaf, und für Rosenbaum war es Zeit zum Aufbruch. Im Flur streifte er seinen Mantel über, zog einen Zwanzigmarkschein aus seinem Portemonnaie und legte ihn beiläufig auf die Kommode. Hedi beachtete es nicht. Nachher würde sie den Schein in einen Briefumschlag legen, zu den anderen Scheinen, die Rosenbaum auf der Kommode hinterlassen hatte, bei seinem letzten Besuch und dem vorletzten und allen Besuchen seit sieben Monaten, seit Davids Geburt. Sie hatte ihm gesagt, dass sie kein Geld von ihm haben wolle, und sie hatte angekündigt, dass sie das Geld, das er ihr trotzdem geben würde, sammeln und ihm zurückgeben werde. Auf sein Verhalten hatte das keine Auswirkung. Denn David hatte keinen

Vater, der Alimente zahlen würde. Rosenbaum hatte nie danach gefragt, er wusste nicht, wer der Erzeuger war, und Hedi hatte es ihm nie erzählt. Doch es stand für Rosenbaum fest: Einen anderen Vater als ihn gab es nicht, brauchte es auch nicht. Und wenn Hedi ihm das Geld tatsächlich eines Tages zurückgeben würde, dann würde er damit ein mündelsicheres Sparbuch für David anlegen.

III

»Was heißt ›verschwunden‹?«

»Also … nicht mehr da.«

»Sie veralbern mich gerade.«

»Nein.«

»Sie ist weg?«

»Ja … verschwunden eben.«

Es war Freitagvormittag, der 12. März 1920. Es war nicht etwa Freitag, der 13., auch nicht der 1. April, sondern nur irgendein Freitagvormittag in der Blume. Rosenbaum setzte sich auf den Stuhl an seinem Schreibtisch. Eigentlich sank er eher auf den zufällig hinter ihm stehenden Stuhl und wirkte dabei wie ein Schlachtschiff, das einen schweren Treffer abbekommen hatte, dann sank und auf einer Sandbank aufsetzte, bevor es auseinanderbrach und vollständig unterging. Schon einmal war Rosenbaum in dieser Weise auf seinen Stuhl gesunken, als vor elf Jahren ein Polizeibote verschwunden war. Doch jetzt überbrachte Gerlach keine Information über einen verschwundenen Lebenden, sondern über eine abhandengekommene Tote, eine ganz bestimmte auch noch: Der Leichnam von Katharina von Lettow-Vorbeck war verschwunden.

Gerlach schloss die Tür und setzte sich vor Rosenbaums Schreibtisch. Er war erkennbar aufgebracht gewesen, hatte sich allerdings wieder ein wenig beruhigt.

»Ich habe in der Gerichtsmedizin angerufen, um zu fragen, wann wir den Obduktionsbericht bekommen können. Professor Ziemke sagte, er sei gerade erst in die Klinik gekommen, habe sich vorgenommen, mit der Obduktion zu beginnen, und der Bericht würde gegen Mittag fertig sein. Fünf Minuten später rief er an und sagte, die Leiche sei weg, sein Sektionshelfer habe sie schon am frühen Morgen dem Militär übergeben.«

»Wie? ›Dem Militär übergeben?‹«

»Er sagt, vor der Tür stand plötzlich ein Sanitätswagen des Heeres und die Fahrer hatten eine Übernahmeanordnung der Reichswehr-Brigade 9 dabei. Der Sektionshelfer soll sich noch aufgeregt haben, weil eine Leiche nicht in einen Sanitätswagen gehöre. Aber er fügte sich, als der Fahrer sagte, dass in seinem Wagen schon fast so viele Tote wie Verletzte transportiert worden seien und dass darin auch oft ein Verletzter erst zu einem Toten wurde.«

Rosenbaum schaute in seine Kaffeetasse, die noch vom Vortag halb leer auf seinem Schreibtisch gestanden hatte. Wäre Hedi noch da gewesen, wäre das nicht passiert.

»Ich habe nachgeschaut«, fuhr Gerlach fort. »Die Reichswehr-Brigade 9 des Übergangsheeres ist in Schwerin stationiert. Der Kommandant ist zugleich der Militärgouverneur von Mecklenburg und Holstein: Generalmajor Paul von Lettow-Vorbeck.«

Das ergab Sinn. Der Kommissar klopfte die Taschen seines Sakkos und der Hose nach Zigaretten ab, wurde bei der Brusttasche fündig und steckte sich eine an. Er war zu Massary Delft gewechselt, die gute Massary, edel wie der Name, ein stilvoller Ersatz für die Zigarren, die er früher geraucht hatte, und derzeit das Einzige, was man ohne größere Mühe bekommen konnte. Dann griff er zum Telefonhörer, ließ sich eine Verbindung mit der Reichswehr-Brigade 9 herstellen, und nach einer Minute hatte sich ein temperamentvoller Gedankenaustausch mit dem Adjutanten des Brigadekommandanten entwickelt.

»Sie stellen mich jetzt sofort zu Herrn Lettow-Vorbeck durch!«

»Generalmajor von«, rhetorische Pause, »Lettow-Vorbeck ist nicht zu sprechen.«

»Wenn Sie mich nicht augenblicklich verbinden, lasse ich Herrn Lettow-Vorbeck zur Vernehmung vorführen!«

»Ja, machen Sie das.«

Rosenbaum war kurz davor, Wörter zu benutzen, für die er durchaus belangt werden könnte. Natürlich hatte er nicht die Befugnis, den Militärbefehlshaber von Mecklenburg und Holstein vorführen zu lassen, aber die Chuzpe dieses Vorzimmer-Leutnants brachte ihn aus der Fassung. Um zu vermeiden, was er später bereuen würde, reichte er den Hörer an Gerlach weiter, dessen Bemühungen zwar wesentlich diplomatischer, aber genauso erfolglos waren. Seine Versuche zu erklären, dass die Leiche dringend untersucht werden müsse – das liege doch auch im Interesse des Herrn Generalmajor – und dann so schnell wie möglich zur Bestattung freigegeben werde – Ehrenwort –, halfen nicht weiter als der Hinweis, dass sich die Leiche im Gewahrsam der Strafverfolgungsbehörden befunden habe, als sie bei der Gerichtsmedizin gelegen hatte, und ihr Abtransport einen rechtswidrigen Gewahrsamsbruch darstelle. All das führte nicht weiter als zu der Empfehlung, eine schriftliche Eingabe zu verfassen, man werde sich zu gegebener Zeit damit befassen.

Im Hintergrund tobte der Kommissar und presste Wörter, die er nicht benutzen sollte, durch gefletschte, zusammengebissene Zähne. Gerlach zog es vor, das Telefonat zu beenden.

»Der hängt noch in seinem preußischen Militärstaat fest«, schimpfte Rosenbaum, ohne sich zügeln zu müssen. »Wir sind jetzt Bürger und keine Untertanen mehr, das hätten Sie diesem Betonkopf mal sagen sollen!«

Seine Zigarette war unbeachtet im Aschenbecher runtergebrannt, der halb voll noch vom Vortag auf dem Schreibtisch stand. Das wäre früher auch nicht passiert.

»Ich fahr da jetzt hin und sage dem das – und hol die Leiche zurück.«

»Ne, besser ich fahre, Chef. Sie würden nur eine Schlägerei auslösen.«

Rosenbaum ließ Gerlach fahren, zuerst widerwillig, sich der Einsicht in das Erforderliche fügend, dann war er ganz zufrieden mit dieser Entscheidung. Er besorgte sich eine Tasse Kaffee, schwarz und ohne Zucker, den er sich mühsam aus der Kantine im Souterrain holen musste, seit er mit Hedis Abgang nicht mehr frisch im Vorzimmer gebrüht wurde. Eine neue Packung Zigaretten nahm er gleich mit und wechselte mit dem Kollegen Dumrath am Tresen einige belanglose Worte über das Wetter und dass es jetzt in Deutschland bestimmt bald wieder aufwärtsgehen werde; mit Dumrath konnte man sowieso nur Belanglosigkeiten austauschen. In seinem Vorzimmer schaute er sich die Eingangspost an, ein paar Berichte und Protokolle, neue Akten von der blauen Polizei mit Strafanzeigen, alte Akten von der Staatsanwaltschaft mit Einstellungsverfügungen und Vernehmungsanordnungen, nichts Dringliches. Er schob alles zur Seite, für die kommende Woche war eine neue Sekretärin angekündigt.

Zurück in seinem Büro setzte er sich in den Schreibtischsessel, lehnte sich zurück, nahm einen Schluck Kaffee. An der Wand gegenüber hing eine Schiefertafel. Sie hatte dort vor einiger Zeit ein Porträt des Kaisers abgelöst. Seit Unterzeichnung des Friedensvertrages war Wilhelm II. offiziell ein Kriegsverbrecher, gesiegelt und gestempelt, anerkannt von der Reichsregierung, nach Rosenbaums Überzeugung ein schwerer strategischer Fehler. Seither gab es in deutschen Amtsstuben kein Porträt des Kaisers mehr, sie hingen jetzt nur noch in Wohnzimmern. Rosenbaum hatte den Kaiser freilich schon Jahre zuvor abgehängt. Einige

Zeit hing allein die Schiefertafel an der Wand. Dann kam ein Porträt vom Reichspräsidenten Ebert hinzu, aber nur kurz. Jetzt war die Tafel wieder allein, und Ebert stand in der Ecke, mit dem Gesicht zur Wand, er musste sich schämen.

Auf die Tafel hatte Rosenbaum mit weißer Kreide »Katharina« geschrieben und rechts daneben »Mona«. Er stand auf, fügte »PvLV« hinzu und setzte sich wieder.

»Ach, Sie sind da?« Die Stimme von Iago Schulz ertönte im selben Moment, in dem sich die Tür öffnete.

»Ja, natürlich.«

»Hm.«

Wie Rosenbaum war Schulz einer von derzeit sechs Kommissaren der Kieler Blume. Ein Kollege, aber kein Freund. Und er würde auch niemals ein Freund werden. Zu deutlich hatte Schulz von Anfang an klargemacht, dass er Rosenbaum für einen jüdischen Kommunisten, also einen Volksschädling hielt. Und zu eindeutig war es für Rosenbaum, dass er Menschen verachtete, die in solchen Kategorien überhaupt dachten. Schulz hatte sich zur PP, der Politischen Polizei, gemeldet, einer größtenteils geheim agierenden Sondereinheit der Berliner Polizei, deren hiesiger Ableger zunächst nur organisatorisch dem Kieler Polizeipräsidenten, im Übrigen aber Berlin unterstellt war. Nach dem Krieg waren die Kompetenzen der Berliner Polizei beschnitten worden, und seither unterstand die Kieler PP dem Kieler Polizeichef. Doch ob das eine endgültige Regelung war, durfte bezweifelt werden, in diesen Zeiten war kaum etwas endgültig. Der Ruf der PP ließ das Schlimmste vermuten, entsprach aber nach Rosenbaums Überzeugung der Realität, auch wenn niemand es wegen deren Geheimniskrämerei so genau wissen konnte. Für Rosenbaum war klar, dass Schulz mit seiner völkischen Gesinnung und seinem intriganten, miesen Charakter bestens in diese Truppe hineinpasste. Sie waren anfangs erbitterte Feinde gewesen, und doch waren sie Kollegen. Ein wenig hatte sich ihr Verhältnis gebessert, als Schulz Rosenbaum einmal das Leben gerettet hatte. Aber Freunde würden sie nie werden. Und Rosenbaum würde Schulz nie über den Weg trauen. Und dass er ihm das Leben gerettet hatte, war kein Akt des Mitgefühls gewesen, sondern hatte mit Sicherheit einen eigennützigen Beweggrund gehabt. Rosenbaum wusste nur noch nicht, welchen.

Letztmalig waren sie aneinandergeraten, als vor einem halben Jahr Kriminaldirektor Freibier in den Ruhestand gegangen war. Schulz hatte sich als dessen Nachfolger beworben, und Rosenbaum hatte dasselbe getan, allein damit Schulz nicht sein Vorgesetzter werden würde. Natürlich hatte Rosenbaum als SPD-Mitglied hervorragende Aussichten gehabt, während Schulz als bekanntermaßen rechtskonservativer Revanchist – und mutmaßlich Schlimmeres – kaum eine Chance besaß, zum Direktor befördert zu werden. Bekommen hatten sie den Posten am Ende beide nicht. Er war von auswärts besetzt worden. Ihr neuer

Chef war jetzt Kriminaldirektor Friedrich Klemp aus Lübeck, natürlich SPD-Mann. Mehr hatte Rosenbaum im Grunde nicht gewollt.

»Ich habe ein Vernehmungsprotokoll für Sie«, sagte er und legte einige sauber in Maschinenschrift getippte Blätter vor ihm auf den Tisch.

»Was für ein Vernehmungsprotokoll?«

»Ein Zeuge hat sich gemeldet. In Ihrem Mordfall. Peter Harald Bäcker heißt der Mann«, erklärte Schulz, während Rosenbaum durch das Protokoll blätterte. »Er hat heute Morgen in der Zeitung von dem Mord gelesen und sich sofort bei uns gemeldet. Er sagt, er habe am Tattag gegen vier Uhr nachmittags ein Fräulein mit einem jungen Mann vor dem Holzsteg am Kleinen Kiel gesehen. Sie hätten gestritten. Der Zeuge habe sich aber nichts weiter dabei gedacht und sei seines Weges gegangen.«

»›Ohrfeige gegeben‹, ›an den Armen gefasst und geschüttelt‹, ›Hurensohn gerufen‹«, zitierte Rosenbaum aus dem Protokoll. »Und dabei hat er sich nichts gedacht?«

»Tja«, kommentierte Schulz.

Das letzte Blatt des Protokolls enthielt eine Phantomzeichnung.

»Was ist denn das?«, fragte Rosenbaum.

Auf der Zeichnung war die rechte Gesichtshälfte eingefallen – es schien, als fehlte der Wangenknochen –, Narben zogen sich vom Auge bis zum Unterkiefer und klebten Hautfetzen aneinander.

»Eine Kriegsverletzung, würde ich sagen«, antwortete Schulz in einem Tonfall, der sagte: Das sieht man doch.

Rosenbaum legte die Blätter auf den Tisch und schaute Schulz mit einem Blick an, der verriet, dass ihm das alles nicht passte. »Wieso haben Sie ihn nicht an mich verwiesen?«

»Sie waren nicht da. Hätte ich den Mann wieder gehen lassen sollen?«

»Natürlich war ich da.« Natürlich war er da, er war nur eine halbe Stunde in der Kantine gewesen. »Ich war nur ein paar Minuten in der Kantine.«

Schulz nickte.

Rosenbaum bedankte sich in einem Tonfall, der keinen Zweifel daran ließ, dass er nicht dankbar war, sondern Schulz auffordern wollte zu gehen.

Die Zeichnung musste in die Zeitungen. Mit der Kriegsverletzung war sie charakteristisch genug, um auf zweckdienliche Hinweise hoffen zu lassen. Rosenbaum setzte sich an die Schreibmaschine im Vorzimmer, eine Adler No. 7, ein Gerät, mit dem er sich nie anfreunden würde. Es gab fünf Tageszeitungen in Kiel, er konnte sich aber auf die drei größten beschränken, die konservativen Kieler Neuesten Nachrichten, die liberale Kieler Zeitung und die linksgerichtete Schleswig-Holsteinische Volkszeitung, mehr als zwei Durchschriften mit Kohlepapier wären sowieso kaum zu entziffern gewesen. Als das Papier eingespannt war und Rosenbaum seine schwarzen Fingerspitzen in seinem

Taschentuch wieder einigermaßen sauber bekommen hatte, musste er sich mit den vollkommen sinnlos angeordneten Tasten auseinandersetzen, mit dem Q oben links, dem H in der Mitte und dem M unten rechts. Er wollte es demütig als gegeben hinnehmen und darüber nicht nachdenken, er wollte einen Wutausbruch vermeiden. Schon bei »An die Schriftleitungen der Kieler Neuesten« hat er sich zweimal verschrieben. Beim zweiten Papiersatz kam er etwas weiter, beim dritten beschloss er, bis zu drei Tippfehler hinzunehmen und handschriftlich zu korrigieren, beim vierten Tippfehler beschloss er, vier hinzunehmen. Der Papiervorrat war fast aufgebraucht, als er nach einer Stunde das Anschreiben fertiggestellt hatte, versehen mit etlichen handschriftlichen Korrekturen. Seine Ansprüche waren immer weiter gesunken. Wäre nur Hedi da gewesen.

Er unterzeichnete, übergab die Schreiben in der Wachtmeisterei dem Polizeiboten und zog sich wieder in sein Zimmer zurück, wo er staunend feststellte, dass er eine Stunde nicht geraucht hatte. Dann steckte er sich eine an. Auf seinem Schreibtisch rückte er die Fotografie von Albert, seinem Sohn, zurecht. Aus den letzten Jahren besaß er von ihm nur zwei Porträts. Eines, das ihn als stolzen Notabiturienten zeigte, und eines, auf dem er kurz danach eine Infanterieuniform trug. Das als Abiturient stand auf dem Schreibtisch. Es war ursprünglich koloriert gewesen, Rosenbaum hatte sich aber ein neues Exemplar in schwarz-weiß anfertigen lassen. Das mit der Uniform war in der Schublade verschwunden, neben dem Foto von Alberts Grab.

*

Auch wenn man es kaum glauben mochte, Mecklenburg-Schwerin war ein selbstständiger deutscher Bundesstaat, zuerst Herzogtum, seit einem Jahr Freistaat, doch stets widerstand es wie ein kleines gallisches Dorf wacker fremden Annexionsbestrebungen. Die Schleswig-Holsteiner hätten es nie zugegeben, aber es schwang eine bedeutende Portion Neid mit, wenn sie auf Mecklenburg schauten. Nach dem gewonnenen Deutsch-Dänischen Krieg von 1864 hatten sie auf eine Schleswig-Holsteinische Selbstständigkeit gehofft, waren aber zwei Jahre später von Preußen geschluckt und zu einer bloßen Provinz degradiert worden, während Mecklenburg-Schwerin selbstständig geblieben war.

Und das hatte Auswirkungen, wenn man von Kiel nach Schwerin reisen wollte. Hier herrschte die Preußische Staatsbahn, dort noch immer die Mecklenburgische Landeseisenbahn; die von der neuen Staatsverfassung vorgeschriebene Gründung der Reichsbahn, die alle Landesbahnen in sich vereinigen sollte, war erst für den 1. April vorgesehen. Also gab es noch keine direkte Zugverbindung, nicht einmal aufeinander abgestimmte Fahrpläne. Im Kieler Hauptbahnhof wartete eine Preußische S5 mit modernen Durchgangswaggons, um die Reisenden mit hundert Stundenkilometern zum Grenzbahnhof in Lübeck zu bringen, wo sie – manchmal unabsehbar lange – auf eine Mecklenburgische T4 warten mussten, um in alten Abteilwagen mit fünfzig Stundenkilometern nach einem weiteren Umstieg in Bad Kleinen irgendwann Schwerin zu erreichen.

Und genau diese Strapaze musste Klaus Gerlach jetzt auf sich nehmen. Den längsten Aufenthalt hatte er in Bad Kleinen, wo das Empfangsgebäude unbeheizt und die Bahnhofsgaststätte geschlossen waren. Darüber hinaus hatte der Kiosk keine belegten Brote mehr anzubieten. Der Kriminalassistent wartete auf einer Bank, schaute in kurzen Abständen auf seine Uhr und hatte nicht einmal mehr die Ablenkung einer am Fenster vorbeiziehenden Vorfrühlings-Landschaft. Erst diese Zeit der Muße brachte ihn auf die Frage, wie er eigentlich die Leiche nach Kiel zurückbringen sollte, falls ihm diese mitgegeben werden würde.

Als er endlich Schwerin erreichte, war es bereits dunkel. Gegenüber vom Bahnhof betrat er ein Hotel, wo er sich ein Zimmer nahm und eine Kleinigkeit essen konnte. Dann wurde er vom Portier mit einer Wegbeschreibung ausgestattet und eilte zu Fuß zum Arsenal am Pfaffenteich, in dem die Reichswehr-Brigade 9 Quartier bezogen hatte. Der Portier hatte ihn telefonisch angekündigt, so wurde er bereits erwartet und ohne größere Umstände ins Vorzimmer des Kommandanten geführt. Dort allerdings musste er wieder warten, dieser Raum war allerdings geheizt und der Ausblick auf den Pfaffenteich war idyllisch. Doch gleich würde er dem »Löwen von Afrika« gegenüberstehen, dem Mann, der zu wichtig oder zu beschäftigt war, um mit der Polizei über die Leiche seiner Tochter zu telefonieren. Gerlach würde ihn nicht nur um Rückführung bitten, sondern auch sachdienliche Fragen klären wollen. Ob dieser Generalmajor sich dazu bewegen lassen würde, die Leiche zurückzugeben, war für den Kriminalassistenten kaum abzuschätzen, aber die Chance, an einige aufschlussreiche Informationen zu gelangen, sollte groß sein. Natürlich gehörte es zur Taktik des Kommandeurs, Gerlach warten zu lassen, er sollte nervös werden. Das war ihm bewusst, aber darauf würde er nicht hereinfallen. Im Krieg war er Meldegänger, später Meldeoffizier gewesen, er war den Umgang mit Generälen gewohnt, deren Taktik war ihm bekannt. Aber blümerant wurde ihm trotzdem.

Nach einer halben Stunde ließ man ihn vor. Er betrat ein üppiges, barockes Arbeitszimmer. Schreibtisch, Bücherschrank, eine kleine und eine große Kommode waren aufeinander abgestimmt in Kirsche und Wurzelnuss gefertigt und aufwendig mit matt goldenen und schwarzen Applikationen und verspielten Bronzebeschlägen versehen. In der einen Zimmerecke thronten stolze Regimentsfahnen, in der anderen hing die alte Reichskriegsflagge an einer Fahnenstange und verdeckte die neue schwarz-rot-goldene Nationalflagge. Dazwischen hing ein Porträt von Friedrich Ebert, dem

Reichspräsidenten, nicht sehr groß und im Stil der neuen Zeit in einem schlichten, schmalen, fast schäbigen Rahmen. – Ebert war Handwerkersohn, ein solcher Rahmen musste nach überwiegender Ansicht bürgerlicher Kreise für ihn reichen. – Ein heller Streifen in der Holzvertäfelung hinter dem Bild bezeugte, dass bis vor Kurzem noch ein größeres, sicherlich prunkvolleres Porträt des Kaisers oder Bismarcks, vielleicht Hindenburgs hier gehangen haben mag. Darunter saß Generalmajor Paul von Lettow-Vorbeck hinter seinem Schreibtisch in einer Uniform, die nicht wagte, Falten zu werfen. Der Schädel war glatt rasiert, der Bartwuchs zu einem dichten Schnurrbart vereint. Sein Gesicht brachte es fertig, zugleich rundlich zu sein und asketisch zu wirken. Seine strengen Augen verrieten, dass er sich die Einrichtung seines Zimmers nicht ausgesucht hatte und mit einem Schreibtisch aus Sperrholz zufrieden gewesen wäre.

Gerlach stellte sich vor. Lettow-Vorbeck gab seinem Bedauern Ausdruck, dass, wie ihm zu Ohren gekommen sei, Gerlach telefonisch nicht zu ihm habe durchdringen können. Dann bot er ihm den Besucherstuhl vor seinem Schreibtisch an, und der Kriminalassistent kam gleich zur Sache.

»Mord?« Ein verblüffter Ausdruck legte sich über das Gesicht des Generalmajors. Es war, als hätte Gerlach einen Kollegen mit einer gewagten These konfrontiert, als sei vielleicht nicht undenkbar, aber ziemlich weit hergeholt, was gerade erklärt worden war.

»Nach meiner Kenntnis ist sie ins Wasser gefallen und ertrunken.«

»Es gibt da ein paar Ungereimtheiten, die die Annahme eines Fremdverschuldens nahelegen.«

»Nämlich?«

Gerlach zögerte kurz. Die Polizei teilte Zeugen ihren Ermittlungsstand normalerweise nicht mit. Doch die Situation war besonders. Also schilderte er schließlich im Detail, was die Polizei von dem Vorfall wusste.

»Haben Sie Ihrer Tochter kürzlich hundert Mark geschickt?«, fragte er.

»Meine Frau vielleicht. Ich kümmere mich um so etwas nicht.«

»Sie oder Ihre Frau sollen Katharina regelmäßig jeden Monat hundert Mark Taschengeld zugeschickt haben.«

»Das ist möglich. Wenn man von einer Regelmäßigkeit überhaupt sprechen kann, immerhin ist sie erst vor ein paar Wochen von zu Hause ausgezogen.«

»Konnte Ihre Tochter schwimmen?«

»Ja, natürlich.«

»Noch eine Ungereimtheit.«

»Und welche Schlüsse ziehen Sie daraus?«

»Zunächst nur, dass die Leiche obduziert werden muss.«

»Etwas Tee?«

»Wie bitte?«, fragte Gerlach nach, obwohl er verstanden hatte, dass ihm Tee angeboten wurde. Er war nicht schwerhörig, und Lettow-Vorbeck artikulierte sich militärisch-preußisch deutlich, das Angebot aber war in dieser Situation derart unpassend, dass der Kriminalassistent Zeit brauchte, um angemessen reagieren zu können.

»Möchten Sie eine Tasse Tee?«

»Ja. Gern.«

Lettow-Vorbeck orderte eine Kanne mit zwei Tassen über das Haustelefon.

»Ich möchte Sie bitten, mir den Leichnam zum Zwecke der notwendigen forensischen Untersuchungen mitzugeben.«

Gedankenverloren drehte der Generalmajor an seinem Bart. »Es ist meine Tochter, das müssen Sie verstehen. Ich schätze es nicht, wenn irgendwelche thanatologischen Riten an ihr vollzogen werden sollen.«

Gerlach konnte es gut nachvollziehen, wenn Menschen sich eine Obduktion von Angehörigen vor Augen führten und Schwierigkeiten hatten, ihr Einverständnis damit zu erklären. Zwar hatte er noch nie darum bitten müssen – eine Obduktion wurde einfach angeordnet und kein Angehöriger hatte die Möglichkeit, etwas dagegen zu tun –, aber seit Rosenbaum sein Chef war, wurden die Angehörigen immer darauf hingewiesen, wenn eine Obduktion nötig war, und manchmal gab es Widerstand. Einem alten Haudegen wie Lettow-Vorbeck hätte Gerlach eine solche Empfindsamkeit allerdings nicht zugetraut. Und er nahm sie ihm auch nicht ab. Also sagte er: »Es ist erforderlich. Und es liegt, denke ich, auch in Ihrem Interesse, dass die Tat aufgeklärt und der Täter gefasst wird. Vielleicht kann eine Obduktion Fremdverschulden ausschließen und wir können dann feststellen, dass es ein Unfall war. Das wäre doch auch in Ihrem Interesse.«

Lettow-Vorbeck lehnte sich zurück, die Ellenbogen stützten sich auf die Armlehnen, die Hände rieben sich unentschlossen vor der Brust.

»Warum haben Sie Ihre Tochter eigentlich nach Kiel geschickt? Sind die Schweriner Lehranstalten nicht gut genug?«

»Ich habe sie nicht nach Kiel geschickt. Ich habe sie auf ein Oberlyzeum nach Kassel geschickt. In Kassel ist auch unser Kaiser zur Schule gegangen.«

»Ist nicht Scheidemann jetzt Oberbürgermeister von Kassel?«, fragte Gerlach.

Erst Lettow-Vorbecks erstarrter Blick führte ihn vor Augen, dass diese Frage eine Provokation sein musste. Philipp Scheidemann hatte im November 18 vom Westbalkon des Reichstagsgebäudes spontan die Republik ausgerufen, ohne dazu in irgendeiner Weise autorisiert gewesen zu sein. Ihm hatte nicht gereicht, die Abdankung des Kaisers zu verkünden, er hatte gleich noch eine neue Staatsform gewählt und damit endgültig die Weichen für die Zukunft des Reiches gestellt. Für jemanden wie Lettow-Vorbeck musste er der schlimmste aller Novemberverbrecher gewesen sein.

»Trotzdem«, presste der Generalmajor durch seine Zähne.

»Sie haben sie nach Kassel geschickt, aber trotzdem war sie in Kiel.«

»Offensichtlich.«

»Und wieso?«

»Das weiß ich nicht. Ich habe es selbst erst gestern erfahren.«

»Aber sie hielt sich mindestens einen Monat in Kiel auf und war offiziell am Oberlyzeum als Schülerin aufgenommen. Wie konnte sie das denn anstellen? Sie war doch gar nicht volljährig.«

»Mithilfe meiner Gattin.«

»Dann wird Ihre Gattin die Gründe kennen.«

»Vermutlich.«

»Sie haben sie nicht gefragt?«

»Nein.«

»Dann würde ich sie gerne befragen.«

»Meine Gattin steht für eine Befragung nicht zur Verfügung.«

Das war noch keine Kriegserklärung, aber eine Provokation, eine Gegenprovokation. Gerlach musste jetzt standhalten, energisch genug, um sich Respekt zu verschaffen, aber nicht so stark, dass eine gütliche Regelung unmöglich werden würde.

»Ich könnte sie vorladen lassen.« Das konnte er genauso wenig, wie Rosenbaum den Generalmajor hätte vorführen lassen können. Denn er und Rosenbaum waren preußische Polizeibeamte, und sie befanden sich in Mecklenburg-Schwerin. Hier fuhren nicht nur keine preußischen Züge, hier hatten auch preußische Beamte nichts zu sagen.

»Sie ist gestern nach Wien verreist.«

Gerlach schüttelte ungläubig den Kopf. In Österreich war es noch schwieriger, Ermittlungen anzustellen, als in Mecklenburg. Der Weltkrieg war ausgebrochen, weil Österreich zur Aufklärung des Attentats an seinem Thronfolger Franz Ferdinand Kriminalbeamte nach Serbien hatte schicken wollen und Serbien damit nicht einverstanden gewesen war.

»Aber sie wird doch bestimmt zur Beerdigung zurückkehren.«

»Vermutlich.«

»Wieso nur vermutlich? Ist das zweifelhaft?«

»Nicht, dass ich wüsste.«

Das Gespräch entwickelte sich zu einer Farce. Nicht nur, dass Gerlach hier keine Polizeigewalt ausüben konnte, auch jedes Ersuchen um Amtshilfe durch die Mecklenburgische Polizei würde von Lettow-Vorbeck ohne Schwierigkeiten torpediert werden können. Er war nahezu sakrosankt und das nutzte er aus.

Gerlach räusperte sich, lehnte sich zurück, schaute aus dem Fenster, ließ ein wenig Zeit vergehen, Zeit, die er brauchte, um sich für einen neuen Anlauf zu sammeln.

»Wie haben Sie eigentlich vom Tod Ihrer Tochter erfahren?«

»Auf dem Dienstweg.«

»So schnell?«

»Das Militär ist gut organisiert.«

»Aber nicht so gut, dass Sie den Aufenthaltsort Ihrer Tochter kannten?«

Jetzt ließ Lettow-Vorbeck eine Pause. »Haben Sie noch Fragen?«

Die sich allmählich zuspitzende Situation entspannte sich wieder, als der Offiziersbursche des Generalmajors hereinkam. Er jonglierte ein silbernes Tablett in der Hand, darauf standen eine dampfende chinesische Teekanne, zwei Tassen, eine Zuckerdose und ein Milchkännchen. Der Bursche versuchte reichlich ungeschickt, mit dem Ellenbogen die Tür hinter sich zu schließen. Mehrere Anläufe scheiterten, nie rastete die Falle im Schließblech ein, bis er sein Vorhaben schließlich aufgab und sich auf den Schreibtisch zubewegte. Mit der rechten Hand versuchte er, das Telefon zur Seite zu schieben, während er mit der linken weiter das Tablett jonglierte. Auch hierbei stellte er sich reichlich ungeschickt an. Gerlach wollte behilflich sein, fand aber keine Gelegenheit dazu, seine Bewegungsfreiheit war durch das schräg über ihm bedrohlich schwankende Tablett entscheidend eingeschränkt. So blieb ihm nichts anderes übrig, als für den Notfall in Bereitschaft zu bleiben. Der dann auch flugs eintrat. Aus dem Hals der Kanne schwappte etwas Tee, was den Burschen dazu verleitete, das Tablett wegzuziehen, vermutlich, um Schaden vom Kriminalassistenten abzuwenden. Dabei bedachte er die träge Masse der vollen Kanne nicht hinreichend, die Tassen klirrten, die Kanne kippte, ihr Deckel fiel zu Boden, der Inhalt ergoss sich zum größten Teil über einen wertvollen Orientteppich, zu einem kleinen Anteil über Gerlachs Oberhemd, Zucker rieselte hinterher und bildete auf dem Teppich ein Häufchen, das sich augenblicklich in eine zähe, bräunliche Masse verwandelte. Gerlach sprang auf, dabei schlug er dem Burschen das Tablett aus der Hand, sodass auch das Milchkännchen seinen Inhalt verlor und die bräunliche Masse auf dem Teppich isabellfarben aufhellte.

»Du Tölpel!«, entfuhr es dem Generalmajor. »Pass doch auf!«

Der Bursche stand breitbeinig über dem Malheur, das er angerichtet hatte, und stammelte mehrmals »Entschuldigung«. Er griff hektisch nach Gerlach, als wollte er den Flecken auf seinem Hemd wieder entfernen, zog die Hand aber auf halbem Weg zurück, kniete beschwörend vor der Zuckermasse nieder, als könnte er sie dadurch in Luft auflösen, sammelte dann den Deckel der Teekanne auf und legte ihn auf das Tablett, ließ den Rest jedoch liegen, wandte sich dann wieder der Gerlach zu, dann wieder der Zuckermasse, dann dem Deckel der Zuckerdose. Schließlich fand er eine saubere Serviette, die er Gerlach reichte, und immer wieder ertönte sein »Entschuldigung«.

»Danke«, sagte Gerlach und rieb sich das Hemd trocken. »Nicht so schlimm.«

Lettow-Vorbeck schäumte vor Wut. »Geh! Und schick mir Oberleutnant Behrendt rein!«

Mit dem Burschen verließ auch die Aufregung das Zimmer. Gerlach wischte ein paar Tropfen Tee von seinem Stuhl und setzte sich wieder.

»Diese tumben Bauernlümmel, zum Dienst an der Waffe für zu blöd befunden. Oft bleibt dann nur der Aufwartungsdienst, und dabei terrorisieren sie einen bis ins Mark«, sagte der Generalmajor halb empört, halb belustigt. »Aber was soll man mit ihnen machen? Wenn Sie denen ein Gewehr in die Hand drücken, wird es wirklich gefährlich.« Dann entschuldigte er sich für die Ungeschicklichkeit seines Burschen. »Vorher hatte ich einen Neger, einen ehemaligen Askari. Der war sehr begabt und sehr intelligent. Ich habe ihn jetzt mit anspruchsvolleren Aufgaben betraut, und das war wohl ein Fehler.«

»Ein Askari?«

»Ja, ein Neger-Soldat. Ein treuer Kerl, er hat tapfer in Afrika gekämpft und ist nach dem Krieg mit mir nach Deutschland gekommen. Sie wissen doch, dass ich viele Jahre in Afrika Dienst getan habe?«

»Natürlich, das weiß ich. Sie waren als Kompanie-chef an der Niederschlagung des Herero-Aufstandes beteiligt und haben später als Kommandeur der Schutztruppe für Deutsch-Ostafrika gegen die Alliierten gekämpft.«

»Wir waren sehr erfolgreich, *sehr* erfolgreich. Bis zum letzten Tag haben wir gegen eine vielfache Übermacht der Briten, Belgier und Südafrikaner standgehalten, und wir hätten bis heute weitergemacht, wenn nicht der Frieden dazwischengekommen wäre. Das haben wir aber nicht allein den wenigen deutschen Offizieren zu verdanken, sondern in erster Linie den tapferen Askaris. Da waren ganz außergewöhnlich fähige Leute darunter, hochintelligent, mutig und mit einer besonderen strategischen Begabung ausgestattet. Ohne sie hätten wir niemals dauerhaft der feindlichen Übermacht standhalten können.«

Ein Offizier kam herein und unterbrach Lettow-Vorbecks Schwärmereien. Er trug einen Meldeanzug mit Adjutantenschnur, offenbar der Oberleutnant, nach dem Lettow-Vorbeck geschickt hatte. Als er sprach, erkannte Gerlach die Stimme des Mannes wieder, mit dem er gestern telefoniert hatte. Gerlach würdigte ihn keines Wortes.

»Machen Sie das hier mal weg«, wies der Generalmajor ihn an. »Und beschaffen Sie mir einen anderen Burschen.«

Der Adjutant kniete vor dem Kriminalassistenten nieder und sammelte das Geschirr auf. Dann verschwand er, kam mit Schmutzschaufel und Handfeger zurück und kehrte so gut es ging die Zuckermasse auf. Gerlach machte keine Anstalten, ihm zu helfen.

Auch Lettow-Vorbeck beachtete seinen Oberleutnant nicht weiter und wandte sich wieder Gerlach zu. »Leider sind nur sehr wenige Askaris mit nach Deutschland gekommen. Ich habe es allen angeboten, aber kaum einer wollte.«

»Vielleicht wollten erprobte Soldaten nicht allzu gerne als Burschen arbeiten.«

»Aber der Krieg ist vorbei. Was sollten sie sonst tun?«

»Welchen Dienstgrad hatten sie denn bei der Schutztruppe?«

»Sie gehörten meist zu den Mannschaften. Einige waren Effendis.«

»Effendi? Ist das nicht ein osmanischer Titel?«

»Ja. Aber bei uns war es ein Offiziersrang, den wir extra für verdiente Askaris eingerichtet haben. Es gab nicht sehr viele von ihnen, nur wenn mal Beförderungen als Anerkennung für besondere Tapferkeit und Treue notwendig wurden. Drei Sterne auf die Schulterklappen, ein etwas höherer Sold und fertig. Sie waren stolz wie Bolle, und die anderen Neger hat es motiviert.«

»Und in Deutschland haben sie keine Aussichten auf einen Offiziersrang?«

»Wo denken Sie hin, junger Mann? Ein Neger kann doch niemals einen Deutschen befehligen.«

»Wenn der Neger so begabt ist, wie Sie sagen, und der Deutsche ein Trottel ist …«

»Unsinn! Was reden Sie denn da? Ihre Gehirne sind kleiner als die der weißen Rassen. Der weiße Mann entwickelt Kultur und betreibt Wissenschaft, der schwarze kann all das von uns nur lernen. Deshalb können die Neger nur dienen, niemals herrschen. Das ist die natürliche Ordnung.«

»Sagten Sie nicht, dass einige Ihrer Askaris außergewöhnlich intelligent waren und dass Sie ohne ihre Talente der feindlichen Übermacht nicht dauerhaft hätten standhalten können?«

»Es sind aber trotzdem Neger!« Mit der flachen Hand schlug Lettow-Vorbeck einen Schlussstrich auf die Tischplatte.

Für einen kurzen Moment dachte Gerlach daran zu fragen, ob die weiße Frau nach der natürlichen Ordnung denn im Range über oder unter dem schwarzen Mann stehe. Es wäre eine neue Provokation, die ihn sein Verhandlungsziel vielleicht endgültig verfehlen lassen könnte. Er sollte es nicht sagen, aber ihm war sehr danach, und vielleicht hätte er es getan, wenn nicht in diesem Moment der Adjutant des Generalmajors in höchster Erregung ins Zimmer geplatzt wäre.

»Herr General«, sagte er und seine Stimme überschlug sich vor Erregung. »Das ist gerade eben eingegangen.«

Er legte seinem Chef ein Telegramm vor, das dieser mit zunehmendem Entsetzen las.

»Die Brigade Ehrhardt soll heute Nacht auf Berlin marschieren?« Lettow-Vorbeck schaute seinen Oberleutnant an, wie vor sechs Jahren viele Menschen einander angeschaut hatten, als die Nachricht vom Ausbruch des Weltkrieges bekannt geworden war.

In den letzten Wochen hatten Gerüchte über einen bevorstehenden Militärputsch die Runde gemacht. Spätestens seit im Januar der Friedensvertrag mit den Alliierten unterzeichnet worden war, empörte sich die Republik über den »Schandfrieden von Versailles«. Die Bedingungen waren überaus hart. Deutschland musste die alleinige Kriegsschuld anerkennen, Hindenburg, Ludendorff, Tirpitz und etliche weitere hochrangige

Militärs als Kriegsverbrecher ausliefern, Annexionen dulden, horrende Reparationsleistungen erbringen und das Militär auf ein Zwergenheer reduzieren – schwer zu sagen, was davon die deutsche Seele am meisten belastete. Nicht nur reaktionäre, auch viele gemäßigte, sogar linke Politiker und Intellektuelle hatten sich gegen die Unterzeichnung des Vertrages ausgesprochen. Dennoch setzte sich allmählich die Überzeugung durch, dass in diesem Fall die Besetzung und anschließende Zerschlagung des Deutschen Reichs die unausweichliche Folge wäre.

Hinzu kam die Legende, dass irgendwer irgendwem einen Dolch in den Rücken gerammt habe. Wer wem? Die Juden den im Felde unbesiegten Soldaten, die vaterlandslosen Gesellen dem Vaterland? Ebert Hindenburg? Darauf wollte man sich in letzter Konsequenz nicht einigen, schließlich war es wesentliches Element einer Legendenbildung, dass es nicht zu konkret werden durfte. Die Dolchstoßlegende war bereits ein Jahr durch Deutschlands reaktionäre Köpfe gewabert, als sie auf das Narrativ des Schandfriedens von Versailles traf und mit ihm wie zwei Atomkerne in zerstörerischer Gewalt verschmolz.

Der Aufprallzünder war scharf. Republikfeindliche Kräfte verbündeten sich unter der Leitung von General Walther von Lüttwitz, dem Befehlshaber des Reichswehrgruppenkommandos I in Berlin, und schmiedeten Umsturzpläne, bei denen sie sich insbesondere auf die vor Berlin stationierte Marine-Brigade Ehrhardt stützen wollten. Noch hielten sie den Zeitpunkt für nicht passend, noch hatten sie ihre Vorbereitungen nicht gänzlich abgeschlossen. Doch als Reichswehrminister Noske vor ein paar Tagen entschied, dass mehrere Freikorps, darunter die Brigade Ehrhardt, in Erfüllung des Friedensvertrages umgehend aufzulösen seien, raste die Bombe zu Boden. Lüttwitz forderte die Reichsregierung auf, den Auflösungsbefehl zu widerrufen, und wurde dafür von Noske seines Postens enthoben. Jetzt blieb ihm nur, das Feld zu räumen oder den Putsch auszulösen. Offenbar hatte er Letzteres gewählt.

»Was soll denn das?«, echauffierte sich Lettow-Vorbeck. »Ist Lüttwitz noch bei Trost? Das ist doch viel zu früh!«

»Soll ich die Truppe in Alarmbereitschaft versetzen, Herr General?«, fragte der Oberleutnant.

Fast schien der Brigadegeneral seinen Gast vergessen zu haben, so groß war die Aufregung. Jetzt schaute er ihn an, und es war klar, dass die Besuchszeit zu Ende war. Ohne dass es eines Wortes bedurfte, war Gerlach schon durch die Situation aufgefordert worden, sich von seinem Stuhl zu erheben.

»Ich brauche den Leichnam, Herr General, anderenfalls muss eine gerichtliche Beschlagnahme angeordnet werden«, sagte er und kam sich nach der Putsch-Nachricht mit seinem Anliegen reichlich unbedeutend vor.

»Sie bekommen morgen früh Nachricht in Ihr Hotel.«

Das war das Letzte, was Lettow-Vorbeck zu ihm sagte.

*

Ob er es verabscheute? Darüber dachte Hashim nicht nach. Er machte es, weil er es musste. Er war ein Askari, er lebte, um zu gehorchen. Schon sein Vater war Askari gewesen, ein Tutsi aus Ruanda, ein großer Mann und ein stolzer Krieger, ein Effendi.

»Du musst gehorchen«, hatte er zu ihm gesagt, als er gerade vier Jahre alt geworden war. Nur wenige Tage später hatte er nicht gehorcht. Der Vater rief nach ihm, dass er zum Essen kommen sollte, aber er kam nicht. Er blieb draußen bei den Tieren. Die Ziege hatte in der Nacht zwei Kitze geworfen, die noch kein Fell besaßen und seinen Schutz brauchten. Der Vater rief noch einmal und noch einmal. Dann rannte er donnernd aus dem Haus, der große, starke Mann, während der kleine Hashim sich im Stall versteckte. Der Vater brüllte, warf mit Eimern und Knüppeln um sich, der Junge kauerte in einer Kiste und kämpfte gegen einen Panikanfall. Würde der Vater ihn jetzt finden, schlüge er ihn zu Tode. Selbst lange nachdem der Vater wieder weg war, traute sich der Sohn nicht aus der Kiste. Erst spät in der Nacht wagte er es, und nur, weil er vor Durst fast umkam. Er öffnete behutsam den Deckel und stieg hinaus, so langsam, dass er es selbst nicht hören konnte. Er schlich zur Wassertonne und hob den Deckel an, ohne jedes Geräusch. Dann spürte er jemanden hinter sich. Es war der Vater mit einem Stock aus Bambusrohr.

»Du hast die Wahl«, sagte er. »Wüste oder Schläge.«
Der Junge wählte die Schläge.

»Das nächste Mal, wenn du nicht gehorchst, musst du in die Wüste. Wie die Herero, drüben in Deutsch-Südwestafrika. Die haben auch nicht gehorcht.«

Die Herero seien Buschneger, hatte der Vater gesagt. Den Ausdruck hatte er sich nicht ausgedacht. So nannten alle Askaris und alle weißen Soldaten voller Verachtung die Schwarzen, die nicht Askaris waren. In dieser Nacht starben die beiden Kitze.

Sergeant Hashim marschierte durch den leeren Korridor im ersten Stock der Alten Station, seine Schritte hallten wie in einem Konzertsaal. Der Generalmajor hatte ihn angerufen und angekündigt, dass es heute Nacht losgehen werde. Er solle sich jetzt um Kapitän Looff kümmern. Der sei ein wankelmütiger Geselle, auf den müsse man achtgeben.

Max Looff war Stadtkommandant von Kiel und in dieser Funktion Mitglied im Kommandostab der Marinestation. Möglicherweise hatte er Einfluss auf den Stationschef, er musste unter Kontrolle gebracht werden.

Lettow-Vorbeck kannte ihn gut und traute ihm deswegen nicht über den Weg. Auch Hashim kannte ihn. Vor Ausbruch des Weltkrieges hatte Looff das Kommando über den Kleinen Kreuzer SMS Königsberg erhalten und war damit nach Deutsch-Ostafrika gefahren. Kurz darauf hatte er sein Schiff im Indischen Ozean verloren und sich anschließend mit seiner Mannschaft nach Deutsch-Ostafrika durchgeschlagen, um sich der Schutztruppe unter Lettow-Vorbeck anzuschließen. Zwischen diesen beiden Alphatieren war es immer wieder zu Rivalitäten gekommen. Ständig hatte Looff von Rücksicht und Zumutbarkeit und all dem humanistischen Humbug geredet und damit notwendige Anordnungen infrage gestellt, bis er ein Jahr vor Kriegsende in britische Kriegsgefangenschaft geraten war. Er musste unter Kontrolle gebracht werden.

Hashim klopfte an Looffs Tür und wurde hereingerufen. Ein letztes Mal tief durchatmen und dann in den Kampf. Es war seine Pflicht, und es half beim Vergessen.

»Sergeant Mahjub bin Hashim«, sagte er stramm und grüßte ordnungsgemäß. »Zu Ihrer Verfügung gestellt, Herr Kapitän.«

Looff schaute von seinem Schreibtisch auf und runzelte nachdenklich die Stirn. »Hashim? Ich kenne Sie doch …«

»Von der Schutztruppe für Deutsch-Ostafrika, Herr Kapitän.«

»Stimmt.« Ein sanftes Lächeln zog sich um Looffs Mund. »Und jetzt sind Sie in Deutschland?«

»Ich hatte nur die Alternativen, Buschneger zu werden oder in die britischen Kolonialtruppen einzutreten. Da bin ich lieber mit der Truppe nach Deutschland gekommen.«

»Sehr gut, sehr gut, löblich, löblich.« Looff schaute den Sergeanten jovial an. Wohlwollend, gönnerhaft, etwas von oben herab, so hatte Hashim ihn in Erinnerung. »Und jetzt wollen Sie sich mir zur Verfügung stellen?«

»Ich unterstehe dem Verbindungsoffizier der Reichswehr-Brigade 9 und bin zur vertraulichen Kommunikation mit der Stadtkommandantur abgestellt.«

»Vertrauliche Kommunikation mit der Brigade von
Lettow-Vorbeck?« Looff lehnte sich erwartungsvoll in
seinen Sessel zurück. »Das hört sich ja verwegen an.«
Vertraulichkeit war nach Hashims gefestigter Ein-
schätzung nie die Stärke von Kapitän Looff gewesen.
Er hatte einmal zu Lettow-Vorbeck gesagt, dass jedes
Handeln erhaben sein müsse, sodass es besonderer Ver-
schwiegenheit nicht bedürfe. Für Hashim war Looffs
Erhabenheit nichts anderes als Geschwätzigkeit.

»Herr Kapitän, wir sind darüber informiert worden, dass der Reichspräsident beabsichtigt, noch heute
Nacht das Kabinett umzubilden. Reichskanzler Bauer
soll abgesetzt und Generallandschaftsdirektor Kapp
zum neuen Kanzler berufen werden.«

»Kapp? Ist das nicht dieser Kerl von den Deutsch-
nationalen?«

»Nationale Vereinigung, soweit ich weiß, Herr Kapitän.«

»Und der SPD-Mann Ebert setzt den SPD-Mann
Bauer ab, um statt seiner einen Antirepublikaner zu
berufen? Hat der getrunken?«

»Es scheint ein politischer Kompromiss ausgearbei-
tet worden zu sein.«

»Und jetzt?«

»Das Truppenamt und die Heeresleitung weisen
die örtlichen Militärbefehlshaber an, ihre Einheiten

ab morgen Früh in Bereitschaft zu halten. Es wird befürchtet, dass die Rotfront die Kabinettsumbildung zum Anlass nimmt, einen kommunistischen Aufstand anzuzetteln.«

»Und das erfahre ich jetzt von Ihnen? Von einem Sergeanten?«

»Für die frühen Morgenstunden ist eine fernmündliche Bestätigung aus Berlin avisiert. Ich soll dies nur vorab ankündigen. Und mich zu Ihrer Verfügung halten.«

Alles gelogen.

Warum Hashim das tat? Weil es seine Pflicht war.

Ob er es gerne tat? Natürlich.

IV

Klaus Gerlach war groß und dürr. In diesen Jahren waren viele Leute dürr, doch er war es schon früher gewesen. Sein Gang war leicht nach vorn gebeugt. Das war früher nicht so gewesen, das hatte er sich im Schützengraben angewöhnt. Das gewellte schwarze Haar hatte er während der Militärzeit aus praktischen Gründen kurz geschoren und jetzt wieder länger wachsen lassen, um sich von den Freikorpsrüpeln abzuheben.

In dieser Nacht fiel ihm das Einschlafen schwer. Er versuchte einzuschätzen, ob er die Leiche würde mitnehmen dürfen. In einem Moment war ihm vollkommen klar, dass das nicht passieren würde, im nächsten zweifelte er. Dann dachte er an die Logistik des Rücktransports, er musste vorbereitet sein. Gern hätte er diese Frage mit dem Generalmajor geklärt, aber das war nicht mehr möglich gewesen. Brauchte er für die Überführung einen Leichenpass? Musste ein Zinksarg verwendet werden? Oder durfte es gerade kein Zinksarg sein, um die serologische Untersuchung nicht zu verfälschen? All das war dem Kriminalassistenten nicht klar, und zu dieser Uhrzeit erreichte er niemanden mehr, der ihm hätte Klarheit verschaffen können.

Fast noch mehr als die Leiche beschäftigte ihn der Putsch. Würde er am nächsten Morgen überhaupt noch

Kriminalassistent sein? Würde die Rechtspflege vielleicht plötzlich stillstehen? Würde es so werden, wie es im November 1918 gewesen war? Würde womöglich der Franzmann einmarschieren? Die Fragen kreisten um seinen Kopf. Antworten gesellten sich hinzu und verschwanden wieder, erstaunliche und absurde Antworten. Natürlich würde der Franzmann kommen, ein Militärputsch wäre für ihn willkommener, vielleicht sogar erhoffter Anlass, Deutschland zu besetzen. Und die deutschen Generäle würden das natürlich nicht hinnehmen. Ein neuer Krieg? Würde er wieder an die Front müssen? Eine Granate schlug ein, und der Gefreite, der gerade noch vor ihm gestanden hatte, war plötzlich in einem Umkreis von zwanzig Metern über den Boden verstreut. An der Front hatte es keine Zinksärge gegeben. Dass er geträumt hatte, wurde ihm erst bewusst, als er aufwachte, schweißnass und geweckt von seinem eigenen Schrei.

Im Speisesaal durchforstete er beim Frühstück die Zeitung und erfuhr aus einer von der Druckerpresse noch warmen Sonderbeilage, dass die Brigade Ehrhardt – die berüchtigte Brigade Ehrhardt, die die Münchner Räterepublik in sinnlos brutalen Straßenkämpfen mit Plünderungen und Erschießung von Verhafteten niedergerungen hatte –, dass diese Brigade Ehrhardt tatsächlich bei Sonnenaufgang in Berlin einmarschiert sei und anschließend das Regierungsviertel besetzt habe. Viel mehr stand da nicht. Ob es Straßenkämpfe gegeben hatte, was mit der verfassungsmäßigen

Regierung geschehen war und wie es nun weitergehen sollte, das alles war nicht zu lesen. An den Nachbartischen wurde aufgeregt diskutiert. Gerlach schaute aus dem Fenster, auf dem Bahnhofsplatz herrschte Betriebsamkeit, vielleicht etwas hektischer als gewöhnlich, vielleicht war es nur Einbildung. Immer wieder blickte er auf die Uhr, es war Neun vorbei. Er musste noch telefonieren und organisieren, vielleicht aber nicht, in jedem Fall musste er warten. Als er sein Brötchen gegessen und den Kaffee ausgetrunken hatte, ging er zur Rezeption und fragte nach der Zugverbindung, die der Portier freilich nur bis Lübeck angeben konnte.

»Um halb elf ab Gleis zwei.«

»Und später?«

Der Portier beugte sich über den Tresen und begann zu flüstern. »Nehmen Sie den um halb elf. Danach kann ich für nichts garantieren.«

Gerlachs hochgerissene Augenbrauen fragten, wieso.

»Es heißt …« Der Portier beugte sich noch weiter vor und flüsterte noch leiser, grad so, als verriete er die Gewinnzahlen der Lotterie. »Es heißt, dass es einen Generalstreik geben wird. Alles auf null. Ab Mittag kein Zug, kein gar nichts.«

Der Kriminalassistent ging zurück in den Speisesaal, trank noch einen Kaffee, steckte sich eine Eckstein No. 5 an und wartete.

Und wartete.

Bis ein Page im Eingang erschien und einem Leutnant den Weg zu Gerlach wies.

»Kriminalassistent Gerlach?«, fragte der Leutnant, als er an dessen Tisch trat.

Gerlach nickte.

»Ich habe Ihnen auszurichten, dass der von Ihnen angefragte Leichnam in militärischem Gewahrsam verbleiben muss.«

Gerlach sprang auf, die beiden Männer standen einander mit ernstem Blick gegenüber, kaum zwanzig Zentimeter trennten ihre Nasenspitzen.

»Dann werde ich eine gerichtliche Verfügung beantragen.«

Der Leutnant grinste in wissender Überlegenheit. »Aufgrund der wegen des Regierungswechsels zu erwartenden Unruhen wurde vom Militärbefehlshaber der verschärfte Belagerungszustand ausgerufen. Im Laufe des Tages werden Standgerichte installiert. Dorthin können Sie Ihre Eingabe gerne richten.«

Im Grunde war es klar, dass es so kommen musste. Gerlach war nicht wirklich überrascht, aber umso wütender.

»Ich soll Ihnen allerdings ausrichten, dass unverzüglich eine Leichenschau in der hiesigen Gerichtsmedizin durchgeführt wird«, fuhr der Leutnant fort. »Der Bericht soll Ihnen anschließend nach Kiel geschickt werden.«

Um halb elf saß Gerlach im Zug. Es sollte für einige Zeit der letzte sein, der den Schweriner Hauptbahnhof verließ.

✳

Der Krieg war verloren, die Kaiserzeit vorbei, eine liberale Staatsverfassung erlassen. Die Republik war geboren und damit die Demokratie. Zugleich schnürte der Versailler Vertrag den Menschen die Kehle zu. Auch wenn auf der Straße eine Zeit der Not, der Unsicherheit und der politischen Gewalt herrschte, die juristischen und philosophischen Fakultäten hatten Hochkonjunktur. Der gesellschaftliche Umbruch musste verstanden, sein Weg vorgedacht werden.

Im Kieler Schlossgarten stand ein prächtiges Kollegiengebäude, Monumentalfiguren von Platon, Solon, Hippokrates und Aristoteles säumten sein Eingangsportal. Es war der ganze Stolz der Kieler Universität, ein Geschenk des Kaisers, in gewisser Weise eine verhohlene Entschädigung für die preußische Annexion Schleswig-Holsteins. Hier war die Juristische Fakultät untergebracht, die Professoren hatten hier ihre Büros eingerichtet, und heute Vormittag hatte Professor Radbruch seinen Lieblingsdoktoranden herbestellt. Es war Samstag, nicht sonderlich viel los, nur ein paar Kollegen waren anwesend, die, wie auch Radbruch, diese Zeit schätzten, weil sie sich ungestört von lästigen Studenten, Sekretärinnen, Besuchern und Ehefrauen für konzentrierte Studien in ihre Arbeitszimmer zurückziehen konnten.

Radbruch saß in seinem Sessel und Valentin ihm gegenüber.

»Recht ist, was im Gesetz steht«, dozierte der Professor. »Deshalb kann es ungerechte Gesetze denknotwendig nicht geben. Das gilt jedenfalls, solange das Gesetz in einem formal ordnungsgemäßen Verfahren zustande gekommen ist und nicht gegen höherrangige formale Gesetze verstößt.«

Valentin schüttelte den Kopf.

Dann schüttelte Radbruch den Kopf. »Nehmen wir zum Beispiel das Problem des Schwangerschaftsabbruchs.«

Der Professor griff nach seiner Aktentasche, die auf dem Boden stand, legte sie auf den Tisch, holte eine Thermosflasche heraus und schenkte sich Tee in eine Tasse. Valentin verzichtete.

Radbruch fuhr fort: »Sie sagen, Sie wollen den Abbruch innerhalb einer bestimmten Frist legalisieren.«

»Ich sage das? Sie sagen das.«

»Ja, ich sage das. Und wie sehen Sie es?«

Valentin musste überlegen, aber nicht lange. »Ich sehe es – auch so.«

»Und warum?«

»Weil eine ungewollte Schwangerschaft für manche Frauen in ihrer sozialen Wirklichkeit zu unzumutbaren Härten führen kann und das Lebensrecht des Fötus bis zu einem gewissen Entwicklungsstadium dahinter zurücktreten muss.«

»Es gibt aber Menschen, die einen Schwangerschaftsabbruch in moralischem Sinne für Mord halten. Und jetzt? Schuld oder keine Schuld? Wenn Sie mit Ihrer naturrechtlichen Gesinnung sagen, die Moral sei dem

Menschen vorgegeben und deshalb von ihm nicht abänderbar, dann gibt es nur eine folgerichtige Lösung für das Problem. Sie müssten denjenigen, die den Schwangerschaftsabbruch aus moralischen Gründen ablehnen, attestieren, dass ihre Auffassung unmoralisch sei. Das wäre eine *contradictio in adiecto*, nicht wahr?«

Radbruch versuchte, ein wenig von dem Tee zu schlürfen, befand ihn jedoch für viel zu heiß und brach die Aktion ab.

»Aber Sie haben noch ein Problem, ein ganz elementares: Anders als bei den Naturgesetzen, auf deren Geltung man durch Beobachtung schließen kann, fehlt uns bei Ihren Moralgesetzen eine hinreichend zuverlässige Erkenntnisquelle. Selbst wenn es ein dem Menschen vorgegebenes, also nicht zu seiner Disposition stehendes Moralgesetz geben sollte, können wir es als solches nicht sicher erkennen. Selbst wenn Gott die zehn Gebote erlassen hat, können wir nicht ausschließen, dass er damit vielleicht doch nichts zu tun hatte und die Gebote nur die vor dreitausend Jahren herrschende Sittlichkeit abbilden.«

Radbruch versuchte erneut, in den Genuss seines Darjeeling zu kommen. Er pustete ausdauernd in die Tasse, dann nahm er einen ganz vorsichtigen Schluck.

»Und das nächste Problem, das Sie mit Ihrem Naturrecht haben: Es verträgt sich nicht mit Demokratie. Und das aus praktischer Sicht wohl größte Problem: Wenn naturrechtliche Regeln, die Sie vielleicht gar nicht kennen, weil sie ja nirgendwo aufgeschrieben sind, über dem geschriebenen Gesetz stünden, könnten Sie nie vorhersehen, wie ein Richter in irgendeinem konkreten Fall entschiede. Damit verlöre das Recht seine wichtigste soziale Ordnungsfunktion, nämlich Verhaltensregeln aufzustellen.«

Radbruch konnte in Valentins Augen entschiedenen Widerspruch entdecken. Doch der brave Schüler hatte geduldig gewartet, bis der Lehrer seine Lektion beendete. Jetzt allerdings war Valentin dran.

»Aber wenn jedes Gesetz gültig ist, solange es nur formal ordnungsgemäß zustande gekommen ist, wenn es keine vorgegebenen Schranken gibt, dann ist die Rechtswissenschaft nur ein inhaltsloses Gerüst. Der Reichstag könnte ein Gesetz verabschieden, nach dem der Staat willkürlich Menschen verhaften, in ein Lager sperren und dort umbringen dürfte, und niemand hätte das Recht, sich dagegen zu wehren.«

»Das würde der Reichstag nie tun.«

»Oder es wird ein Gesetz erlassen, nach welchem quer durch Deutschland eine Mauer gebaut werden muss und verboten wird, von einem Teil Deutschlands in den anderen Teil zu fahren, und jeder, der es trotzdem versucht, soll an der Mauer erschossen werden. Und das soll gerecht sein? Nur weil der Reichstag es so beschließt?«

Valentins Einwürfe waren wenig durchdacht. Aber er trug sie stürmisch und mit Engagement vor, mit dem Recht der Jugend. Radbruch schätzte das, es stellte seine Thesen auf die Probe. Es war wie durchlüften, und kluge Gedanken, wenn sie denn klug waren, hielten dem Luftzug stand.

»Ihre Beispiele sind absurd! Eine Gesellschaft gibt sich die Gesetze, die sie für gerecht hält. Und wenn sie eines Tages ein Gesetz nicht mehr für gerecht hält, wie etwa den Abtreibungsparagrafen oder die Todesstrafe, dann schafft sie es ab.«

Hektisches Klopfen kam von der Tür. Ohne ein Herein abzuwarten, stürmte ein schmächtiges Männchen ins Zimmer. In einer Hand hielt es ein Exemplar der Schleswig-Holsteinischen Volkszeitung, klopfte empört mit der anderen Hand darauf und marschierte auf Radbruch zu.

»Heller«, grüßte der Professor, »beruhigen Sie sich. Denken Sie an Ihr Herz.«

Hermann Heller hatte ein Herzleiden, das er sich fünf Jahre zuvor an der Front zugezogen hatte und das ihm noch immer Beschwerden bereitete. In drei Tagen sollte er habilitiert werden, dann würde er Privatdozent sein und eine Lehrberechtigung erhalten, das war schon Aufregung genug, doch jetzt schien er in der Zeitung etwas noch Aufregenderes gefunden zu haben.

Als Radbruch die Meldung las, mochte er es nicht wahrhaben. Militärputsch, man hatte Gerüchte gehört, man hatte es diesen Brüdern zugetraut, aber man hatte es nicht wirklich glauben können. Die Regierung war geflohen und Generallandschaftsdirektor Kapp zum neuen Reichskanzler ernannt. Wer? Und: von wem?

Radbruchs Hände sackten in seinen Schoß, die Zeitung achtlos darin geknittert. Die Verfassung sah einen Militärputsch nicht vor, also war der Putsch Unrecht. Da gab es kein Vertun, das musste auch Valentin einsehen. Und trotzdem Militärputsch, die normative Kraft des Faktischen. »Jede Verfassung scheitere an den für sie ungeeigneten Menschen«, mit diesem Satz hatte der Professor oft seine rechtsphilosophischen Vorlesungen zum Verfassungsrecht eingeleitet. Und er hatte recht. Was gäbe er dafür, unrecht zu haben. Alles Streben umsonst, all die Hoffnung dahin, der soziale Rechtsstaat in Scherben. Ein Moment der Stumpfheit. Die drei Gelehrten schauten sich an, mutlos, ratlos, die gescheiten Köpfe auf null. Gegen Gewalt konnten sie nichts ausrichten.

Oder doch?

Schwer zu sagen, wessen Blick sich zuerst wieder erhellte.

»Wir müssen zum Gewerkschaftshaus.«

Kaum zu sagen, wer diesen Vorschlag machte. Erst recht nicht, wer ihn zuerst dachte. Sie schauten sich wieder an, etwas weniger mutlos. Dann mit ein wenig Hoffnung, dann entschlossen. Die Zeitung landete auf dem Tisch, die Hüte auf den Köpfen, die Mäntel auf den Schultern. Der Tee wurde kalt.

Ihr Weg zum Gewerkschaftshaus in der Fährstraße führte sie über den Lorentzendamm am Kleinen Kiel entlang, mit jedem Schritt ein wenig fester, aber mit Rücksicht auf Hellers Herz nicht allzu schnell. Andreas Gayk kam ihnen entgegen, Redakteur der Schleswig-Holsteinischen Volkszeitung, ein gescheiter junger Mann. Radbruch kannte ihn. Er hatte den Professor vor ein paar Monaten um Erläuterungen zur neuen Staatsverfassung gebeten, obwohl er in der Lokalredaktion tätig war und mit der großen Politik nichts zu tun hatte. Radbruch hatte ihm bereitwillig und schwärmend Auskunft erteilt – bei einer Tasse Tee, versteht sich.

»Haben Sie Neuigkeiten?«, fragte der Professor.

»Generalstreik ab zwölf, Versammlung im Bürgerbräu sofort«, antwortete Gayk und hetzte mit fliegendem Mantel und etwas zu kleinem Hut in Richtung Nikolaikirche. Die Gelehrten schlossen sich ihm an.

Zunächst ging es die Küterstraße hinauf zum Markt. Ein paar Stände waren dort aufgebaut, nicht viele, die Bauern hatten nur wenig anzubieten, und der eigentliche Wochenmarkt wurde schon seit vielen Jahren auf dem Exer abgehalten. Lediglich ein einbeiniger Schuhputzer war zu sehen, ein Messerschleifer, dem der rechte Unterkiefer fehlte, ein Stand mit Kurzwaren, einer mit Eiern und zwei oder drei mit Kartoffeln, Rüben und alten, schrumpeligen Äpfeln. Einer davon wurde von einer Lausbubenbande belagert. Unflätige Ausdrücke schleuderten der Marktfrau entgegen, die zurückkeifte und dabei wild gestikulierte, als wollte sie Fliegen vertreiben. Flugs griffen dreckige kleine Hände in die Holzkästen ihrer Auslage und verschwanden augenblicklich mit einer armseligen Beute von ein paar Äpfeln in alle Richtungen. Valentin wollte sich aufmachen, einen der Lümmel zu verfolgen, wurde aber von Radbruch zurückgehalten. Sie hatten keine Zeit. Heller zog sein Portemonnaie aus der Hosentasche und gab der Alten zwei Groschen als Entschädigung. Dann setzten die Gelehrten ihren Weg fort, Gayk war schon außer Sichtweite.

Sie eilten an der Nikolaikirche vorbei, dahinter lag das Bürgerbräu. Von draußen war bereits zu erkennen, dass es drinnen voll werden würde. Gruppen von Arbeitern standen vor der Tür und drängten hinein, ebenso Männer und Frauen in bürgerlicher Kleidung, Standesunterschiede waren heute nicht wichtig.

Das Münchner Bürgerbräu in der Schuhmacherstraße war immer gut besucht, schon morgens zum Frühstück war es regelmäßig voll. Der Name erinnerte an den Münchner Bürgerbräukeller oder das Hofbräuhaus – dort war vor einem Jahr die Bayerische Räterepublik ausgerufen und vor zwei Monaten die NSDAP gegründet worden. Doch dies war nicht der wichtigste Grund für die große Beliebtheit der Gaststätte. Etwas anderes war dafür verantwortlich, nämlich die grandiose Idee des Pächters, kostenlos an die Gäste Postkarten mit Motiven aus der Gaststätte zu verteilen. Wer Kiel besuchte und sich in der Stadt nicht auskannte, hatte aber vielleicht schon einmal eine solche Postkarte erhalten, kannte also das Bürgerbräu und kehrte ein. Und verschickte eine Postkarte.

Für die unangekündigte Versammlung wurde spontan der Offizierssalon freigemacht. Er erwies sich schnell als zu klein, selbst wenn jeder Besucher Platz für sein Bierglas, seine Tasse Kaffee oder vereinzelt Tee fand. Einer der Besucher sah aus wie Käpt'n Ahab und war seit Jahren als Polizeispitzel bekannt. Republik und SPD-Regierung, das hatte nichts verändert, noch immer schickte die Polizei ihre Spitzel zu Versammlungen, in denen linke Umtriebe erwartet wurden. Man hatte sich daran gewöhnt, Käpt'n Ahab wurde der Zutritt nicht verweigert, warum auch, man hatte nichts zu verheimlichen, und es war immer noch besser, dass man wusste, wer der Spitzel war, statt einen Unbekannten fürchten zu müssen.

Die Versammlung hatte gerade begonnen und Stadtrat Gress war in einem höchst unrevolutionären Bericht über die Ernährungslage und ihre Aussichten für die kommenden Wochen versunken. Niemand hörte ihm zu, höflich unterdrücktes, aber nervöses Grummeln war zu vernehmen. Die drei Gelehrten drängten sich zwischen aufgeregten Arbeitern hindurch, ihr Ziel war der einzige im Saal verbliebene Tisch, der als Rednerpult diente. Darum versammelt stand ein Großteil der führenden Kieler Linken: Sozialdemokraten von SPD und USPD, ein paar Kommunisten – die KPD hatte sich vor rund einem Jahr durch Abspaltung des Spartakusbundes von der USPD gegründet – und Gewerkschafter. Ihr zahlenmäßiges Verhältnis entsprach der in Kiel vertretenen Stärke ihrer Organisationen. Viele Mehrheitssozialisten und Gewerkschafter, einige Unabhängige, nur zwei Kommunisten. Man begrüßte sich über die Parteigrenzen hinweg, man kannte sich.

Gustav Radbruch war gegen Kriegsende in die SPD eingetreten. Er hatte schon früher daran gedacht, doch den Schritt mit Rücksicht auf seine Universitätskarriere nicht gewagt. In der Kaiserzeit war es in Deutschlands juristischen Fakultäten nicht viel anders gewesen als bei der preußischen Kriminalpolizei, ein Sozialist hatte hier wie dort wenig Chancen auf Karriere gehabt. Sogar als Radbruch letztes Jahr, also unter einer sozialistischen Übergangsregierung, die außerordentliche Professur an der Kieler Universität erhalten hatte, war dies nur gegen den erbitterten Widerstand des erzkonservativen Kollegiums geschehen. Seither lieferte er sich mit einigen der Kollegen hartnäckige wissenschaftliche Dispute, die nicht immer sachlich blieben und manchmal scharf an der Grenze des Paragrafen hundertfünfundachtzig Strafgesetzbuch vorbeischrammten.

Auch Hermann Heller war Mitglied der SPD und war, verführt durch Radbruch, erst vor wenigen Tagen in die Partei eingetreten. Als Kollegen, beide Neulinge in Kiel und beide Sonderlinge an der Fakultät, hatten sie sich kennengelernt und bei vielen Tassen Tee und etlichen Flaschen Wein ihre Gedanken und ihre Zigarren ausgetauscht. Heller hatte Radbruch davon überzeugt, dass ein Rechtsstaat im dialektischen Sinn auch immer ein Sozialstaat sein müsse, und Radbruch hatte Heller davon überzeugt, dass ein Mensch mit dieser Auffassung SPD-Mitglied sein müsse.

Valentin allerdings fand beides nicht zwingend, jedenfalls nicht logisch zwingend. Dennoch, für den

Rechtsstaat war er auch, ebenso für den Sozialstaat, und auch gegen die SPD hatte er nichts Prinzipielles einzuwenden. Radbruch und Heller hatten sich vorgenommen, ihn zu bearbeiten.

Neben dem Rednerpult stand Wilhelm Spiegel, Rechtsanwalt, Stadtverordneter, seit einem Jahr Vorsteher der Stadtverordnetenversammlung und – natürlich – SPD-Mitglied. Er reichte den drei Gelehrten die Hand, als sie herankamen. Heller gab ihm einen freundschaftlichen Klaps auf die Schulter; sie waren nicht nur Parteigenossen, Heller wohnte in einer kleinen Einliegerwohnung in Spiegels Haus. Gemeinsam warteten sie halbwegs geduldig, wie alle anderen auch, auf das Ende von Gress' Bericht. Dann kam es. Ob es wirklich ein Ende sein sollte oder nicht eher eine rhetorische Pause war, konnte man zwar nicht mit Gewissheit sagen. Aber Spiegel ergriff – aufgrund seiner Autorität als Stadtverordnetenvorsteher und faktischer Versammlungsleiter – die Gelegenheit und sagte: »Vielen Dank, Herr Stadtrat«, und rief in die Menge: »Haben wir Waffen?«

Der entsetzte Aufschrei einer Frauenstimme war die erste Reaktion, dann folgten Parolen und Schlachtrufe. Jetzt war klar: Auch wenn es in Berlin keinen Widerstand gegen die Konterrevolution gab, in Kiel würde man kämpfen.

»Auf der Reichswerft, Geschütze«, antwortete jemand aus der Menge und streckte die Faust in die Luft. »Aber keine Munition.«

Ein anderer: »Dietrichsdorf!« Er meinte damit das Artilleriemunitionsdepot.

»Keine Artillerie«, rief Spiegel. »Gewehre brauchen wir. Wir wollen doch nicht die Stadt zusammenschießen.«

Gustav Garbe ergriff das Wort. Er war Gewerkschaftssekretär, während des Matrosenaufstands einer der Arbeiterführer und nach der Novemberrevolution für einige Zeit Gouverneur von Kiel gewesen. Sein Wort hatte Gewicht. »Wir machen einen Generalstreik, im ganzen Land! Kein Rad darf sich mehr drehen, bis die verfassungsmäßige Regierung wieder an ihren Platz zurückgekehrt ist. Die Gewerkschaften haben dazu aufgerufen.« Ein kurzer Blick zur Seite in Spiegels strenges Gesicht, dann ergänzte er: »Und die SPD.«

Applaus und »Bravo«-Rufe.

»Männer! Ihr seid berufen, die Republik zu retten!«

Taumelnder, fast stürmischer Applaus. Nicht nur der Männer, auch der anwesenden Frauen, selbst wenn einige sich gefragt haben dürften: wieso immer nur Männer?

»Aber dazu braucht ihr Gewehre, um die Betriebe zu sichern, keine Geschütze.«

Zurückhaltender Applaus.

Am anderen Ende des Saals kletterte ein junger Mann auf den Ofen.

»Den kenne ich«, flüsterte Valentin Radbruch zu. »Er studiert Jura, im fünften Semester. Ist Rechtspositivist, wie Sie.« Dann grinste Valentin. »Aber damit hören die Gemeinsamkeiten schon auf. Radikal ist er, Spartakist, ein Hasardeur.«

Noch bevor der Student die von ihm erwarteten Parolen skandieren konnte, wurde er von einem rothaarigen Kommilitonen wieder heruntergezerrt.

»Kennen Sie den auch?«

»Nein.«

Der Kommilitone kletterte jetzt selbst auf den Ofen.

»Arbeiter!«, rief er und Hass stach aus seinen Augen. »Fragt die Mehrheitssozialisten zuerst, wofür ihr eure Knochen zu Markte tragen sollt! Zum Wohl der Bourgeoisie? Der Bonzen? Die befürchten doch nur, bei einem reaktionären Umschwung auf die Mütze zu kriegen. Und was bleibt am Ende für euch? Außer dass ihr mal wieder das Kanonenfutter wart?«

Gemurmel. Verwirrung entstand. Einige Fäuste streckten sich dem rothaarigen Studenten zu, andere in die entgegengesetzte Richtung. Ob es Jubelgesten oder Drohgebärden waren, wer konnte das schon auseinanderhalten?

»Die Putschisten müssen weg. Aber Ebert und seine Kumpane auch!«

»Jawohl«-Rufe und »Es lebe Karl Liebknecht!«, auch die Namen Rosa Luxemburg und Kurt Eisner waren zu hören. Allesamt seit über einem Jahr tot. Die Führer der radikalen Linken, alle für ihre Sache gestorben, in radikalen Köpfen spukten sie weiter. Und wenn ihre Namen ausgesprochen wurden, ging es immer auch gegen den Reichspräsidenten und seinen Reichswehrminister, um Friedrich Ebert und Gustav Noske, und mit ihnen gegen die gesamte Mehrheits-SPD, die man für den Tod der linken Führer verantwortlich machte und die es wohl auch waren. Denn sie hatten die Freikorps errichtet, die sie ermordet hatten. Einheiten aus erzkonservativen Monarchisten, an der Front verroht, im Felde unbesiegt, von der Dolchstoßlegende beseelt und tief gedemütigt, sie waren nach Berlin, München und Bremen gezogen und hatten vernichtet, was kommunistisch und proletarisch gewesen war. Doch nun passte der Geist nicht mehr in die Flasche.

»Noskes Freikorps wenden sich jetzt gegen ihn. Was habt ihr damit zu tun?«, rief der Student.

»Es geht doch um unser aller Freiheit!«, erwiderte Spiegel.

»Um die Gleichheit geht es«, ergänzte Radbruch.

»Welche Gleichheit denn? Gleichheit im Kapitalismus? Kapitalismus beruht auf Ausbeutung, also auf Ungleichheit! Und um welche Freiheit?« Der Rotschopf begann, höhnisch zu lachen.

»Ihr werdet die Reichswehr nicht im Bürgerkrieg besiegen können, auch nicht, wenn ihr ihnen ein paar Geschütze klaut«, rief Garbe und schleuderte dem Studenten eine verächtliche Handbewegung entgegen. »Nur der Generalstreik kann sie in die Knie zwingen!«

Die Menge diskutierte. »Generalstreik« hörte man

und »Ausbeutung«. Radbruch schaute Valentin an, Heller schaute Spiegel an.

»Wir müssen sie wieder einfangen«, sagte Garbe und schaute alle an.

»Aber wie?«, fragte Spiegel.

Während sie auf eine Eingebung warteten, stürmte unvermittelt ein langer, drahtiger Kerl mit Schiebermütze in den Saal. Er schwitzte, war gerannt, als wäre er aus Marathon gekommen.

»Nachricht aus dem Rathaus«, schnaufte er.

Augenblicklich verstummten die Diskussionen und alle Aufmerksamkeit war auf diesen Kerl gerichtet, der vollkommen außer Atem war und nach seinen ersten Worten eine Pause einlegen musste.

»Magistrat steht zur Verfassung«, fuhr er fort, dann brauchte er wieder eine Pause.

»Blaue Polizei auch.«

Pause.

»Marinestation und grüne Polizei …«

Ein Genosse reichte ihm ein Glas Doppelkorn, das er in einem Zug leerte.

Jetzt brauchte er eine lange Pause.

Blaue Polizei wurde die traditionelle, kommunale Ordnungspolizei mit ihren dunkelblauen Uniformen und Pickelhauben genannt. Im Gegensatz dazu gab es seit einiger Zeit die Grüne Polizei, eine zur Aufrechterhaltung der inneren Sicherheit gegen revolutionäre Erhebungen neu gebildete Sicherheitspolizei. Sie war überwiegend aus ehemaligen Frontsoldaten rekrutiert worden, paramilitärisch organisiert und trug eine graugrüne Uniform mit Tschako.

Die Geräuschkulisse begann sich langsam wieder zu heben, bis ein tiefes Einatmen des Marathonläufers die Fortsetzung seiner Botschaft ankündigte und damit sofortige Ruhe schaffte.

»Marinestation und grüne Polizei stehen zu den Putschisten.«

Noch ein Korn. Noch eine Pause.

»Ein Bataillon Küstenwehr zieht in die Stadt ein.«

Dann brach er zusammen. Jemand goss eine Kanne kaltes Wasser über seinen Kopf, anschließend zogen ihn seine Genossen aus dem Saal und übergaben ihn einem zufällig anwesenden Arzt.

Der Geräuschpegel stieg wieder an. Jeder diskutierte mit allen, die um ihn standen. Nur am Rednerpult herrschte eine gespannte Ruhe. Jetzt stand es Spitz auf Knopf. Es brauchte das richtige Wort mit dem richtigen Zungenschlag. Wer traute es sich zu?

»Männer!«, rief Spiegel. »Jetzt ist nicht die Zeit für Flügelkämpfe und Selbstzerfleischung.«

Radbruch sprang ihm zur Seite: »Es gilt, unseren Magistrat zu beschützen. Seit an Seit mit der blauen Polizei.«

Dann wieder Spiegel: »Wir sind Kiel!«

Applaus und in einer zweiten Welle Jubelstürme. Alle waren sich einig: Kiel war die Stadt des Matrosenaufstandes. Auch wenn es hier nicht viele USPDler oder gar Kommunisten gab, in Kiel war als Erstes für die Republik gekämpft worden. Und deshalb war man hier aufmerksamer als in irgendeiner anderen Stadt. Und entschlossener. Für die Verfassung.

✳

Die neue Zeit hatte nicht nur Demütigung, Gewalt und Not gebracht, sondern auch zwei direkt spürbare Fortschritte. Zum einen das Frauenwahlrecht, für Rosenbaum nicht so beeindruckend. Zum anderen die Achtundvierzigstundenwoche. Fortan arbeiteten Arbeiter, Angestellte und Beamte von montags bis freitags neun und samstags nur noch drei Stunden, mancherorts achteinhalb oder fünfeinhalb. Heute jedoch würde für Rosenbaum aus der samstäglichen Reduzierung nichts werden. Er hatte einen neuen Mordfall aufzuklären und in Berlin hatte ein Militärputsch stattgefunden. Beide Ereignisse besaßen das Potenzial für gewaltige Überstunden.

Schon als der Kommissar am Morgen in die Blume kam, fand unmittelbar eine eilig anberaumte Dienstbesprechung im großen Sitzungssaal statt. Alle Revierleiter der blauen Polizei hatten sich dort versammelt, teilweise mit ihren Vertretern. Hinzu kamen sämtliche Beamte der Dienstgrade von Kommissar bis Polizeirat. Polizeipräsident Poller war nicht anwesend, er lag mit Fieber im Bett und wurde von Polizeirat Beudt vertreten. Es hatte sich bereits herumgesprochen, dass das Militär geputscht hatte. Einige Kollegen hatten es in der Zeitung gelesen, andere ließen sich staunend und vielleicht ein wenig ungläubig davon berichten, viele waren angewidert, andere unterdrückten ihre Freude. Alle waren verunsichert. Beudt eröffnete die Sitzung und mit seinen ersten Worten bekannte er sich ausdrücklich und ohne ein Zögern zur Verfassung und zur Regierung Ebert. Seine Entschiedenheit erntete verhaltenen Beifall, sie ließ diejenigen, die mit den Putschisten sympathisierten, endgültig verstummen, die anderen sich ein wenig beruhigen. Beudt berichtete, er komme gerade von der Marinestation und habe mit dem Stationschef Magnus von Levetzow persönlich gesprochen. Der habe verlangt, dass die blaue Polizei jetzt dem Stadtkommandanten unterstellt werden solle. Beudt habe dies abgelehnt, weil er die blaue Polizei brauche, um die Holz- und Lebensmittellager der Stadt zu sichern.

»Wie steht das Stationskommando zum Putsch?«, wurde aus der Menge gefragt.

»Levetzow hat erklärt, dass er sich neutral verhalte, solange er keine Anweisung der Admiralität habe, und bis dahin allein der öffentlichen Ruhe und Ordnung dienen werde.« Beudt holte tief Luft. »Außerdem erklärte er, dass die auf der Flucht befindliche alte Regierung möglicherweise im Begriff sei, über Hamburg nach Kiel zu reisen. Er verlangte für diesen Fall von mir, sie in Haft zu nehmen.«

Damit war klar, wie es um die Neutralität des Stationskommandos bestellt war. Nach der bisherigen

Rechtslage – wegen einer in einem Blutbad gemündeten Demonstration vor dem Berliner Reichstag am 13. Januar gegen das geplante Betriebsrätegesetz hatte der Reichspräsident die entsprechende Notstandsverordnung bereits erlassen, aber noch nicht öffentlich bekannt gemacht – wurde die vollziehende Gewalt vom Reichswehrminister ausgeübt. Und der hatte sie an die örtlichen Militärbefehlshaber, das war in Kiel der Stationschef, im Zusammenwirken mit den örtlichen Regierungskommissaren, hier der Kieler Polizeipräsident, übertragen. Doch so, wie das Militär die zivile Reichsregierung absetzen konnte, so würde es auch in der Lage sein, den Regierungskommissar abzusetzen, mit *vis absoluta*, dem Recht des Stärkeren, der normativen Kraft des Faktischen.

Was könnte die blaue Polizei jetzt tun? Die öffentliche Ruhe und Ordnung aufrechterhalten. Und das könnte bedeuten, die Stadt vor dem Militär schützen. Jedem im Saal wurde dies augenblicklich bewusst.

Eine Sonderkommission, die »Sonderkomm. Verfassung«, wurde eingerichtet und – wie konnte es anders sein – Iago Schulz zu ihrem Leiter bestellt. Und – natürlich – verzichtete Schulz auf die Mitarbeit von Rosenbaum.

Eine Stunde später schlenderte Rosenbaum auf dem Weg zur Praxis von Dr. Stapelhöhe in die Dahlmannstraße. Für diese kurze Strecke hätte er kein Automobil aus dem Fuhrpark haben wollen und er hätte heute, gerade heute, wahrscheinlich auch keines bekommen. Denn die Kieler Polizei verfügte nur über ausgesprochen wenige fahrbereite Gefährte. Noch immer musste sie sich mit den Fahrzeugen zufriedengeben, die ihr das Militär nach Ausbruch des Krieges belassen hatte, weil sie für den Fronteinsatz zu alt und zu unzuverlässig gewesen waren. Dass die requirierten, neuen, zuverlässigen Automobile nach Kriegsende zurückgegeben werden sollten, jedenfalls soweit sie noch existierten, war aus Sicht der Polizeibehörden eine Selbstverständlichkeit, im Grunde aus jedermanns Sicht, außer vielleicht der des Militärs. Es schien sogar so selbstverständlich zu sein, dass es in keiner Verordnung ausdrücklich geregelt worden war. Doch bis jetzt war die Militärverwaltung mit dem Nähen republikanischer Uniformen oder dem Versenken eigener Kriegsschiffe so beschäftigt, dass sie zur Ausmusterung von Gegenständen, die ihr nicht gehörten, noch nicht gekommen war.

Egal, Rosenbaum ging zu Fuß. Einen kurzen Moment hatte er daran gedacht, sein Fahrrad zu nehmen. Aber der Weg war wirklich nicht weit, es hätte sich nicht gelohnt, also ging er zu Fuß. So konnte er seine Gedanken wieder auf seinen Fall richten und musste sich nicht auf den Straßenverkehr konzentrieren. Den ganzen Weg über begegnete er immer wieder vereinzelten Gruppen von zu allem entschlossenen Arbeitern, die von irgendwo nach irgendwo seinen Weg kreuzten und teils mit Knüppeln, teils nur mit Fäusten bewaffnet waren. Kein Tag wie jeder, aber ein Tag, der mehr als jeder andere Normalität und Routine benötigte. Das war der Grund, weshalb sich der Kommissar dazu zwang, seinen Mordfall zu bearbeiten, als wäre nichts geschehen.

In der Dahlmannstraße, Ecke Brunswiker, befand sich die Milchküche, die zweite in Deutschland. Hier wurde Muttermilch für die Säuglinge der nahe gelegenen Frauenklinik aufbereitet, der Hygiene wegen von der Klinik räumlich getrennt. Keine hundert Meter westlich lag das Oberlyzeum, dazwischen die Hausarztpraxis von Dr. Max Stapelhöhe.

Der Doktor war ein gedrungenes kleines Kerlchen. Seine Äugelein blinzelten nervös hinter einer runden Drahtbrille, deren Gläser so klein waren, dass sie nur einen geraden Blick zuließen und ihren Besitzer zwangen, den Kopf zu bewegen, wenn er sich umschauen wollte. Und mit etwas Fantasie konnte man Ähnlichkeiten zwischen seiner Nase und einem Sittichschnabel erkennen. So saß er zwischen seinem weiß lackierten Schreibtisch und gruseligen Schaubildern von aufgeschnittenen Menschenkörpern und hatte alle Zeit der Welt. Sein gerader Blick sagte: Ich habe immer meine staatsbürgerlichen Pflichten erfüllt und immer Gottes Gebote geachtet, da kann ich doch wohl erwarten, dass die Patienten an einem Samstagvormittag mein Wartezimmer füllen. Indes, das Wartezimmer war leer. Heute war ein besonderer Tag. Die meisten Menschen gingen voller Tatendrang zu Versammlungen oder blieben ängstlich zu Hause.

»Ich bin wegen Ihrer Patientin Katharina von Lettow-Vorbeck hier. Haben Sie ihr dieses Rezept ausgestellt?«

»Stimmt damit etwas nicht?«

»Fräulein von Lettow-Vorbeck ist vorgestern Nachmittag einem Gewaltverbrechen zum Opfer gefallen.«

Der Doktor schaute den Kommissar entsetzt an. Er war überrascht. Offenbar hatte er keine Zeitung gelesen.

»Verbrechen?«

»Mord. Sie ist tot.«

Stapelhöhes Augenbrauen zogen sich zusammen und sein Blick richtete sich auf die Unendlichkeit. Ärzte waren daran gewöhnt, dass Patienten starben. Aber bei einer Todesnachricht verhielten sie sich wie alle anderen Menschen. Die erste Reaktion war nicht Trauer, Betroffenheit oder Entsetzen, sondern die Frage: War ich schuld? Die Endgültigkeit des Todes machte Schuld unabänderbar.

Ein Ruck ging durch den Doktor und er kehrte aus der Unendlichkeit zurück.

»Ja, das habe ich ausgestellt.« Mit zuckendem Kopf inspizierte er das Rezept, als wollte er ausschließen, dass es sich um eine Fälschung handelte. »Vorgestern. Ich erinnere mich. Sie war vorgestern am Vormittag bei mir.«

»War sie krank?«

»Nein. Nicht direkt. Sie war schwanger.«

Schwanger. Der Kommissar brauchte ein wenig Zeit, um die unerwartete Information zu verarbeiten.

»Was ist denn genau passiert?«, fragte Stapelhöhe.

»Sie wurde tot im Kleinen Kiel aufgefunden. Viel mehr wissen wir noch nicht.«

»Dann könnte es sich auch um einen Unfall handeln?«

»Kaum.« Rosenbaum wischte sich mit den Fingern über die Stirn, um seine Gedanken zu ordnen. »Wissen Sie, wer der Kindesvater war?«

Der Doktor schüttelte den Kopf. »Sie war sehr verschlossen, ein großes Drama, sie war ja unverheiratet. Wer der Vater ist, hat sie nicht gesagt.«

»War sie verlobt oder hatte sie einen Verehrer?«

»Das weiß ich nicht.«

»Erzählt hat sie nichts?«

»Nein.«

»Und was glauben Sie?«

»Sie war ja noch nicht lange in Kiel. Ich glaube, nicht. Wenn sie einen gehabt hätte, hätten die beiden ja heiraten können, und alles wäre in Ordnung. Nein, ich glaube, sie hatte niemanden.«

»Wussten ihre Eltern von der Schwangerschaft?«

»Ich glaube, nicht.«

Rosenbaum wartete kurz, ob noch eine Erläuterung folgen würde. Dann fragte er nach. »Hat sie etwas darüber gesagt?«

»Nein.«

»Woher wissen Sie dann, dass sie ihren Eltern nichts erzählt hat?«

»Ich weiß es ja nicht. Ich sagte, ich glaube, dass sie den Eltern nichts erzählt hat.«

Wenn dieser Mann seine Patienten genauso umständlich behandelte, wie er Fragen beantwortete, dürften einige gestorben sein, bevor er fertig war.

»Und wieso *glauben* Sie es?«

»Ich habe sie so eingeschätzt. Der Vater ist ein hoher Offizier bei der Reichswehr. Ich denke, das Elternhaus achtet sehr auf Zucht und Ordnung.« Stapelhöhe drehte den Kopf zur Seite und schaute aus dem Fenster, hinter dem das Lyzeum lag. »Manchmal wirkte sie ein wenig verzweifelt auf mich. Ich habe ihr dann was zur Beruhigung aufgeschrieben.« Jetzt drehte er seinen Kopf wieder zu Rosenbaum. »Vielleicht hat sie der Mutter was erzählt. Dem Vater, glaube ich, nicht.«

»Hat sie an Abtreibung gedacht?«

»Möglich, sie hat aber nichts gesagt.« Wieder der Blick aus dem Fenster. »Doch, wahrscheinlich hat sie daran gedacht. Aber es ist ein großer Unterschied, daran zu denken und es zu tun.«

»Ja«, sagte Rosenbaum. »Natürlich.«

»Meinen Sie, die Schwangerschaft hat mit ihrem Tod zu tun?«

»Das wäre möglich.« Jetzt schaute auch der Kommissar aus dem Fenster, als könnte die kasernenartige Fassade des Lyzeums verraten, was geschehen war.

»Ist das Fräulein Lettow-Vorbeck bei einem Frauenarzt gewesen?«

»Ich glaube, nicht. Ich habe es ihr geraten, ich habe ihr auch zwei Kollegen empfohlen. Aber ich glaube nicht, dass sie dort war.«

Rosenbaum ließ sich die Adressen der beiden Frauenärzte geben und notierte sie in seinem Notizblock. Dann wollte er sich verabschieden, und fast schon im Gehen fiel ihm noch die wichtigste aller Fragen ein: »Können Sie sagen, in welchem Monat sie war?«

»Etwa neunzehnte Schwangerschaftswoche.«

»Sie war aber erst einen Monat in Kiel.«

»Tja …«

»Haben Sie die Schwangerschaft festgestellt oder wusste Fräulein Lettow-Vorbeck schon vorher, dass sie schwanger war?«

»Sie hat es geahnt. Sie war nicht sonderlich überrascht, sie hat es geahnt.«

»Aber gewusst hatte sie es vorher noch nicht?«

»Nun ja, es gibt Anzeichen, die mehr oder weniger deutlich auf eine Schwangerschaft hinweisen. Aber sicher können wir es nur feststellen, wenn wir die Herztöne des Fötus hören. Und das ist meist nicht vor der achtzehnten Woche der Fall.«

Rosenbaum klapperte die Praxen der beiden Frauenärzte ab. Die eine lag nahe bei, die andere weit weg in der Esmarchstraße. Den Hinweg trat der Kommissar mit der Straßenbahn an, den Rückweg musste er zu Fuß gehen. Eine Viertelstunde hatte er an der Haltestelle gewartet, bis ihm klar wurde, dass inzwischen der Generalstreik begonnen haben musste. In beiden Praxen war Katharina nicht gewesen.

Nach zwei Kilometern und einer halben Stunde

Marsch, unterbrochen nur durch einen zehnminütigen Aufenthalt an einer Gulaschbude, erreichte er die Blume und stieg die Haupttreppe hinauf in den zweiten Stock, in dem sich sein Büro befand. Gern hätte er sich aus der Kantine einen Kaffee geholt, doch samstags war dort ab ein Uhr mittags Schluss. Ein wenig müde vom langen Weg und von der Erbsensuppe, die er an der Gulaschbude verspeist hatte, ging er den Korridor entlang zu seinem Zimmer, vorbei an einer unscheinbaren Gestalt, die auf der Holzbank saß und auf irgendjemanden wartete.

»Kommissar Rosenbaum?«, fragte die Gestalt und stand auf. »Ich sollte hier auf Sie warten, hat der Wachtmeister gesagt. Gustav Frahm, mein Name.«

Der Mann machte mit abgehackten Bewegungen einen angedeuteten Diener. Er knüllte seine Mütze in den Händen, trat verlegen von einem Bein auf das andere und neigte den Kopf leicht nach vorn, sodass er Rosenbaum von unten anschauen konnte, obwohl er deutlich größer war als der Kommissar.

»Aha. Was wollen Sie denn?«

»Wegen dem Mord. In den Kieler Neuesten.«

Der Mann hatte die Phantomzeichnung in der Zeitung gesehen und jemanden darauf erkannt. Rosenbaum schob ihn in sein Büro und setzte ihn auf den Besucherstuhl.

»Heiner Ostermann ist das. Minnastraße dreiundzwanzig, Ellerbek«, sagte der Zeuge noch, bevor er richtig saß.

»Sind Sie sicher?«

Er bekräftigte, die Narbe, der stechende Blick, der fiese Mund, ganz, ganz sicher. Und am Donnerstagnachmittag sei der Ostermann nicht zu Hause gewesen, ganz sicher.

»Woher wissen Sie das?«

»Weil ich nebenan wohne, erster Stock rechts. Und Ostermann erster Stock links.«

»Die besten Freunde sind Sie aber nicht gerade, was?«

Frahm machte ein Gesicht, als hätte er in einen Berliner mit Senffüllung gebissen. »Der hat mir meine Kohle geklaut. Den ganzen Winter über. Sein Keller ist voll geblieben und meiner war Ende Februar leer.«

Mehr brauchte Rosenbaum nicht zu wissen, und mehr wollte er auch nicht erfahren. Er notierte sich Namen und Adresse, versuchte, den aufdringlichen Zeugen abzuwimmeln, konnte aber nicht verhindern, dass er das ganze Ausmaß von Ostermanns Niederträchtigkeit noch erfahren musste.

»Ein Roter ist das. Ein Kommunistenschwein. Hat die Arbeiter aufgehetzt, bis sie streikten. Und deshalb ging der Krieg verloren.«

»Sicher«, sagte Rosenbaum und nickte verständnisvoll. »Er wird seine Strafe bekommen.«

Eine Stunde später war Gerlach aus Schwerin zurückgekehrt. Er hatte Glück gehabt, dass er trotz des Generalstreiks in Lübeck einen Anschlusszug nach Kiel bekommen hatte. Dieser letzte Zug war nur gefahren, weil der Lokführer und der Schaffner in Kiel wohnten und die Lok in ihr Depot zurückgebracht werden sollte. Gerlach war mitgenommen worden, da der Schaffner ihn wohl dahin gehend missverstanden haben musste, dass er als Gewerkschaftssekretär dringend nach Kiel müsse, um den dortigen Streik zu organisieren.

»Sie sind ja ein Schelm«, lobte Rosenbaum ihn und klopfte auf seine Schulter. Er lobte ihn oft, seit er aus dem Krieg zurückgekehrt war. Gerlach hatte es sich verdient und er brauchte es. Er hatte sich erhofft, dass er als verdienter Frontkämpfer zum Kommissar befördert werden würde. Doch Kommissare gab es genug. Assistenten fehlten. Die Kommissare waren während des Krieges meist unabkömmlich gestellt oder schon nicht mehr im wehrfähigen Alter gewesen. Die Assistenten hatten an die Front ziehen müssen und waren oft nicht oder nicht dienstfähig zurückgekehrt. Karl Steffen zum Beispiel. Vor dem Krieg war er wie Gerlach Rosenbaums Assistent gewesen und im Krieg hatten sie ihm ein Bein weggeschossen. Das Letzte, was Rosenbaum von ihm gehört hatte, war, dass er als Komponist an ein Revuetheater nach Berlin hatte gehen wollen.

Den Rest des Nachmittags saßen Rosenbaum und Gerlach beisammen, tranken Kaffee, rauchten Zigaretten – Rosenbaum die gute Massary, Gerlach Eckstein No. 5 ohne Filter –, tauschten ihre neuen Erkenntnisse aus und diskutierten über Katharinas Schwangerschaft und ihren eigenartig unberührt-berühmten Vater. Sie versuchten, bei der Polizei in Kassel anzurufen, um die

Kollegen zu bitten, etwas über das dortige Oberlyzeum und Katharinas mutmaßlichen Kurzaufenthalt herausfinden. Doch sie konnten keine Verbindung herstellen. Das Fräulein vom Amt belehrte sie darüber, dass Ferngespräche während des Streiks nicht stattfinden könnten. Über den Putsch sprachen sie nicht. Sie zwangen sich, es nicht zu tun.

»Sie war bereits schwanger, als sie nach Kiel kam, und hatte geahnt, dass sie schwanger war, hatte es aber noch nicht gewusst«, sagte Rosenbaum, ging zur Tafel, nahm ein Stück Kreide in die Hand und malte eine Wiege neben Katharinas Namen. »Würden Sie in dieser Situation in eine fremde Stadt ziehen, wo Sie niemanden kennen?«

»Ich würde bei meinem Verlobten bleiben oder vielleicht zu den Eltern ziehen.«

»Hat sie aber nicht getan. Also: schlechtes Verhältnis zu den Eltern und schlechtes Verhältnis zu dem Erzeuger?«

»Ja, wahrscheinlich.«

»Und was macht sie dann in der fremden Stadt?« Rosenbaum setzte sich auf seinen Sessel und steckte sich eine Zigarette an. »Ich meine: Was hatte sie vor?«

»Sie wollte abtreiben.«

Das war eine Sackgasse. An dieser Stelle ließ sich kaum weiterermitteln.

»Wenn Sie eine junge Frau wären, allein in einer fremden Stadt, und Sie wollten abtreiben: Was würden Sie dann tun?«, fragte der Kommissar.

»Zu einem Engelmacher gehen.«

»Zu einem Arzt oder sonst wem, der illegale Schwangerschaftsabbrüche vornimmt. Aber wie finden Sie den? Auf dem Praxisschild steht das nicht drauf. Sie würden sich also erst mal informieren wollen. Und wo kann man sich über so etwas informieren, wenn man hier niemanden kennt?«

»Am Wall.«

Dort lag das Rotlichtviertel von Kiel.

Am Abend besuchte Rosenbaum Hedi, heute außer der Reihe, ohne Einladung, unangemeldet, und bat sie um einen Gefallen.

*

Zwei Wachsoldaten schritten den Zaun ab, der das Marinearsenal von der Werftstraße trennte. Halb in der Gewissheit, dass kein Feind den Zaun während ihrer Wache überwinden würde, halb in den Zweifeln, ob das noch eine Rolle spielte, blieben sie stehen, nahmen ihr G98 von der Schulter und zündeten sich eine Zigarette an. Rauchen war während der Wachgänge verboten, doch hier konnte sie niemand sehen, und eigentlich war es auch egal. Niemand hatte ihnen gesagt, dass heute ein besonderer Tag werden würde, niemand hatte sie zur besonderen Wachsamkeit ermahnt, niemand hatte die Wachen verstärkt. Nur zwei Matrosen an der Südseite des Areals, zwei an der Nordseite und am Haupttor zwei mit dem UvD, das waren alle, die an diesem Tag den Großteil der Munition bewachen sollten, die ursprünglich dazu bestimmt gewesen war, die britische Grand Fleet zu versenken.

Sie rauchten, machten Männerwitze und erklärten einander, was sie am Vorabend beim Doppelkopf falsch gemacht hatten. Und sie hätten sich ihre Fehler noch lange vorgehalten, wenn nicht plötzlich eine unüberschaubar riesige Meute wütender Arbeiter auf sie zugestürmt wäre. Die einen reckten ihre Fäuste in die Luft, die anderen Gewehre, sie brüllten unverständlich und aggressiv. Nur ein einfacher Maschendrahtzaun, kaum mehr als zwei Meter hoch, trennte sie von den Matrosen. Der eine rief: »Halt! Stehen bleiben!«, der andere gab einen Warnschuss ab. Die Meute stürmte weiter, auf den Zaun zu, der nicht lange standhielt, er knickte um, ohne nennenswerten Widerstand zu leisten, nicht einmal Drahtscheren mussten eingesetzt werden.

Es war nur ein provisorischer Zaun, auf die Schnelle errichtet, eher eine Grenzmarkierung, die nicht dazu gedacht war, irgendjemanden am Betreten des Marinearsenals zu hindern. Weiter gab es noch ein Tor, gerade breit genug, dass ein Lastwagen hindurchfahren konnte, durch zwei Schlösser gesichert, aber nicht, weil man Eindringlinge befürchtete, sondern weil es in der Dienstanweisung so stand. Den Zaun stand hier erst seit einem Jahr. Vorher hatte das Gelände vom Gaardener Fähranleger bis zur Schwentinemündung vollständig zur Kaiserlichen Werft gehört, man brauchte zu

Fuß eine Dreiviertelstunde für diese Strecke. Fast der gesamte Stadtbereich am Ostufer der Innenförde war davon eingenommen gewesen. Lediglich im Süden, an der Hörn, hatte sich die Germaniawerft ein paar hundert Meter Uferstreifen gesichert, und im Norden, hinter der Schwentinemündung, grenzten ein paar hundert Meter für die Werft der Howaldtswerke an. Mit dem Kriegsende waren alle drei Werften, die vorher ein neues Kriegsschiff nach dem anderen ausgespuckt hatten, plötzlich ohne Aufträge, halb fertige Schiffsskelette waren von einem auf den anderen Tag nicht mehr weitergebaut worden. Der nördliche Teil der Kaiserlichen Werft wurde in ein Arsenal der Marine umgewandelt, der südliche war in Reichswerft umbenannt worden und sollte fortan Handelsschiffe und Eisenbahnen bauen. Und seither stand zwischen diesen beiden Teilen der Zaun, von der östlichen Ecke des Ausrüstungsbassins bis zur Werftstraße, keine fünfzig Meter lang und nahezu nutzlos.

Als der Zaun gefallen war und auch ein zweiter Warnschuss ohne erkennbaren Erfolg blieb – im Gegenteil, jetzt wurde auch aus der Menge heraus geschossen, wahrscheinlich nicht gezielt, vielleicht aber doch –, entschieden sich die beiden Wachsoldaten, den Rückzug anzutreten. Sie rannten in die Wachstube und machten dem UvD Meldung, der meldete dem OvD und der dem Arsenalkommandanten.

*

Die Reichswerft befand sich schon seit Stunden fest in der Hand der Aufständischen. Sie hatten achthundert Gewehre mit Munition erbeutet, die Ingenieure und Angestellten nach Hause geschickt und die Tore besetzt. Jetzt fuhren Radbruch und Heller hin, um das weitere Vorgehen zu koordinieren und, vor allem, um aufbrausende Gemüter zu besänftigen. Sie saßen auf der Rückbank eines Opel Torpedo und kamen gerade am Haupttor der Reichswerft an, als Gewehrschüsse zu hören waren, kurz darauf sogar Kanonendonner. Bewaffnete Arbeiter öffneten ihnen.

»Was ist da los?«, fragten die beiden Gelehrten fast gleichzeitig.

»Das Arsenal ist von der Marine besetzt«, antwortete ein empörter Arbeiter.

»Es gehört ihnen doch auch!«, empörte sich Radbruch zurück.

»Aber …«

»Wer hat hier das Sagen?«, fragte der Professor. Eine Diskussion mit der Wache wollte er nicht anstrengen.

Der Arbeiter führte die beiden in den Sitzungssaal des Verwaltungsgebäudes, wo einige seiner Kollegen beisammensaßen und in der undisziplinierten Manier von Arbeiterräten über die zu treffenden Maßnahmen diskutierten. Unter ihnen befand sich der rothaarige Student von vorhin. Er war gerade dabei, gegen das verbrecherische Treiben der revanchistischen Militärs zu wettern, als die Gelehrten den Raum betraten, und ließ sich bei seinen Ausführungen nur widerwillig unterbrechen.

Radbruch stellte sich vor. Dann wandte er sich an den Studenten. »Tun Sie das weg!«, befahl er und deutete auf eine rote Fahne, die in einer Zimmerecke aufgestellt war.

»Schauen wir mal«, war die Antwort eines Dicken mit großem, rundem Kopf. Er lehnte sich zurück, verschränkte die Arme vor der Brust und legte sie auf seinen Bauch, der genauso rund war wie sein Kopf.

»Ihr Name ist?«, fragte Heller.

»Priesmann, Carl, Oberschlosser.«

Noch war nicht klar, ob die beiden Gelehrten das Kommando uneingeschränkt übernehmen konnten. Hier mag die Ansicht vorgeherrscht haben, dass jetzt Männerarbeit zu tun sei und zaudernde Akademiker nur im Wege stünden. Dass Heller den Arbeiter siezte, statt ihn wie unter Genossen üblich mit »du« anzureden, war da nicht hilfreich. Auch sein Hinweis, dass er als Kriegsfreiwilliger an der Front gewesen sei, half nicht viel weiter, denn das Ansehen von Soldaten war in den letzten Stunden rapide gesunken.

Dann ergriff der Professor wieder das Wort. »Gustav Garbe, Ernst Frenzel und ich sind übergangsweise zur Regierung von Kiel bestimmt worden«, sagte er. Das traf in gewisser Weise sogar zu. Weil die Arbeitsfähigkeit der städtischen Gremien nicht klar gewesen war, hatte die Versammlung im Bürgerbräu beiläufig diesen Beschluss gefasst, freilich ohne dass jemand nach der Legitimation gefragt hätte und ohne dass diese Übergangsregierung sich in irgendeiner Weise abgestimmt hätte. Doch jetzt war die Zeit für das Normative im Faktischen. Und das sprach für Radbruch. Einer Regierung aus ihm als SPD-Mann, dem Gewerkschafter Garbe und Frenzel als Vertreter der Unabhängigen konnte sich kein Oberschlosser widersetzen. Radbruch wiederholte seine Aufforderung, die rote Fahne wegzulegen. Dieses Mal wurde sie befolgt.

»Warum wird geschossen?«, fragte der Professor und setzte sich.

»Wir wollten das Arsenal einnehmen und wurden beschossen«, antwortete der dicke Priesmann.

»Was habt ihr denn erwartet?« Wieder befand sich Heller in voller Empörung. »Eine zivile Werft besetzen und ein Marinearsenal anzugreifen sind zwei ganz verschiedene Paar Schuhe!«

Ein verschwitzter und schnaufender Arbeiter stürmte herein. Er hatte den Weg vom Arsenal hierher auf einem Fahrrad hinter sich gebracht und besaß neue Informationen.

»Landungstruppen mit Torpedobooten, schwere Kämpfe, mehrere Tote.«

Priesmanns ohnehin schon roter Kopf wurde jetzt so rot, dass der rothaarige Student neben ihm fast verblasste.

»Unbedingt die Stellung halten«, rief der Student.

»Jawohl«, stimmte Priesmann zu.

»Seid ihr noch bei Verstand?« Heller sprach zu den beiden wie ein ungeduldiger Lehrer zu dummen Schülern. »Wollt ihr es mit der gesamten Marine aufnehmen?«

»Die Männer sollen sofort aufhören zu schießen und sich auf das Werftgelände zurückziehen«, wies Radbruch den Kurier an. Als dieser zögerlich Priesmann anschaute, bekräftigte Radbruch: »Sofort!«

Priesmann stand polternd auf, holte tief Luft, wollte offenbar dagegen angehen. Doch nahezu kleinmütig, fast resignierend, nickte er dem Kurier zu und setzte sich wieder. »Aber nur bis zum Zaum. Die Werft wird gehalten.«

Der Kurier verschwand mit seiner neuen Aufgabe, während im Saal eine Diskussion darüber entspann, ob die Werft wirklich gehalten werden sollte. Priesmann war entschieden dafür, der Student auch, Radbruch und Heller dagegen.

»Wieso gerade du?«, fragte Heller den Studenten. »Hast du dich nicht vor ein paar Stunden erst gegen den bewaffneten Widerstand ausgesprochen?«

Priesmann schaute sich verwundert zu dem Rothaarigen um, von Dialektik verstand er nichts.

»Wenn wir schon kämpfen«, erwiderte der Student, »dann nicht für ein bourgeoises Ausbeutungssystem, sondern für die Diktatur des Proletariats!«

Diese Aussage erreichte Priesmanns Verständnishorizont. Jetzt schaute er entschlossen die beiden Akademiker an.

»Mein lieber Junge«, sagte der Professor, »das deutsche Volk hat sich eine Verfassung gegeben, die eine Demokratie vorsieht, keine Militärdiktatur, aber auch keine Arbeiterdiktatur.«

Das allerdings schien Priesmann nicht zu überzeugen, offenbar hatte er sich noch nie ernsthaft mit Rechtspositivismus auseinandergesetzt. Griffigere Argumente mussten her.

»Wir haben achthundert Gewehre. Damit können wir wirkungsvoll das Gewerkschaftshaus, das Rathaus und die Volkszeitung schützen«, sagte Heller. »Mehr können wir nicht und mehr brauchen wir auch nicht.«

Radbruch stimmte zu. »Es kann hier nicht darum gehen, militärische Erfolge zu erzielen, sondern nur zivilen Ungehorsam gegen ein unrechtmäßiges Regime zu organisieren.«

Den Ausschlag gab am Ende die Überlegung, dass der Versuch, das riesige Werftgelände gegen die vielfach überlegene Marine zu verteidigen, völlig aussichtslos war. Diese Erkenntnis war für jeden verständlich. Auch für den dicken Oberschlosser. Und so konnte der rote Student sich nicht durchsetzen.

Heller und Priesmann begannen, entsprechende Anweisungen zu geben, als plötzlich ein ohrenbetäubender Donnerschlag das Gebäude erschüttern ließ. Alle Anwesenden eilten zum Fenster und sahen eine unüberschaubare Menge von Soldaten mit feuerbereiten Gewehren im Anschlag vor dem Werkstor stehen. Auf ihre Stahlhelme hatten sie Hakenkreuze gemalt. Sie hatten das Tor mit einer Handgranate aufgesprengt und zogen jetzt ein. Zwei Maschinengewehre wurden in Stellung gebracht. Die Wachen waren bereits geflüchtet, sonst hätte es Tote gegeben.

»Nicht schießen!«, brüllte Radbruch aus dem Fenster und erhielt eine Feuersalve zur Antwort.

Sämtliche Köpfe verschwanden von den Fenstern, einzelne Projektile hinterließen Kerben an der gegenüberliegenden Wand. Von Angst und noch mehr von Sorge erfüllt kroch der Professor zur Tür, verlangte nach einem weißen Tuch, das gerade niemand parat hatte, behalf sich mit seinem Taschentuch und hastete die Treppe hinunter zur Eingangstür. Der rothaarige Student kam ihm hinterher, überholte ihn, ohne ihn zu beachten, entriss einem verdutzten Arbeiter sein Gewehr, raste den Korridor entlang und verschwand durch ein Fenster an der Rückseite des Gebäudes. Radbruch atmete einmal tief durch, dann öffnete er die Eingangstür, hielt sein Tuch hinaus und rief erneut: »Nicht schießen!«

Zwanzig Meter entfernt waren Gewehrläufe auf ihn gerichtet, so viele, dass er sie nicht zählen mochte. Langsam, ganz langsam schritt er vor die Tür, die Hände in die Luft gereckt, sein Taschentuch schwenkend und noch einmal, deutlich leiser, »Nicht schießen« rufend. Ein paar Meter, dann blieb er stehen.

»Ich bin Professor Gustav Radbruch, Juraprofessor«, stellte er sich vor, doch niemand erwiderte.

In einem schräg gegenüberliegenden Gebäude öffnete sich ein Fenster, ein Gewehrlauf kam zum Vorschein und wies in Richtung der Soldaten. Mehr konnte Radbruch nicht erkennen. Vielleicht auch einen roten Haarschopf, doch das mochte Einbildung sein. Die Soldaten hatten den Vorgang noch nicht bemerkt.

»Nicht schießen!«, rief Radbruch erneut, wieder lauter. Dann noch einmal: »Nicht schießen!« Und noch einmal, noch lauter.

»Reißen Sie sich zusammen, Mann!«, fauchte ihn ein Leutnant an.

»Nicht schießen!«

Es klickte. Radbruch kannte das Geräusch gut. Es entstand, wenn man beim G98 den Sicherungshebel umlegte. Natürlich hätte er es nicht hören können, wenn es von dem gegenüberliegenden Fenster kam, die Entfernung war viel zu groß. Er bildete es sich nur ein.

»Nicht schießen!«

Dem Leutnant wurde es offensichtlich zu dumm, sich mit diesem hysterischen Professor abzugeben.

»Alle Mann unbewaffnet heraustreten!«, rief er.

Radbruch schaute sich um und erblickte Heller, der ihm irgendwelche Gesten machte, die er nicht verstand. Aus den Türen der umliegenden Gebäude, von Mauervorsprüngen, Schutthaufen und Holzstapeln kamen nach und nach vereinzelte Gestalten mit erhobenen Händen, fünfzig oder sechzig Mann. Soldaten trieben sie an einem Ort zusammen und umstellten sie, die Gewehre im Anschlag. Nur den Professor ließen sie an seinem Platz.

»Nicht schießen!«, rief Radbruch, wieder etwas leiser. Er war nie sonderlich darauf bedacht gewesen, als Held zu gelten, aber ein wenig peinlich war es ihm schon, wie eine Memme zu wirken.

Der Leutnant ignorierte es. »Das sind nicht alle«, stellte er fest.

Radbruch schaute sich noch einmal zu Heller um, der wieder umständlich gestikulierte. Diesmal verstand er ihn.

»Die anderen sind nicht bereit, ihre Waffen aus der Hand zu geben«, übersetzte er die Gesten.

»Dann werden sie sterben«, drohte der Leutnant.

»Es sind Hunderte«, entgegnete Radbruch. Er zwang sich, nicht auf den Gewehrlauf zu schauen und so womöglich die Aufmerksamkeit der Soldaten darauf zu lenken. Doch aus dem Augenwinkel sah er, dass der Lauf auf den Leutnant gerichtet war.

»Ich kann sie aber nicht mit Waffen abziehen lassen.« Das war nicht der Leutnant. Eine andere Stimme. Aus der Menge der schussbereiten Soldaten trat ein Mann in Offiziersuniform hervor. Zwei Sterne auf den Epauletten, Radbruch kannte sich mit Marineuniformen nicht gut aus, aber der Mann musste Kapitän sein.

»Kapitän zur See Max Looff, Stadtkommandant von Kiel«, sagte er und grüßte, aber nicht militärisch mit der Hand an der Mütze, sondern mit einem angedeuteten Kopfnicken.

»Wir müssen verhandeln, Herr Kapitän«, schlug der Professor vor. »Waffenstillstand bis morgen Früh. Ihre Männer ziehen sich hinter das Werkstor zurück.«

Looff überlegte. Er fixierte Radbruchs Augen. »Gut«, sagte er nach einer Weile. »Wer unbewaffnet ist, kann gehen.«

Die Soldaten behielten ihre Gewehre im Anschlag, bildeten aber eine Gasse zum Werkstor, durch die der Pulk von Arbeitern das Gelände verlassen konnte. Nur langsam nahmen die Eingekesselten ihre Hände runter, und nur zögerlich begannen die ersten ihren Weg in die Freiheit, sie mussten sich wie Verräter vorkommen. Allmählich beschleunigten sich die Bewegungen und wurden entschlossener. Aus den Gebäuden kamen weitere Männer und rannten hinterher. Der Kapitän betrachtete diese Demonstration seiner Überlegenheit mit erkennbarer Genugtuung.

»Sie kommen mit zur Station, Herr Professor«, befahl er schließlich und drehte sich zu einem Sergeanten um, einem Sergeanten mit fast schwarzer Haut in deutscher Soldatenuniform, Radbruch hatte so etwas vorher noch nie gesehen. Ein grotesker Anblick, dachte er, und im nächsten Moment schämte er sich für seinen Gedanken. Ein ungewohnter Anblick, dachte er dann. Der Kapitän gab ihm ein Zeichen, der Sergeant eilte auf den Professor zu und tastete ihn nach Waffen ab, bevor er ihn zu einem Laster führte, einem Regel-3-Tonner, der zuvor Maschinengewehre herbeigeschafft hatte und jetzt am Tor bereitstand, um Professor Gustav Radbruch, eine kaum weniger brisante Ladung, zur Stationskommandantur zu transportieren. Ein letztes Mal schaute Radbruch zum Fenster hinauf, das Gewehr war nicht mehr zu sehen.

Die Marinestation war umgezogen. Das alte Gebäude an der Ecke Adolfstraße und Lornsenstraße war hübsch und zweckmäßig und eigens als Stationsgebäude angemessen prunkvoll und preußisch errichtet worden, doch in Kiel stand ein noch hübscheres und noch preußischeres und fast genauso zweckmäßiges Gebäude. In einer eklektizistischen Anhäufung von Stilelementen etlicher historischer Bauepochen aus rotem Backstein errichtet lag es vornehm am Düsternbrooker Weg südlich des Kaiserlichen Yacht-Clubs, umgeben von großzügigen Grünanlagen und ausgestattet mit einem atemberaubenden Blick über die Förde. Es war das städtebauliche Filetstück der Stadt, herrlicher als das Schloss, herrlicher selbst als das Rathaus, gerade gut genug, um dem zur Kaiserzeit mächtigsten Mann in Kiel als Residenz zu dienen, dem Chef der Marinestation Ostsee, seit ein paar Monaten Konteradmiral Magnus von Levetzow. Und dieses Gebäude war vor einem Jahr frei geworden. Es hatte zuvor als Marineakademie der Ausbildung von Seeoffizieren gedient. Da jedoch Kiel sich im Laufe der Zeit mehr und mehr zur Hochburg eines sozialdemokratischen Ungeistes entwickelte, wollte der Kaiser die charakterlich noch nicht gefestigten Kadetten diesem Treiben nicht mehr länger aussetzen. Der Umzug nach Flensburg wurde beschlossen, hatte aber tragischerweise erst vollzogen werden können, als der Kaiser schon nicht mehr Kaiser gewesen war.

Radbruchs Fahrt zur Neuen Station gestaltete sich indes wenig herrlich. Als die Abfahrt nach einer unbegründeten einstündigen Verzögerung losging, erwies sich die Ladefläche des Regel-3-Tonners schon auf den ersten Metern als ausgesprochen unkomfortabel. Das alles war aber nichts im Vergleich zu den schweren Schlägen, die Radbruch während der Fahrt einstecken musste. In Ermangelung von Naturkautschuk während der letzten Kriegsjahre war der Lastkraftwagen mit Holzfelgen und Stahlreifen versehen worden, zusammen mit dem kaum noch gepflegten Kopfsteinpflaster der Kieler Straßen war dies ein adäquates Mittel, jede Lendenwirbelsäule zu attackieren.

Nach dieser Tortur musste Radbruch wieder warten, jetzt allerdings auf einem erholsam weichen Stuhl in Levetzows Vorzimmer. Als sich die Tür öffnete, sprang er in der Erwartung auf, endlich vorgelassen zu werden. Doch es kam nur ein Sergeant heraus, ein farbiger Sergeant mit fast schwarzer Haut, der achtlos an ihm vorbeiging. Ob es derselbe Sergeant war, der ihn zwei Stunden vorher abgeführt hatte? Schwer zu sagen. Wie viele Schwarze mochte es bei der deutschen Marine geben? Bis vor zwei Stunden hätte Radbruch geschätzt: keinen. Allerdings – hatte der Kapitän, der ihn hatte festnehmen lassen, sich nicht als Stadtkommandant Looff vorgestellt? Vor einigen Monaten hatte Radbruch in der Zeitung gelesen, dass der neue Stadtkommandant während des Krieges in Deutsch-Ostafrika gekämpft habe. Vielleicht hatte er danach ein paar Einheimische mit nach Kiel genommen. Doch auch wenn es mehrere von ihnen gab: Sahen sie nicht alle gleich aus? Radbruch traute sich keine Antwort zu. Wie auch immer, die Antworten waren unwichtig, und die Fragen dienten ihm nur dazu, seine Nervosität während des Wartens einzudämmen.

Endlich wurde er vorgelassen in ein standesgemäßes Arbeitszimmer, streng, dunkel, klare Formen, deutsche Eiche und Flaggen. Levetzow empfing den Professor stehend vor seinem Schreibtisch, um ihn herum seine höchsten Offiziere. Sie wirkten aufgestellt, wie Baritone auf der Operettenbühne, gleich würden sie anfangen zu singen.

»Professor, ich gebe Ihnen Gelegenheit, Ihre Genossen auf der Werft anzurufen und sie zur Niederlegung der Waffen zu bewegen«, sagte Levetzow, ohne seinen Gast zuvor begrüßt zu haben. Er hatte ein gütiges Gesicht, das versuchte streng zu wirken.

»Dies steht nicht in meiner Macht.«

»Ihre Männer haben widerrechtlich die Reichswerft in ihre Gewalt gebracht. Und mit dem Marinearsenal haben sie dasselbe versucht!« Levetzow schlug mit der Faust auf den Tisch, in einer großen Bewegung, die man auch im dritten Rang gut hätte sehen können.

»Nachdem Sie widerrechtlich den Staat in Ihre Gewalt gebracht haben.«

»Das habe ich nicht.«

»Nicht?«

»Mit den politischen Entwicklungen in Berlin habe ich nichts zu tun. Ich habe mich für neutral erklärt. Meine Aufgabe ist einzig, im Stadtbereich von Kiel für Ruhe und Ordnung zu sorgen.«

»Aber Sie führen Befehle aus Berlin aus.«

»Natürlich. Ich bin doch der Admiralität unterstellt. Alles andere wäre Gehorsamsverweigerung.«

»Aber die Admiralität hat sich den Putschisten zur Verfügung gestellt.«

»Schluss jetzt!« Noch einmal landete die Faust auf dem Tisch. »Sie verweigern also die Entwaffnung der Werftbesetzer?«

»Ich sagte doch schon ...«

»Schweigen Sie, Herr Professor!« Alles an Levetzows Auftritt – sein Blick, die Gesten, der Tonfall –, alles hatte großes Drama und theatralische Schwere, nichts davon war echt. »Sie sind verhaftet. In den nächsten Stunden werden Standgerichte aufgestellt. Spätestens morgen wird Ihnen der Prozess gemacht.«

»Die Verfassung sieht Standgerichte nicht vor.«

»Der verschärfte Belagerungszustand ist ausgerufen worden. Und dieser sieht Standgerichte sehr wohl vor.«

»Ebert hat den verschärften Belagerungszustand ausgerufen?«

»Nicht Ebert ...«

»Für die Verhängung des Belagerungszustandes ist der Reichspräsident zuständig.«

»Reichspräsident Ebert hat seinen Posten verlassen. Er wird durch Reichskanzler Kapp vertreten.«

»Kapp ist kein Reichskanzler.«

»Er wurde aufgrund übergesetzlichen Notstandes durch die militärische Führung geschäftsführend zum Reichskanzler bestimmt.«

»Die Verfassung sieht keinen übergesetzlichen Not-
stand vor!«

»Deshalb ist es ja auch übergesetzlich!«

Faust. Tisch.

Pause.

»Und Sie haben sich für neutral erklärt?«

Ende des ersten Akts.

V

»Hier ist es, Minnastraße dreiundzwanzig«, sagte Gerlach, stieg vom Fahrrad und faltete den Pharus-Plan zusammen, den er während des letzten halben Kilometers gefährlich schlingernd vor seine Augen gehalten hatte.

Die Minnastraße lag in Ellerbek am Kieler Ostufer unmittelbar neben dem Marinearsenal. Wenn man von der Innenstadt in diese Gegend fahren wollte, nahm man für gewöhnlich den Fördedampfer, die blaue Linie, zum Anleger Schwentine, oder die Straßenbahn, Linie 4 bis Gaarden, dann Umstieg in die Linie 5. Doch Fördedampfer und Straßenbahn fuhren heute nicht. Es war Sonntagvormittag, der 14. März, man hätte erwarten können, dass die Menschen sich auf dem Weg zur Kirche oder zum Frühschoppen oder zu beidem befanden, so war es auch, aber eben nicht mit dem Dampfer oder der Straßenbahn, auch nicht mit dem Omnibus, nicht einmal mit Kraftdroschken. Es herrschte Generalstreik. Wer jetzt kein eigenes Automobil besaß, und wer besaß schon so etwas, musste zu Fuß gehen oder das Fahrrad nehmen.

»Ja, hier ist es«, sagte Rosenbaum und stieg ebenfalls vom Rad.

Sie standen vor einem ärmlichen Mietshaus ohne fließend Wasser und mit Plumpsklo auf dem Hof, das feucht, dunkel, kühl und zugig zwischen anderen ärmlichen Mietshäusern lag und zum Arbeiterwohngürtel um die Kieler Werften gehörte. Viele Wohnungen standen hier leer. Vorbei die Zeit, als der Boom beim Bau von Kriegsschiffen immer mehr Arbeiterfamilien in die Stadt gesogen hatte und die Baufirmen mit der Errichtung neuer Mietshäuser nicht hinterherkamen. Sie konnten nicht genügend Leute finden, weil die Werften besser gezahlt hatten. Jetzt spuckten die Werften ihre Arbeiter wieder aus, die Baufirmen hatten genügend Leute, aber keine Aufträge mehr. Die Familien zogen wieder weg, ihre Wohnungen blieben leer, jedenfalls die mit Plumpsklo auf dem Hof und ohne fließend Wasser.

Erster Stock links.

Irma Ostermann öffnete die Tür, eine Frau mit Kittelschürze und Wollstrumpfhose. Sie trug ein Kind im Bauch, sah aus wie vierzig, war aber jünger, fast alle Frauen mit Kittelschürze und Wollstrumpfhose waren jünger, als sie aussahen. Getöse von zankenden Blagen im Hintergrund, es roch nach Rübensuppe.

Die Frau sagte, sie kaufe nichts und werde auch nirgendwo unterschreiben, und überhaupt, sie habe jetzt gar keine Zeit.

Dann stellte Rosenbaum sich und seinen Assistenten vor und fragte nach Heiner Ostermann, ob er hier wohne und ob er zu Hause sei.

»Nee, der ist nicht da.«

»Sind Sie seine Ehefrau?«

»Ja, die bin ich.«

»Wann kommt er denn wieder? Zum Essen?«

»Weiß ich nicht.«

»Wo ist Ihr Mann denn?«

Die Antworten der Frau waren deutlich zurückhaltender geworden, leiser, besorgt. Sie druckste herum, offenbar unschlüssig, ob sie die Fragen weiter beantworten oder klarmachen sollte, dass sie durchschaut habe, was die Polizei von ihrem Mann wollte.

»Er war da nicht dabei«, sagte sie schließlich. Es hörte sich ein wenig flehend an.

»Wobei?«

»Gestern. Auf der Werft, die Schießerei. Da war er nicht bei.«

Tatsächlich hatte sich am Vortag die Lage auf der Reichswerft bald beruhigt, nachdem Radbruch zur Neuen Station gebracht worden war. Man hatte den Arbeitern erzählt, dass der Professor an sie appelliere, zur Vermeidung eines Blutbades die Waffen niederzulegen, und man hatte ihnen versprochen, dass sie frei nach Hause gehen könnten und dass ihre Personalien nicht festgestellt werden würden. Sie hatten sich mit der Entscheidung schwergetan, sie hatten den Versprechungen nicht getraut, aber sie hatten auch gewusst, dass sie einem Angriff nicht würden standhalten können. Also hatten sie schließlich aufgegeben. Und jetzt, am nächsten Vormittag, fragte die Polizei nach einem, der dabei gewesen sein könnte.

»Das mit der Werft geht uns nichts an«, sagte Rosenbaum. »Wir ermitteln in einer anderen Sache.«

Die Frau wollte wissen, in welcher, die Kriminalbeamten wollten es nicht erzählen. Sie wollten wissen, wo sie Ostermann finden könnten, doch das wollte die Frau nicht erzählen. So ging es einige Male hin und her, bis Gerlach fragte: »Sollen wir Ihren Mann denn jetzt zur Fahndung ausschreiben?«

Nein, sollten sie wohl nicht. Irma Ostermann seufzte und fügte sich dem Unvermeidlichen. »In der Preußerstraße«, antwortete sie. »Bei den Unabhängigen.«

»Ist er Mitglied bei der USPD?«

Gerlachs Frage passte in das Bild, das die misstrauische Frau von den niederträchtigen Methoden der Polizei hatte. Also doch, schien ihr Blick zu sagen, und es wirkte, als bisse sie sich auf die Zunge. Eine Antwort gab sie nicht.

»Ist mir auch wurscht«, sagte Gerlach.

Mit einem kurzen Blick wurden sich die Ermittler einig, dass eine weitere Befragung der Frau aussichtslos wäre, und im Grunde wussten sie, was sie von ihr erfahren wollten. Rosenbaum nickte ihr kurz zu, ein kleines Lächeln war dabei, dann gingen sie die Treppe hinunter und schwangen sich wieder auf ihre Räder.

In der Preußerstraße befand sich das Parteibüro der USPD. Sie lag oberhalb der Bergstraße am Dreiecksplatz, ein weiter Weg von der Minnastraße, einen Katzensprung von der Blume entfernt.

Nach einer Stunde hatten Rosenbaum und Gerlach das Parteibüro erreicht. Es war in einer umfunktionierten Dreizimmerwohnung eingerichtet, vielleicht achtzig Quadratmeter groß, vielleicht weniger, und proppenvoll. Niemand kümmerte sich um die beiden Beamten, als sie hereinkamen, und sie fielen niemandem auf, obwohl sich ihre bürgerliche Kleidung – Mantel, Anzug und Krawatte – von der hier vorherrschenden Arbeiterkluft deutlich unterschied. Alle waren schwer beschäftigt, diskutierten und waren aufgebracht, ständig köterte jemand herein oder heraus. Gerlach bahnte sich einen Weg durch die dicht gedrängte Menge und Rosenbaum folgte ihm. Schließlich fanden sie Ostermann, sein auffällig entstelltes Gesicht war nicht zu übersehen. Er stand in einer Gruppe von vielleicht zehn Mann, sie hielten Zettel mit Straßennamen in der Hand und berieten, wie sie die Bezirke für eine geplante Flugblattaktion aufteilen sollten.

Gerlach stellte sich und den Kommissar vor, und Ostermann schaute sie aus seinem zerschundenen Gesicht an, einem Gesicht, das der Landschaft bei Verdun glich. Sein Blick sagte: Ich war gestern nicht dabei. Die Blicke einiger anderer sagten: ich aber schon.

»Wir ermitteln in einem Mordfall, der sich am Donnerstag am Kleinen Kiel ereignet hat«, sagte Rosenbaum, während Gerlach einige Schritte zurückging und sich so postierte, dass dem Befragten der Fluchtweg abgeschnitten war.

Der Mann schaute zwischen den beiden hin und her. Er war stumm, verwundert, wirkte irritiert. Oder gar ertappt? Rosenbaum ließ seine Worte eine Weile wirken. Dann schlug er vor hinauszugehen, vor die Tür, wo es ruhiger sein und nicht jeder mithören würde. Ostermann nahm den Vorschlag an. Sie gingen ins Treppenhaus, wo es kein bisschen ruhiger war, dann in den Hinterhof, wo sie zwei Jungen aufscheuchten, die vor einem Kohleschacht eine Ratte gefangen hatten und gerade dabei waren, ihren Leib aufzuschlitzen. Sie stürzten davon, schuldbewusst und um einer Strafe zu entgehen. Zu koordinierten Bewegungen nicht mehr fähig blieb der Ratte nur, quiekend mit den Beinchen in der Luft zu rudern, Darmschlingen quollen aus ihrem Bauch. Ostermann schimpfte den Jungen drohend hinterher und fuchtelte mit der Faust. Neben der Kellertreppe fand er einen lockeren Pflasterstein, sammelte ihn auf, zögerte einen Moment und zertrümmerte dann den Rattenkopf. Barmherzigkeit hatte man an der Front gelernt.

Seine Bewegungen waren ungelenk, beim Gehen zog er ein Bein nach, der rechte Arm wirkte gelähmt, hing nutzlos, fast störend von der Schulter, sein linkes Auge war blind. Wenn er sprach, hörte es sich an, als wäre er volltrunken.

»Wo waren Sie am Donnerstagnachmittag zwischen drei und sieben Uhr?«, fragte Rosenbaum.

»Auf Schicht, arbeiten.« Es dauerte zu lange, um glaubhaft zu sein.

»Die ganze Zeit?«

»Bis fünf.«

»Und dann?«

»Dann zu Hause.«

»Sie wurden aber am Kleinen Kiel gesehen.«

»Am Kleinen Kiel? Was soll ich am Kleinen Kiel gemacht haben?« Ostermann schien keine Antwort zu erwarten. »Am Kleinen Kiel? Der Mord am Kleinen Kiel? Dieses Mädchen? Die Generalstochter?«

»Woher wissen Sie davon?«, fragte der Kommissar.

»Es stand in der Zeitung.«

»Sie haben es in der Zeitung gelesen, aber auf dem Phantombild haben Sie sich selbst nicht erkannt?«

»Da war kein Phantombild.«

»Natürlich war dort eines.«

»Nicht in der ›Republik‹.«

Die Republik war die Kieler Tageszeitung der USPD, die kleinste Kieler Tageszeitung, vollkommen unbedeutend, man hatte sie meist gar nicht auf der Rechnung. Doch einer wie Ostermann las selbstverständlich nicht die Kieler Neuesten Nachrichten.

Rosenbaum wurde es jetzt zu dumm. Er gab Gerlach ein Zeichen, dass sie Ostermann jetzt abführen wollten und er ihn vorher durchsuchen sollte. Gerlach forderte den Verdächtigen auf, die Arme zu heben, korrigierte sich dann peinlich berührt, er solle den gesunden Arm heben. Dann tastete er ihn ab und fand eine Brieftasche, darin einen weißen Umschlag, darin einen Geldschein und ein paar Münzen, insgesamt rund fünfzehn Mark.

»Woher haben Sie das?«, fragte Rosenbaum.

»Das ist meine Lohntüte.«

Lohntüten sahen anders aus, bedruckt und mit Namen und Zahlungsbetrag versehen.

»Das ist keine Lohntüte.«

»Die eigentliche Tüte gebe ich immer meiner Frau. Das hier ist, was ich mir davon abzwacke.« Was sonst hätte er sagen können, ohne ein Geständnis abzulegen?

Die Kriminalbeamten nahmen ihn mit. Ein Dienstwagen war nicht zu bekommen, auf Wachtmeister hätten sie stundenlang warten müssen, also gingen sie zu Fuß. Gerlach schob Ostermann, Rosenbaum die Räder. Es ging langsam voran, ein schnellerer Schritt war für den Versehrten nicht möglich. War dieser Mann körperlich in der Lage, ein achtzehnjähriges Fräulein zu überfallen und ins Wasser zu stoßen?

Nach einer Viertelstunde hatten sie die Blume erreicht. Dort wiederholten die Ermittler ihre Fragen und Ostermann wiederholte seine Antworten. Sie fügten neue Fragen hinzu: Ob er Fräulein von Lettow-Vorbeck gekannt habe, ob er Geldsorgen habe, ob er jemals in Schwerin gewesen sei oder in Kassel, ob er im Krieg unter Generalmajor von Lettow-Vorbeck gedient habe und ob er das Lyzeum am Blocksberg kenne.

Seine Antwort war immer dieselbe: nein.

»Sie haben wirklich keine Geldsorgen?«

»Nein.«

»Können Sie erklären, wieso Sie Ihr Geld in einem

Umschlag aufbewahren, anstatt es direkt in die Brieftasche zu legen?«

»Nein.«

Immer nur: nein.

∗

Nach seinem Auftritt beim Stationschef war Gustav Radbruch zur Deckoffizierschule in der Wik – nach dem Krieg war sie in Marineschule umbenannt worden, doch niemand nannte sie so – gebracht und in einem der Schlafräume einquartiert worden. Dort traf er auf Hermann Heller, der ebenfalls festgenommen worden war. Der Blick aus dem Fenster ließ in einigen hundert Metern Entfernung die Holtenauer Schleusen des Kaiser-Wilhelm-Kanals erahnen. Radbruch und Heller wurden anständig behandelt, hatten Strohsäcke und Wolldecken zur Verfügung, bekamen auch Tee, allerdings keinen guten, und durften sogar telefonieren.

Radbruch rief seine Frau an und erzählte ihr alles in dem Bewusstsein, dass das Gespräch wahrscheinlich abgehört wurde, also, er erzählte ihr nicht wirklich alles. Sie war gefasst, und doch hörte er in ihrer Stimme große Besorgnis. Er selbst versuchte, unbesorgt zu klingen. Sie machte ihm keine Vorwürfe, und dafür bedankte er sich, und er entschuldigte sich dafür, dass er ihr immer so große Sorgen bereitete.

Tatsächlich, so war es auch, trotz all seines kontemplativen Phlegmas. Nicht nur, dass er seine wissenschaftlichen Gegner unversöhnlich mit den schlimmsten Schimpfworten überflutete, er brachte sich auch immer wieder selbst in existenzielle Gefahr. Die unsäglichste seiner Taten: Er hatte sich im Krieg freiwillig zum Militär gemeldet und war als Leutnant an die französische Front geschickt worden. Er, der konsequenteste aller Pazifisten und Humanisten, hatte am Töten teilgenommen, wenn auch mit der größten ihm zur Verfügung stehenden Zurückhaltung. Und da fand er sich in seinem Schützengraben wieder, schoss nur, um nicht selbst erschossen zu werden, aber schoss. Und er fragte sich, was ihn dort hingetrieben hatte. Es sei das Pazifist-Sein an sich, so wollte er sich weismachen, weil gerade der Pazifist sich und anderen den Beweis schulde, dass er den Krieg nicht deshalb bekämpfe, weil er ihm persönlich nicht gewachsen wäre. Nur wer sich im Krieg bewährt hatte, könne wirkungsvoll dagegen protestieren. Und im selben Moment, als ihm die Granatensplitter um die Ohren flogen, wuchs in ihm die Überzeugung, dass diese für ihn richtige Haltung niemandem zur Pflicht gemacht werden dürfe, dass man den Kriegsdienst verweigern dürfen müsse, nicht, um nicht getötet zu werden, sondern um nicht zu töten. Und so hatte er in seinem jämmerlichen Schützengraben doch noch den Sinn dieses Krieges gefunden, nämlich dass er der Letzte sein möge. Heute zweifelte er daran, und zwar an beidem: dass er selbst ein Opfer gebracht habe und dass der Krieg der letzte gewesen sei. Jetzt wusste er es besser. Er hatte nur das Abenteuer nachgeholt, das ihm als Kind in einem intellektuellen und liberalen Elternhaus fern von jeder Gewalt versagt gewesen war. Jetzt schämte er sich für seine morbide Lust.

Vor der Tür standen zwei Soldaten mit aufgepflanztem Seitengewehr, junge Kerle in schlecht sitzenden Uniformen. Alle paar Stunden kamen sie herein, um zu prüfen, ob ihre Gefangenen sich nicht zwischenzeitlich in Luft aufgelöst hatten. Am Sonntagmorgen verwickelte der Professor sie in ein Gespräch und erfuhr, dass sie Studenten waren und sich am Vorabend zum Zeitfreiwilligenregiment gemeldet hatten, als die Stationskommandantur wegen der Unruhen dazu aufgerufen hatte. Ihnen war der Disput mit den Gelehrten sichtlich unangenehm, doch nach ihrem Selbstverständnis als angehende Elite des Landes konnten sie sich der intellektuellen Auseinandersetzung mit ihm nicht entziehen. Man hatte ihnen gesagt, dass ihre Aufgabe politisch neutral sei und sie nur an der Aufrechterhaltung von Ruhe und Ordnung beteiligt seien. Und das hatten sie geglaubt. Sie glaubten auch dann noch daran, als Radbruch sie fragte, ob es wirklich politisch neutral sei, einen Juraprofessor und SPD-Politiker zu bewachen. So erfuhr er, dass sie davon ausgingen, dass es sich derzeit nicht um einen Militärputsch handele, sondern um eine Regierungsumbildung, und dass jetzt ein bolschewistischer Aufstand niedergeschlagen werden müsse. Und dabei ließen sie sich durch kein Argument davon abbringen. Radbruch sah schwarz für die

Zukunft des Landes, wenn diese Burschen die angehende intellektuelle Elite darstellen sollten.

Kurze Zeit später wurde der Professor zur Vernehmung ins Bataillonsschreibzimmer geführt und dort unerwartet freundlich begrüßt. Ein Mann in Kapitänsuniform erhob sich von seinem Stuhl, reichte Radbruch die Hand, bot ihm Platz an und setzte sich erst wieder, als der Professor saß. Er trug einen Bart, der früher wahrscheinlich dem des Kaisers ähnlich gewesen, jetzt aber der neuen Zeit angepasst an seinen Enden nach unten gebogen war und eher dem des Dr. Fu Manchu glich.

»Guten Tag, Herr Professor. Ich bin Justizrat Georg Doering, der für Sie zuständige Gerichtsoffizier«, stellte er sich vor. »Wie Ihnen sicher bereits bekannt ist, wurde gestern Abend um sechs Uhr über den Festungsbereich Kiel der verschärfte Belagerungszustand verhängt.«

Er zeigte ihm den Haftbefehl, nachlässig mit Tintenklecksen von Hand geschrieben. »Gesetzwidriger Widerstand«, stand da, »bewaffneter Haufen« und »unbefugtes Betreten«. Doch kein Straftatbestand war benannt, und kein Paragraf war angegeben.

»Was ist denn ein gesetzwidriger Widerstand? Und was ist unbefugtes Betreten? Meinen Sie damit Hausfriedensbruch? Sie müssen hier doch zumindest reinschreiben, welche Rechtsnorm ich übertreten haben soll«, empörte sich Radbruch.

»Ja, möglich.« Von dem Hinweis, dass er den Haftbefehl nicht formuliert habe, dürfte den Gerichtsoffizier allein die Loyalität zu seinem Vorgesetzten abgehalten haben. »Ich denke ohnehin, dass der Haftbefehl ohne ausreichende Rechtsgrundlage ergangen ist.«

Damit hatte Radbruch nicht gerechnet. Die halbe Nacht war er wach geblieben und hatte sich im Detail zurechtgelegt, wie er sich verteidigen könnte. Und jetzt das. Für einen Moment war der Professor sprachlos.

»Ich werde die Aufhebung des Haftbefehls empfehlen.« Doering räusperte sich. »Sie werden dann aber möglicherweise in Schutzhaft genommen. Dafür bin ich allerdings nicht zuständig.«

Das Gespräch war zu Ende, bevor es richtig begonnen hatte. Radbruch wurde in sein Zimmer zurückgebracht und Heller musste zum Verhör.

»Alles wird gut«, sagte er zu seinem Freund und klopfte ihm ermutigend auf die Schulter, als sie vor der Tür aneinander vorbeigingen.

Dann schlossen die beiden Studenten die Zimmertür hinter Radbruch und durften erleichtert sein, dass sie endlich von seinen sokratischen Fragen erlöst waren. Der Professor setzte sich auf seinen Strohsack, zog seine Pfeife aus der Westentasche und paffte daran, ohne sie vorher angesteckt zu haben.

»Schutzhaft«, grummelte er, »Schutzhaft.« Ein Euphemismus, den er nie hatte leiden können. Und in der Praxis war es meist so, dass nicht vor dem Inhaftierten geschützt werden sollte, sondern vor seiner Meinung. Schutzhaft müsse abgeschafft werden, dafür wollte er in Zukunft einstehen.

Kurz darauf öffnete sich die Tür erneut. Einer der Studenten kündigte Besuch an. Valentin kam herein.

»Professor!«, rief er bestürzt. »Wie geht es Ihnen? Werden Sie angemessen behandelt? Und wie geht es Dr. Heller?«

»Beruhigen Sie sich, mein Junge. Es geht mir gut. Und Heller auch«, antwortete Radbruch. »Was haben Sie denn da?«

In den Händen trug Valentin eine Aktentasche, einen Henkelmann mit zwei Portionen Erbsensuppe und eine Flasche Rotwein. Heller hatte diese Verpflegung gestern Abend nach dem Verzehr von ungesalzenem und leicht angebranntem Rübenmus telefonisch bei Rechtsanwalt Spiegel bestellt, und der hatte die Bestellung bezüglich der Suppe an seine Frau und bezüglich des Rotweins an Lydia Radbruch weitergeleitet. Alle, die sie jemals probiert hatten, waren sich einig, dass die Erbsensuppe von Frau Spiegel die beste war.

»Sehr schön«, frohlockte der Professor. »Noch warm, nicht wahr?«

Der Doktorand nickte. Aus seiner Mimik sprach ein kaum abgrenzbares und schwer erklärliches Gemenge aus Erleichterung und Enttäuschung, dass seine Besorgnis offensichtlich unbegründet war. Sie setzten sich an einen Tisch, der vor dem Fenster stand und an dem die beiden Gefangenen immer saßen, wenn sie Karten spielten, diskutierten, ihre Mahlzeiten einnahmen oder wenn sie nachdenklich das Treiben im Hof beobachteten.

»Rechtsanwalt Spiegel lässt ausrichten, dass er versucht, sich so schnell wie möglich freizumachen und herzukommen, um Ihre Verteidigung zu übernehmen. Er hat mir zwei Vollmachten mitgegeben, damit Sie und Dr. Heller schon mal unterschreiben können.« Valentin zog zwei Formulare aus seiner Aktentasche und übergab sie dem Professor, der das eine unbesehen unterschrieb und das andere für Heller auf den Tisch legte.

»Heller ist gerade beim Verhör. Wird nicht lange dauern, schätze ich.«

»Was werfen die Ihnen eigentlich vor?«

»Das weiß ich nicht. Das wissen die selbst nicht. Denen sind Gesetzestexte nicht so wichtig. Offenbar alles Naturrechtler. Wie Sie.«

Radbruch hatte einen Witz machen wollen. Valentin fand ihn anscheinend nicht witzig. Vielleicht war es auch nicht die passende Situation gewesen.

»Der verschärfte Belagerungszustand ist ausgerufen worden, Herr Professor. Danach kann Aufruhr mit dem Tode bestraft werden.«

»Seien Sie ohne Sorge um mich. Die können mir nichts tun. Der Belagerungszustand wurde erst nach der Besetzung der Werft ausgerufen. Die können mich nicht nach Notstandsrecht verurteilen, weil zum Zeitpunkt der Tat noch kein Notstandsrecht galt. Sie wissen doch: *nulla poena sine lege praevia.*« Radbruch schaute auf die Uhr, kurz vor zwölf. Sobald Heller von seiner Vernehmung zurückgekehrt sein würde, könnten sie essen. »Nein, mein Lieber. Was mir die Ruhe raubt, ist, dass ich hier eingesperrt bin und nichts tun kann, während sich die Soldaten und die Arbeiter auf den Straßen gegenseitig totschießen.«

»Das Militär hat die besetzten Betriebe geräumt und strategische Positionen in der Stadt eingenommen. Die Stationskommandantur hat Polizeichef Poller durch Freiherr von Löw und den Oberpräsidenten Kürbis durch Paul Lindemann ersetzt, beides offensichtlich Befürworter des Putsches.« Valentin kratzte sich am Kopf, sein Bericht bestätigte Radbruchs Befürchtungen. »Kürbis wurde in Haft genommen, Poller unter Hausarrest gestellt. Das Erscheinen aller Zeitungen wurde verboten. Die meinen es ernst. Die Arbeiter haben sich im Gewerkschaftshaus verschanzt und meinen es auch ernst.«

»Wird denn der Generalstreik befolgt?«, wollte der Professor wissen.

»Das öffentliche Leben ist weitgehend lahmgelegt. Und das scheint zu wirken. Es heißt, in Berlin könnten die Putschisten nicht aufs Klo gehen, weil die Wasserwerke nicht in Betrieb sind. Jedenfalls greift man jetzt zu ziemlich verzweifelten Drohungen.« Valentin zeigte ein Flugblatt vor, das ihm auf dem Weg zur Deckoffizierschule von einem Zeitfreiwilligen in die Hand gedrückt worden war. Darin wurde eindringlich vor der Fortsetzung des Generalstreiks gewarnt. Sonst würde die Lebensmittelversorgung eingestellt werden müssen.

»Alles nur Propaganda«, sagte Valentin. »Die Gewerkschaften haben inzwischen im ganzen Reich sichergestellt, dass die lebenswichtigen Betriebe weiterarbeiten.«

Radbruch legte die Pfeife weg, die er in seiner Hand gehalten und über die Diskussion vergessen hatte. Er schaute aus dem Fenster, hinunter zum geschäftigen Treiben auf dem Hof, wo ständig neue Studenten antraten, Zeitfreiwillige zu werden.

»Wenn das Volk nicht mehr auf den Tyrannen hört, ist der Tyrann kein Tyrann mehr«, sagte er mit einem kleinen Lächeln um die Lippen.

*

Rosenbaum war der Chef, er konnte es bestimmen. Er war Kommissar und Gerlach nur Assistent. Das Gewerkschaftshaus lag keine zweihundert Meter von der Blume entfernt, Ostermanns Wohnung befand sich in Ellerbek am anderen Ende der Stadt. Da war klar, was Rosenbaum bestimmte. Gerlach würde noch einmal, zum zweiten Mal an diesem Tag, mit dem Fahrrad nach Ellerbek fahren müssen, um Ostermanns Frau danach zu fragen, um welche Uhrzeit ihr Mann am Donnerstag nach Hause gekommen war, und Rosenbaum würde im Gewerkschaftshaus einen Arbeitskollegen von Ostermann aufsuchen und ihn fragen, bis wann Ostermann am Donnerstag auf der Werft gearbeitet hatte.

Das Kieler Gewerkschaftshaus war schon oft die Brutstätte sozialer Bewegungen gewesen. Anders als jetzt hatten die Gewerkschaften und die SPD während der Kaiserzeit für Versammlungen nur schwer Räume anmieten können, weil die Vermieter Repressalien der Polizei befürchteten. Für Versammlungen unter freiem Himmel hingegen war eine polizeiliche Genehmigung erforderlich, die regelmäßig versagt wurde, weil die Polizei eine Gefahr für die öffentlichen Ruhe und Ordnung sah. So entstand das Bedürfnis, ein eigenes Gebäude zu besitzen, wo alle Aktivitäten stattfinden könnten. Als 1890 das Sozialistengesetz nicht verlängert wurde, gab es schließlich auch die rechtliche Möglichkeit, Partei- und Arbeiterversammlungen nicht mehr als Mitgliederversammlungen von Turnvereinen tarnen zu müssen. Und von da an stand der Errichtung eines Gewerkschaftshauses nichts mehr im Wege. Hier erstritt man sich das kommunale Wahlrecht und plante Demonstrationen gegen den Krieg, von hier war die Novemberrevolution ausgegangen. Und von hier aus wurde jetzt der Widerstand gegen den Putsch organisiert. Die Gewerkschaften hatten hier ihre Büros, ebenso die SPD. Nur die USPD musste sich mit ihren paar Quadratmetern in der Preußerstraße zufriedengeben; und die neu gegründete KPD durfte hier erst recht nicht herein.

Auf der Straße herrschte Ruhe, doch als Rosenbaum das Gebäude betrat, wurde er Zeuge größter Aufregung. Hier war es nicht anders als im Büro der USPD.

Im Gewerkschaftszimmer erfuhr er, dass nach Oberpräsident Kürbis, Professor Radbruch und Dr. Heller nun auch Gustav Garbe, der Kieler Organisator des Generalstreiks, verhaftet worden war.

»Zuerst hat ein Marine-Bataillon in der Maschinenbauschule am Knooper Weg Stellung bezogen, einen Steinwurf von hier entfernt. Allein das ist schon eine Provokation«, berichtete ein Gewerkschafter, der vor lauter Entrüstung und Erregung ständig in die Hände klatschte.

»Und dann sind sie mit ein paar hundert Mann hier eingefallen, haben das SPD-Zimmer gestürmt und Garbe abgeführt«, ergänzte ein ebenso Entrüsteter.

»Haben die das begründet?«, wollte Rosenbaum wissen.

»Garbe soll sich das Amt des Gouverneurs angemaßt haben. Aber der wahre Grund ist: Die wollen dem Widerstand die Köpfe abschlagen, nach altbewährter Methode«, sagte der Gewerkschafter.

Man müsse jetzt Maßnahmen ergreifen, rief jemand durch den Raum, und Rosenbaum fühlte sich angesprochen. Sollte er teilnehmen, sich den Gewerkschaftern anschließen? Natürlich sollte er, jetzt, wo es Spitz auf Knopf stand. Oder sollte er versuchen, die Leute vor Dummheiten zu bewahren? Sie davon überzeugen, dass der Generalstreik schon wirken werde und es dumm wäre, eine Eskalation herbeizuführen? Sollte er? War er der Vormund der Anwesenden? Hatten sie nicht selbst funktionierende Gehirne? Und wenn sie zum Schluss recht hatten und er sich irrte? Im Ergebnis: Das alles sollte er nicht. Er sollte seine Arbeit machen. Er sollte für die verrückt gewordene Welt einen Rest Normalität bewahren. Er wühlte sich zum Korridor durch.

Während die Gewerkschaftssekretäre und die SPD-Politiker sich in ihren Hinterzimmern berieten, saßen unzählige Arbeiter im großen Saal beisammen und redeten sich die Köpfe heiß. Die Gewerkschaftsführung hatte sie aufgerufen herzukommen, um das Haus vor einer Erstürmung zu schützen. Von irgendwoher hatte jemand Gewehre besorgt, und rote Fahnen waren zusammengetragen worden. Die Stimmung drohte überzukochen.

Rosenbaum ging die Treppe hinunter und drängelte sich in den Saal, wo er seinen Zeugen vermutete. In der Tür kam ihm Wilhelm Spiegel entgegen, der gerade versucht hatte, mit beschwichtigenden Worten auf die wütende Menge einzuwirken.

»Gut, dass Sie kommen, Rosenbaum«, sagte er gehetzt und vollkommen entnervt. »Die sind kaum noch zu beruhigen.«

Vom Rednerpult her donnerten Worte des Zorns durch den Saal, von »reaktionärer Brut« und »bewaffnetem Kampf« war zu hören. Ein rothaariger junger Mann stachelte die Menge mit geballter Faust an. »Was, glaubt ihr, machen die da in der Maschinenbauschule?«, brüllte er. »Glaubt ihr, die wollen mit euch Skat spielen?«

»Wer ist das?«, wollte Rosenbaum wissen.

»Keine Ahnung. Er sagt, er ist Student. Der hat schon gestern im Bürgerbräu die Leute aufgehetzt.« Spiegel wischte sich den Schweiß von der Stirn. »Zu uns gehört er nicht, zur Gewerkschaft auch nicht. Auch die Leute von der USPD und der KPD sagen, dass die ihn nicht kennen. Wenn der so weitermacht, nehmen sich die Männer die Gewehre und stürmen damit gegen die Maschinenbauschule.«

»Warum schließt ihr die Gewehre nicht weg?«

»Haben wir versucht. Das lassen die Männer nicht zu.«

»Warum holen wir nicht ihre Frauen her?«

Rosenbaum hatte nicht lange nachgedacht, bevor er den Vorschlag machte. Er war sich nicht einmal sicher, ob er es ernst meinte. Erst Spiegels Reaktion, die hochgezogene Augenbraue, der nachdenkliche Blick, das beredte Schweigen sagten dem Kommissar, dass es ein genialer Vorschlag gewesen sein könnte. Schnell einigten sich die beiden darauf, dass sie es versuchen wollten. Sie eilten ins Gewerkschaftszimmer, stellten ihre Idee vor, fanden Zustimmung, und in kürzester Zeit strömte eine Handvoll Politiker und Gewerkschafter aus, die Ehefrauen der aufgebrachten Arbeiter zu alarmieren. Bald waren sie vor Ort, nicht alle, aber genügend, kopfschüttelnd und besorgt und nicht weniger aufgebracht als ihre Männer. Die Gefahr war auf sanfte Weise gebannt.

Rosenbaum konnte jetzt endlich seinen Zeugen vernehmen. Und dieser bestätigte, dass Ostermann am

Donnerstag bis kurz nach fünf auf der Werft gewesen war.

*

Mahjub bin Hashim wartete bereits zehn Minuten auf dem Hof der Frauengewerbeschule gegenüber dem Gewerkschaftshaus, doch von Ludwig Faber war nichts zu sehen. Der Sergeant befand sich auf einem Kuriergang zur Maschinenbauschule und sollte ihn nicht allzu lange unterbrechen. Zwar hatte er sich mit diesem Gang gewissermaßen selbst beauftragt, doch an- und abmelden musste er sich trotzdem, und Fehlzeiten konnte er sich nicht erlauben, wenn er nicht auffallen wollte.

In der Maschinenbauschule hatte das II. Bataillon der Küstenabwehrabteilung unter Kapitänleutnant Hans Walther Quartier bezogen, um das nahe gelegene Polizeipräsidium vor Übergriffen des Mobs zu schützen. Das war, nun ja, völliger Unsinn, denn die Menschen machten nicht die Polizei für den Putsch verantwortlich, sondern das Militär. Doch es war die Begründung, die Hashim dem Stadtkommandanten Looff genannt hatte, als er ihm diesen Vorschlag unterbreitete, und die Looff ihm abnahm und ihn gar dafür lobte. Und an die auch Levetzow glaubte, als Looff ihm den Vorschlag weitergeleitet hatte. Und auch Hans Walther glaubte daran. Der einzige Zweck jedoch war, die im nahe gelegenen Gewerkschaftshaus versammelte Arbeiterschaft zu provozieren. Aber das wusste nur Hashim allein. In der Zwischenzeit nutzte er den Kuriergang, um sich über die Wirkungen dieser Provokation zu informieren.

Endlich kam Faber mit seinen weithin sichtbaren roten Haaren um die Ecke.

»Und?«, fragte Faber. »Hast du sie ausgeschaltet?«

»Radbruch und Garbe sitzen jetzt erst mal im Knast. Aber wahrscheinlich kommen sie bald wieder raus.«

Sie waren ihnen beide im Weg, aber aus unterschiedlichen Gründen. Für Hashim waren sie Beschwichtiger, die die Eskalation verhindern könnten, und Faber sah in ihnen Revisionisten, die die Weltrevolution verhindern könnten. Indes war Hashim der Einzige, der den Überblick hatte. Während Faber glaubte, sie stünden auf derselben Seite, war er für Hashim doch nur ein nützlicher Idiot.

»Und bei dir?«, fragte der Sergeant.

»Ich hatte sie fast so weit. Und dann sind plötzlich die Ehefrauen aufgetaucht und haben ihre Männer zurückgehalten.«

Hashim konnte es schwer glauben. Wo er herkam, ließen sich die Männer von ihren Frauen nichts sagen. Oder vielleicht doch. Doch jetzt war nicht die Zeit, darüber zu diskutieren. Hashim war nervös, er schaute sich mehrmals um. Mit seiner dunklen Hautfarbe war er denkbar ungeeignet, wenn es darum ging, nicht aufzufallen.

Hashim war davon überzeugt, dass Buschneger schlechtere Menschen waren. Mit kleineren Köpfen, eingeschränkter Intelligenz und archaischer Kultur repräsentierten sie ein Entwicklungsstadium zwischen Europäern und Affen, noch unter den Juden und den Asiaten, etwa auf derselben Stufe wie Indianer. Das hatte er in der Schule so gelernt, und es war – aus seiner Sicht – wissenschaftlich erwiesen, da gab es keine Zweifel, das konnte man nicht wegdiskutieren. Nur gehörte er dieser niederen Rasse selbst an. Er war zwar eine Ausnahme, intelligent und moralisch, also im Inneren weiß, doch den äußeren Makel, die dunkle Hautfarbe, konnte er sich nicht abstreifen. Er hatte es versucht. Mit zwölf hatte er etliche Stunden in einem Fass mit Seifenlauge verbracht und war fast daran gestorben, doch seine Farbe blieb. Zwei Jahre später schrubbte er sich im Fluss mit einer Drahtbürste ab, bis er am ganzen Körper zahllose blutige Stellen hatte, die sich entzündeten und auffällige Narben hinterließen, doch die Farbe blieb. Er musste damit leben.

In der Schule lernte er, dass der Herr alle Menschen liebte, auch die Schwarzen, solange sie nur ein gottgefälliges Leben führten, und dass es Gottes Wille sei, wenn die Schwarzen den Weißen dienten. Er musste gehorchen, das wusste er bereits, und er musste dienen, das wurde ihm jetzt klar. Im Deutschunterricht strengte er sich besonders an. Nach der Schule arbeitete er für kurze Zeit als Übersetzer in einer Baumwollfabrik. In seiner Freizeit stählte er seinen Körper, bis er stark war wie ein Gorilla und ausdauernd wie eine Antilope. Mutig wie ein Löwe war er sowieso.

Dann trat er als Askari in die deutsche Schutztruppe ein. Er wollte dem weißen Mann dienen, und das konnte ein Schwarzer am besten, wenn er Askari war. Er wollte an vorderster Front kämpfen. Doch Soldaten gab es genug, affenartige, dumpfe Wesen, die zuschlagen konnten und in der Lage waren, mit einem Maschinengewehr am Horizont entlang zu mähen. Er musste Signalboy und Übersetzer werden, und er gehorchte.

Eines Tages rettete er dem Kommandeur, dem großen Generalmajor von Lettow-Vorbeck, das Leben. Bei Tabora waren sie auf dem Weg zum Hauptquartier mit ein paar Mann in einen Hinterhalt geraten. Ein belgischer Soldat legte auf Lettow-Vorbeck an und Hashim warf sich in die Schussbahn. Er wurde schwer verletzt. Nach seiner Genesung beförderte Lettow-Vorbeck ihn zum Sergeant und machte ihn zu seinem Burschen. Er war noch keine achtzehn Jahre alt und stolz wie nie.

Er hätte sein Leben gegeben für diesen großen Mann, und dafür wurde er belohnt, nicht allein durch die Beförderung, die genau genommen nur eine Tarnung war, sondern durch das besondere Vertrauen, das Lettow-Vorbeck ihm seit diesem Vorfall entgegenbrachte. In der Truppe herrschte während des Krieges viel Unruhe, immer wieder geriet Lettow-Vorbeck mit einigen seiner Offiziere und dem zivilen Gouverneur in offene Meinungsverschiedenheiten über die strategischen Ziele. Da war es oftmals

Hashims Aufgabe, geheime Vorgänge auszukundschaften und Loyalitäten auf die Probe zu stellen. Er war für seinen großen Generalmajor zu einer wichtigen Stütze geworden.

Noch einmal schaute sich der Sergeant um. Ein kleiner Junge mit einem Lederball betrat den Hof und drehte sofort um, als er die beiden Männer sah. Sonntags war das Betreten von Schulhöfen für Kinder streng verboten.

»Sonst noch was?«, fragte Hashim.

»Die Kerle haben die Druckerei der Volkszeitung besetzt und wollen, dass sie morgen erscheint.«

»Weiß ich schon. Die Redaktion wird nachher befreit. Noch was?«

»Morgen Früh soll das E-Werk Humboldtstraße besetzt und lahmgelegt werden.«

Hashim horchte auf. Das Elektrizitätswerk lag unmittelbar hinter der Maschinenbauschule. Das könnte interessant werden, sehr interessant.

*

Rosenbaum war der Chef. Und deshalb musste Gerlach heute zum zweiten Mal mit dem Fahrrad nach Ellerbek fahren.

Erster Stock links.

Als er klingelte, hatte Irma Ostermann gerade den Abwasch erledigt. Die beiden Jungen waren draußen zum Spielen, die kleine Tochter schlief. Die Frau hätte jetzt etwas Zeit, doch dem Kriminalassistenten wollte sie diese nicht schenken.

»Was wollen Sie? Ich habe alles gesagt.«

»Wir haben inzwischen mit Ihrem Mann gesprochen. Glauben Sie mir, es ist wichtig.«

Die Frau überlegte, schien ablehnend zu sein, aber auch neugierig. Vor allem neugierig.

»Was wollen Sie denn?«

»Kann ich reinkommen?«

Die Aussichten, hereingelassen zu werden, waren überaus gering. Fast hatte Irma Ostermann mit dem Kopf geschüttelt, als oben eine Wohnungstür geöffnet wurde und anschließend eine Treppenstufe knarrte. Irma trat zur Seite und eröffnete so für Gerlach den Weg hinein. Sie führte ihn in die Wohnküche, den ersten größeren Raum hinter einer kleinen Diele, den zentralen Ort des Familienlebens. Rechts gingen zwei Türen ab, zum Kinderzimmer und zum Elternschlafzimmer. In der Ecke stand ein Kohleherd, in der Mitte des Raumes ein großer Tisch, an dem das Essen zubereitet und die Mahlzeiten eingenommen wurden, an der rechten Wand eine Anrichte. Die Einrichtung war üppig, ornamentreich, geschwungen, in altdeutschem Stil gehalten, aber industriell gefertigt, nicht teuer, aber doch aufeinander abgestimmt, passend zu einer Familie, die einmal in einer großzügigeren Wohnung gelebt und dann einen wirtschaftlichen Abstieg erlitten hatte.

Irma Ostermann setzte sich an den Küchentisch und bat Gerlach, leise zu sprechen, weil die Kleine nebenan schlief. Gerlach nahm neben ihr Platz.

»Sie haben gelogen«, sagte er. Er hatte keine Freude daran, das zu tun.

»Ich? Wieso?«

»Sie sagten, dass Ihr Mann gestern nicht auf der Werft war. Er war aber doch dort.«

»Das stimmt nicht! Er war den ganzen Tag zu Hause!« Ihre Miene war bereits zuvor unfreundlich und verfinsterte sich zusehends. Sie sprach nun deutlich lauter. »Er hat uns selbst gesagt, dass er dort war.«

»Das ist doch Blödsinn! Um wie viel Uhr will er denn dort gewesen sein?« Gerlach schaute ihr mit größter Aufmerksamkeit ins Gesicht. Kein Wimpernschlag sollte ihm entgehen, keine Nuance ihrer Mimik. Irgendetwas, selbst das unscheinbarste Zucken des kleinsten Muskels, würde verraten, ob sie log. So hatte Rosenbaum es ihn gelehrt. So versuchte Gerlach immer wieder, Zeugen auf die Probe zu stellen. Irma Ostermanns Halsschlagader pulste deutlich. Wie bei einem Tier, das gleich zum Angriff überging, oder bei einem Tier, das von der Flucht erschöpft war? Unzählige Muskeln bewegten sich, immer wieder, doch keiner verriet etwas Definitives über ihre Glaubwürdigkeit. Jeder Wimpernschlag, jedes Schwitzen und jede Nervosität bedeutete etwas. Aber was? War die Entrüstung dieser Frau nun echt oder war sie gespielt? Gerlach musste diese Frage offenlassen.

»Er war nicht auf der Werft«, sagte er mit einer gewissen Resignation und etwas Scham und mit dem Bewusstsein, dass man auf diese Weise Vertrauen verspielen konnte. »Bitte entschuldigen Sie den kleinen Trick. Ich wollte sehen, ob Sie mir die Wahrheit sagen.«

Irma Ostermann quittierte es mit einem missbilligenden Blick. Das, in der Tat, konnte Gerlach eindeutig interpretieren.

»Bitte erinnern Sie sich jetzt an letzten Donnerstag. Wann war Ihr Mann an diesem Tag zu Hause?«

»Wieso?«

»Beantworten Sie bitte erst meine Frage. Das ist wichtig. Wegen der Glaubwürdigkeit. Ich werde Ihnen danach sagen, worum es geht.«

»Wieso Glaubwürdigkeit?«

»Bitte.«

Die Frau war bereits beim ersten Besuch hochgradig skeptisch gewesen, und jetzt natürlich umso mehr. Sie schaute Gerlach eine Weile an, dann gab sie sich einen Ruck.

»Morgens ging er zur Arbeit, am Nachmittag kam er wieder und war dann den ganzen Abend zu Hause.«

»Wann genau kam er wieder?«

»Fünf vor halb sechs.«

»Sind Sie sicher?«

»Ja«, sagte sie nach kurzem Überlegen.

»Woher wissen Sie es so genau? Haben Sie auf die Uhr geschaut, als er zur Tür hereinkam?«

»Ich habe auf ihn gewartet, ich musste noch einkaufen und er sollte dann auf die Kleine aufpassen. Außerdem kommt er immer um fünf vor halb sechs von der Arbeit. Kurz nach fünf geht er aus dem Haupttor, um Viertel nach nimmt er die Straßenbahn, steigt am Ellerbeker Markt aus und ist um fünf vor halb hier.«

»Das Haupttor von der Reichswerft? Was arbeitet er dort eigentlich?«

»Er ist Pförtner. Früher war er Maler, hat die Schiffsrümpfe lackiert. Das war eine gute Arbeit und er hat ganz anständig verdient. Das geht jetzt nicht mehr.« Sie seufzte und schüttelte den Kopf, das Schicksal hatte tiefe Falten in ihre Stirn gebrannt. »Er war erst ein paar Tage an der Front, noch völlig unerfahren, Kanonenfutter. Ein Wunder, dass er das überlebt hat. Und die Versehrtenrente? Sieben Mark fünfzig in der Woche. Weil er ja noch alle Arme und Beine hat und ein gesundes Auge. Da braucht man nicht mehr als sieben Mark fünfzig, sagt das Versorgungsamt. Aber davon kann er sich gerade mal seine Medizin leisten. Und wir mussten umziehen in dieses Loch hier.«

»Sie haben Geldsorgen?«

»Und das nicht zu knapp.«

»Hat Ihr Mann am Donnerstag Geld mit nach Hause gebracht?«

»Lohn gibt es nur freitags.«

»Sie haben ja am Donnerstag auf ihn gewartet und wollten dann einkaufen gehen. Sollte er nicht vielleicht Geld mit nach Hause bringen, damit Sie bezahlen konnten?«

»Nein, sollte er nicht.«

»Das Geld vom vorigen Freitag war am Donnerstag bereits aufgebraucht, nicht wahr? Aber Sie wollten noch einkaufen, damit die Kinder etwas zu essen bekommen würden. Also musste Ihr Mann von irgendwo Geld besorgen. Stimmt's?«

»Nein!«

Der Kriminalassistent hielt inne. Log sie oder nicht? Er konnte es nicht sagen.

»Ihr Mann steht unter dem Verdacht, am vergangenen Donnerstag einen Raubmord am Kleinen Kiel begangen zu haben«, sagte er.

»Er kam direkt von der Arbeit nach Hause, und er hatte kein Geld dabei.« Irma Ostermann sprach jetzt leise, vielleicht erschöpft, vielleicht resigniert. Doch ihre innere Empörung, ihre Angst, ließen sie schwer atmen.

Gerlach zog die Phantomzeichnung aus der Tasche und zeigte sie der Frau.

»So hat der Täter ausgesehen«, sagte er.

Sie erschrak. Oder sie tat so, als wäre sie erschrocken.

VI

Er hieß Popp, Lothar Popp. Hedi hatte ihn vor anderthalb Jahren während des Matrosenaufstands kennengelernt. Er war Bezirksvorsitzender der USPD und einer der Streikführer gewesen. Aus Hedis damaliger Sicht war die USPD eine Ansammlung von politischen Brandstiftern. Aber Popp passte nicht in dieses Bild. Er war freundlich, humorvoll, fantasiebegabt. Und er war Pazifist. In die SPD eingetreten war er, als er gehört hatte, dass sich August Bebel und Wilhelm Liebknecht einst gegen die Staatsanleihen für den Deutsch-Französischen Krieg ausgesprochen hatten, und er war wieder ausgetreten, als die SPD-Fraktion des Reichstags 1914 für die Kriegskredite gestimmt hatte. »Ohne Kriegskredite wäre der Krieg von Anfang an nicht möglich gewesen. Das war der Sündenfall der SPD«, sagte er einmal zu Hedi. Er war kein Brandstifter.

Sie kamen sich näher.

Ganz nahe.

Er sagte Fräulein zu ihr, und sie zu ihm Herrlein.

Sie wurde schwanger.

Die beiden verbrachten viel Zeit miteinander in seiner kleinen Wohnung in der Ringstraße, lange Abende im ersten Nachkriegswinter, und aßen dünne Nachkriegssuppe, während viele Menschen in Gullys nach Essbarem stocherten. Oft lag sie auf dem Sofa und entblößte ihren Bauch, dem man lange Zeit nicht ansehen konnte, was in ihm vorging. Dann legte er sein Ohr darauf und danach seine Hand und horchte und versuchte zu tasten.

Er sei in erster Linie Monist, und deshalb sei er Pazifist, und deshalb sei er bei der USPD gelandet, erklärte er ihr. Weil sie nicht wusste, was Monismus war, erklärte er ihr das auch: dass die Welt einem einzigen Grundprinzip gehorche und dass alles, was es gibt, in einem emergenten und rekursiven Prozess der Selbstorganisation daraus hervorgegangen sei.

Emergenz und Rekursion musste Hedi nachschlagen, konnte danach aber eine großartig kluge Frage stellen: »Gravitation und Menschenrechte, elementare physikalische Regeln und komplexe kulturelle Errungenschaften, das ist alles dasselbe?«

»In gewisser Weise: ja.« Popp legte seine Hand auf Hedis Bauch. »So wie unser Kleines dasselbe ist wie wir beide, es ist zugleich du und ich. Nur auf einer höheren Entwicklungsstufe.« Er zog seine Hand weg und schaute ihr tief in die Augen. »Es gilt, dieses Grundprinzip zu erkennen, dann kann am Ende des Prozesses die umfassende Erfüllung stehen. Sonst droht die umfassende Zerstörung. Wir haben die Wahl.«

»Und was ist dieses Prinzip?«

»Erhaltung und Entwicklung. Umfassende Erhaltung und Entwicklung. Und deshalb müssen wir Pazifisten sein. Und deshalb brauchen wir die Räterepublik.«

Was auch immer Lothar Popp war, ein Spinner, ein Fantast, ein Idealist, eines war er nicht: ein Brandstifter. Seine Gedankenwelt ging an die Grenzen von Hedis Vorstellungskraft. Sie hätte ihr gefallen können, wenn nicht alles so bombastisch gewesen wäre.

»Warum so umfassend? Warum nicht das kleine Glück? Man kann auch ohne Weltrevolution Pazifist sein.«

Doch in dieser Frage konnten sie sich nicht einig werden. Popp kämpfte für die Räterepublik, aber das Volk wollte sie nicht, es wollte die Nationalversammlung. Nach dem Spartakusaufstand zog er sich resigniert von der großen Politik zurück.

»Die SPD hätte mit uns eine neue, eine gerechte Gesellschaft errichten können. Aber sie hat lieber mit den alten Mächten paktiert. Und die wird sie jetzt nicht wieder los«, sagte er zu Hedi.

Oft fragte sie sich, ob sie bei ihm bleiben wolle, aber niemals fragte sie ihn, ob er bei ihr bleiben wolle. Sie sprachen nicht darüber. Und sie sprachen auch nie mit anderen darüber. Sie hielten ihre Beziehung geheim, ohne es je miteinander abgesprochen zu haben. Ohne Politik gab es für Popp in Kiel nichts mehr zu tun, und so zog er nach Hamburg um. Hedi ließ ihn gehen. Warum tat sie das? Weil er unstet war: Weil er wegwollte, sollte er auch weg. Doch der eigentliche Grund, aber den gestand sie sich selbst nicht ein: weil er nicht

Rosenbaum war. Für den Kleinen werde er natürlich aufkommen, sagte er. Später hatten sie noch einige Male telefoniert und ein paar Briefe gewechselt, aber sie sahen sich nicht mehr wieder. Seine Briefe hatte sie noch, es wäre ihr zu theatralisch vorgekommen, sie wegzuwerfen.

Vielleicht sollte sie ihn anrufen, dachte Hedi. Gerade hatte sie die Milchflasche ausgekocht und wartete, bis sie etwas abgekühlt war. Die SPD habe lieber mit den alten Mächten paktiert, und die würde sie nun nicht mehr loswerden. Das hatte Popp gesagt, bevor er nach Hamburg gegangen war, und genau das war jetzt eingetreten. Sie wurde sie nicht los, die alten Mächte übernahmen wieder das Ruder.

Ihre Eltern waren im Park spazieren und David schlummerte ruhig in seiner Wiege. Sie musste sich jetzt beeilen, gleich würden sie zurückkommen, und David würde bald seine nächste Mahlzeit einfordern. Mit spitzen Fingern verschloss Hedi die noch heiße Flasche, packte sie ein, setzte David sein Mützchen auf und bettete ihn in seinem Kinderwagen, dabei summte sie »Maikäfer flieg …«. Sie sollte am Abend Popp anrufen, das würde ihr guttun. Nein, in Hamburg anrufen ging nicht, Generalstreik. Sie könnte ihm einen Brief schreiben. Oder sie könnte Rosenbaum anrufen. Oder sie sollte niemanden anrufen. »Der Vater ist im Krieg …« Vor der Haustür ging sie nach links. Die Eltern würden von rechts kommen, sie sollte ihnen nicht begegnen. Sie durften nicht wissen, dass sie auf dem Weg zur Milchküche war. Sie hatte nicht genug Milch für David, und das durfte niemand erfahren.

Niemand.

Außer dem Arzt natürlich.

»Die Mutter ist in Pommerland ...« Diese Heimlichkeiten taten ihr nicht gut. Sie hatte den Arzt gefragt, was sie machen könne, ob es eine Medizin gebe bei zu wenig Milch. Aber er hatte nur Ratschläge, die nicht halfen. Enger Hautkontakt mit dem Kind, genügend und gesund essen, Aufregung vermeiden. Das alles half nicht. Und zufüttern vertrug David noch nicht. Also musste sie einmal am Tag heimlich zur Milchküche. Niemand durfte es erfahren, besonders das Jugendamt nicht.

Als sie zur Tür hereinkam, musste sie zuerst die Hände waschen. Das musste jeder, wenn er die Milchküche betrat. Dann meldete sie sich an, gab die Flasche ab und ging ins Wartezimmer. Jedes Mal hoffte sie, dass dort niemand sitzen würde, den sie kannte. Eines Tages würde alles auffliegen. Ab der zweiten Hälfte des Weges war David quengelig gewesen. Er spürte ihre Sorgen, ohne sie zu verstehen. Vor allem aber war er hungrig, kompromisslos und unlenksam hungrig. Die erste Flasche gab es gleich hier, die zweite würde Hedi mit nach Hause nehmen und in ihrem Zimmer verstecken. »... Pommerland ist abgebrannt ...«

Während David am Schnuller sog, schaute sie aus dem Fenster. Am Haus gegenüber sah sie das Praxisschild von Dr. Stapelhöhe, das war der Arzt, den Rosenbaum erwähnt hatte, der Arzt von diesem Fräulein Lettow-Vorbeck. Dahinter lag das Lyzeum, wo dieses Fräulein gewohnt hatte. Vorgestern hatte Rosenbaum Hedi gebeten, mit der Zimmergenossin zu reden. Gestern hatte er sie gebeten, es noch nicht zu tun, weil er vorher selbst noch einmal mit ihr würde sprechen wollen. Stattdessen sollte Hedi jetzt herausfinden, wie das Fräulein Lettow-Vorbeck an einen Engelmacher hätte kommen können. Aber musste sie mit diesen Erkundigungen nicht im Umfeld des Fräuleins beginnen?

Auf dem Rückweg übte sie mit David »Mama« und »Papa«, vor allem »Papa« war ihr wichtig. »Mama« würde er bald von ganz alleine sagen. Inzwischen waren die Eltern von ihrem Spaziergang zurückgekehrt. Hedi rief: »Bin wieder da!«, als sie die Wohnung betrat, dann versteckte sie die Flasche und übergab den kleinen Quälgeist ihrer Mutter, die sich schon den halben Tag auf diesen Moment gefreut hatte. Aus der Flurkommode kramte Hedi einen Glockenhut mit breiter Krempe, obwohl sie nur selten Hüte trug, und vom Haken nahm sie den Wintermantel, obwohl es draußen nicht kalt war. Den Hut konnte sie tief ins Gesicht ziehen und den Mantelkragen aufstellen, sodass sie unerkannt bleiben würde, dort, wo sie jetzt hingehen wollte.

*

Valentin stand am Fenster. Mona saß auf ihrem Bett. Männlicher Besuch auf den Zimmern war nach der Hausordnung verboten, wurde aber nachmittags bis fünf Uhr toleriert.

»Also?«, sagte sie, schniefend und zugleich geladen wie eine galvanische Zelle.

Valentin schaute hinaus in den trüben Vorfrühlingshimmel, darunter das Jugendstilhaus mit der Praxis von Dr. Stapelhöhe und dahinter der neoklassizistische Bau der Milchküche.

Was sollte er antworten? Natürlich war es nicht richtig, was er getan hatte. Er bereute es. Dass er Mona wehgetan und sie gedemütigt hatte, das bereute er zutiefst. Doch was sollte er jetzt sagen?

»Es tut mir so leid, Moni.«

»Mir versprichst du, dass wir heiraten werden, nächstes Jahr, wenn du eine feste Anstellung hast. Und dass wir Kinder haben werden, vier Stück, und dass wir sie nach unseren Eltern nennen wollen. Und dann treibst du dich mit diesem Flittchen rum!«

»Es tut mir leid. Aber es war eigentlich nichts.«

»Eigentlich nichts? Du hast ihr im Liebeswahn das Kleid zerrissen. Und ihr habt euch über mich lustig gemacht. Und dass du sie heiraten willst, hast du ihr gesagt.«

»Nein, nein, das stimmt so nicht.«

»Jetzt streitest du es auch noch ab!« Mona heulte ungehemmt los. Valentin setzte sich neben sie und versuchte sie zu umarmen. Doch sie stieß ihn weg und boxte ihn, sodass er aufstehen musste, um keine schmerzhaften Treffer zu kassieren.

Natürlich, es war nicht richtig, was er getan hatte, absolut nicht. Er hätte Katharina sofort nach Hause bringen müssen, als »Das Cabinet des Dr. Caligari« zu Ende gewesen war. Er hätte nicht auf sie hören dürfen, als sie gesagt hatte, dass sie noch nicht nach Hause gehen wollte, und er hätte sie nicht »Tini« nennen sollen, als sie ihn darum bat. Es war falsch, dass sie am Dreiecksplatz nicht die Brunswiker Straße Richtung Oberlyzeum hinuntergingen, sondern die Bergstraße, Richtung Altstadt, bis zum Bootshafen. Plötzlich standen sie vor dem Reichshallen-Theater, ohne dass sie es verabredet hatten. Sie hätten es nicht tun sollen, aber sie gingen hinein, fanden einen kleinen Tisch in der Bar, bestellten Sekt und unterhielten sich über den Film. Katharina sah ihn einerseits in der Tradition von Edgar Allan Poe und ordnete ihn andererseits dem Expressionismus zu. Für ihr Alter war sie ausgesprochen klug, Valentin konnte sich sehr tiefgründig mit ihr unterhalten, obwohl er eher der Meinung war, dass der Film einen eigenen Stil präge, den Caligarismus – er hatte den Begriff in der Vorankündigung gelesen, erwähnte ihn aber nicht. Sie war nicht nur klug, sie war auch hübsch. Und einsam. Sie sagte, dass der größenwahnsinnige und autoritätssüchtige Caligari sie an ihren Vater erinnere. Dann trank sie ihr Sektglas leer und öffnete die Kragenknöpfe des Kleides. Von da an sprachen sie über ihren Vater. Männer wie er würden die Republik bekämpfen, sagte sie vehement.

Sie errötete und strich sich über das Haar. Sie war sehr einsam und schutzbedürftig. Und hübsch. Wie er ihre großen Augen und die kleine Nase eigentlich finde, fragte sie, bei Mona sei es ja genau umgekehrt. Und er sagte, dass er große Augen viel schöner finde als kleine. Er dachte sich nichts dabei, er wollte nur nett sein. Jedenfalls glaubte er, dass er nur nett sein wollte.

Als sie die Bar verließen und er sie nach Hause bringen wollte, nahmen sie nicht den direkten Weg. Ein kleiner Hauch von Vorfrühling lag in der Luft. Sie schlenderten am Kleinen Kiel entlang, vorbei am Neumarkt und dem Stadttheater. Sie erzählte von ihrem Verlobten, dass er sehr grob sei und überhaupt nicht verständnisvoll und dass er sie sogar manchmal schlage. Unter einer alten Weide blieben sie stehen. Katharina strich ihr Kleid hoch und den Seidenstrumpf runter, sie wollte Valentin einen blauen Fleck an ihrem Bein zeigen, den ihr Verlobter ihr kürzlich zugefügt habe. Doch es war zu dunkel, um etwas sehen zu können. Man könne es auch tasten, sagte sie, und führte seine Hand an ihren Schenkel. Natürlich war es nicht richtig, aber er ließ es geschehen. Er wollte nicht unhöflich sein, sagte er sich. Dann hatten sie sich geküsst, ihr Bein in seinem Schritt. Sie musste deutlich gespürt haben, wie es in diesem Moment um ihn bestellt gewesen war.

»So, wie du denkst, war es nicht«, sagte Valentin. »Ich habe einen großen Fehler gemacht, es tut mir so leid. Aber so, wie du denkst, war es nicht.«

Mona wischte sich mit den Ärmeln die Tränen aus dem Gesicht. »Hast du ihr gesagt, dass du sie heiraten willst, oder nicht?«

Nein, das hatte er nicht. Er hatte wohl einiges gesagt, was er besser nicht gesagt hätte und das zuzugeben ihm jetzt schwergefallen wäre, wenn Mona ihn danach gefragt hätte. Aber dass er Katharina heiraten wollte, das hatte er nicht gesagt.

Bevor er antworten konnte, klopfte es an der Tür.

»Desdemona?« Es war die Stimme von Fräulein Gosch-Fassbinder. »Bist du da, Desdemona?« Noch ein Klopfen. »Du hast Besuch. Die Polizei.«

Mona wischte sich erneut übers Gesicht und zupfte ihr Haar zurecht, bevor sie zur Tür ging und öffnete. Neben der Gouvernante stand weder der Kommissar noch sein Assistent, sondern eine Frau mit Glockenhut und Wintermantel, als wäre es draußen frostig kalt. Fräulein Gosch-Fassbinder blickte streng, nickte kurz und entfernte sich. Mit Polizeifrauen wollte sie offensichtlich nichts zu tun haben.

»Hedwig Kuhfuß«, sagte die Frau und zeigte eine blecherne Marke vor, darauf stand »Kriminalpolizei Preußen« und ein Adler war darauf abgebildet. »Kommissar Rosenbaum schickt mich. Ich hätte noch ein paar Fragen zu Fräulein Lettow-Vorbeck. Haben Sie kurz Zeit?«

Mona bat die Frau herein, wischte sich ein letztes Mal über die Wangen und richtete mit flinken Fingern ihr Kleid. Dann stellte sie Valentin vor.

»Verlobter?«, sagte die Frau. »Dann wollen Sie also heiraten?«

»Ja, selbstverständlich.«

Für Valentin war es selbstverständlich, und er war froh, sich dazu öffentlich bekennen zu können, doch sein Tonfall klang derart apodiktisch, dass er eine Nachfrage provozieren musste.

»Wieso selbstverständlich?«

»Das Verlöbnis ist ein Vertrag, mit dem sich zwei Personen versprechen, künftig die Ehe miteinander einzugehen, Paragrafen tausendzweihundertsiebenundneunzig und folgende BGB.«

»Aus dem Verlöbnis kann aber nicht auf Eingehung der Ehe geklagt werden. Es ist eine sogenannte unvollkommene Verbindlichkeit«, sagte die Frau mit einem Blick, wissend und überlegen, wie er ihn bislang nur von Radbruch kannte. »Daher scheint mir die Frage, wie ernst es mit dem Verlöbnis tatsächlich ist, nicht unangebracht zu sein.«

Valentin warf seinen Kopf zurück. An der Universität studierten wenige junge Frauen Jura. Er hatte im Prinzip nichts dagegen, fragte sich allerdings, warum sie das taten. Richterin, Staatsanwältin oder Rechtsanwältin würden sie sowieso niemals werden. Jedenfalls, im Prinzip war er durchaus bereit, mit Frauen über juristische Fragen zu diskutieren, es sollten dann aber auch Frauen sein, die eine Zugangsberechtigung zu einem wissenschaftlichen Hochschulstudium besaßen.

Die Frau schaute Valentin eine Zeit lang an und schien sich ein Grinsen verkneifen zu müssen. Als deutlich wurde, dass Valentin den Disput nicht fortsetzen wollte, wandte sie sich Mona zu. »Wann ist es denn so weit?«

»Dieses Jahr noch, im Sommer«, beeilte sich Valentin mit der Antwort. »Wir wollten gerade besprechen, wann wir das Aufgebot bestellen können.«

Er blinzelte zu Mona hinüber und hoffte, dass sie ihn anlächeln würde. Doch sie beachtete ihn nicht.

»Ja, dann also: herzlichen Glückwunsch«, sagte die Frau – hieß sie Kuhfuß? – und wandte sich wieder Mona zu. »Fräulein Fährbach, wir haben uns gefragt, ob Ihnen inzwischen nicht noch etwas zu Fräulein Lettow-Vorbeck eingefallen ist. Sie müsste doch irgendwelche Kontakte in Kiel gehabt haben.«

»Nicht, dass ich wüsste.«

»Sie war auch verlobt wie Sie. Lebt ihr Verlobter in Kiel?«

»Sie *behauptete*, sie sei verlobt. Mehr kann ich dazu nicht sagen.«

»Sie bezweifeln das?«

»Sie hat oft nicht die Wahrheit gesagt. Sie war verlogen. Tut mir leid, aber so ist es. Sie behauptete das, was ihr gerade in den Kram passte. Mit der Wahrheit musste es nicht unbedingt zu tun gehabt haben.« Mona setzte sich langsam auf ihr Bett, die Hände im Schoß, den Blick gesenkt. »Jedenfalls, sie hat nicht erzählt, wie der angebliche Verlobte heißt oder wo er wohnt, sie hat auch sonst keine Details erzählt und sie hatte keine Fotografie von ihm.«

»Wir wissen, dass ihr Vater sie eigentlich in einem Lyzeum in Kassel untergebracht hat. Wieso ist sie heimlich gegen seinen Willen nach Kiel umgezogen?«

»Ich weiß das alles nicht. Wirklich nicht.«

Wieder klopfte es an der Tür.

»Desdemona? Jetzt ist auch der Kommissar da.«

Valentin war es nicht recht, dass sich Monas Zimmer zum Treffpunkt der Kieler Polizei entwickeln sollte. Er hatte mit Mona anderes zu bereden und die Polizei sollte sich besser um den Putsch kümmern.

Mona öffnete die Tür. Fräulein Gosch-Fassbinder stand dahinter mit einem Mann, offenbar dem ermittelnden Kommissar, warf allen einen strengen Blick zu und entfernte sich wieder, während der Mann das Zimmer betrat.

»Guten Tag, Herr Kommissar«, sagte Mona und schloss hinter ihm die Tür.

»Hallo, Chef«, sagte die Polizeifrau.

»Hedi?«, sagte er zu ihr. Er wirkte überrascht.

»Ja, Chef. Ich muss auch gleich wieder los.« Sie schien verlegen zu sein. »Eine letzte Frage noch: Hat Fräulein Lettow-Vorbeck jemals etwas von Abtreibung erwähnt? Hat sie sich vielleicht danach erkundigt, an wen man sich wenden könne, wenn man einen derartigen Eingriff vornehmen lassen möchte?«

»Nein«, sagte Mona und schaute nachdenklich in den Raum.

»Nein«, sagte auch Valentin und zog staunend die Augenbrauen hoch. Er war zu verdutzt, um sofort nachfragen zu können, was es mit der Frage auf sich hatte. Dann verabschiedete sich die Frau und ließ die beiden mit dem Kommissar zurück.

»Tja …«, sagte Rosenbaum.

»Wieso Abtreibung?«, fragte Valentin.

»Und Sie sind …?«

Valentin stellte sich vor und betonte dabei ausdrücklich, dass er mit Mona verlobt sei. Wieder schaute er zu ihr, und wieder sie nicht zu ihm.

»Sie sind Student?«

»Doktorand.«

»Ja natürlich, Fräulein Fährbach hat ja am Donnerstag für Ihre Doktorarbeit getippt.«

»Getippt?«

»Ach Schatz«, mischte sich jetzt Mona in das Gespräch ein. »Ihr vergeistigten Gelehrten wisst gar nicht mehr, wie man umgangssprachlich redet.« Sie schüttelte den Kopf und lächelte mitleidig. »›Tippen‹ bedeutet: mit der Schreibmaschine einen Text schreiben. Verstehst du?«

»Ja. Tippen. Ja.«

»Siehst du? Ich habe am Donnerstagnachmittag ein paar Seiten deiner Doktorarbeit für dich *getippt*. Du hast diktiert und ich habe getippt. Am Donnerstagnachmittag. Das habe ich dem Kommissar erzählt, und deshalb weiß er es.«

So sprach man normalerweise nicht mit jemandem, der gerade an seiner Dissertation arbeitete, eher mit jemandem, der einen hypoxischen Geburtsschaden erlitten hatte. Valentin verstand das alles nicht.

»Ja. Sicher.«

»Welches Fach, wenn ich fragen darf?«

»Jura. Bei Professor Radbruch.«

»Sie promovieren bei Professor Radbruch? Ein guter Mann.«

»Sie kennen ihn?«

»Wir sind in derselben Partei. Ich schätze ihn sehr.«

»Er ist verhaftet worden.«

»Ich habe davon gehört.«

Eine Gesprächspause entstand. Mona nutzte sie, um Rosenbaum ihren Schreibtischstuhl anzubieten, und Valentin nutzte sie, um noch einmal nach Abtreibung zu fragen.

»Fräulein Lettow-Vorbeck war schwanger«, antwortete der Kommissar, während er sich setzte.

Valentin hatte es geahnt, er hätte nicht fragen sollen. Sein Blick ging zu Mona, ihr Blick irgendwohin, aber nicht zu ihm. Er hätte ihr gern versichert, dass er mit dieser Schwangerschaft nichts zu tun habe, doch das ging jetzt nicht.

»Schwanger?«, sagte er, um überhaupt etwas zu sagen.

Der Kommissar nickte. »Hat sie davon nichts erzählt?«

»Nein«, antwortete Valentin, obwohl er wusste, dass nicht er, sondern Mona gefragt war.

»Fräulein Fährbach?«

»Nein. Zu mir hat sie auch nichts gesagt.«

»Nicht einmal eine Andeutung? Kein auffälliges Verhalten?« Dem Kommissar fiel es offenbar schwer zu glauben, dass Mona völlig ahnungslos war. »Sie teilen sich immerhin ein Zimmer.«

»Nein. Sie hat nichts gesagt und ich habe nichts geahnt.«

»In welchem Monat war sie denn?«, wollte Valentin wissen und hoffte, dass es mindestens der zweite war.

»Etwa die neunzehnte Schwangerschaftswoche.«

Wieder schaute Valentin seine Verlobte an. Er wünschte sich einen Blick, eine Geste, irgendein Zeichen, dass sie verstanden und ihm verziehen habe. Doch wieder ignorierte sie ihn.

»Ist das nicht die Dahlmannstraße?« Rosenbaum stand auf und ging zum Fenster. Er schaute links und rechts hinaus, dann zeigte er auf das gegenüberliegende Gebäude. »Liegt dort nicht die Praxis von Dr. Stapelhöhe? Kennen Sie ihn vielleicht?«

»Dr. Stapelhöhe ist mein Hausarzt«, antwortete Mona.

»Er war auch der Hausarzt von Fräulein Lettow-Vorbeck.«

»Ja, ich weiß. Ich habe ihn ihr empfohlen.«

»Haben Sie ihr auch einen Frauenarzt empfohlen?«

»Nein, danach hat sie mich nicht gefragt.«

»Hätte das nicht nahe gelegen, wenn sie schwanger war?«

Jetzt platzte Valentin der Kragen. »Also, Herr Kommissar, ich weiß wirklich nicht, was das soll. Glauben Sie meiner Verlobten nicht oder was sollen diese bohrenden Fragen?« Er hatte Mühe, sein Temperament unter Kontrolle zu bringen. »Offensichtlich wollte Katharina ihre Schwangerschaft geheim halten. Um keinen Verdacht zu erregen, fragte sie nach einem Hausarzt und nicht nach einem Frauenarzt.«

»Ja, natürlich. So wird es gewesen sein.« Rosenbaum setzte sich wieder. Er schien Valentins Ausbruch genossen zu haben. Wahrscheinlich hatte er es darauf angelegt, ihn aus der Reserve zu locken. Jetzt zog er ein Stück Papier aus seiner Tasche, entfaltete es und zeigte es vor. »Kennen Sie diesen Mann?«

»Nein«, antwortete Mona.

»Und Sie?«

»Nein. Wer soll das sein?«

»Fräulein Lettow-Vorbeck wurde mit diesem Mann gesehen.«

»Ist das der Mörder?«, fragte Valentin und schaute sich die Zeichnung eingehend an. Es war ein sehr markantes Gesicht, man würde den Mann sofort erkennen, wenn man ihn sah.

»Möglich.«

Valentin bekräftigte, dass er diesen Mann noch nie gesehen habe. Dann schaute er Mona an. Sie blieb stumm, schaute nur auf die Zeichnung, ein wenig entrückt vielleicht, als wäre sie in Gedanken woanders.

Valentin bekräftigte nun auch für sie, dass sie den Mann nicht kannte.

»Können wir Ihnen sonst noch behilflich sein, Herr Kommissar?«, fragte er schließlich. Er legte all seine Abneigung gegen Rosenbaums Neugier in seine Stimme und wusste zugleich, dass es nichts half, der Kommissar würde sich davon nicht beeindrucken lassen und weiter in Sachen herumstöbern, die ihn nichts angingen. Valentin machte es nur, um seinen Protest auszudrücken. »Sonst würde ich mich jetzt um die Freilassung von Professor Radbruch kümmern.« Auch das bewirkte natürlich nichts, und er wüsste auch gar nicht, was er für die Freilassung tun sollte, aber es half, sich besser zu fühlen.

»Eine letzte Frage noch«, sagte Rosenbaum zu Mona. »Die hundert Mark, die Sie bei den Sachen von Fräulein Lettow-Vorbeck vermissen, können Sie sagen, welche Stückelung das war?«

»Nur ein einzelner Hundertmarkschein. In einem weißen Briefumschlag.«

Wenn das die letzte Frage gewesen war, dann müsste der Kommissar sich jetzt verabschieden. Und tatsächlich hatte er endlich ein Einsehen. Auf die letzte Frage folgte allerdings noch eine letzte Bitte. »Ich wollte Sie noch bitten, in den nächsten Tagen in der Blume vorbeizuschauen und Ihre Aussagen zu Protokoll zu geben. Sie beide.«

»Ich auch?«, fragte Valentin.

»Ja, bitte. Sie müssten das Alibi von Fräulein Fährbach bestätigen. Dass sie zur Tatzeit bei Ihnen war. Zum Tippen. So war es doch, oder?«

»Ja, natürlich. So war es.«

Rosenbaum bedankte sich und ging. Endlich.

Mona schloss die Tür hinter ihm und sackte wieder auf ihr Bett. Valentin schaute aus dem Fenster. Aus der Jackentasche zog er seine Zigaretten und überlegte, ob er sich eine anstecken sollte. Mona bat ihn, es nicht zu tun, weshalb er sie wieder zurücksteckte. Zwar herrschte Rauchverbot auf den Zimmern der Schülerinnen, doch das war für ihn kein Hindernis. Monas Wunsch allerdings schon.

Er dachte an die eigenartigen Fragen des Kommissars, an Monas eigenartiges Verhalten und an die Eigenartigkeit seines eigenen Verhaltens.

»Warum hast du gesagt, dass du am Donnerstag bei mir warst?«

»Ich weiß auch nicht.« Sie rührte achselzuckend und hilflos mit den Armen in der Luft. »Ich musste doch erklären, wo ich war.«

»Und wo warst du?«

Monas Gesicht verkrampfte sich, und erneut standen Tränen in ihren Augen.

»Schon gut«, sagte Valentin, »schon gut.« Wieder versuchte er, sie tröstend in den Arm zu nehmen, und erneut stieß sie ihn weg.

»Hast du ihr gesagt, dass du sie heiraten willst?«, schluchzte sie mehrmals von krampfhaftem Einatmen unterbrochen.

»Nein, bestimmt nicht.« Er stand vor ihr. Immer wieder spürte er Impulse, sie zu berühren, und jedes Mal zog er seine Hand zurück.

»Und hast du mit ihr geschlafen?«

Er zögerte. Was sollte er sagen? Was konnte er sagen, ohne sie unerträglich zu verletzen? Doch bereits dieses Zögern verletzte sie unerträglich. Tränen schossen aus ihren Augen. Dass es so weit gekommen war, war seine Schuld. Alles, was geschehen war, war seine Schuld. Er suchte ihre Handtasche, in der sich ihr Taschentuch befinden musste. Er entdeckte sie neben dem Garderobenständer vorm Kleiderschrank, öffnete sie, kramte hektisch und ungeduldig darin herum und fand schließlich ihr Taschentuch neben einem weißen Briefumschlag mit einem Hundertmarkschein.

∗

Seit Ausbruch der Spanischen Grippe war Prostitution in Kiel verboten. Anfangs hatte sich fast jeder daran gehalten. Die Huren, weil sie Angst vor Ansteckung hatten und weil es ohnehin kaum Freier gab, und die Freier, weil sie Angst vor Ansteckung hatten und weil es ohnehin kaum Huren gab. Wer sich nicht daran hielt, war meist nicht mehr lange am Leben. Als die dritte Welle der Seuche im Frühjahr 19 abebbte, hatte man sich bereits an die Gefahr gewöhnt und nahm es nicht mehr so genau. So verhielt sich auch die Polizei, sie hatte Wichtigeres zu tun. Also blühte die Prostitution im Verborgenen, und zwar am Wall, zwischen Bootshafen und Schloss, fünf Gehminuten vom Oberlyzeum entfernt. Der Wall war eine Straße, die sich an der Hafenseite von der Holstenbrücke bis zum Schloss um die Altstadt legte. Die nördliche Hälfte war früher zu Ehren der Damen der Kieler Gesellschaft, die für die Anlage der Straße Geld gesammelt hatten, »Damenstraße« genannt worden. Als sich später das Rotlichtmilieu hierher ausgebreitet hatte und anzügliche Witze über die Damen der Damenstraße an die Ohren der Ratsversammlung gedrungen waren, war auch dieses Stück in »Wall« umbenannt worden.

Hedi hatte den Kragen ihres Mantels hochgestellt und die Krempe des Hutes heruntergezogen. Das war in dieser Gegend nichts Ungewöhnliches. Frauen aus gutbürgerlichem Haus, die in dieser schweren Zeit Geld hinzuverdienen wollten, gingen hier so durch die Straßen und neigten den Kopf nach unten. Gerade hatte Hedi im Alten Germanen erfahren, dass der Blanke Hans das Kieler Zentrum der Unsittlichkeit sei. Jetzt bog sie von der Flämischen Straße um die Ecke zum Wall, ging vorbei am Seemannsheim, den Kopf nach unten geneigt wie die gutbürgerlichen Frauen.

»Wie viel?«

Sie drehte sich um. Neben ihr stand ein Mann in einer abgewetzten Heeresuniform. Die Rangabzeichen waren abgerissen, aber er dürfte kaum mehr als ein Gefreiter gewesen sein. Und eine Badewanne hatte er sicher lange Zeit nicht mehr gesehen.

»Ich glaube, das würdest du nicht bezahlen wollen«, antwortete Hedi.

Der Mann trat einen Schritt zurück und musterte sie ausgiebig. »Kommt darauf an. Also, wie viel?«

»Zwei Wochen«, sagte Hedi und zeigte ihre Polizeimarke vor. Daraufhin war der Mann sehr schnell nicht mehr da.

Hedi hatte an diesem Tag schon zum zweiten Mal die Marke vorgezeigt, obwohl sie dazu nicht berechtigt war. Kriminaldirektor Freibier hatte sich noch geweigert, ihr eine Polizeimarke aushändigen zu lassen. Denn sie war keine richtige Polizistin. Es gab gar keine richtigen Polizistinnen, richtige Polizisten mussten Männer sein. Zwar war Hedi während des Krieges von Rosenbaums Sekretärin zu seiner Assistentin aufgestiegen, aber das war nur provisorisch und inoffiziell gewesen und nur, weil die richtigen Assistenten an der Front waren. Nach dem Krieg waren sie nicht mehr an der Front, dafür jedoch tot oder versehrt, also blieb Hedi Assistentin. Schließlich ließ der neue Polizeidirektor Klemp ihr eine Polizeimarke aushändigen, als Anerkennung für ihren Einsatz, und vielleicht auch weil er ein SPD-Mann war. Hedi wurde sogar nach der Besoldungsgruppe eines Assistenten bezahlt. Das war, kurz bevor sie den Dienst quittiert hatte. Dann hatte sie vergessen, die Marke wieder abzugeben. Klemp hatte es offenbar auch vergessen, und Rosenbaum auch. Trotzdem durfte Hedi die Marke nicht vorzeigen und sich als Polizistin ausgeben. Amtsanmaßung war eine

Straftat. Und sie konnte sich keine Scherereien leisten, gerade jetzt, wo es diese Probleme mit David gab.

Neben einem Hauseingang, über dem »American Bar« stand, lehnte eine Frau mit schwerem Mantel über leichter Kleidung lässig an der Hauswand. Sie war aufdringlich geschminkt, rauchte eine Zigarette und schaute Hedi mit dem Blick einer kampfbereiten Nahrungskonkurrentin an. Hedi schaute demütig zurück.

»Wo willst du denn hin?«, fragte die Frau.

Hedi ging nahe an sie heran. »Ich brauche Hilfe.« Die Stimme war dünn und leise, ihr Kopf blieb gesenkt.

»Da bist du hier falsch.«

»Ich muss was wegmachen lassen.«

Jetzt war klar, dass Hedi keine Konkurrentin war, sondern eine Einnahmequelle. Sie gab der Frau einen Heiermann, den würde sie Rosenbaum von seinem Geld abziehen.

»Pfaffenstraße sieben, bei Meier. Sag, dass du von Billi kommst.«

»Ich dachte – ein Arzt vielleicht?«

Noch ein Heiermann.

»Nee, tut mir leid, Kindchen.« Die Frau trat die Zigarette aus und verschwand in der American Bar. Den zweiten Heiermann gab sie nicht zurück.

Hedi überlegte kurz, ob sie sich das Geld mithilfe ihrer Polizeimarke zurückholen sollte, entschied sich allerdings schnell dagegen und ging weiter zum Blanken Hans.

Dort gab es Waffen, Kokain, vor einiger Zeit auch Kaffee und Butter. Die speziellen Dienste hingegen wurden hier wegen der Polizei meist nur angebahnt, vollzogen wurden sie in Wohnungen. Es war recht leer, als Hedi das Etablissement betrat. Der Generalstreik galt zwar nicht unbedingt für dieses Gewerbe, aber es war später Nachmittag, etwas zu hell und zu früh für unsittliche Triebe. In einer Ecke saßen Seeleute bei Bier und Kartenspiel zusammen, in einer anderen schlief ein Soldat seinen Rausch aus. Am Tresen saßen zwei Frauen, aufdringlich geschminkt und gelangweilt, qualmten und warteten auf Männer, die noch nicht betrunken waren und nicht zum Kartenspielen herkommen würden. Eine Putzfrau wischte die Reste der letzten Nacht vom Boden.

Hedi stand noch in der Tür, da kam bereits der Wirt mit erhobenem Zeigefinger auf sie zu. Unbegleitete Damen hatten entweder eine besondere Vereinbarung mit ihm oder mussten Einritt bezahlen. Es kostete Hedi einen weiteren Heiermann. Und noch einen für das anschließende Gespräch. Wieder wurde ihr die Adresse in der Pfaffenstraße genannt, und sie solle sagen, dass sie vom blanken Hans komme.

»Der blanke Hans, das bin ich«, sagte der Wirt und strich sich über den kahl geschorenen Schädel.

Hedi wären auch andere Assoziationen eingefallen, aber sie verkniff sich ein Grinsen und schaute möglichst verlegen auf den Boden.

»Nicht das, was du denkst«, sagte der blanke Hans. Und jetzt grinste er.

Ob es nicht auch eine andere Adresse gebe, einen Arzt vielleicht, wollte sie wissen.

»Einen Arzt wirst du nicht bekommen.«

»Ich kann genug bezahlen.«

»Für einen Arzt brauchst du einen guten Namen, sonst geht keiner das Risiko ein, verstehst du?« Der Wirt blickte in ein fragendes Gesicht. »Du musst etwas zu verlieren haben, und der Auftrag muss von deinen Eltern kommen. Sonst macht das keiner.«

»Ich habe einen guten Namen.«

»Nämlich?«

Hedi zögerte, nicht, weil ihr der eigene Name, Kuhfuß, peinlich war, sondern weil er nicht gut genug war. Fast hätte sie Katharina von Lettow-Vorbeck gesagt. Im letzten Moment fuhr ihr durch den Kopf, dass Katharina möglicherweise auch schon mit dem blanken Hans gesprochen hatte. »Hedwig von Levetzow. Mein Vater ist der Chef der Marinestation.«

Der blanke Hans war sichtlich beeindruckt, und von nun an siezte er Hedi. Er brachte sie in ein Hinterzimmer, verschwand für kurze Zeit und kam mit einem Zettel zurück. Darauf standen zwei Adressen. Und für jede zahlte sie einen Heiermann.

Hedi fühlte sich dreckig. Als sie wieder zu Hause war, nahm sie außer der Reihe ein heißes Bad. Alles Rosenbaums Schuld.

*

Klaus Gerlach stand vor dem Mietshaus im Jungfernstieg zweiundvierzig, schaute hinauf, dann nach
links zum Arndtplatz und nach rechts die Straße hinunter, in deren Flucht der Rathausturm stolz zwischen
den Häuserzeilen aufragte, fast wie in einem roman-
tischen Gemälde komponiert. – Man sagte, dass die
Straße von den Stadtplanern allein wegen dieses Aus-
blicks so angelegt worden sei. Freilich handelte es sich
dabei nur um ein Gerücht. Den Jungfernstieg gab es
bereits Jahrzehnte, bevor man mit den Planungen des
neuen Rathauses begonnen hatte. – Gerlach kniff die
Augen zusammen, schließlich schaute er wieder auf
das Mietshaus.

Ihm wurde schwindelig. Straßenschluchten waren
nichts für ihn, seit er vor vier Jahren an der Front in
einer Felsspalte verschüttet gewesen war. Vielleicht
war er auch gesprungen oder von einer detonieren-
den Granate hineingeschleudert worden, er erinnerte
sich nicht mehr genau. Im Grunde erinnerte er sich nur
daran, dass es plötzlich dunkel geworden war und dass
er kaum noch Luft bekommen hatte, weil sich Tonnen
von Erdreich über ihm schichteten. Und dass auf seinem Gesicht die Hand des Gefreiten lag, der Gefreite,
mit dem er unterwegs gewesen war, und nur die Hand,
der Rest vom Gefreiten fehlte. Er wollte die Hand weg-
schieben, doch das Erdreich presste seine Arme fest an
den Körper. Er wollte schreien, doch er brachte nur
ein Fiepen hervor, mehr ließ das Erdreich nicht zu.
Er wurde panisch, dann fiel er in Ohnmacht. Es dau-

erte fast einen Tag, bis seine Kameraden ihn ausgruben. Sie hatten den Arm des Gefreiten aus dem Erdreich herausragen gesehen, sonst hätten sie dort nicht gegraben. Seither war kein Tag vergangen, an dem Gerlach nicht an diese Felsspalte gedacht hatte. Und seither waren Schluchten nichts für ihn. Selbst Straßenschluchten nicht.

Er schaute erneut auf das Mietshaus. Dort hätte Peter Harald Bäcker, der Zeuge, nach dessen Beschreibungen das Phantombild angefertigt worden war, wohnen sollen. Nachdem Heiner Ostermann für die Tatzeit ein Alibi hatte vorweisen können, hielt Rosenbaum es für eine gute Idee, die beiden einander gegenüberzustellen, und schickte Gerlach, den Zeugen abzuholen. Doch »Bäcker« stand nicht auf der Namenstafel im Treppenhaus. Gerlach hatte an mehreren Wohnungen des Hauses geklingelt. Niemand kannte einen Peter Harald Bäcker, nicht mal einen Peter Bäcker. Auch im Nachbarhaus nicht.

VII

Auch am Montagmorgen war kein Ferngespräch mit Kassel möglich. Der Generalstreik hatte das öffentliche Leben nahezu vollständig lahmgelegt. Einige Betriebe wurden von Arbeitertrupps oder privat organisierten Bürgerwehren bewacht, andere von Militär oder Polizei, lebenswichtige Versorgungsbetriebe von der technischen Nothilfe unter militärischer Bedeckung betrieben. Die Zeitungen erschienen nicht, niemand wusste, was sich im Reich gerade abspielte, sodass zur Befriedigung der Neugier nur noch Gerüchte dienen konnten.

Das spektakulärste Gerücht an diesem Morgen: Als der Unterstaatssekretär des Reichsfinanzministeriums Franz Schroeder auf Anweisung von Reichskanzler Kapp den Freikorpssoldaten ihren Sold auszahlen sollte, habe er geantwortet: »Reichskanzler Kapp? Kenne ich nicht.« Als danach auch Reichsbankpräsident Rudolf Havenstein den Befehl des neuen »Reichskanzlers Kapp« zur Auszahlung des Soldes verweigert habe, soll Kapp ihm gedroht haben, er werde die Tresore der Reichsbank aufsprengen lassen. Darauf habe Havenstein mit süffisanter Miene entgegnet, das könne man ruhig mal versuchen.

»Die Putschisten – eine Soldateska«, schimpfte Gerlach, als Rosenbaum ihm bei der morgendlichen

Tasse Kaffee von diesem Gerücht erzählte. »Das sind menschlich verkommene, niederträchtige Söldner. Spätestens seit sie dem Reichswehrminister den Gehorsam verweigert haben, sind es nur noch niederträchtige Söldner.«

»Und Söldner wollen ihren Sold«, ergänzte Rosenbaum. »Mal sehen, was passiert, wenn sie ihn nicht kriegen.«

Gerlach rief beim Einwohnermeldeamt an, um nach der Meldeadresse des Zeugen Bäcker forschen zu lassen. Ortsgespräche konnten wenigstens geführt werden. Das lokale Telefonnetz der modernen Großstadt Kiel wurde bereits seit einiger Zeit im Selbstwählverfahren betrieben, sodass es nicht durch ein streikendes Fräulein vom Amt lahmgelegt werden konnte.

Die Tür ging auf. Hedi stürmte herein wie ein plötzliches Gewitter.

»Da«, kreischte sie und knallte dem Kommissar drei Zettel auf den Tisch. »Das sind alle Adressen, die es in Kiel von Engelmachern gibt. Jedenfalls alle, die ich bekommen konnte.«

Gerlach zuckte zurück und Rosenbaum zog zur Sicherheit seine Kaffeetasse vom Tisch.

»Hedi, was ist los mit Ihnen?«, fragte er.

»Nichts. Was soll mit mir los sein?«

Rosenbaum kannte das. Irgendetwas gefiel ihr nicht. Wenn er jetzt nachfragte, würde er erfahren, dass alles ganz schlimm und er daran schuld sei. Er fragte lieber nicht nach. Und erst recht nicht fragte er, was Hedi gestern zu Fräulein Fährbach geführt hatte.

Auf den Zetteln standen mehrere Namen, zwei davon waren Ärzte. Gerlach holte ein Adressbuch aus dem Vorzimmer und dann studierten sie die Adressen.

»Der ist Frauenarzt«, sagte Gerlach, »und der – Augenarzt.«

Sie berieten über ihr weiteres Vorgehen und kamen gerade zu dem Schluss, diese Adressen abklappern zu wollen, als es an der Tür klopfte. Rosenbaum rief »Herein!«, doch es tat sich nichts, bis Gerlach aufstand und die Tür öffnete.

»Entschuldigung, ich wollte zu Kommissar Rosenbaum.«

Valentin Mohr wollte mit dem Kommissar allein sprechen, falls dies möglich sei. Im Allgemeinen ging Rosenbaum auf derartiges Ansinnen nicht ein, doch das seltsam schüchterne Auftreten des Doktoranden ließ ihn aufhorchen. Er schaute Hedi und Gerlach an und sagte: »Nun ja …« Sie verstanden auf der Stelle und verließen das Büro.

»Ich wollte Sie kurz sprechen, Herr Kommissar. Wegen Professor Radbruch. Er ist noch immer in Haft«, sagte Valentin, unterbrochen nur durch Rosenbaums Aufforderung, sich zu setzen.

Der Kommissar nickte. Auch er machte sich große Sorgen um den Professor. Er schätzte ihn sehr, sie waren Freunde.

Sie hatten sich bei einer SPD-Veranstaltung im Gewerkschaftshaus kennengelernt. Sie saßen am selben Tisch und bevorzugten denselben Wein. Dann stellten sie fest, dass beide ein Jurastudium hinter sich hatten, wenngleich Rosenbaum seines aus Kostengründen hatte abbrechen müssen. Sie verbrachten den restlichen Abend mit drei fröhlichen Flaschen Wein und amüsierten sich über die Begriffsstutzigkeit mancher Kollegen, Anwälte, Staatsanwälte, Richter, Kriminalbeamte, sogar Juraprofessoren, kein Berufsstand wurde geschont. Zum Schluss bekannten sie einander ihre politische Gesinnung, was freilich nur wenig Überwindung kostete, befanden sie sich doch im Gewerkschaftshaus.

»Ich bin in die SPD eingetreten, um die Welt ein Stück besser zu machen«, sagte der eine.

»Überschießende Innentendenz«, kommentierte der andere.

Dann schauten sie sich kurz entgeistert an und prusteten los, so traurig diese Feststellung auch war.

»Ich trinke Wein, um es morgen regnen zu lassen«, sagte der eine und prustete weiter.

»Und ich rauche eine Zigarre, um über Wasser laufen zu können«, sagte der andere.

Lautes Lachen.

Außer den beiden konnte niemand am Tisch verstehen, was so lustig war. Denn außer ihnen hatte niemand Jura studiert. Alle Jurastudenten ab dem zweiten Semester wussten, was eine überschießende Innentendenz war, nämlich eine Absicht, die sich regelmäßig nicht verwirklicht. Wer nicht Jura studiert hatte, kannte den Begriff nicht. Es gab ihn außerhalb des Strafrechts auch gar nicht. Radbruch hatte seine eigene Hypothese, wie das Wort geboren sein mochte: »Der Kollege, der sich das ausgedacht hat, meinte eigentlich ›Intention‹ und hat eine falsche Ableitung von ›intendieren‹ gebildet. Er beherrschte kein richtiges Deutsch, so einfach ist das.«

Dann prusteten sie wieder, und von da an waren sie Freunde.

Rosenbaum bewunderte Radbruch fast, sie waren sich ähnlich. Beide waren gegen Ende des Krieges in die SPD eingetreten, beide hatten schon lange damit geliebäugelt und beide hatten sich zu Kaisers Zeiten nicht dazu durchringen können, weil es damals beider Karrieren zerstört hätte. Und es gab noch weitere Gemeinsamkeiten. Beide waren von eher kühlem Temperament, sie sprachen leise, nie sehr viel, aber wohlformuliert, beobachteten genau und analysierten scharf. Beide hatten – noch ohne einander zu kennen – vor etlichen Jahren an dem Begräbnis von August Bebel in Zürich teilgenommen, und für beide hatte dieses internationale Großereignis zu der Zuversicht geführt, dass der Sozialismus eines Tages siegen würde. Und auch Rosenbaum hatte bei den Radbruchs Tee getrunken. Doch es trennte sie auch vieles: Rosenbaum war ein Jude und – irgendwie – homosexuell, Radbruch beides nicht. Rosenbaum stammte aus einem verarmten linksintellektuellen Elternhaus, Radbruch aus einer liberalen großbürgerlichen Familie.

»Heute früh wurde bekannt gemacht, dass auf Streik nunmehr die Todesstrafe stehe«, sagte der Doktorand.

Das hatte Rosenbaum noch nicht gehört, aber er traute es den Putschisten zu. Der Generalstreik nahm ihnen den Atem, sie mussten zu immer drastischeren Maßnahmen greifen, um die Oberhand zu behaupten.

»Dem Professor wird jetzt vorgeworfen, dass er den Streik organisiert habe.«

»Aber das war doch vor der Bekanntmachung.«

»Ich weiß: *nulla poena sine lege praevia*. Doch in Zeiten der Revolution gilt faktisches Recht.«

»Was kann ich tun?«, fragte Rosenbaum.

»Ich möchte eine Petition an die neue Reichsregierung richten. Ich habe bereits einige Unterschriften gesammelt. Rechtsanwalt Spiegel hat unterzeichnet, der Oberbürgermeister und der Dekan und etliche andere. Vielleicht könnten auch Sie unterzeichnen.«

Valentin übergab Rosenbaum ein Schriftstück. Natürlich unterzeichnete auch er.

»Und es müsste mit einem offiziellen Siegel versehen werden. Sonst lesen die es erst gar nicht.«

Das war schon schwieriger. Rosenbaum konnte das nicht von sich aus entscheiden, er müsste zumindest die Genehmigung von Kriminaldirektor Klemp einholen. Aber das müsste machbar sein, Klemp war ein SPD-Mann, wahrscheinlich würde er die Petition gleich mitunterschreiben. Rosenbaum versprach, sich darum zu kümmern.

»Ich hätte da noch etwas«, sagte Valentin, seine Stimme wurde verlegener und noch ein Stück leiser. »Es geht um Fräulein Lettow-Vorbeck.«

Der Kommissar legte die Petition zur Seite. Sie war natürlich wichtig, aber was jetzt kam, würde wahrscheinlich genauso wichtig sein.

»Es dürfte für Sie wohl keine große Rolle spielen, aber ich dachte, ich sollte es trotzdem erwähnen.« Valentin räusperte sich und holte aus zur großen Enthüllung. »Ich wusste bereits, dass Katharina in anderen Umständen war. Sie hat es mir gesagt. Vor einer Woche schon.«

»Außer Ihnen scheint sie es niemandem gesagt zu haben.«

»Ja, so scheint es.«

Rosenbaum lehnte sich in seinen Sessel zurück. »Wieso erzählt sie es gerade Ihnen?«

»Sie – sie wollte mich damit erpressen.«

»Sind Sie der …?«

»Um Himmels willen, nein.« Demonstrativ echauffierte sich Valentin über die Frage, obwohl sie nahe lag und er sie selbst provoziert hatte. »Ich bin verlobt.«

»Natürlich. Ja.«

»Katharina wollte mir das Kind aber unterschieben. Sie drohte zu behaupten, dass ich der Vater wäre. Obwohl ich es – selbstverständlich – nicht war.«

»Und warum? Was hat sie verlangt? Geld?« Natürlich, Geld für die Abtreibung. Das wäre schlüssig.

»Nein. Ich sollte sie heiraten.«

»Aber Sie sind verlobt. Und Fräulein Lettow-Vorbeck nach eigenen Angaben auch.« Rosenbaum steckte sich bedächtig eine Zigarette an. Dann stand er auf und schaute aus dem Fenster. »Warum wollte sie Sie heiraten?«

»Ich weiß es nicht. Damit das Kind ehelich ist, nehme ich an. Das ist in ihren Kreisen sehr wichtig.«

»Und warum heiratet sie dann nicht ihren Verlobten?«

Valentin wusste es nicht. Er wusste auch nicht, warum er sie nicht danach gefragt hatte und ob der Verlobte der Erzeuger war, und noch immer nicht, wer der Verlobte war. Im Grunde wusste er nur, was er gerade gesagt hatte.

»Weiß Ihre Verlobte davon?«

»Selbstverständlich nicht!«

»Hat Fräulein Fährbach eigentlich ein blaues Kleid mit kleinen weißen Blüten?«

»Das kann ich jetzt gar nicht genau sagen. Sie hat so viele Kleider.«

Der Doktorand stand auf und sagte, er müsse jetzt wieder los. Ihm schienen die Fragen unangenehm zu sein.

»Ich wollte Sie noch bitten, meine Aussage vertraulich zu behandeln.«

»Ich behandele alles vertraulich, soweit die Ermittlungen es zulassen.«

Das war, genau genommen, die Ablehnung der Bitte um Vertraulichkeit. Valentin schien sich nicht daran zu stören.

*

Hedi wollte nach Hause. Sie hatte mit Polizeiarbeit nichts mehr zu tun, Rosenbaum hatte sie um einen Gefallen gebeten, den hatte sie ihm erwiesen, zu Hause aber wartete ein Kind, und da wollte sie jetzt hin. Doch Gerlach bat sie, ihn bei seinen Besuchen zu begleiten, genau genommen, die Besuche alleine durchzuführen.

»Was glaubst denn du, wird ein Arzt sagen, wenn ich mit meiner Polizeimarke wedele und ihn frage, ob er rechtswidrige Abtreibungen durchführt?«

»Verkleide dich als Frau. Das kannst du doch ganz gut.«

Hedi spielte damit auf ein etliche Jahre zurückliegendes Ereignis an. Gerlach hatte verdeckte Ermittlungen angestellt, als der Kaiser Kiel besuchte anlässlich der Einweihung des neuen Rathauses. Er geriet dabei in eine Schlägerei und kassierte zwei heftige Schläge auf die Augen, was nach einiger Zeit eine leicht violette Farbe der Lider verursachte und bei flüchtigem Hinsehen den Eindruck erweckte, er hätte Lidschatten aufgetragen und die Unterlider mit Kajal nachgezogen. Seither sagte man ihm eine androgyne Ausstrahlung nach. Das alles war ihm hochgradig peinlich, und Hedi zog ihn immer wieder gerne damit auf.

Gerlach hielt sie am Arm fest und bestrafte sie mit einem bösen Blick.

»Na gut«, sagte sie schließlich.

Eine Viertelstunde später klingelte sie in der Pfaffenstraße sieben bei Meier und sagte, dass sie vom blanken Hans komme.

»Sag Elli zu mir. Das sagen alle.«

Elli war Mitte sechzig und humpelte. Ihr Gesicht war faltig, ledrig und grau, die Finger von Gicht verformt. Vielleicht war sie früher hübsch gewesen. Sie führte Hedi in die Küche, deren Wände, wie es sich für ein älteres Weib ziemte, hellgrau getüncht waren. Hier und da lugte etwas Rot hervor, Stellen, die von ungestümen Jahren zeugten. Hedi setzte sich an einen ramponierten großen Tisch, der unter dem Fenster stand. Dort wurde nicht nur Gemüse geputzt und Wäsche gewaschen, der Tisch war auch stummer Zeuge der großen Wendepunkte im Leben. Früher, als die Küchenwände noch rot gewesen waren, waren auf ihm Liebe gemacht und Kinder gezeugt worden. Jetzt wurden darauf Kinder zu Engeln gemacht. Hedi rückte so weit es ging vom Tisch ab.

»Hast du zwanzig Mark?«, fragte Elli.

Hedi nickte.

»Es ist etwas Endgültiges, und oft gibt es auch einen anderen Weg.« Elli schaute sehr ernst, als wollte sie nicht tun, was sie tat. »Hast du es dir gut überlegt, Kindchen?«

Hedi nickte. Ein Gefühl von Ekel überkam sie, und

von Schuld und Scham. Sie musste sich zusammenreißen. Dann zeigte sie auf den Küchentisch. »Machen Sie es hier?«

»Wo sonst?«

»Eine Freundin von mir war auch einmal bei Ihnen gewesen. Sie sagte, Sie seien sehr verständnisvoll.«

»So. Eine Freundin.«

»Katharina von Lettow-Vorbeck heißt sie.«

»Kenne ich nicht.«

»Vielleicht hat sie einen anderen Namen genannt.«

»Vielleicht.«

»Es muss so ein, zwei Wochen her sein.«

Elli schaute misstrauisch.

»Sie ist vor ein paar Tagen umgebracht worden.«

»Was willst du, Kindchen?«

»Ich will wissen, ob Katharina bei Ihnen war.« Hedi zog eine Fotografie der Toten aus der Tasche und hielt sie Elli vor die Augen.

»Bist du von der Sitte?«

»Nein. Ich will nur wissen, ob meine Freundin abtreiben wollte. Also: War sie bei Ihnen oder nicht?«

»Und wenn ich es dir nicht sage?«

»Dann zeige ich Sie an. Bei der Sitte. Wegen gewerbsmäßiger Abtreibung. Darauf steht Zuchthaus.«

Elli schaute das Foto an, dann blickte sie Hedi eine Zeit lang in die Augen, unbewegt wie ein Hypnotiseur.

»Was soll ich denn machen, Kind?«, fuhr es plötzlich aus ihr heraus. »Anschaffen geht nicht mehr. Was soll ich denn machen?«

»Sie sollen mir sagen, ob Katharina von Lettow-Vorbeck bei Ihnen war.«

»Nein. War sie nicht.« Mit diesen Worten spuckte die Alte ihre jämmerliche Existenz aus. Und ihre Verachtung für die Welt.

Beim Hinausgehen legte Hedi einen Zwanzigmarkschein auf den Tisch. Den würde sie Rosenbaum auch abziehen.

Die Besuche bei den nächsten Engelmachern verliefen ähnlich. Mehr oder weniger schmuddelig, unmoralisch, manchmal kriminell, doch jedes Mal erfolglos. Und mit jedem Mal fühlte Hedi sich erbärmlicher.

Erst der letzte Besuch versprach anders zu werden. Der Besuch bei Dr. Wiese, Augenarzt in der Falckstraße.

Die Türen in der Praxis waren rot angemalt, damit die Patienten sie leichter finden konnten. Im Wartezimmer war es fast leer, nur eine Frau mit weißem Stock und ein Mann mit Augenklappe saßen dort. Auch Sehbehinderte blieben in diesen Tagen lieber zu Hause.

Als Hedi ins Sprechzimmer geführt wurde, saß der Doktor hinter seinem cremefarben lackierten Schreibtisch im Bauhausstil und war noch mit dem Krankenblatt von dem Mann mit der Augenklappe beschäftigt. Hedi räusperte sich, um auf ihre Anwesenheit hinzuweisen, und wusste zugleich, dass er sie schon längst bemerkt hatte. Eigentlich wollte sie nicht auf ihre Anwesenheit hinweisen, sondern gegen die Unhöflichkeit des Arztes protestieren. Schließlich schaute er auf und musterte seine vermeintlich neue Patientin.

Hedi stand noch an der Tür und sagte so schüchtern und mädchenhaft, wie sie konnte: »Guten Tag«. Fast hätte sie einen Knicks gemacht, doch das schien ihr ein wenig zu dick aufgetragen.

Wiese trug seine Nickelbrille wie einen Orden und seinen Stirnspiegel wie eine Krone, selbstbewusst und selbstgerecht. Kurz blickte er auf das Blatt Papier, das ihm seine Sprechstundenhilfe hingelegt hatte, eine Patientenkartei, die bislang nur den Namen der neuen Patientin enthielt.

»Fräulein Levetzow«, sagte er, während er Hedi mit der linken Hand den Stuhl wies. »Was führt Sie zu mir?«

»Ich habe ein medizinisches Problem.« Hedi setzte sich mit demonstrativer Verlegenheit.

»Das haben die meisten, die zu mir kommen.«

»Ein großes medizinisches Problem.«

»Wenn Sie nicht bald zum Punkt kommen, sind Sie wieder draußen, bevor Sie es gesagt haben.« Wenn Wiese bei seinen Worten gelächelt hätte, hätten sie ermutigend und auflockernd wirken können. Doch er lächelte nicht, er schaute auf seine innere Uhr.

»Ich bin schwanger.«

»Haben Sie körperliche Beschwerden?«

»Nein.«

»Wird Ihnen manchmal schwarz vor Augen und können Sie plötzlich nur noch undeutlich sehen?«

»Nein.«

»Und trotzdem ist es für Sie ein medizinisches Problem.«

»Ja.«

»Kein finanzielles oder gesellschaftliches Problem, sondern ein medizinisches?«

»Ja.«

»Was habe ich damit zu tun?«, fragte er langsam und leise, jedes Wort abwägend wie ein Diplomat und voller Verachtung für seine Patientin.

»Ich habe gehört, dass Sie bei ungewollten Schwangerschaften behilflich sein würden.«

»Von wem haben Sie das gehört?«

»Von meinem Vater. Konteradmiral Magnus von Levetzow, Chef der Marinestation.« Hedi hatte die Frage erwartet, sie war vorbereitet, doch ihre Antwort war riskant. Der Chef der Marinestation und dieser Augenarzt verkehrten in denselben gesellschaftlichen Kreisen, sie kannten sich womöglich. Hedi ging das Risiko ein, die Nennung von Levetzow würde ihr die Tür öffnen.

Wiese nickte, demonstrativ routiniert, offensichtlich in dem Bemühen, nicht beeindruckt zu wirken.

»Sie benötigen eine schriftliche Einverständniserklärung Ihres Vaters.«

»Ich bin über einundzwanzig.«

»Sie sagten doch, dass Ihr Vater Sie zu mir geschickt hat, nicht wahr?«

Hedi nickte.

»Na also. Bei mir kostet eine fachmedizinische Beratung zweihundert Mark, nur die Beratung, nicht die Behandlung. Und ich darf um Vorkasse bitten.« Beim Sprechen legte er immer wieder Pausen ein, an unerwarteter Stelle, wo kein Komma sie erlaubte und keine Rhetorik sie gebot.

Hedi legte zehn Zwanzigmarkscheine auf den Tisch, der Doktor verstaute sie in einer Schublade.

»Wünschen Sie eine Quittung?«

»Ja, bitte.«

Er schaute sie über den Rand seiner Brille an.

»Nein«, korrigierte sie sich.

»Ich muss Sie zunächst untersuchen, bevor ich entscheide, ob der Eingriff vorgenommen werden kann. Die Untersuchung kostet weitere zweihundert Mark zuzüglich fünfzig Mark für eine weibliche Zeugnisperson, die ich hinzuziehen muss.« Er blätterte in seinem Kalender, einem großen schwarzen Buch, das aufgeschlagen vor ihm lag. »Morgen Abend, halb sieben. Bringen Sie zu dem Termin die Einverständniserklärung mit. Und seien Sie frisch gewaschen.«

Hedi fragte, ob sie ihm ihre Situation erläutern sollte. Doch er winkte ab.

»Wie werden Sie den Eingriff vornehmen?«

»Das muss Sie nicht interessieren.«

»Habe ich nicht gerade zweihundert Mark für eine Beratung bezahlt?«

Das war vorlaut, regelrecht ungezogen. Der Doktor deutete ein Kopfschütteln an, wie Ärzte es seit Jahrhunderten taten, wenn respektlose Patienten unsinnige Fragen stellten, deren Antworten sie nicht verstehen würden und die sie nichts angingen.

»Im Allgemeinen geht man so vor: Aufdehnung des Muttermundes, Öffnung der Fruchtblase, Ausschabung in Oberflächenanästhesie, Blutstillung.«

Die Situation quälte Hedi maßlos. Nicht das verdeckte Ermitteln an sich, sondern die Materie, die Kälte, die toten Babys. Seit dem Ende ihrer Schwangerschaft kam sie damit nicht mehr zurecht.

»Und – wie viele dieser Eingriffe haben Sie bereits vorgenommen?«

»Ich bin approbierter Arzt.«

»Augenarzt.«

»Eine *Abrasio uteri* ist kein Kunststück. Wer in der Lage ist, Suppe aus einem Teller zu löffeln, kann das auch. Allein die Blutstillung fordert etwas Sachverstand, den allerdings jeder approbierte Arzt besitzt.«

»Also haben Sie noch nie einen Schwangerschaftsabbruch vorgenommen?«

»Ich bin Ihnen dazu keine Rechenschaft schuldig.«

»Warum wollen Sie es mir nicht sagen?«

Der Doktor zögerte. Spätestens jetzt wäre für ihn der richtige Moment, die neugierige Patientin hinauszuwerfen, doch das Geschäft war offensichtlich zu verlockend.

»Zehn? Hundert?«, bohrte Hedi nach. Von der mädchenhaften Verlegenheit war nichts mehr übrig. Hedi hatte sich diese Gesprächstaktik vorher genau zurechtgelegt.

»Also gar keine?« Hedi stand auf. »Ich gehe.«

»Natürlich habe ich genügend Abbrüche vorgenommen, genügend.«

Hedi setzte sich wieder. Reichte das? War das ein Geständnis? Ja, es reichte.

»Das reicht«, sagte sie.

Es reichte vielleicht noch nicht für eine Verurteilung, aber für ein strafrechtliches Ermittlungsverfahren und eine Durchsuchung der Praxisräume allemal. Sie ging zum Fenster und winkte hinaus. Auf der gegenüberliegenden Straßenseite wartete Gerlach auf ein Zeichen von ihr. Zwei Minuten später hatte er sich mit seiner Polizeimarke Zutritt zum Sprechzimmer verschafft.

»Kannten Sie Katharina von Lettow-Vorbeck?«, fauchte er Wiese an.

»Wer soll das sein?«

»Fräulein von Lettow-Vorbeck war bei Ihnen, um einen Schwangerschaftsabbruch vornehmen zu lassen. Bevor es dazu kam, wurde sie ermordet.«

»Das ist absurd! Ich habe dieses Fräulein nie gesehen.«

»Sie war nicht Ihre Patientin?«

»Nein.«

»Darf ich Ihren Terminkalender sehen?«

»Wozu?«

»Weil ich sicher bin, dass ihr Name darin auftaucht.«

Hedi schaute Gerlach an. Ein Bluff. Sie waren sich überhaupt nicht sicher. Noch bevor Wiese reagierte, zog der Kriminalassistent den Kalender vom Tisch und blätterte darin.

»Wer ist ›LV‹?«

Wiese rang nach Worten.

»Der Termin vom vorletzten Freitag, abends um halb sieben, also nach Ende der regulären Sprechstunde, dort steht ›LV‹. Wer ist das?«

»Ich … ich …«

Gerlach zog sein Notizbuch aus seiner Jackentasche. »Das ist der Taschenkalender von Fräulein Lettow-Vorbeck. Was, glauben Sie, ist für den vorletzten Freitag um halb sieben eingetragen? Dr. Wiese oder Dr. W.?«

»Ich … sie …« Vorbei alle Selbstherrlichkeit, übrig blieb nur Larmoyanz. »Sie war nur einmal hier.«

»Also doch! Wollte sie abtreiben?«

Keine Antwort.

Gerlach schlug mit der Faust auf den Tisch, so abrupt und donnernd, dass selbst Hedi zusammenfuhr. »WOLLTE SIE ABTREIBEN?«

»Ja. Aber ich habe abgelehnt.«

»Warum?«, fragte Hedi.

»Weil sie zu jung war.«

»Wollen Sie uns verkohlen?« Gerlachs Stimme war wieder etwas leiser geworden, drohte aber, erneut anzuschwellen auf eine Lautstärke wie vorher oder noch lauter, zu laut für die empfindlichen Ohren des Augenarztes.

»Weil sie die Unterschrift ihres Vaters gefälscht hatte.«

Gerlach schnaufte ein paarmal durch und zog sein Jackett zurecht, dann war er wieder halbwegs gefasst.

Wiese richtete seine Krawatte und war erkennbar froh darüber, dass er einen brutalen Angriff des Kriminal-assistenten hatte abwenden können.

»Sie kommen jetzt mit«, sagte Hedi.

»Aber das Wartezimmer ist voll.«

Jetzt war es Hedi, die bei diesem Maß von Dreistig-keit um Fassung rang. »Das Wartezimmer ist fast leer. Und Sie sind so ziemlich das Widerlichste, was jemals einen Arztkittel getragen hat. Und Ihr Wartezimmer wird mit ziemlich großer Sicherheit in Zukunft ohne Sie auskommen müssen.«

*

Rosenbaum hatte Valentin dazu bringen können, seine Aussage zu Protokoll zu geben. Jetzt hatte er es schwarz auf weiß, Monas Alibi, das zugleich Valentins Alibi war und zwei Alternativen nahelegte: Der Mör-der von Katharina von Lettow-Vorbeck war entweder keiner der beiden oder beide zusammen.

Als Hedi und Gerlach in die Blume zurückgekehrt waren, hatten sie den Augenarzt bereits im Gewahr-samstrakt in der Gartenstraße untergebracht. Ger-lach musste dazu gleich eine Akte anlegen, das Ein-satzprotokoll schreiben, einen Haftbefehl beantragen und dabei das Kunststück vollführen zu verdunkeln, dass Hedi an dem Einsatz beteiligt gewesen war, ohne dazu berechtigt gewesen zu sein. Sie einigten sich dar-auf, dass Gerlach sie als »weibliche Kontaktperson«

bezeichnete. Doch ob das standhalten würde, wenn der Verteidiger von Dr. Wiese darauf bestehen sollte, die Kontaktperson als Zeugin zu vernehmen? Ärger stand bevor, und Rosenbaum wusste, dass es in Hedis Augen seine Schuld war.

Jetzt saßen die drei beieinander und berieten sich. Eigentlich stritten sie eher, zum Beispiel darüber, ob Wiese den Schwangerschaftsabbruch wirklich abgelehnt oder ob Katharina es sich nicht eher anders überlegt hatte. Doch was spielte das für eine Rolle? Fest stand in jedem Fall: Das Kind war nicht gewünscht. Rosenbaum bemerkte Hedis ungewöhnlich heftige Erregung.

»Was ist heute nur los mit Ihnen, Hedi?«

»Nichts«, antwortete sie. »Ich muss jetzt nach Hause. Zu meinem Kind.«

Der Kommissar bat sie, vorher ihren Eindruck von Mona darzulegen.

»Sie lügt. Zumindest weiß sie mehr, als sie sagt«, antwortete Hedi.

»Und Valentin?«

»Eigenartig ist seine Geschichte schon«, sagte Hedi. »Erstens: Wieso spaziert er ohne Not hier herein und macht sich selbst verdächtig? Er liefert uns ein Tatmotiv, ohne dass wir ihn danach gefragt hätten.«

»Vielleicht befürchtete er, dass wir es sowieso herausbekommen würden«, spekulierte Gerlach. »Dann war es die Flucht nach vorn.«

»Zweitens: Wer erpresst jemanden, um von ihm geheiratet zu werden?«

»Uneheliches Kind, strenge Eltern, strenge Gesellschaft«, sinnierte Rosenbaum. »Vielleicht war das Fräulein sehr verzweifelt gewesen.«

»Oder Valentin war doch der Erzeuger«, warf Gerlach ein.

Der Kommissar kratzte sich nachdenklich an der Stirn. »Sie war in der neunzehnten Woche schwanger, aber vor fünf Monaten kannten sich die beiden noch nicht. Jedenfalls sagt er das. Katharina hielt sich in Schwerin oder in Kassel auf. Wir müssen herausfinden, wo Valentin zu dieser Zeit gewesen ist.« Er blätterte in seinem Kalender. »Ende Oktober, für einen Jurastudenten der Beginn des Wintersemesters.« Noch einmal kratzte er sich. »Aber Valentin ist kein Student, sondern Doktorand. Er ist an Vorlesungszeiten nicht gebunden.«

Die drei schauten sich an. Es war klar, dass Gerlach jetzt einen Auftrag erhalten würde.

»Dann finden Sie doch mal heraus, ob Valentin Verbindungen nach Schwerin oder Kassel hat. Wo ist er aufgewachsen? Wo leben seine Eltern? Hat er dort Verwandte oder Freunde?«, sagte der Kommissar zu ihm.

Willi kam herein. Er war der Hausbote der Wachtmeisterei, ausgestattet mit einer deutlichen Beschränkung seiner intellektuellen Fähigkeiten, aber einem phänomenalen Gedächtnis, das ihm ermöglichte, noch nach Wochen anzugeben, wann er was wohin gebracht oder abgeholt hatte. Einige nannten ihn den Blumenboten, andere das Polizeifaktotum, doch alle kannten ihn als Willi, obwohl er gar nicht Willi hieß, sondern Benny Stulwicz, doch das konnte sich niemand merken.

»Ist gerade per Kurier hier eingetroffen«, sagte er und drückte Gerlach einen großen Umschlag in die Hand.

Es war der vorläufige Obduktionsbericht aus Schwerin, kaum zwei Seiten lang, ohne eine einzige Fotografie, eben sehr vorläufig. Gerlach überflog ihn. Das Opfer war ertrunken, wussten sie schon. Hämatome, Kampfspuren und Würgemale, kannten sie auch. Gravidität, etwa achtzehnte bis zwanzigste Schwangerschaftswoche, auch bekannt. Khakifarbene Baumwollfasern unter den Fingernägeln der rechten Hand, das war neu.

»Sind nicht die Jacken der Pförtner von der Reichswerft khakifarben?«, fragte der Assistent.

»Nein«, antwortete der Kommissar. »Nein, nein, die sind blau oder grau. Oder blaugrau. Nicht khaki.«

»Ich glaube aber doch.«

»Nein. Khaki ist die Farbe der Pfadfinder oder der afrikanischen Schutztruppen, aber nicht der Pförtner.«

»Ich glaube aber, dass Ostermann eine khakifarbene Jacke trug, als wir ihn festgenommen haben.«

»Nein.«

»Doch.«

»Dann müsste er sie ja noch bei sich haben.« Mehr brauchte Rosenbaum nicht zu sagen. Das war der Auftrag an Gerlach, die Jacke zu inspizieren und eine Gewebeprobe nach Schwerin zu schicken.

Gerlach stöhnte, er hatte verstanden. Doch dann sagte er ein Wort, das viel interessanter und sehr viel überraschender war als Khaki: »Negroid.«

»Was?«

»Hier steht: ›Fötus: negroid.‹«

Rosenbaum und Hedi beugten sich zu Gerlach, sie wollten es selbst lesen. Und sie lasen es: ›Fötus: negroid‹.

»Hatte sie ihren Vater nach Afrika begleitet?«, fragte Hedi.

»Ich glaube, nicht. Und wenn doch, wäre sie vor über einem Jahr mit ihrem Vater wieder nach Deutschland zurückgekehrt«, antwortete Gerlach. Dann stutzte er. »Lettow-Vorbeck hat erwähnt, dass er bis vor Kurzem einen Askari als Offiziersburschen hatte.«

Rosenbaum hob die Augenbrauen und strich sich mit der Hand über die Stirn. »Es könnte interessant sein, mit diesem Askari-Burschen einmal zu sprechen«, sagte er. Dabei ließ er keinen Zweifel daran, dass es Gerlachs Aufgabe war, sich darum zu kümmern.

Sie schauten sich an, dachten nach, jeder hatte seine eigene spontane Assoziation. Bevor sie aussprachen, was sie dachten, überprüften sie, jeder für sich, noch einmal, ob ihre Schlussfolgerungen wirklich konsequent waren.

Als Erstes war Gerlach mit der Überprüfung fertig: »Also kann Valentin Mohr nicht der Erzeuger sein. Dann stimmt, was er gesagt hat.«

»Es stimmt, dass er nicht der Erzeuger sein kann.

Aber kann es dann sein, dass Katharina ihn erpresst hat?«, entgegnete Hedi. »Ich meine: Spätestens bei der Geburt würde offensichtlich werden, dass er nicht der Erzeuger ist. Dann fiele die Lüge in sich zusammen. Valentin würde die Ehe anfechten und die Ehelichkeit des Kindes gleich mit.«

»Vielleicht hatte sie mit mehreren Männern Verkehr und wusste selbst nicht genau, wer in Betracht kam.« Jetzt schaltete sich auch Rosenbaum in die Diskussion ein. Er hatte für seine Überprüfungen am längsten gebraucht, aber auch am weitesten gedacht. »Oder sie war so verzweifelt, dass sie keine Alternative sah. Eine Abtreibung durch einen Arzt war nicht möglich, ohne dass der Vater davon erfahren würde, und zu einer Engelmacherin wollte sie nicht gehen. Und einen Neger heiraten kam nicht in Betracht.«

»In jedem Fall: Wenn sie ihn nicht erpresst hat, entfällt für Valentin Mohr das Tatmotiv. Dann kann er nicht der Täter sein«, sagte Hedi.

»Doch aus welchem Grund sollte er die Erpressung erfunden haben? Das wäre doch irre«, sagte Gerlach.

Die Puzzlesteine passten nicht zusammen. Entweder eines gehörte nicht dazu oder es fehlte noch eine ganze Menge.

Ratlos las Gerlach den letzten Satz aus dem Obduktionsbericht vor: »Geschlechtsverkehr innerhalb der letzten vierundzwanzig Stunden vor dem Tod.«

»Kann man herausfinden, ob der Geschlechtspartner ein Weißer oder ein Schwarzer war?«, fragte Hedi.

»Weiß ich nicht«, antwortete Rosenbaum. »Eher nicht. In diesem Entwicklungsstadium haben wohl alle Menschen dieselbe Farbe.«

Gerlach prustete.

»Wahrscheinlich hätte es in dem Bericht gestanden, wenn man es hätte bestimmen können.«

Sie schauten sich eine Weile stumm an, niemandem fiel etwas Erhellendes ein.

»Ich muss zu David«, sagte Hedi schließlich und entschwand.

»Und ich kümmere mich jetzt erst einmal um Ostermann. Und dann um die Verbindungen von Valentin Mohr nach Kassel und Schwerin und um den Askari-Burschen«, sagte Gerlach, während seine Augen fragten: »Und was machen Sie, Chef?«

Rosenbaum würde sich um die Petition wegen der Freilassung von Radbruch kümmern. Er musste zum Kriminaldirektor, sich dann um das Siegel kümmern, das Schriftstück zur Poststelle bringen und Willi überreden, es gleich persönlich abzugeben. Das musste er tun, das war er Radbruch schuldig. Und dann könnte er sich um Ostermann kümmern. »Ostermann übernehme ich«, sagte er.

Am Abend saß Josef Rosenbaum zu Hause, aß ein Käsebrot und trank Tee. Entgegen seiner Gewohnheit setzte er sich nicht an den Tisch vorm Küchenfenster, denn das ging zum Hof, da gab es nichts zu sehen. Er setzte sich vor das Wohnzimmerfenster, das ging zur

Straße, dort konnte er nach links den Großen Kuhberg hinunterspähen und nach rechts zum Exerzierplatz hinauf, und wenn es Krawalle gab, würde er es mitbekommen. Doch heute geschah nichts dergleichen. Und bei Licht betrachtet fand er es selbst unangemessen hysterisch, sich am Fenster auf die Lauer zu legen. Als er aufgegessen hatte, brachte er das Geschirr in die Küche zurück und spülte es ab. Dann setzte er sich an seinen Sekretär und las den letzten Brief von Charlotte, seiner Frau. Er hatte ihn am Donnerstag erhalten. Und er war ihre letzte Korrespondenz. Mittlerweile wurde die Post nicht mehr zugestellt und Ferngespräche waren auch nicht mehr möglich. Seine Gedanken waren bei ihr. Und ein wenig bei den Unruhen, die in den Straßen drohten.

Der Brief drehte sich um Albert. Der hatte den Krieg überlebt. Und die Novemberrevolution. Und den Spartakusaufstand. Dann war er an der Spanischen Grippe gestorben, im Februar 1919, als die Seuche schon fast vorbei gewesen war.

Alle Briefe von Charlotte drehten sich seither um Albert. Und alle Telefongespräche, die Rosenbaum seither mit ihr führte. Auch, als er zur Beerdigung gekommen war, und auch, als er Charlotte im Sommer und im Herbst und zu Weihnachten besucht hatte, immer drehte es sich nur um Albert. Mit der Zeit hatte Rosenbaum den Eindruck gewonnen, dass Charlotte sich ein wenig gefangen hätte, doch in den letzten Wochen war es wieder schlimmer geworden. Fast täglich telefonier-

ten sie und fast täglich schrieben sie einander Briefe.
Doch jetzt ging das nicht.

*

Noch war der Umzug des Stationskommandos in das
neue Gebäude nicht vollständig abgeschlossen. Auch
wenn man für den Sturz des Kaisers nur ein paar Tage
gebraucht hatte, die Verlegung einer ganzen Marinestation nahm mindestens ein halbes Jahr in Anspruch. Die
Maler und Putzer hatten in etlichen Räumen des neuen
Gebäudes ihre Arbeit noch nicht abgeschlossen, und
vor allem die Verlegung der Fernmeldezentrale bereitete große technische Probleme. Selbstredend konnte
sich das Kommando nicht einfach dem öffentlichen
Telefonnetz anschließen. Es brauchte eigene, direkte
Verbindungen zur Admiralität in Berlin und zu den
anderen wichtigen Einrichtungen des Militärs. Nach
wie vor war die einzige stabil funktionierende und in
den Tagen des Generalstreiks überhaupt die einzige
Verbindung mit Berlin eben diese Fernmeldezentrale
in der Alten Station, denn hier war kein streikendes
Fernsprechamt zwischengeschaltet. Jedenfalls hoffte
man, dass sie stabil sei. Und man glaubte, dass es die
einzige sei.

»Herr Kapitän, ich habe gerade die Meldung erhalten,
dass die alte Regierung offenbar nach Stuttgart geflohen ist und sich dort verschanzt hat«, sagte Sergeant

Hashim, als er keuchend in das Arbeitszimmer des Stadtkommandanten stürmte.

»Wieso haben Sie die Meldung erhalten und nicht ich?«, fragte Stadtkommandant Looff.

»Es war ein telefonischer Anruf aus Schwerin. Ich habe ihn in der Fernsprechzentrale für Sie entgegengenommen.«

Das entsprach nicht ganz der objektiven Wahrheit, eher einer an die vorherrschenden Befindlichkeiten angepassten Wahrheit. Tatsächlich hatte Hashim diese Information erhalten, als er telefonische Anweisungen von Lettow-Vorbeck entgegennahm. Der Generalmajor hatte ihn angerufen, weil es nicht gut um die Sache bestellt war. Der Widerstand der Ministerialbeamten, die Passivität großer Teile der Reichswehr und vor allem der Generalstreik, der an diesem Montag in ganz Deutschland seine volle Auswirkung zeigte, machten den Putschisten schwer zu schaffen. Der Plan war gewesen, die Regierungsgeschäfte handstreichartig unter militärischer Bedeckung zu übernehmen. Doch um regieren zu können, musste es jemanden geben, der sich regieren ließ. Am Wochenende hatte man sich dieser Illusion vielleicht noch hingeben können, doch jetzt war die zerstörerische Renitenz der Bevölkerung offenbar geworden. Um die gemeinsame Sache zu retten, müsse man jetzt radikal die Strategie wechseln, hatte Lettow-Vorbeck am Telefon gesagt, und Hashim hatte verstanden. Der Putsch drohte am Generalstreik zu scheitern, also mussten die Streikenden diskreditiert werden. Noch besser, sie mussten es selbst tun. Jetzt mussten die Arbeiter angreifen, weil sich das Militär in Kiel sonst auf die Seite der Verfassung stellen würde. Nur die Angst vor der bolschewistischen Revolution konnte sie davon abhalten. Hashim hatte die neue Strategie bereits vorbereitet, wenngleich bislang ohne Erfolg.

Die erhoffte Eskalation bei der Einnahme des E-Werks durch die Arbeiter war ausgeblieben. Zu stark war die militärische Präsenz, zu schwach die Entschlossenheit der Aufständischen gewesen. Sie waren zähneknirschend wieder abgezogen, ohne dass auch nur ein Schuss abgefeuert worden wäre. Doch Hashim würde am Ball bleiben, die Stellschrauben noch ein wenig feiner justieren, die Angst der Offiziere vor einer bolschewistischen Revolution weiter schüren, die Wut der Arbeiter auf die Konterrevolution weiter anheizen, dann müsste es funktionieren. Für die gemeinsame Sache.

Obwohl, es war nicht wirklich die gemeinsame Sache. Monarchie, Weltmacht, die alte Ordnung, darum ging es den Putschisten. Und darum ging es Lettow-Vorbeck. Hashim hatte das sehr wohl verstanden, nur ihm ging es nicht darum. Ihm ging es um den großen Generalmajor. Er stand tief in seiner Schuld.

Als der Krieg vorbei gewesen war und sich die Schutztruppe in britische Gefangenschaft begeben hatte, stand für Hashim fest, dass er Lettow-Vorbeck die Treue halten würde. Er sagte ihm, dass er in seinen Diensten bleiben wolle, auch wenn er dafür keinen Sold erhielte. Der Generalmajor legte die Hand auf seine Schulter und sagte: »Guter Junge«, und er hatte dabei Tränen in den Augen.

Sie wurden in ein Internierungslager gesteckt, und dort schirmte Hashim seinen Chef so gut es ging von den einfachen Soldaten und vor allem von dem dekadenten Gouverneur ab. Oftmals legte er von seiner spärlichen Essensration unbemerkt etwas zur Seite und füllte damit die Portion von Lettow-Vorbeck auf.

Nach der Gefangenschaft, die nur wenige Wochen dauerte, begleitete er ihn nach Deutschland und zog mit ihm unter tosendem Applaus der Bevölkerung durch die Straßen von Berlin und das Brandenburger Tor. Er war dabei, als Lettow-Vorbeck Orden und Ehrendoktortitel verliehen bekam, und er hörte sich die Lobesreden an, über den großen Generalmajor, der im Felde unbesiegt und selbst vom Feinde hoch geachtet den Kampf erst eingestellt habe, als er durch das Waffenstillstandsabkommen dazu gezwungen worden war. Er blieb stets im hintersten Hintergrund, noch hinter den Adjutanten, von der Öffentlichkeit, wenn überhaupt, als Mitbringsel wahrgenommen, doch er war Lettow-Vorbecks wichtigster Mann, und ein wenig von dessen Glanz fiel auf ihn.

Er war dabei, als die Reichswehr-Brigade 9 gebildet wurde und Lettow-Vorbeck das Kommando erhielt. Er zog mit ihm nach Schwerin und lernte dort – endlich – seine Familie kennen. Seine schöne Frau.

Und Katharina.

Katharina. Sie war schöner, als er es sich hatte vorstellen können, und zugleich so schön, wie es von der Tochter dieses Mannes zu erwarten war. Weiße Haut, große Augen, grazile Fesseln.

Als er sie zum ersten Mal sah, war er verlegen wie nie zuvor.

»Du heißt Mahjub?«, kicherte sie.

»Mahjub bin Hashim«, antwortete er in dem verzweifelten Versuch, seine Verlegenheit zu überspielen. »Das heißt ›Sohn von Hashim‹. Mein Vater war Hashim bin Mahjub, das heißt ›Sohn von Mahjub‹. Und mein Großvater hieß Mahjub bin Hashim, so wie ich. Und mein Urgroßvater hieß wie mein Vater.« Das war natürlich Blödsinn, aber irgendetwas Lustiges musste er doch sagen, und nie würde jemand durchschauen, dass es Blödsinn war.

»Das ist Blödsinn«, sagte Katharina. Dann mussten beide lachen.

Er war stets verlegen, wenn sie sich begegneten. Und sie begegneten sich oft, denn er wohnte nicht in der Kaserne, sondern in einer kleinen Kammer unter dem Dach im Hause der Lettow-Vorbecks. Sie gab sich überaus kokett und ein wenig von oben herab. Sie hatte Macht über ihn. Wenn er jetzt nachts Hand an sich legte, sah er sie. Und doch, sie war die Tochter des Generalmajors, und er war ein Neger.

Wenn sie abends ausging, musste er sie mit dem Dienstwagen, der der Familie privat zur Verfügung stand, hinbringen und wieder abholen, das gehörte zu seinen wichtigsten Aufgaben. Einmal musste er sie ins Kino begleiten, weil ihr Verehrer krank geworden war. Sie sahen ein lächerliches Stummfilmlustspiel mit Ossi Oswalda. Er saß an Katharinas linker Seite, die Armlehne überließ er ihr. Nach dem Film holte er eilig das Automobil. Während der Fahrt schwärmte sie von dem Film und lachte und sagte, dass sie ganz aufgeregt sei und dass ihr Herz pochen würde. Sie befahl ihm, das Auto anzuhalten. Dann nahm sie seine Hand und führte sie an ihre linke Brust, damit er fühlen konnte, wie schnell es schlug. Er hatte noch nie die Brust einer Frau berührt, außer die seiner Mutter, aber das zählte nicht, und er erinnerte sich auch nicht mehr. Es überraschte ihn, wie weich Katharinas Busen war. Dann entstand ein nasser Fleck an seiner Hose, auch das überraschte ihn. Katharina gab ihm eine Ohrfeige, die mehr schmerzte als damals die Schussverletzung von dem belgischen Soldaten. In der Nacht malte er sich aus, wie er am folgenden Tag aus dem Haus gejagt werden würde. Er dachte daran, seine Sachen zu packen und heimlich zu fliehen, doch das wäre Fahnenflucht.

Als die Familie am nächsten Morgen beim Frühstück zusammensaß, brachte Hashim dem Generalmajor seine Stiefel. Die Eltern gaben sich wie immer. Die gnädige Frau hatte, wie immer, ein paar freundliche Worte für ihn, und Katharina schaute ihn kokett und ein wenig von oben herab an, auch wie immer. Dann sagte sie, er müsse sie an diesem Tag noch einmal begleiten, weil Herrmann, ihr Verehrer, nach wie vor krank sei. Dass es gar keinen Herrmann gab, erfuhr Hashim erst viel später.

Am Nachmittag entleerte er sich sorgfältig. Abends schauten sie sich denselben albernen Film noch einmal an, es lief kein anderer im Herzogen-Palast. Auf dem Heimweg führte sie seine Hand wieder an ihre Brust. Seine Hose wölbte sich, aber blieb trocken. Ungeduldig und vielleicht etwas verärgert zog sie ihren Rock hoch und drückte seine Hand zwischen ihre Schenkel. Er schloss die Augen und versuchte, sich vorzustellen, wie das aussehen mochte, was er jetzt berührte. Er hatte so etwas noch nie gesehen. Zugleich sagte er sich, dass alles nur eine Machtdemonstration sei.

In der Nacht kam sie in seine Kammer. Er hatte sie nicht eingeladen, aber ihm war klar, dass sie das nicht hindern würde. Sie ließen das Licht an. Jetzt konnte er sehen, was er noch nie gesehen hatte.

In den nächsten Nächten kam sie immer wieder. Dann ein paar Tage nicht mehr. Sie erklärte ihm, dass man jeden Monat ein paar Tage aussetzen müsse. Er vermisste sie.

Er schenkte ihr Blumen. Sie fragte, ob sie gestohlen seien. Er verneinte. Sie sagte, dass sie die Blumen nicht wolle, außer sie seien gestohlen. Dann stahl er Blumen für sie.

Sie wurden unvorsichtiger. Sie besuchte ihn nicht mehr in seiner Kammer, sondern er sie in ihrem Zimmer, das Bett war größer als seines. Dort lagen sie oft nebeneinander, er betrachtete ihre weiße Haut, jeden Quadratzentimeter aus kürzestem Abstand, und sie versuchte, mit beiden Händen seinen Oberarm zu umfassen. Er dachte nicht mehr daran, dass seine Haut schwarz war. Dann schliefen sie ein, und er wachte jedes Mal rechtzeitig auf, um sich noch während der Nachtruhe in seine Kammer schleichen zu können.

Einmal aber nicht. Die gnädige Frau kam ins Zimmer, zog die Vorhänge auf, drehte sich um und kreischte. Hashim sprang aus dem Bett, aus dem Zimmer, die Treppe hoch in seine Kammer, in sein Bett. Er zog die Decke über den Kopf. Es war wie damals, als er sich vor seinem Vater versteckt hatte. Er hatte nicht gehorcht, nachhaltig, über Wochen hinweg. Er betrachtete seine Haut. Sie war schwarz.

Eine Stunde später brachte er dem Generalmajor die Stiefel, während die Familie frühstückte. Er erwartete, erschossen zu werden, zumindest verhaftet zu werden, aber alles war fast wie immer, nur die gnädige Frau sagte kein Wort, und Katharina war nicht mehr kokett und nicht mehr von oben herab. Als er das Speisezimmer wieder verlassen wollte, ordnete der Generalmajor an, dass Katharina auf ihr Zimmer gehen und Hashim sich in seiner Kammer bereithalten solle. Eine weitere Stunde später war er in Lettow-Vorbecks Arbeitszimmer gerufen worden und hatte dort erfahren, dass er zum Marinestationskommando nach Kiel detachiert sei und umgehend abzufahren habe.

Und dass er Katharina nicht wiedersehen würde.

»Die neue Regierung hat eine Abordnung nach Stuttgart geschickt, um mit der alten Regierung Verhandlungen zwecks Übernahme einzelner Minister zu führen.«

»Wieso wollen die denn Verhandlungen führen? Sagten Sie nicht, Ebert hätte die alte Regierung entlassen?«

»Reichspräsident Ebert hat sich auf die Seite der alten Regierung gestellt.«

»Also doch!« Looff sprang auf und schlug mit der flachen Hand auf den Schreibtisch, dass seine Kaffeetasse klirrte. »Dann ist es also doch ein Putsch und keine Regierungsumbildung!«

»Die Lage ist unübersichtlich, Herr Kapitän.«

»In Zukunft wünsche ich, direkt informiert zu werden, und nicht über einen Sergeanten.«

»Jawohl.«

»Steht eine Leitung nach Berlin?«

»Zurzeit sind Fernschreiben und Fernsprechen mit Berlin nicht möglich, Herr Kapitän.«

»Dann bemühen Sie sich darum. Ich will eine Verbindung mit der Admiralität.«

VIII

Gerlachs Bemühungen, die Kontakte von Valentin Mohr nach Kassel und Schwerin zu ergründen, und seine Nachforschungen um den Askari waren bislang ohne Erfolg geblieben. Dringender war jetzt, den Zeugen Bäcker zu finden. Denn Heiner Ostermann saß noch immer in Untersuchungshaft, und der Ermittlungsrichter hatte diese merkwürdige Angewohnheit, die Leute schnell wieder freizulassen, wenn sich ein Verdacht nicht bald erhärtete. Das Einwohnermeldeamt hatte seine Anschrift mit Stadtfeldkamp siebzehn angegeben. Dorthin machte sich der Kriminalassistent auf den Weg.

Im Stadtfeldkamp am Südfriedhof wirkte die Straßenschlucht nicht so bedrohlich wie am Jungfernstieg, denn hier hatten Vorgärten die Häuser auseinandergeschoben. Eigentlich waren es keine richtigen Straßenschluchten, sondern fast ein wenig Vorstadtidyll, fast wie in Kronshagen, wo Gerlach nach dem Krieg ein Zimmer angemietet hatte, bei einer Offizierswitwe, für die das Haus zu groß geworden war, und die ihm öfter sagte, sie höre ihn nachts manchmal schreien.

Gerlach vermied es, nach oben oder in die Ferne zu schauen. Lieber betrachtete er die letzten Schneeglöckchen in einem Vorgarten und die ersten Maiglöckchen in einem anderen und fragte sich dabei, ob diese wirklich diese oder nicht eher jene waren. Dann sah er Krokusse, die konnte er identifizieren. Bald stand er vor dem Haus Nummer siebzehn.

»Wohin wollen Sie?«, fragte eine neugierige Alte aus dem Fenster ihrer Parterrewohnung, als Gerlach im Begriff war, die Haustür zu öffnen.

»Hinein«, sagte er und zog an der Tür. Dann hielt er inne, drehte sich zu der neugierigen Alten, deutete auf ein paar weiße Blumen vor der Hauswand und fragte: »Ach, sagen Sie, sind das Maiglöckchen?«

»Vielleicht«, antwortete die Alte, grunzte und schloss ihr Fenster.

Im Hausflur führte ein langer, im Jugendstil verzierter Korridor zum Treppenhaus. An der Wand vor der Treppe hing ein Schild »Achtung, frisch gebohnert!«. Offenbar hing es immer dort, weil offenbar ständig gebohnert wurde. Über dem Schild befand sich eine Namenstafel und dort las der Kriminalassistent tatsächlich den Namen »Bäcker«, dritter Stock links. Beschwingt stieg er die Treppe hinauf, fast rutschte er aus, es war tatsächlich frisch gebohnert worden. Gerlach nahm zuerst zwei Stufen auf einmal, zum Schluss nur noch eine, wegen des Bohnerns und noch mehr aus mangelnder Kondition. Oben angekommen und leicht außer Atem versuchte er an der Wohnungstür hineinzuspähen, konnte aber durch das Ornamentglas nichts erkennen. Dann klingelte er. Es brauchte einige Zeit, bis sich die Tür öffnete. Ein kugelrunder, kahler Kopf mit Knollennase und geplatzten feinen Äderchen auf roten Wangen erschien.

»Herr Bäcker?«

»Jo.«

»Schlachtermeister Peter Harald Bäcker?«

»Jo.«

Gerlach stellte sich vor, zeigte seine Polizeimarke und wurde in den Wohnungsflur gelassen. Bäcker kontrollierte mit einem argwöhnischen Blick, ob im Treppenhaus jemand mitgehört hatte, dann schloss er mit seinen fleischigen Schlachterhänden behutsam die Tür.

»Ich komme wegen Ihrer Zeugenaussage von letzter Woche.«

»Welche Zeugenaussage?«

*

Es war ein hoffnungsfroher Vorfrühlingstag, als Valentin die Straße zur Deckoffiziersschule hinunterschlenderte. Um zehn sollte er dort sein, es war fünf vor, für den restlichen Weg würde er mindestens zehn Minuten benötigen. Doch er hatte es nicht eilig. Je näher er seinem Ziel kam, desto langsamer schlenderte er. Auf dem Rücken trug er einen Seesack, den er vor Jahren einem betrunkenen Matrosen für zwei Mark abgeschnackt hatte, darin waren Wäsche zum Wechseln und eine Textausgabe von »Othello« verstaut. Auf dem Kopf trug er eine Studentenmütze mit schwarz-rot-goldenem Band, das Erkennungszeichen der studentischen Burschenschaften, die ihm einst ein Kommilitone nach einer verlorenen Wette hatte abtreten müssen. Er selbst gehörte keiner Burschenschaft an, Studentenverbindungen waren ihm höchst suspekt. – Sie beriefen sich zwar durchweg auf die Tradition der Märzrevolution und der Paulskirchenverfassung, waren aber meist doch nur reaktionäre Karrieristen. Bei ihnen verkam das vaterländische Ideal zur völkischen Gesinnung und ihr vordergründiger Ruf nach Einigkeit war tatsächlich nur der Versuch von Ausgrenzung. – Burschenschaften waren ihm suspekt, doch schwarz-rot-gold, das fand Valentin gut, das stand für Einigkeit, Recht und Freiheit.

Auch die Zeitfreiwilligen waren ihm suspekt. Sie hatten sich für drei Monate zum Militärdienst verpflichtet, wurden aber nur bei Bedarf einberufen. Zu ihnen gehörten hauptsächlich Studenten wie er. Doch obwohl sie der neuen Republik dienen sollten, waren sie überwiegend reaktionäre Verbindungsstudenten. Sie waren ihm hochgradig suspekt. Dennoch, er musste sich jetzt zu ihnen gesellen. Das gehörte zu seinem Plan. Zu dem Plan, der die einzige Möglichkeit darstellte, Mona und sich selbst zu retten, jedenfalls die einzige Möglichkeit, die ihm einfiel.

Als er durch das Eingangsportal ging, sah er hinauf zu dem Fenster, hinter dem er noch gestern Gustav Radbruch besucht hatte. Für einen kurzen Moment war ihm, als blickte sein großer Lehrer von dort auf ihn herab. Wahrscheinlich tat er es nicht, wahrscheinlich war es nur Valentins schlechtes Gewissen, das ihm diesen Eindruck vermittelte.

Ein Unteroffizier sagte zu ihm, er sei zu spät und könne jetzt nicht hoch in den Schlafraum, er müsse erst mal im Hof bleiben und die Begrüßung abwarten. So stand er dort, mit zweihundert anderen, er mit Gepäck, alle anderen ohne, und schaute auf eine Gruppe eitler Fatzkes und bärbeißiger Haudegen in Offiziersuniformen, die sie gleich willkommen heißen würden. Dann stellte der Unteroffizier die Rekruten in Reih und Glied auf, ein Leutnant richtete das Wort an sie und übergab es dem Regimentskommandeur. Sie erfuhren, dass die Mobilisierung des Zeitfreiwilligenregiments in dieser Stunde der vaterländischen Not eine heilige Rettungsmaßnahme und das Befolgen der Einberufung für die Zeitfreiwilligen ihre vorderste Pflicht und größte Ehre zugleich seien. Ihnen wurde versichert, dass sie nicht in den Kampf gegen streikende Arbeiter geschickt, sondern allenfalls zum Objektschutz eingesetzt werden würden. Valentin fragte sich, worin genau der Unterschied liege.

Valentin schaute wieder hoch zum Fenster, und jetzt gab es keinen Zweifel mehr, Radbruch stand dort und schaute hinaus. Er hatte ihn entdeckt und starrte ihn an, reglos und mit großer Sicherheit tief enttäuscht.

Es ging nicht anders. Durch seinen Auftritt beim Kommissar hatte Valentin sich höchst verdächtig gemacht. Ein besseres Motiv als das, das er der Polizei geliefert hatte, war kaum denkbar. Sie würden kommen und ihn verhaften. Er würde die Tat gestehen. Vielleicht auch nicht. Vielleicht würde er alles abstreiten, aber die Polizei würde ihm nicht glauben. Sie würde denken, dass er Katharina geschwängert und dann zur Abtreibung habe zwingen wollen. Darüber seien sie in Streit geraten und er habe sie im Affekt ins Wasser gestoßen. Oder die Polizei würde glauben, dass Katharina ihn tatsächlich erpresst und er keinen anderen Ausweg gesehen habe, als sie umzubringen. Da würde ihm auch der Hinweis, dass es juristisch korrekt gar keine Erpressung, sondern nur eine Nötigung sei, auch nicht weiterhelfen. Eines davon würde die Polizei glauben, und es wäre ein hoffnungsloses Unterfangen, irgendetwas abstreiten zu wollen.

Jetzt erklärte der Leutnant, dass diejenigen, die den Einsatz mit Waffe nicht scheuten, sich im ersten Stock links und die anderen im ersten Stock rechts registrieren lassen sollten. Valentin schaute wieder zum Professor hoch, er stand noch da, unbewegt wie eine Puppe. Valentin hob seine Hand und grüßte. Der Professor schien zu nicken, eine Vergebung war das nicht.

Doch es ging einfach nicht anders. Und in gewisser Weise hatte der Professor ihn sogar auf die Idee gebracht. Seit Ausrufung des verschärften Belagerungszustands galt Kriegsrecht, sodass Militärangehörige nicht mehr von der zivilen Polizei verfolgt werden durften. Und die Militärgerichte konnten keine Taten verfolgen, die vor Verhängung des Belagerungszustands begangen worden waren. Eine Gesetzeslücke, die dem Professor geholfen hatte. Und auch Valentin brauchte sich nur zu den Zeitfreiwilligen zu melden und war sicher, wenn auch nur für eine gewisse Zeit.

Valentin wusste nicht mehr, ob er sich links oder rechts registrieren lassen sollte. Im Grunde war es auch egal, er stellte sich dort an, wo die kürzere Schlange war. Zwei Stunden später war er dem Nothilfebataillon I zugeteilt. Er wurde entsprechend eingekleidet, fand den richtigen Schlafsaal und verstaute seine Sachen im Spind. Dann hatte er eine kurze Pause. Er dachte nach. Er dachte an Mona. Und an den Professor, er musste ihm alles erklären und auf sein Verständnis hoffen. Als der Spieß in den Saal kam, gab Valentin sich einen Ruck und fragte ihn, ob er zur Bewachung des Professors eingeteilt werden könnte.

»Warum wollen Sie das?«

»Ich bin sein Doktorand und ich schätze ihn persönlich sehr«, antwortete Valentin und wusste im selben Moment, dass seine Bitte hochgradig naiv war.

Der Spieß verließ den Saal, ohne zu antworten. Nach wenigen Minuten wurde Valentin zur Verstärkung der Nachrichtenkompanie in der Alten Station abkommandiert und durfte seinen Spind gleich wieder räumen.

»Melden Sie sich in der Wachstube. Ein Bote wird Sie mitnehmen«, ordnete der Spieß an und nickte ihm erleichtert zu. Er dürfte froh gewesen sein, dass er diesen Querulanten – ein Doktorand dieses sektiererischen Professors musste in seinen Augen wohl ein Querulant sein – elegant losgeworden war.

Vor der Wachstube suchte sich Valentin einen Platz unter dem Fenster und lauschte, wie sich der UvD mit seinem Gefreiten über die neuen Rekruten lustig machte.

»Schau mal, der Dicke da. Mit dem kann man Barrikaden planieren«, konnte er hören. »Oder diese Pappnase dahinten, der ist gefährlich. Der schießt bestimmt aus Versehen auf die eigenen Leute. Ha, ha, ha.«

»Und der da. Der hat sich seit mindestens einem halben Jahr nicht gewaschen.«

»Das ist ein Mohr, du Dussel.«

»Weiß ich doch.«

»Das ist kein Zeitfreiwilliger. Das ist ein Schwungrad.«

Schwungrad war wegen des großen Adlerknopfes am Kragen der alten Uniform eine lässige Bezeichnung für einen Sergeanten in der preußischen Armee.

»Du, der kommt hierher. Der will zu uns.«

Dann wurden die beiden stumm.

Valentin hörte, wie die Hoftür der Wachstube ging. Anschließend wurde getuschelt. Kurz darauf kam ein Schwarzer in Sergeanten-Uniform aus der Wachstube und steuerte auf Valentin zu.

»Freiwilliger Mohr?«

Valentin stand auf und nickte.

»›Jawohl, Herr Sergeant‹, heißt das!«

Was dachte sich dieser Kerl? Er war kaum älter als Valentin und er war schwarz. Valentin erschrak vor seinen eigenen Gedanken. Es gehörte zu seinem festen Empfinden und seiner tiefsten Überzeugung, dass alle Menschen unabhängig von ihrer Hautfarbe oder Rasse gleich waren. Noch tiefer und fester aber saßen offenbar seine Vorurteile.

»Ich bin Mahjub«, sagte der Sergeant und schien amüsiert über Valentins erschrockenes Gesicht. »Mahjub bin Hashim, du kannst Mahjub sagen.« Seine Mundwinkel zogen sich zu einem Lächeln auseinander und eröffneten den Blick auf strahlend weiße Zähne. »Wir sollen von nun an gemeinsam unsere Kreise ziehen.«

Sie gingen hinaus, bestiegen einen feldgrauen Opel 12/34 und tuckerten zur Alten Station. Valentin war befangen, verlegen vielleicht, er betrachtete Mahjub aus den Augenwinkeln, weil er nicht wagte, ihn direkt anzuschauen.

»Du bist Student?«, fragte Mahjub.

Valentin bejahte und fügte eilig, ein wenig übereilig, hinzu: »Doktorand.«

»Ich bin Soldat«, sagte Mahjub.

Seine Brust war geschwollen, sein Kopf erhoben, ganz offensichtlich war er stolz darauf, Soldat zu sein. Valentin konnte nicht recht einschätzen, was er von ihm dachte, ob er ihn vielleicht verachtete. Valentin hatte noch nie so jemanden kennengelernt. In Berlin gab es Farbige, davon hatte Valentin gehört. Sie waren beim Film, beim Varieté, irgendwie in der Künstlerszene, eine andere Welt. Beim Militär hätte er sie sich auch in Berlin nicht vorgestellt. Jedenfalls, in Kiel gab es so was überhaupt nicht. Valentin hätte gern gewusst, wie so jemand zum deutschen Militär kam, aber er wagte nicht zu fragen.

Im Stationsgebäude angekommen schleppte Mahjub Valentin zunächst in das Bataillonsschreibzimmer und ergatterte für ihn ein komfortables Bett in einem Vier-Mann-Zimmer, demselben, in dem auch Mahjub untergebracht war. Später saßen sie beisammen und kamen sich näher.

»Was hast du angestellt, dass die dich unbedingt loswerden wollten?«, fragte Mahjub.

»Nichts. Weiß auch nicht …«, log Valentin und erntete ein Kopfnicken und ein Lächeln, das sagte, dass es in Ordnung war, wenn er es nicht sagen wollte.

»Und du? Wie bist du hierhergekommen?« Valentin durfte das jetzt fragen, Mahjub hatte zuerst gefragt. Und dennoch war er verlegen. Eine Frage, über deren Berechtigung man nachdenken musste, bevor man sie stellte, konnte nicht unbefangen gestellt werden. »Ich meine, Sergeant ist ein Unteroffiziersrang beim Heer. Wie kommt einer vom Heer zur Marine?«, fügte er eilig hinzu.

Der Schwarze erzählte von seiner Kindheit in Ruanda, dem Land der tausend Hügel, von den Ziegen und dem Vater und dass dort Menschen mit weißer Haut etwas ganz Besonderes seien. Dass er ihnen dienen wollte und deshalb Askari geworden sei. Dass er für Deutschland in der Schutztruppe gekämpft habe und nach dem Krieg nach Deutschland kam, weil er nicht beim ehemaligen Feind habe bleiben wollen. »Ich kam nach Schwerin zur Reichswehr-Brigade 9 und wurde schließlich nach Kiel abkommandiert. Ihr hattet hier nicht genug Leute.«

»Wieso wolltest du dem weißen Mann dienen? Findest du nicht, dass alle Menschen gleich sind?«

»Schau dich an und schau mich an. Findest du, dass wir gleich aussehen?«

»Aber rechtfertigt die unterschiedliche Hautfarbe eine unterschiedliche Behandlung? Nach deiner Meinung?«

»Das ist die natürliche Ordnung. Gott hat es so gewollt. Hätte er es anders gewollt, hätte er es anders gemacht.«

Das sagte ein Schwarzer zu einem Weißen. Was konnte der Weiße dagegenhalten?

»Mumpitz«, sagte Valentin. Das wäre auch der Ausdruck gewesen, den der Professor jetzt verwendet hätte. »Wir können nicht wissen, was Gott will. Vielleicht hat er den Menschen einen freien Willen gegeben, damit sie über sich selbst bestimmen. Vielleicht ist das ja die natürliche Ordnung: Gleichheit und Demokratie.«

Unversehens waren sie in einem rechtsphilosophischen Disput gelandet. Sie stritten sich, und zwar auf hohem Niveau. Dieser Schwarze war anscheinend ein aufrechter Kerl. Und er wirkte verständig und intelligent. Wenn Valentin von Naturrecht und Rechtspositivismus erzählte, schien er ihn zu verstehen. Dass es nicht darum gehe, schmierige Winkelzüge zu vollführen oder Paragrafen und Reichsgerichtsentscheidungen auswendig zu lernen, sondern darum, das System zu begreifen und die ihm innewohnende Werteordnung zu erkennen. Und er ergänzte, dass die Werteordnung dem System nicht nur innewohnte, sondern ihm vorgegeben sei. Valentin hielt dagegen, dass Dr. Caligari die alte Ordnung symbolisiere und in der neuen Republik sein Unwesen treibe. Auch das verstand Mahjub, meinte aber, man könne seine Handlungsweise nicht *Unwesen* nennen. Dieser schwarze Kerl mit Volksschulbildung begriff, worum sich die Gelehrten stritten. Und der weiße Kerl war sich nicht mehr sicher, wer recht hatte.

※

»Wie: ›Er war es nicht‹?«

»Er sagt, er wisse nichts von einer Zeugenaussage, er sei am Donnerstagnachmittag nicht am Kleinen Kiel gewesen, sondern in seiner Fleischerei und habe aus einem Schweinskopf Sülze gemacht. Und am Freitagvormittag sei er nicht in der Blume gewesen, da habe er Lungenwurst gemacht.«

»Ist das glaubhaft?«

»Das Schwein ist tot. Und einen anderen Zeugen hat er nicht.« Gerlach legte seinem Chef ein Blatt Papier mit einer Unterschrift vor. »Hier, ich habe ihn um ein Autogramm gebeten.«

Rosenbaum schlug die Akte auf und verglich die Unterschrift mit der unter Bäckers Vernehmungsprotokoll. Dann schlug er die Akte wieder zu.

»Das bedeutet gar nichts. Man kann seinen Namen auf unterschiedliche Weise schreiben.«

Rosenbaum zündete sich wortlos eine Massary an, und Gerlach zog sein Päckchen Eckstein aus der Tasche. Gedankenversunken lehnten sich beide in ihren Stuhl zurück und bliesen kleine Wölkchen in die Luft. Dass ein Beschuldigter die ihm zur Last gelegte Tat abstritt, das war an der Tagesordnung. Dass ein Zeuge, der etwas gesehen hatte, bestritt, etwas gesehen zu haben, kam auch schon mal vor. Auch dass ein Zeuge, der eine Aussage gemacht hatte, später behauptete, etwas ganz anderes ausgesagt zu haben, als im Protokoll stand. Auch das hatten die beiden Ermittler bereits erlebt. Aber dass ein Zeuge, der eine Aussage gemacht hatte, bestritt, eine Aussage gemacht zu haben, das war neu.

»Ich habe ihn erst mal mitgenommen«, sagte der Assistent.

»Wo ist er?«

»Im Vernehmungszimmer. Er konnte überhaupt nicht verstehen, weshalb er mitkommen sollte. Sagt er jedenfalls. Und er sagt, er muss dringend in seine Fleischerei, um Koteletts aus dem Schwein zu schneiden.«

Rosenbaum drückte seine Zigarette im Aschenbecher aus. »Ist Kommissar Schulz da?«

Der Assistent zuckte mit den Schultern. »Ich schau mal«, sagte er und verschwand.

Als er zurückkam, sah es fast ein wenig so aus, als hätte er sich gerade Schaum vom Mund gewischt.

»Der Kerl sitzt da bräsig in seinem Chefsessel und

will beim Leiten der ›Sonderkomm. Verfassung‹ nicht gestört werden.«

Spontan fielen Rosenbaum einige Kraftausdrücke ein. Er sprang von seinem Stuhl auf und stürmte in den Vernehmungsraum. Der zu Tode erschrockene Fleischermeister riss seine Arme in die Höhe und hielt sie schützend vor sein Gesicht, als Rosenbaum ihn am Kragen packte. Er zerrte ihn wie ein Bauer die Kuh am Nasenring aus dem Raum, durch den Korridor, über die Treppe, hinein in das Schreibzimmer der Sonderkommission.

»Können Sie nicht anklopfen?«

Den Telefonhörer am Ohr schaute der schwer beschäftigte Kriminalkommissar Iago Schulz verärgert auf, als Kriminalkommissar Josef Rosenbaum ihm den Fleischermeister Peter Harald Bäcker vor den Schreibtisch stellte. Fast könnte man sagen, er habe ihn vor Schulz' Füße geworfen, wäre Bäcker nicht durch Rosenbaums festen Griff gehindert gewesen, zu Boden zu sinken.

»Ist das der Zeuge?«

»Welcher Zeuge?«

»Der Zeuge, der den Mörder am Kleinen Kiel gesehen haben will.«

»Nee, das ist er nicht.« Schulz schüttelte den Kopf. Dann sagte er in den Hörer, dass er gleich zurückrufen würde, und legte auf.

Krumm und kraftlos hing Bäcker in Rosenbaums Griff, und fast wäre er doch noch zu Boden gesackt, als Rosenbaum ihn losließ. Gerlach, der den beiden hinterhergeeilt war, stützte ihn gerade noch rechtzeitig.

»Das ist aber Peter Harald Bäcker.«

»Wer ist Peter Harald Bäcker?«

»DER ZEUGE!«

»Vielleicht gibt es mehrere Leute dieses Namens in Kiel.«

»Die angegebene Adresse stimmte auch nicht.«

»Dann hat der Mann offenbar einen falschen Namen und eine falsche Adresse angegeben.«

Rosenbaum klopfte Bäcker auf die Brust, halb entschuldigend, halb anerkennend, und sagte ihm, er könne jetzt zu seinem toten Schwein gehen. Gerlach brachte ihn hinaus.

»Haben Sie sich seinen Ausweis denn nicht zeigen lassen?«

Schulz schaute nachdenklich an die Decke. »Ich glaube, er hatte ihn nicht dabei. Ja, so war es, er hatte ihn nicht dabei.«

»Und warum sollte jemand eine falsche Identität angeben, wenn er sich aus eigener Initiative als Zeuge meldet?«

»Das ist doch Ihr Fall, Rosenbaum. Finden Sie es heraus.«

Die beiden Kontrahenten schauten einander starr in die Augen. Nicht mit Worten, sondern mit Blicken drückten sie sich gegenseitig ihre Verachtung aus. Und ihr Misstrauen. Für Rosenbaum war es nur schwer vorstellbar, dass Schulz auch nur annähernd aufrichtig einem demokratischen Rechtsstaat dienen würde, ohne im Hintergrund zu sabotieren.

»Können Sie ihn beschreiben?«

»Junger Mann, etwa Anfang bis Mitte zwanzig, auffallend rote Haare.«

»Ich erwarte Ihre dienstliche Stellungnahme für die Akte bis morgen früh«, sagte Rosenbaum und donnerte aus dem Zimmer. Natürlich erwarte er nicht, dass irgendwann irgendeine Stellungnahme von Schulz bei ihm eingehen würde.

*

Das standrechtliche Verfahren wegen Organisation eines Streiks war vom Tisch. Das hatte Gustav Radbruch bereits gestern vom Bataillonskommandeur erfahren. Doch seine Freilassung stand nicht im Raum, auch die von Herrmann Heller nicht. Radbruch hatte darauf hingewiesen, dass es nur konsequent sein könne, jemanden aus der Haft zu entlassen, wenn der Haftgrund weggefallen sei. »Dazu braucht man nicht Jura studiert zu haben, das muss auch einem Marineoffizier einleuchten«, sagte er zum Kommandeur. Tatsächlich sagte er »*auch* einem Marineoffizier«, nicht etwa »selbst« oder »sogar«, und doch reichte dieser Grad an Höflichkeit nicht aus, den Kommandeur seine Entscheidung überdenken zu lassen. Der Professor dachte noch darüber nach, ob er die Stichhaltigkeit seines Arguments nicht durch ein Beispiel verdeutlichen solle, wie er es oft mit seinen begriffsstutzigen Studenten tat. Er musste nur einen Sachverhalt entwickeln, der sich in die eingeschliffenen Denkschemas eines deutschen Marineoffiziers einfügen würde, etwa dass man nicht mehr auf den Feind schieße, wenn inzwischen Frieden herrsche. Doch dazu war er nicht mehr gekommen, der Kommandeur hatte ihn bereits in sein Zimmer zurückbringen lassen. Heute Früh erfuhr er schließlich den Grund seiner fortbestehenden Freiheitsbeschränkung. Wilhelm Spiegel besuchte ihn und teilte mit, dass die Stationskommandantur Sicherungshaft für ihn und Heller angeordnet habe.

Sie empfingen Besuch, hatten täglich – im Wechsel von Frau Spiegel und Lydia Radbruch zubereitet – genießbare Mahlzeiten, waren in ausreichendem Maß mit Tee, Wein, Zigarren und Pfeifentabak versorgt und verfügten sogar über ein Kartenspiel. Sie spielten Rommé, das Heller in seiner Studentenzeit in Wien kennengelernt hatte und das er »Jolly« nannte. Viel Spaß hatten sie damit allerdings nicht, bei nur zwei Spielern waren die möglichen Strategien deutlich eingeschränkt und es wurde schnell langweilig. Einmal konnten sie die beiden Zeitfreiwilligen, die sie bewachten, überreden mitzuspielen. Ab dem nächsten Tag war es den Wachen wegen Gefahr der Indoktrination jedoch verboten worden.

Wilhelm Spiegel hatte den beiden auch Papier und eine kommentierte Ausgabe des Strafgesetzbuches mitgebracht, sodass sie gemeinsam erste Gedanken für eine

Strafrechtsreform ausarbeiten konnten – darüber sprachen sie schon seit Monaten. Ein demokratisches und republikanisches Strafrecht musste her. Ihnen ging es um die Abschaffung der Zuchthaus- und der Todesstrafe, die Entkriminalisierung des Ehebruchs und der einfachen Homosexualität und nicht zuletzt um die Humanisierung des Abtreibungsstrafrechts. Besondere Sorgfalt legten sie auf die Begründung ihrer Reform. Denn sie selbst waren nur wie Raphael: ohne Arme und Beine, sie würden sich nur durchsetzen können, wenn sie auch überzeugen konnten. Und sie wussten, dass die Gesellschaft und vor allem die Justiz für konsequenten Humanismus und echte Liberalität noch nicht wirklich reif waren. Die Arbeit fand allerdings schnell und abrupt ein Ende, als ihre Unterlagen wegen Besorgnis defätistischer Umtriebe vom Bataillonskommandeur konfisziert wurden.

Also verlegten sie sich drauf, mit den Zeitfreiwilligen, die zu ihrer Bewachung abgestellt waren, über die aktuelle politische Lage zu diskutieren. Sie alle beriefen sich darauf, nur für Recht und Ordnung einstehen zu wollen, betrachteten aber jede gegen die neue Regierung gerichtete Aktion als Verletzung von Recht und Ordnung und zugleich als bolschewistische Revolution.

»Wieso nennen Sie die Putschisten ›neue Regierung‹?«, wollte Radbruch wissen. Inzwischen hatte sich herumgesprochen, dass die Geschehnisse in Berlin nicht wirklich als Regierungsumbildung bezeichnet werden konnten.

Es sei ja nun faktisch eine neue Regierung im Amt, bekam er regelmäßig zur Antwort, und damit müsse man sich jetzt arrangieren, ob es einem gefalle oder nicht.

»Stellt denn nicht bereits der Putsch eine Rechtsverletzung dar?«, wollte Radbruch dann von ihnen wissen.

Das spiele keine Rolle mehr, war die Antwort.

»Und wenn jetzt die Bolschewisten putschen sollten, wäre es dann nicht am einfachsten abzuwarten, bis sie die neue Regierung stellen?«

Oft wurde Radbruch an dieser Stelle der Diskussion als sokratischer Sophist oder dialektischer Paralogist bezeichnet. Manchmal kamen seine Gesprächspartner aber ins Grübeln. Ob seine Argumente zum Schluss Erfolg hatten, erfuhr er jedoch nie. Niemals sah er einen der Freiwilligen wieder, stets standen am nächsten Tag andere vor der Tür. Als er sich bei einem Offizier nach dem Grund erkundigte, kratzte sich der Offizier an der Schläfe.

»Es sind Zeitfreiwillige, die Betonung liegt bei ›freiwillig‹«, sagte er zögerlich, als suchte er selbst gerade nach der Antwort. »Jeden Tag kommen neue, und jeden Tag quittieren einige den Dienst.« Dann zog er eine Augenbraue hoch, als habe er die Antwort in diesem Moment gefunden. »Wer hier einmal die Wache übernommen hat, will am nächsten Morgen weg.«

Tags darauf wurden die Wachen für Radbruch und Heller nicht mehr durch das Zeitfreiwilligenregiment, sondern durch das Küstenabwehrbataillon gestellt. Das waren charakterlich gefestigte Kämpfer, die zwar noch nie etwas von Sophismus oder Paralogistik gehört hatten, die aber von Natur aus nicht nachvollziehen wollten, was Radbruch ihnen erzählte.

So war es für die In-Schutzhaft-Genommenen schon nach wenigen Tagen mit sämtlichen sinnvollen Beschäftigungen vorbei. Sie wurden anständig und respektvoll behandelt und waren stets mit den neuesten Nachrichten versorgt, doch ins Geschehen eingreifen konnten sie nicht. Heller schlief viel, während Radbruch auf phlegmatische Weise ins Grübeln geriet. Die beste Verfassung scheitere an den für sie ungeeigneten Menschen. Hatte er das einmal gesagt oder war das ein Zitat? Oft saß er am Fenster, zog an seiner Pfeife, ohne sie angesteckt zu haben, und schaute in den Hof. Täglich kamen neue Rekruten, es herrschte ein Kommen und Gehen. Einmal entdeckte er einen neuen Freiwilligen, der Valentin zum Verwechseln ähnlichsah, so ähnlich, dass er hätte schwören können, er sei es, wenn nicht völlig ausgeschlossen gewesen wäre, dass sein Lieblingsschüler sich zu dieser Truppe gemeldet hätte.

*

Rosenbaum war der Chef, und deshalb musste Gerlach die Einwohnermeldeämter der umliegenden Gemeinden abklappern. Telefonische Auskünfte waren nicht zu erlangen, denn die Umlandgemeinden gehörten nicht zum Kieler Ortsnetz, man hätte Ferngespräche führen müssen, und die waren während des Generalstreiks nach wie vor nicht möglich. Der Assistent beschränkte sich auf die wichtigsten Ämter, die in Kronshagen, Holtenau, Elmschenhagen und Dietrichsdorf, allesamt Dörfer, die sich erfolgreich einer Eingemeindung widersetzt hatten. Er nahm das Fahrrad, fuhr unzählige Kilometer, einmal um Kiel herum, teils auf Schotterwegen, teils auf Kopfsteinpflaster. Der Versuch, einen Dienstwagen zu ergattern, war noch immer völlig aussichtslos. Sie waren dringenden Fällen vorbehalten. Und sich auf eine Diskussion mit dem stets schlecht gelaunten Fuhrparkleiter einzulassen, schreckte Gerlach ab.

Unterdessen begab sich Rosenbaum zu Fuß zum Kieler Einwohnermeldeamt ins Rathaus. Ein Telefongespräch wäre möglich, aber wenig effektiv gewesen. Dort wurde ihm bestätigt, dass Peter Harald Bäcker im Stadtfeldkamp gemeldet war. Einen Peter Bäcker gab es in Kiel auch, mehrere Peter Becker, auch einen Harald Bäcker, aber keinen zweiten Peter Harald Bäcker.

Jemanden, von dem man nur einen falschen Namen und eine falsche Adresse kannte, zur Fahndung auszuschreiben, war nicht sehr aussichtsreich. Aber nach Schulz' Beschreibung hatte er rote Haare, jedenfalls wenn der Kollege ihn sich nicht nur ausgedacht hatte. Doch auch das dürfte für eine Erfolg versprechende Fahndung nicht ausreichen.

Zurück in der Blume begegneten dem Kommissar hektische Wachtmeister, die in ihren dunkelblauen

Uniformen und den altmodischen Pickelhauben die Treppe hinunterhetzten. Fast wäre er mit einen von ihnen kollidiert. Ihnen stand ein Einsatz bevor, im Auftrag des Magistrats zur Sicherung irgendeiner lebenswichtigen Einrichtung gegen randalierende Aufrührer und für Ruhe und Ordnung, immer in einem drohenden Konflikt mit der grünen Polizei, die im Auftrag des Stationskommandos für Ruhe und Ordnung sorgen sollte. Neben den beiden Polizeien gab es den Ordnungsbund, der nach der Novemberrevolution als Bürgerwehr zum Schutz von Ruhe und Ordnung aus braven, oft konservativen, im Wesentlichen aber unpolitischen Einwohnern der Stadt gegründet worden war, das Zeitfreiwilligenregiment und die regulären Truppen der Marine inklusive der Freikorps. Da war nicht immer sichergestellt, dass sie alle unter gemeinsamem oder auch nur aufeinander abgestimmtem Befehl, letzten Endes mit unterschiedlicher Interessenlage, nicht unbedingt mit gleicher Zielrichtung und erst recht nicht mit derselben Lagebeurteilung agierten. Andauernd bestand die latente Gefahr, dass einzelne dieser Einheiten miteinander in Konflikt geraten könnten, vielleicht ohne dies zunächst zu bemerken, und dass ein solcher Konflikt eskalieren könnte, die blaue Polizei gegen die grüne, und die Aufrührer würden dabei amüsiert zuschauen. Das stand in den Gesichtern dieser Wachtmeister geschrieben, als sie die Treppe hinunterstürmten und Rosenbaum fast über den Haufen rannten.

Kunz hatte ihn gesehen. Noch auf dem Treppenabsatz wankend schoss es Rosenbaum durch den Kopf: Kunz hatte Bäcker gesehen. Er rannte hinauf in sein Büro, griff sich die Ermittlungsakte und hastete hinunter ins Souterrain durch den langen Korridor bis kurz vor dem Gewahrsamstrakt, dort lagen die Räume des Polizeizeichners und -fotografen.

Rosenbaum klopfte, erhielt keine Antwort, trat dennoch ein. Keiner da. Er ging weiter zu dem Raum ohne Fenster mit der leuchtenden roten Lampe davor und öffnete die Tür einen Spalt weit.

»DANKE!«

Schuldbewusst schloss Rosenbaum die Tür wieder. Ihm dämmerte, dass er einen Schaden verursacht hatte.

»VIELEN DANK!«, drang es aus dem Raum ohne Fenster. Die rote Lampe erlosch, die Tür öffnete sich, der Fotograf schaute den Kommissar erbost an.

»Das da«, Kunz zeigte in den Raum ohne Fenster, »ist eine Dunkelkammer. Und das da«, Kunz zeigte auf die rote Lampe, »ist das Zeichen, dass die Tür nicht geöffnet werden darf.«

Und das da, dachte Rosenbaum, war eine Vorrichtung, mit der man die Tür von Innen verriegeln konnte. Er sagte es aber nicht, sondern entschuldigte sich.

»Jetzt kann ich mich zwei Stunden hinsetzen und den ganzen Kram zeichnen. Ist ja nur der doofe Kriminaloberblödmann Kunz. Mit dem kann man es ja machen.«

Rosenbaum entschuldigte sich noch einmal. Im Grunde war Kunz ein freundlicher, zurückhaltender, kleiner Mann. Seine Reaktion wäre wohl nachsichtiger ausgefallen, wenn Rosenbaum dasselbe nicht vor ein paar Monaten schon einmal passiert wäre. Er entschuldigte sich ein drittes Mal und versicherte, es werde nicht wieder vorkommen.

»Was wollen Sie denn?«, fragte der Zeichner, als er sich wieder ein wenig beruhigt hatte.

»Ich komme wegen des Mordfalls Lettow-Vorbeck. Da war doch neulich dieser Zeuge da. Peter Harald Bäcker.«

»Aha. Und?«

»Der Zeuge, der den mutmaßlichen Täter gesehen hat.«

»Und?«

»Ich wollte Sie bitten, eine Zeichnung von ihm anzufertigen.«

»Und wo ist er?«

»Ich suche ihn. Deshalb brauche ich die Zeichnung.«

»Und das muss jetzt sein?«

»Ja, bitte. Wenn es geht, am besten jetzt.«

Kunz pustete aus den Backen und schaute sich um, in den Raum ohne Fenster mit den verdorbenen Fotoplatten, all diese unnötige Arbeit.

»Na gut«, sagte er schließlich, setzte sich an seinen Zeichentisch und suchte einen passenden Bleistift aus der Federschale. »Dann erzählen Sie mal: Wie sah der Mann denn aus?«

»Äh …«

»Welche Gesichtsform? Ein O, ein U oder eher ein V?«

»Em …«

»Ein M?«

»Hören Sie, Kunz, ich weiß nicht, wie der Mann aussieht. Deshalb brauche ich doch die Zeichnung.«

Kunz legte den Bleistift zurück. »Wollen Sie mich veralbern?«

»Sie wissen doch, wie er aussieht. Er war doch bei Ihnen. Sie haben nach seinen Angaben eine Phantomzeichnung angefertigt.« Noch während Rosenbaum sprach, kam ihm der Verdacht, dass diese Aussage nicht unwidersprochen bleiben würde.

»Ich? Nee.«

Rosenbaum zog die Phantomzeichnung aus der Akte und legte sie vor Kunz auf den Tisch. »Aber das ist doch Ihr Kürzel, oder?«

»Tja, so ähnlich. Aber ich war das nicht.«

»Wer denn?«

»Das weiß ich doch nicht. Bei mir war dieser Zeuge Bäcker jedenfalls nicht. Und das da habe ich auch nicht gezeichnet.«

Rosenbaum fragte, ob er sich sicher sei, und erhielt einen empörten Blick zur Antwort.

»Das ist überhaupt nicht mein Stil. Das ist grob und durcheinander, ein völlig ungeübter Duktus. Das hat keiner gemacht, der Zeichnen gelernt hat. Und überhaupt, was soll das sein? Eine Kriegsverletzung?«

»Wir haben jemanden gefunden, dem das sehr ähnlichsieht.«

»Meinetwegen. Wenn einer aussieht wie eine Karikatur. Ich hab das jedenfalls nicht gemacht.« Kunz schaute sich die Zeichnung jetzt etwas genauer an. »Das war ein Linkshänder, würde ich sagen.«

»Sind Sie sicher?«

»Nein. Aber dieser Bogen hier. Und hier. Und da. Das ist eine typische Strichführung, wenn der Handballen auf dem Papier aufliegt. Bei einem Rechtshänder ist der Bogen nach rechts geöffnet. Und hier ist er nach links geöffnet.«

Schulz.

Schulz war Linkshänder. Er selbst bezeichnete sich als Beidhänder, doch Beidhänder waren umerzogene Linkshänder. Rosenbaum selbst war auch umerzogener Linkshänder.

Ohne anzuklopfen platzte Rosenbaum in das Büro seines Kollegen, der gerade in der rechten Hand einen Telefonhörer hielt und mit der linken Notizen machte.

»Haben Sie das gezeichnet?«

Er pfefferte ihm die Phantomzeichnung auf den Schreibtisch.

»Rosenbaum? Haben Sie wieder einen Zauberpilz gegessen?«

Rosenbaum hatte noch nie einen Zauberpilz gegessen. Vielleicht hatte er schon mal Kokain genommen, vielleicht auch mehrmals, aber davon konnte Schulz nichts wissen.

»Los, reden Sie, waren Sie das?«

Schulz räusperte sich, dann sagte er in den Hörer, dass er zurückrufen werde, und legte auf.

»Nein, war ich nicht.«

»Aber Kunz war es auch nicht.«

»Und Sie auch nicht, nehme ich an. Dann bleiben noch einundsechzig Millionen Deutsche übrig.«

»Sie haben gesagt, dass die Phantomzeichnung von Kunz stammt.«

»Nein, das sagte ich nicht. Der Zeuge kam mit der fertigen Zeichnung hier an.«

»Mit der Signatur von Kunz?«

Schulz schaute sich die Zeichnung genauer an. Unten links stand ein verschnörkeltes »K«, darunter das Datum »12/3/20«. Jeder in der Blume wusste, dass Kunz seine Bilder mit einem irgendwie verschnörkelten K signierte.

»Das war mir nicht aufgefallen.«

Rosenbaum schnaubte ein paarmal. Wenn es nicht gerade dieser Schulz gewesen wäre, hätte er sich wahrscheinlich nicht so aufgeregt. Doch jetzt drohten seine Emotionen die Kontrolle zu übernehmen, und er hatte kaum noch Zweifel, dass dieser Kerl der Drahtzieher einer groß angelegten Verschwörung war. Hilflos suchte er nach einer Beleidigung oder einer Drohung. Zugleich war ihm bewusst, dass er bei all seiner Erregung das Gefühl für das richtige Maß kaum aufbringen konnte. Er nahm sich so weit zurück, wie es irgend ging.

»Ich werde eine Untersuchung Ihrer Rolle in diesem Spiel veranlassen.«

Die Kontrahenten schauten sich an, Auge in Auge, ohne zu zwinkern, bewegungslos, zwei Westernhelden beim Duell.

»Machen Sie sich nicht lächerlich, Rosenbaum.«

»Man wird sehen, ob zum Schluss über mich gelacht wird.«

»Lassen Sie die Sache auf sich beruhen, Sie schwule Sau.«

*

Welche Aufgabe Valentin an der Seite von Mahjub bin Hashim, besser gesagt in dessen Gefolge, hatte, war ihm nicht ganz klar. Im Mannschaftsraum oder in der Wachstube saßen sie beieinander und erzählten sich Geschichten und diskutierten über die aktuelle Lage oder über Staatstheorien und Gesellschaftsformen, über John Locke, Montesquieu und Karl Marx. Zu allem wusste der Schwarze etwas zu sagen. Es war nicht dumm, was er sagte, und doch weit weg von dem, was Valentin dachte. Manchmal wurde Mahjub hinausgerufen, in die Fernmeldezentrale oder zum Stadtkommandanten, und wenn er zurückkam, tat er so, als wäre er nur kurz auf dem Klo gewesen.

»Was machen wir hier eigentlich genau?«, fragte Valentin.

»Wir stellen Verbindungen her.« Mahjub schaute ihn

ernst an. Er sprach langsam und leise, beschwörend, als wollte er jedes Wort in Valentins Hirn meißeln. »Verbindungen sind wichtig. Wenn du zur richtigen Zeit die richtigen Verbindungen herstellst, bestimmst du, wer was weiß. Oder glaubt zu wissen. Und was er denkt. Und was er sagt. Und was passiert.«

Das hörte sich für Valentin kryptisch an, esoterisch fast, eigentlich völlig blödsinnig. Er verdrehte die Augen. Mahjub lachte.

Dann schaute er auf die Uhr, die über der Tür hing. »Wir müssen jetzt kurz zur Maschinenbauschule, etwas abgeben.«

Sie gingen in die Funkzentrale, wo der Sergeant sich eine Mappe aushändigen ließ, nicht ohne sorgfältig darauf zu achten, dass der Vorgang ins Wachbuch eingetragen wurde.

»Was ist das?«, fragte Valentin auf dem Weg zum Auto.

»Eine Anrufliste.«

»Was ist das?«

»Ein Protokoll, im dem alle Fernsprechverbindungen zwischen der Zentrale und der Maschinenbauschule zwischen gestern zwölf Uhr und heute zwölf Uhr aufgelistet sind.«

»Und das muss jetzt dringend in die Maschinenbauschule?«

»Nee. Eigentlich nicht.«

Wieder lachte Mahjub, als machte er sich einen Spaß daraus, dass Valentin nichts verstand.

»Willst du fahren?«, fragte er, als sie ihren Opel erreicht hatten.

Valentin druckste. »Hast du einen Führerschein?«

»Nein, aber ich kann ein Auto fahren.«

»Prima.«

Mahjub kurbelte den Motor an und setzte sich auf den Beifahrersitz, während Valentin sich mit den Hebeln und Pedalen vertraut machte. Die Behauptung, dass er Auto fahren könne, war gewagt, keine Lüge, eher eine Vermutung oder eine Hoffnung. Er hatte schon oft dabeigesessen, als jemand eins fuhr, und die Abläufe konzentriert beobachtet, er war an der Technik interessiert und kannte die Funktionsweise eines Verbrennungsmotors und einer Kraftfahrzeugkupplung genau. Doch ob er die Abläufe selbst kontrollieren konnte? Er vermutete es. Er hoffte es.

Tatsächlich gelang es ihm auch einigermaßen. Auf deutschen Straßen galt innerorts eine Geschwindigkeitsbegrenzung auf fünfzehn Stundenkilometer, die beherrschte er. Allein das Anfahren bereitete ihm einige Schwierigkeiten und führte dazu, dass Mahjub mehrmals wieder aussteigen und erneut die Kurbel bedienen musste. Sie tuckerten in Richtung Innenstadt. Auf ihrem Weg kamen sie an einer Gruppe von Aufständischen vorbei, die ihnen mit Knüppeln bewaffnet Unverständliches, vermutlich Unfreundliches zubrüllten.

»Schneller«, flüsterte Mahjub. »Am Vormittag wurde ganz in der Nähe eine Patrouille von Bolschewisten angegriffen. Es gab mehrere Tote. Fahr schneller.«

Valentin ließ den Tachometer auf vierzig steigen – der Opel 12/34 hätte ohne Weiteres siebzig oder achtzig geschafft –, war dann aber heilfroh, als er hinter der nächsten Straßenecke wieder auf eine zivilisierte Geschwindigkeit drosseln konnte.

Obwohl dies ein Umweg war, befuhren sie die Fährstraße. Der Sergeant hatte darauf bestanden.

»Halte mal an«, sagte er, als sie die Frauengewerbeschule passierten. »Ich habe hier noch was zu erledigen. Du fährst weiter zur Maschinenbauschule. In der Wachstube gibst du das Protokoll ab und lässt es dir quittieren. Dann wartest du im Auto. Ich komme zu Fuß nach. Kriegst du das hin?«

Valentin nickte und hielt an, Mahjub verschwand. Er schaute ihm ein wenig hinterher, dann versuchte er anzufahren, er musste jedoch aussteigen und die Kurbel bedienen. In Kiel führten nicht viele Straßen bergauf, außer der Fährstraße gab es die Bergstraße oder die Preetzer Straße, vielleicht noch den Kleinen und den Großen Kuhberg, mehr fiel Valentin nicht ein. Und ausgerechnet hier musste er anfahren. Er blickte sich noch einmal zu Mahjub um und hoffte, dass er von seinem Missgeschick nichts mitbekommen hatte. Hatte er offensichtlich auch nicht. Er stand vor einem Nebeneingang der Schule und diskutierte mit jemandem, der in dem Eingang stand und den Valentin nicht sehen konnte. Es schien ein ernstes, ein wichtiges Gespräch zu sein. Dann trat der Mann hervor, ein oder zwei Schritte nur, Valentin konnte eine schwarze Stoffhose erkennen, also bürgerliche Kleidung, darüber ein Fischerhemd und eine Arbeiterkutte. Und auf dessen Kopf rotes Haar.

Eine halbe Stunde später hatte Valentin die Mappe mit der Anrufliste in der Maschinenbauschule abgegeben. Jetzt wartete er im Auto, das er vor den Arkaden des Haupteingangs geparkt hatte. Bald kam Mahjub die Fährstraße hinauf, Valentin konnte ihn von Weitem sehen.

»Alles klar?«, fragte der Sergeant, während er sich ins Auto setzte.

»Klar.«

Zur Alten Station wählten sie den direkten Weg, das ging nicht nur schneller, so konnten sie auch eine erneute Begegnung mit den aufgebrachten Arbeitern vermeiden. Sie sprachen nicht viel, Mahjub gab nur einige Richtungsanweisungen, »hier rechts« und »dort links«, obwohl es nicht nötig war, Valentin kannte den Weg.

Später saßen sie wieder in der Wachstube beisammen.

»Ach, vielleicht wäre es besser, wenn du niemandem von meinem kurzen Ausstieg an der Frauengewerbeschule erzählst«, sagte Mahjub in einem auffällig beiläufigen Ton.

»Wieso? War das geheim?«

»Ach was. Nur versicherungstechnisch.«

»Was hast du denn da gemacht?«

»Nichts weiter.«

Mahjub hob den Zeigefinger. »Die Interessen der Gesellschaft sind nicht die Summe der Individualinteressen«, sagte er. »Also ist Demokratie schon im Ansatz der falsche Weg.«

Das war Ablenkung. Valentin ging darauf nicht ein. »Da ging so ein rothaariger Student über die Straße, als du ausgestiegen warst. Den hatte ich schon mal gesehen, er hatte am Samstag im Bürgerbräu die Arbeiter aufgewiegelt.«

»Ach was? So ein Bolschewist?«

»Genau, hast du den auch gesehen? Ihr müsstet euch über den Weg gelaufen sein.«

»Nein, nicht dass ich wüsste.«

»Er war …«

Polternd öffnete sich die Tür und Stadtkommandant Looff kam herein.

»Reymann hat seinen Posten als Stabschef zur Verfügung gestellt?«, fragte er.

Der Sergeant sprang auf und stand stramm. Valentin tat es ihm gleich, nur etwas verzögert, er hatte sich daran noch nicht gewöhnt.

In seinem Inneren war er Zivilist. Er stammte aus einem liberalen Elternhaus. Der Vater war Ingenieur gewesen, in Potsdam geboren, aber weit weg von allem Preußischen. Er kam nach Kiel, um Schleusen und Stahlträgerbrücken für den Kaiser-Wilhelm-Kanal zu konstruieren. Auf der Kaiserlichen Werft hätte er mehr verdient, doch er wollte keine Kriegsschiffe bauen. Vor den gemeinsamen Abendessen musste niemand am Gebet teilnehmen, aber die gesamte Familie tat es freiwillig. Als vor sechs Jahren der Krieg ausgebrochen war, hätte sich Valentin am liebsten freiwillig zum Militär gemeldet, wie fast alle anderen auch. Doch er war zu jung und der Vater war dagegen. Als er alt genug war, war er zu klug. Kurz vor Kriegsende wurde er gegen seinen Willen doch noch eingezogen, brachte es allerdings nicht mehr bis an die Front. Im Ausbildungslager hatte er schießen, stechen und grüßen gelernt, dann war der Krieg vorbei gewesen.

»Jawohl, Herr Kapitän. Gerade eben kam die Meldung«, antwortete Mahjub.

»Aber warum?«

»Kapitän Reymann vertrat die Auffassung, dass die Zustände in der Stadt unhaltbar werden würden, wenn der Stationschef nicht eine Verständigung mit den städtischen Gremien unter Beteiligung der Gewerkschaften und der Parteien herbeiführe. Auf Anraten des Kommandeurs der Reichswehr-Brigade 9 hat ihm der Stationschef daraufhin nahegelegt, von seinem Posten zurückzutreten.«

»Lettow-Vorbeck hat Levetzow befohlen, er soll seinen Stabschef entlassen, und er macht das?«

»Sie haben sich offenbar darüber beraten, und er hat ihm den Rat gegeben ...«

»Und warum hat sich niemand mit mir beraten?«

»Das – weiß ich nicht, Herr Kapitän.«

Jede andere Äußerung hätte für Mahjub unangenehme Folgen haben können. Doch er kannte die Antwort, da war Valentin sich ziemlich sicher. Er sah ein schelmisches Blinzeln in den Augen des Sergeanten und für den Bruchteil einer Sekunde ein hinterhältiges Grinsen um seinen Mund. Mahjub kannte die Antwort. Wahrscheinlich lautete sie: Er hatte die Verbindung nicht hergestellt.

In der Nacht lagen sie früh in ihren Betten, das Licht war bereits gelöscht. Einer der beiden Soldaten, mit denen sie sich das Zimmer teilten, röchelte und schnarchte. Der andere warf ihm seinen Stiefel ins Gesicht. Danach herrschte Ruhe. Trotzdem konnte Valentin nicht schlafen, Katharina tauchte vor seinen Augen auf und Mona und Radbruch. Alle drei hatte er enttäuscht. Lebte sein Vater noch, wäre auch er von ihm enttäuscht gewesen. Er hatte nur das Beste gewollt und doch das Schlimmste angerichtet. Nein, im Grunde hatte er nicht einmal das Beste gewollt, er war seinen niederen Trieben gefolgt. Wie ein Tier. Er war es nicht wert, glücklich zu werden. Und wahrscheinlich sollte es auch nicht sein Schicksal sein. Als Kind hatte er geglaubt, man bekomme immer eine zweite Chance, wenn man etwas falsch gemacht hatte. Er hatte den Moment noch nicht gekannt, wenn die Vase aus der Hand gefallen, die falsche Taste am Klavier gedrückt, das Bremspedal nicht getreten, überhaupt etwas geschehen war, das sich nicht rückgängig machen ließ. Am nächsten Morgen würde er den Militärdienst quittieren und sich der Polizei stellen. Damit würde er einen kleinen Teil seiner Schuld wiedergutmachen.

Er hörte ein leises Geräusch. Vom Nachbarbett. Von Mahjub. Wenn junge Männer in einer gemeinsamen Unterkunft beim Kommiss bei gelöschtem Licht leise Geräusche voneinander hörten, und niemand konnte sehen, wo der andere seine Hände hatte, dann wurde nicht nachgefragt. Doch jetzt waren es andere Geräusche, es war ein Wimmern.

»Mahjub?«, sagte er und wusste selbst nicht, warum er das tat. Er wollte dieses Geräusch nicht mehr hören. Es war zu erbärmlich, zu würdelos, zu sehr er selbst.

Das Wimmern brach ab. Nichts war mehr zu hören, auch keine Antwort.

»Mahjub?«, fragte er noch einmal.

»Ja?«

»Ich habe gesehen, dass du dich mit dem Rothaarigen getroffen hast.« Warum erwähnte Valentin das jetzt gerade? Vielleicht wollte er sich nicht für dumm verkaufen lassen. Nein, er wollte Distanz schaffen. »Und heute wurde keine Militärpatrouille von irgendwelchen Aufständischen überfallen.«

Kein Geräusch. Keine Antwort.

»Und diese bescheuerte Anrufliste in die Maschinenbauschule zu bringen, war vollkommen sinnlos. Und du bist Soldat, für dich gibt es keine gesetzliche Unfallversicherung oder so was.«

»Was willst du von mir?«

»Nichts. Schon gut.«

Jetzt hörte Valentin, wie Mahjub sich auf die andere Seite drehte. Das Gespräch war beendet.

Nach fünf Minuten wurde es fortgesetzt.

»Du kommst aus Schwerin? Von der Reichswehr-Brigade 9? Die Brigade Lettow-Vorbeck?«

»Ja.«

»Kennst du Lettow-Vorbeck persönlich?«

»Ich habe ihm das Leben gerettet.« Mahjub erzählte die Geschichte von dem Hinterhalt bei Tabora, er schaltete das Licht an und zeigte ihm die Narbe an seiner Schulter, die die belgische Kugel hinterlassen hatte.

»Fast wäre ich dabei draufgegangen«, sagte er.

Valentin hörte in seiner Stimme, wie stolz er darauf war. Und er sah den Stolz in seinen Augen. Ein zweiter Stiefel flog, Mahjub löschte das Licht.

»Dann kanntest du auch seine Tochter? Katharina?«

»Ja, die kannte ich.« Jetzt war der Tonfall plötzlich anders, abweisend, skeptisch. »Wieso fragst du? Hast du sie etwa auch gekannt?«

»Ja.«

»Woher?« Fordernd, drohend.

»Nur so. Über meine Verlobte. Sie teilten sich ein Zimmer im Oberlyzeum.«

»Schnauze!«, brüllte der Soldat, der keine Stiefel mehr hatte.

»Valentin?«, flüsterte Mahjub, eigentlich murmelte er eher. »Valentin. Ja, das sagte sie. Sie sagte: Valentin.«

*

Heute Abend gab es Matjes mit Bratkartoffeln. Frau Kuhfuß hatte nicht damit gerechnet, dass Rosenbaum zum Essen kommen würde, sonst hätte es etwas anderes gegeben. Er hatte unangekündigt vor der Tür gestanden und sofort gesagt, dass er nur kurz mit Hedi sprechen und anschließend wieder gehen wolle. Doch er hatte keine Chance, der Mahlzeit zu entgehen. Frau Kuhfuß fand in der Speisekammer zwei Eier, die sie ihm briet, statt des Matjes, und Herr Kuhfuß holte eine zweite Flasche Bier aus dem Keller. Rosenbaum musste dableiben. Wirklich ungelegen kam es ihm nicht. In seiner eigenen Speisekammer musste sich noch ein Kanten Brot befinden, genau wusste er es nicht. Wie lange der Kanten schon dort lag, auch nicht. Das frische Brot hatte er gestern gegessen.

Nach dem rituellen Streit ums Abtrocknen, dem anschließenden Beisammensitzen und dem diskreten Rückzug der Eltern war es wieder so weit, dass Hedi ihre Brüste entblößte, um David zu stillen. Es war ein intimer Moment der Vertrautheit, der Dreisamkeit, ein wenig auch ein erotischer Moment. Rosenbaum fragte sich, ob er wirklich homosexuell veranlagt war.

»Er weiß es, Hedi. Er weiß es.«

»Was? Wer?«

Rosenbaum beugte sich vor und flüsterte. »Schulz. Er weiß, dass ich auf Männer stehe.«

Ein Schmatzen kam aus Hedis Mund, während sie Davids Saugbewegungen spiegelte. »Wieso haben Sie denn gerade ihm Avancen gemacht?«

»Das ist nicht witzig.« Rosenbaum könnte jetzt gut eine Zigarette vertragen, doch neuerdings sagte man, dass Kinder von verqualmter Luft kränklich werden könnten. »Er droht mir.«

»Womit?«

Rosenbaum erzählte jetzt von den Geschehnissen um die Phantomzeichnung, dass Schulz irgendein dunkles Spiel treibe und die Aufklärung durch Rosenbaum verhindern wolle. »Er sagte ›schwule Sau‹ zu mir. Das ist eine Drohung.«

»Finden Sie?«

»Ganz sicher.«

»Woher weiß er das denn?«

»Ich habe keine Ahnung.«

Rosenbaum hatte seiner Neigung lange nicht nachgegeben. Früher in Berlin hatte er Männer getroffen, doch seit er nach Kiel versetzt worden war, seit elf Jahren, nicht mehr. In seiner Berliner Personalakte war es früher vermerkt gewesen, allerdings bereits vor Jahren daraus entfernt worden. Woher konnte Schulz es wissen?

»Er kann es eigentlich nicht wissen.«

»Ich weiß es doch auch.« Hedi grinste.

Sie wusste es, weil Rosenbaum es ihr erzählt hatte. Zwar behauptete sie, dass sie es schon vorher gewusst hätte, doch das konnte nicht sein. Vielleicht hatte sie etwas geahnt, vielleicht hatte Rosenbaum vorher Andeutungen gemacht, vielleicht hatte er es in kleinen Schritten über einen längeren Zeitraum erzählt. Aber sie hätte es nicht wissen können, wenn er es sie nicht hätte wissen lassen wollen. Er hatte sich ihr anvertraut, vor langer Zeit schon, sie waren Seelenverwandte. Schulz würde er es niemals erzählen.

David wechselte die Seite.

»Von seinen Freunden bei der PP«, sagte Hedi.

Ja, so musste es gewesen sein. Schulz leitete die Politische Polizei in Kiel, und die war ein Ableger der PP in Berlin, jedenfalls früher war sie das gewesen. Seine ehemaligen Vorgesetzten saßen in der Roten Burg am Alexanderplatz. Und selbstverständlich hatten die über alles und jeden eine eigene geheime Akte.

»Ich kann mich aber von ihm nicht erpressen lassen.« Rosenbaum überlegte, ob er nicht zum Kriminaldirektor gehen sollte, ihm alles erzählen und ihn bitten, seine Homosexualität offiziell in seine Personalakte einzutragen. Dann hätte Schulz keinen Wind mehr in den Segeln. Doch solange weder eine Straftat noch ein Dienstvergehen vorlag, wäre allein die sexuelle Orientierung eines Mitarbeiters kein eintragungsfähiger Umstand. Und – nein, Rosenbaum würde es auch nicht wollen.

»Wir können ja sagen, dass David von Ihnen ist«, schlug Hedi vor. »Dann würde niemand Schulz mehr glauben.«

Für einen Moment hielt Rosenbaum es für möglich, dass Hedi es ernst gemeint haben könnte. Doch dann begann sie zu grinsen.

»Satt«, sagte sie und übergab das Verdauungspaket

dem Kommissar, der es in gewohnter Manier über seine Schulter legte.

»Wahrscheinlich wird Schulz auch wissen, wer der wahre Erzeuger ist«, sagte Rosenbaum und erschrak über das, was ihm da rausgerutscht war. Er wollte nie darüber sprechen. Er wollte nie daran denken. Aber er dachte oft daran. Und jetzt hatte er auch darüber gesprochen.

»Popp«, sagte Hedi zögerlich, als wollte sie darüber nicht reden, doch dann wiederholte sie entschlossen: »Lothar Popp.«

Rosenbaum erschrak noch einmal. Lothar Popp, dieser Tunichtgut? Er hätte es nicht ansprechen sollen. Er hatte es nicht wissen wollen.

»Wieso kommt der Kerl nicht für David auf?« Er hätte das nicht fragen sollen. Er wollte daran nicht denken. Es quälte ihn, und er dachte nicht darüber nach, warum es ihn quälte. Das würde ihn auch quälen.

In Hedis Augen krochen Tränen.

Als Rosenbaum ging, hinterließ er keinen Zwanzigmarkschein auf der Flurkommode.

IX

Am nächsten Morgen erhob Valentin Einspruch gegen seinen eigenen Entschluss, sich der Polizei zu stellen, und deshalb unternahm er zunächst nichts. Die den Vollzug behördlicher Entscheidungen aufschiebende Wirkung eines Rechtsbehelfs war eine fundamentale Errungenschaft des modernen Verwaltungsrechts, sie musste auch für persönliche Entschlüsse gelten.

Nach dem Frühstück setzte er sich in den Mannschaftsraum, schaute aus dem Fenster und grübelte. Er dachte an Mona und Radbruch. Er hatte sich von ihnen nicht verabschiedet, ihnen nichts erklärt, hatte Mona nur eine kurze Nachricht zukommen lassen, dass er sich zu den Zeitfreiwilligen melden würde, aber keine Erklärung. Er war sich nicht sicher, ob sie ihn verstehen würden. Und ob sie es gutheißen oder wenigstens ihm verzeihen würden. Doch was er tat, tat er nicht für Beifall, sondern weil er schuldig war.

Die Zeit wollte nicht vergehen. Sie lag bleiern auf den Zeigern der Uhr, die mit nervtötendem Ticken über der Tür hing. Er wollte nicht zu ihr schauen und tat es doch, und jedes Mal waren nur wenige Minuten vergangen. Es war nur Illusion, einer Strafe entgehen zu können, Strafe war absolut. Die Zeit war die Strafe.

Lange hätte es nicht mehr gedauert, bis Valentin seinen Einspruch zurückgewiesen und dessen aufschiebende Wirkung aufgehoben hätte. Doch vorher kam Mahjub in dem Raum gestürmt.

»Steh auf«, rief er, »wir müssen zur Station. Mach den Wagen klar. Beeilung.«

Valentin ging hinunter in den Hof zu den Fahrzeugen und zeigte seinen Berechtigungsausweis vor. Er gehörte zum Kurierdienst, er hatte jederzeit Anrecht auf einen Wagen. Er kontrollierte Kraftstoff und Öl und ließ den Motor warmlaufen. Er hatte eine Aufgabe, er machte das gern. Als Mahjub kam, fuhren sie los zum neuen Stationsgebäude. Auf dem Weg erfuhr er den Grund für die plötzliche Eile.

»Das Fernschreiben hier«, sagte der Sergeant und wedelte mit einem Stück Papier, »das muss dringend zum Stationskommando.«

»Was steht denn drin?« Valentin brauchte alle Konzentration für die Beherrschung des Fahrzeugs und er war an dem Fernschreiben auch nicht wirklich interessiert, doch er wollte die Atmosphäre, die sich seit der letzten Nacht zwischen den beiden eingetrübt hatte, mit Freundlichkeit neu beleben.

»Ein privates Schreiben von einem Obermaat aus Wilhelmshaven, wir haben es abgefangen. Da steht drin, dass dort die Offiziere von den Unteroffizieren und den Mannschaften abgesetzt wurden und dass die Kieler Geschwader aufgefordert werden, es ihnen gleichzutun.«

Als sie ihr Ziel erreichten, ordnete Mahjub an, dass Valentin im Auto warten sollte. Er selbst würde nur kurz das Fernschreiben abgeben und dann sofort wiederkommen. Es dauerte über eine Stunde, bis er zurück war.

»Ich sollte noch ein paar Erläuterungen dazu abgeben«, entschuldigte sich der Sergeant auf dem Rückweg.

»Was gab es da zu erläutern?«

»Ich sollte die Meinung des Militärbefehlshabers für Holstein darlegen.«

»Lettow-Vorbeck?«

»Ja. Die Ereignisse in Wilhelmshaven sollten in den Zeitungen bekannt gemacht werden, damit die Kieler Bevölkerung das Vertrauen in die militärische Führung zurückgewinnt. Das war der Vorschlag von Generalmajor von Lettow-Vorbeck.«

»Aber würden sich die Bürger nicht angespornt fühlen, auch in Kiel den Stationschef abzusetzen?«

»Generalmajor von Lettow-Vorbeck ist der Auffassung, dass diese Gefahr nur gering sei. Die Bevölkerung würde es sowieso erfahren, und dann sei es besser, wenn sie es vom Stationskommando erführe. Er selbst werde in Schwerin jedenfalls so handeln.«

Valentin musste anfahren, anhalten, kuppeln und auf die Vorfahrt achten. Es gab zwar kaum Verkehr auf den Straßen, aber jederzeit konnte jemand von rechts kommen. Nur eine kleine Region seiner Hirnrinde konnte er dem Gespräch widmen. Doch das reichte aus, allmählich eine Vorstellung davon zu entwickeln, was

Mahjub gestern damit gemeint hatte, dass Verbindungen wichtig seien und dass es darauf ankam, die richtigen Verbindungen zur richtigen Zeit herzustellen, um darüber zu bestimmen, was wann wer wusste.

»Woher weißt du das denn alles?«

»Ich bin telefonisch vom Generalmajor instruiert worden, bevor wir losgefahren sind.«

Valentin zweifelte.

Zurück in der Alten Station, im Mannschaftsraum, die Uhr vor den Augen, setzte sich Valentin zu einigen Soldaten der Küstenabwehrabteilung, die gerade Skat droschen, und durfte mitspielen. Sie spielten um Geld, Valentin musste vorzeigen, dass er fünf Mark dabeihatte. Es lief nicht gut. Als er gerade drei Mark fünfundzwanzig verloren hatte, kam Mahjub erneut an.

»Kapp ist zurückgetreten!« Seine Stimme überschlug sich vor Aufregung. »Gerade kam die Meldung aus Berlin. Mach dich bereit. Wir müssen noch mal los.« Dann verschwand er wieder.

Das war in der Tat eine besondere Nachricht. Ob gut oder schlecht, mochte eine Frage des Standpunktes sein, doch es schien sonnenklar, dass etwas Bedeutungsschweres passiert war. Kanzler Kapp hatte versucht, ein Volk zu regieren, das sich von ihm nicht regieren lassen wollte, seine Anordnungen ignorierte und während seiner Regierungszeit nicht zur Arbeit ging. Die neue Regierung hatte befürchtet – insgeheim jedoch darauf gehofft –, dass sich spartakistische Kampfgruppen formieren und einen Angriff auf Berlin starten würden. So hätte sie eine Chance gehabt, dass sich das Land in gemeinsamer Furcht vor dem Kommunismus hinter ihr sammeln würde. Doch nicht ein kämpfender Spartakist war in Berlin zu sehen. Nach nicht einmal fünf Tagen hatte Kapp genug. Er legte die Regierungsgewalt in die Hände seines Reichswehrministers General von Lüttwitz und verabschiedete sich nach Schweden. Lüttwitz hielt einige weitere Stunden durch, dann flüchtete er nach Ungarn. Der Reichspräsident und die verfassungsmäßige Regierung konnten nach Berlin zurückkehren und ihre Arbeit wieder aufnehmen. Es hätte jetzt keinen Grund mehr gegeben, den Generalstreik fortzusetzen und den verschärften Belagerungszustand aufrechtzuerhalten, wenn nicht – insgeheim – doch noch eine kleine Hoffnung auf einen spartakistischen Angriff bestanden hätte.

Kurz darauf wartete Valentin im Opel auf Mahjub, der dann mit dem Stadtkommandanten Looff herbeieilte. Dieses Mal war ihre Aufgabe, allein Looff zu einer eilig einberufenen Sitzung des Kommandostabs der Marinestation zu begleiten. Während Valentin sich bereits über eine gewisse Routine bei der Führung des Fahrzeugs und bei der Bewältigung der Route – Lornsenstraße, Niemannsweg, Karolinenweg, Düsternbrooker Weg, die vornehmste Gegend der Stadt – freute, klärte der Sergeant den Stadtkommandanten über die Details der neuesten Entwicklungen auf.

»Nachdem der Kampf der neuen Regierung gegen eine kommunistische Unterwanderung gescheitert ist, dürfte jetzt mit großer Sicherheit der bolschewistische Gegenschlag bevorstehen.«

»Wer sagt das?«, fragte Looff. Valentin hätte das auch gern gewusst.

»Das ist die Einschätzung Berlins.«

»Wer genau?«

»Die Heeresleitung.«

»Und das bekommen wir wieder nur telefonisch mitgeteilt, ja?«

»Die Fernmeldeverbindungen ...«

Looff winkte ab, und Mahjub schien froh zu sein, dass er den Satz nicht vollenden musste.

Im Arbeitszimmer des Stationschefs herrschte aufgeregte Betriebsamkeit, als die drei eintrafen. Der gesamte Stab war versammelt. Während Looff sich an den Konferenztisch setzte, blieben Mahjub und Valentin neben der Tür stehen. Gleich darauf eröffnete der Stationschef die Sitzung und kam ohne Vorrede zum Kernthema.

»Meine Herren, nebenan sitzt eine Abordnung des Magistrats und wartet auf die Beantwortung dieses Forderungsschreibens«, sagte Levetzow. Er hielt einen Bogen Papier in der Hand, auf dessen Kopfseite das Kieler Stadtwappen abgebildet war, klemmte sein Monokel vors Auge und las vor:

1. Erklärung von Levetzows, dass er sich einem Absetzungsdekret der verfassungsmäßigen Regierung unterwerfen werde,
2. Freilassung aller seit dem 13.3. als politische Gefangene Internierten,
3. Wegziehen des Militärs von den Straßen.

Dann zog er mit übertriebener Geste, die auch im dritten Rang zu erkennen gewesen wäre, die Augenbraue hoch, ließ das Monokel in seine Kette fallen und schaute auf. »Ich erbitte Ihre Stellungnahmen.«

Nach kurzem Gemurmel wagte sich zuerst der stellvertretende Stabschef, Korvettenkapitän Schultze, aus der Deckung. »Dass der Stationschef sein Amt abgibt, wenn seine Vorgesetzten ihm das befehlen, ist doch eine Selbstverständlichkeit. Das kann man ruhig zusichern.« Noch wenige Stunden vorher hatte die Stadt Levetzows bedingungslosen Rücktritt gefordert, was von ihm empört zurückgewiesen worden war. Die verfassungsmäßige Regierung habe ihn schließlich ins Amt geholt, dann könnten ihn nicht irgendwelche Kommunalpolitiker einfach absetzen.

Oberkriegsgerichtsrat Eichheim pflichtete Schultze bei. »Und die Freilassung der Inhaftierten würde morgen sowieso von Berlin aus verfügt werden. Wenn wir dem jetzt zuvorkommen, wird es als Geste der Versöhnung interpretiert werden und könnte die Gemüter besänftigen.«

Jetzt ergriff auch Looff das Wort. »Ich meine, dass die Truppen ohne Weiteres aus der Stadt abgezogen werden können, wenn keine neuen Krawalle angezettelt werden und die Bürger selbst für Ruhe und Ordnung sorgen.«

Ein Moment der erwartungsvollen Ruhe folgte. Levetzow ließ seinen Blick über seinen Offizierschor schweifen wie König Heinrich bei Lohengrin.

»Und Sie glauben, dass auf wundersame Weise in den Straßen plötzlich Ruhe herrscht, wenn unsere Männer weg sind?«, fragte er nach einer Weile.

»Die Menschen sind auf die Straße gegangen, weil sie vermuteten, dass ein Militärputsch stattgefunden habe«, erwiderte Looff. »Und wie sich nun herausgestellt hat, hatten sie damit recht. Jetzt ist die verfassungsmäßige Ordnung wiederhergestellt, und die Bürger gehen nach Hause.«

»Die Reichswerft war besetzt worden, um das Marinearsenal gab es Kämpfe. Elektrizitätswerk, Gaswerk, Wasserwerk, all das wäre genommen worden, wenn wir es nicht eisern verteidigt hätten. Das sind doch keine braven Bürger, die das gemacht haben.« Der Stationschef sprach so laut, als müsste er die Bläsergruppe übertönen. »Verfassungsfeindliche Kräfte, die gesamte links versiffte Brut hat sich in den letzten Tagen formiert. Sie warten nur darauf loszuschlagen. Der Rücktritt der neuen Regierung ist das Signal zum Angriff. Und ausgerechnet in diesem Moment wollen Sie unsere Truppen abziehen?«

Valentin hätte gerne nachgefragt, welche verfassungsfeindlichen Kräfte gemeint waren. Außer dem rothaarigen Studenten wäre ihm niemand eingefallen. Er hätte gern nachgefragt, aber der Statist traute sich nicht, in der Runde der allerhöchsten Tenöre das Wort an sich zu reißen.

»Ich habe vorhin ausführlich mit Rechtsanwalt Spiegel, dem Stadtverordnetenvorsteher, sprechen können«, ergriff jetzt Schultze wieder das Wort. »Er sagt, die Bürger seien sehr aufgebracht und hegten größtes Misstrauen gegen ein Stationskommando, das sich noch gestern ausdrücklich in den Dienst der Putschisten gestellt habe. Er meint, es brauche jetzt dringend eine überzeugende Maßnahme, die die Verfassungstreue des Stationskommandos und insbesondere des Stationschefs dokumentiere, sonst könne er für nichts mehr garantieren.« Schultze räusperte sich. »Das waren seine Worte, nicht meine.«

In großem Bogen, als wollte er ein Schwungrad drehen, führte Levetzow seine Hand ans Kinn und verharrte eine Weile. Dann zeigte er auf Mahjub wie ein Dirigent, der den großen Schlussakkord befahl. »Wie steht Lettow-Vorbeck zu den aktuellen Vorgängen?«, fragte er. Vielleicht hätte er ihn mit Namen angesprochen, wenn er ihn hätte aussprechen können oder wenn er ihn nicht vergessen hätte.

»Das weiß ich leider nicht, Herr Admiral«, antwortete der Sergeant stotternd und offenbar ein wenig überrascht. »Ich glaube jedoch, dass General von Lettow-Vorbeck sich nicht den Erpressungsversuchen eines Stadtverordneten beugen würde.«

»So sehe ich das auch«, sagte der Stationschef. »Wir lassen das Schreiben unbeantwortet. Morgen können wir meinetwegen diesen linken Professor und diesen Gewerkschaftsagitator freilassen, die haben wir schon lange genug auf Staatskosten durchgefüttert. Aber das Erpresserschreiben beachten wir nicht.«

Schultze schlug vor, zumindest die Abordnung der Stadt vorzulassen und die Haltung des Stationskommandos zu erläutern. Doch auch das gefiel Levetzow nicht. Er wolle heute keine Leute mehr empfangen. Der Schlussakkord war verklungen, jetzt durften nur noch Ovationen folgen.

»Es sind doch nicht irgendwelche Leute, sondern eine Abordnung des Magistrats«, empörte sich Schultze.

»Es sind Zivilisten«, erwiderte Levetzow.

*

Gustav Radbruch öffnete die Augen. Donnerstagfrüh, sieben Uhr, Zeit zum Aufstehen. Er rüttelte Heller wach, der ihn anraute, er habe die wissenschaftliche Laufbahn nicht eingeschlagen, um mit der Sonne aufzustehen. In derselben Weise hatten sie bereits den Vortag begonnen, und die Tage davor. Ein Ritual, das beiden ein Schmunzeln abverlangte und ein wenig die Stimmung aufhellte.

Bis in die Nacht hinein hatten sie lautstark und ständig wiederholt ihre Freilassung gefordert. Zu Anfang hatten die Wachen sie noch zum Bataillonskommandeur vorgelassen, und der Professor hatte versucht, ihm in einer logisch stringenten Argumentationskette klarzumachen, dass es nach dem Ende des Putsches für den Fortbestand der Schutzhaft keine Rechtfertigung mehr gebe. Er hatte dabei alle Gebote zurückhaltender Freundlichkeit und subtiler Diplomatie eingehalten und darauf geachtet, seiner Ansicht über die systembedingten Beschränkungen der abstrakt-kognitiven Fähigkeiten von Marineoffizieren keinen Ausdruck zu verleihen. Doch umsonst. Danach wurden sie nicht erneut zum Kommandeur vorgelassen. Und zum Schluss öffneten die Wachen die Zimmertür nicht mehr, obwohl sie immer wieder mit Fäusten und ihren Blechtellern dagegen klopften.

Jetzt war es Zeit, die Aktion fortzusetzen. Radbruch rief und Heller klopfte. Keine Reaktion, minutenlang. Dann stellten sie fest, dass die Tür nicht verriegelt war. Sie öffneten sie vorsichtig, nur einen Spalt, niemand war zu sehen, augenscheinlich Folge der ersten Auflösungserscheinungen. Sie gingen durch den leeren Korridor in den Waschraum, erledigten ihre Morgentoilette und berieten, ob sie einfach nach Hause gehen sollten, befürchteten jedoch, ihre Lage zu verschlimmern, da ihnen später Flucht vorgeworfen werden könnte. Also gingen sie ins Bataillonsbüro, kündigten ihre Absicht an und erfuhren, dass alle Schutzhaftgefangenen nunmehr frei seien. Zum Schluss rief ihnen der Kommandeur hinterher, dass die Entscheidungsschlacht zwischen Demokratie und Bolschewismus unmittelbar bevorstehe und dass man sich entscheiden müsse, auf welcher Seite man stehe.

Ihr Weg in die zurückgewonnene Freiheit führte die beiden Gelehrten zunächst nach Hause. Doch viel länger als für die Dauer eines angemessenen Mittagessens und die Zeit, die notwendig war, eine besorgte Ehefrau zu beruhigen, hielten sie es dort nicht aus. Am frühen Nachmittag zog es sie zum Gewerkschaftshaus. Sie liefen über leer gefegte Straßen durch die gespenstische Atmosphäre eines unmittelbar bevorstehenden Häuserkampfes.

Als sie in die Fährstraße einbogen, änderte sich das Bild schlagartig, als hätte der Häuserkampf nun begonnen. Großes Leben und hektische Betriebsamkeit herrschten vor dem Gewerkschaftshaus. Arbeiter hatten Barrikaden errichtet und brachten Maschinengewehre in Stellung. Sie schrien sich gegenseitig an und fluchten wild. Drei Soldaten mit erhobenen Armen wurden zum Eingang geführt und dabei bespuckt und geschlagen. Einer rief, er stehe zur Regierung Ebert. Doch es half ihm nichts, ein Gewehrkolben schlug ihm die Schneidezähne aus. Radbruch und Heller liefen hinzu und stellten sich vor ihn, sonst hätte er womöglich auch seine Backenzähne eingebüßt.

»Seid ihr noch bei Trost?«, rief der Professor. »So haben wir an der Front unsere Gefangenen nicht behandelt.«

Er schaute in wütende Arbeiteraugen. Nun waren auch seine Zähne in Gefahr, und vielleicht hätte er sie verloren, wäre nicht Wilhelm Spiegel, der die Szene vom Fenster des SPD-Büros mit angesehen hatte, eilig aus dem Haus gestürmt.

»Weißt du nicht, wer das ist, Kerl?«, rief er, während er auf die Kontrahenten zurannte. »Das ist Professor Radbruch. Er hat euch allen auf der Reichswerft das Leben gerettet.«

Der Kerl mit dem Gewehrkolben grummelte ein wenig, dann entschuldigte er sich mit sichtbar peinlicher Berührung. Allmählich beruhigten sich die Gemüter. Radbruch verlangte ein Baumwolltuch und reichte es dem aus dem Mund blutenden Soldaten. Die Soldaten wurden zu fünfzig oder sechzig anderen in den kleinen Saal gebracht. Spiegel sorgte dafür, dass sie von besonnenen Arbeitern bewacht wurden, denen er das Versprechen abnehmen konnte, die Gefangenen vor weiteren Misshandlungen zu schützen.

Kurz darauf versammelten sich die Gelehrten und die Politiker im SPD-Büro, um ihre Kenntnisse und Gedanken auszutauschen. Gerade hatte Radbruch mit der Schilderung seiner Freilassung begonnen, da drangen aufpeitschende Worte und heftiger Beifall an ihr Ohr. Sie öffneten die Tür, der Lärm kam aus dem großen Saal.

»In Berlin sind die Reaktionäre besiegt. Jetzt muss auch in Kiel die Revolution zum Erfolg gebracht werden!« Es war die Stimme des rothaarigen Studenten.

»Der macht hier noch alle irre«, sagte Spiegel. »Jetzt stachelt er die Männer gegen die Gefangenen auf, und wir können ihn nicht stoppen.«

»Wo kommen die Soldaten denn her?«, fragte Heller.

»Von dem Bataillon, das in der Maschinenbauschule saß«, antwortete Spiegel. »Wir haben sie entwaffnet, weitgehend ohne Widerstand, einige sind geflohen, andere wurden gefangen genommen.«

»Ein Bataillon erfahrener Frontsoldaten ließ sich von ein paar Aufständischen entwaffnen?«, fragte Heller ungläubig nach.

»Das sind nicht ein paar Aufständische. Halb Kiel ist auf den Barrikaden.«

»Halb Kiel?«, fragten Heller und Radbruch im Chor.

»Ach, wissen Sie es denn nicht?« Jetzt schaute Spiegel ungläubig. »Levetzow hat eine Kooperation mit der Stadt abgelehnt. Heute Früh hat die Bürgerversammlung dieses Verhalten als Fortsetzung des Putsches angesehen und beschlossen, die Arbeiter zu bewaffnen.«

Heller schaute Radbruch sprachlos an, und Radbruch blickte ebenso sprachlos zurück. Brave Bürger auf den Barrikaden gegen das Militär, ein Anflug von Französischer Revolution und ein Hauch von 1848 lagen in der Luft.

»Aber der Putsch ist doch beendet«, sagte Heller.

»Schon, doch das scheint hier niemanden zu interessieren«, antwortete Spiegel.

Radbruch suchte nach seiner Pfeife und fand sie in seiner Westentasche. Sie war zerbrochen, das Mundstück aus Ebonit und der Kopf aus fein geflammtem Bruyère, zwei Teile, die nur zusammen einen Sinn ergaben, unrettbar am Holm auseinandergebrochen.

»Und was jetzt?«, fragte er.

»In höchster Not habe ich daraufhin in Berlin angerufen – die Postdirektion ist auf unserer Seite – und konnte mit Vizekanzler Schiffer sprechen. Ich erreichte, dass Levetzow abberufen und Konteradmiral Ewers zum neuen Stationschef ernannt wurde. Ewers hat mir am Mittag zugesichert, dass er in enger Tuchfühlung mit den städtischen Gremien agieren werde. Aber es ist zu spät, zu spät.« Spiegel ging zum Fenster, schaute hinaus und seufzte. »Ist die Kugel aus dem Lauf, hält der Teufel sie nicht auf.«

＊

Iago Schulz war ein bedeutsamer Fehler unterlaufen, ein Fehler, so dumm und so folgenschwer, dass er überhaupt nicht zu diesem perfekt durchtriebenen Intriganten passte, und doch, er war ihm unterlaufen. Er hatte Rosenbaum seinen vermeintlichen Zeugen beschrieben: Anfang bis Mitte zwanzig, rote Haare.

Mit diesen Vorgaben durchsuchten der Kommissar und sein Assistent die Kieler Verbrecherkartei. Und das stellte sich als eine gewaltige Arbeit, als eine gewaltige Strafarbeit heraus. Dabei war es allein Rosenbaums Verdienst, dass in Kiel überhaupt eine detaillierte Verbrecherkartei existierte. Als er vor elf Jahren von Berlin nach Kiel versetzt worden war, hatte er die neuesten kriminalistischen Erkenntnisse hier eingeführt, und dazu gehörte die Ordnung der Verbrecherkartei nach Fingerabdrücken. Weil es nur wenig Mühe machte, Fingerabdrücke zu nehmen, war die Kartei in den Folgejahren enorm angeschwollen und bei der Identifizierung von Straftätern zu einer bedeutenden Erkenntnisquelle geworden. Wenn man die Fingerabdrücke des Gesuchten hatte.

Hatten sie aber nicht.

Nach und nach nahmen sie sich die Karteikästen vor und gingen sie durch, von vorn bis hinten. Alter vierundfünfzig, Alter siebenundsiebzig, Alter vierundzwanzig, aber braunes Haar, Alter fünfunddreißig, Alter neunzehn und blond, nun ja, wer weiß. Dabei tranken sie Kaffee und rauchten Zigaretten. Hin und wieder machten sie eine Pause und gingen vor die Tür, um nachzusehen, ob draußen die Sonne noch schien. Nach etlichen Stunden wurden sie fündig: Ludwig Faber, geb. am 18.10.1898, abgebrochene Schlosserlehre, besondere Kennzeichen: Linkshänder. Und dann das Foto: Es war der Student, der ständig die Mengen aufstachelte.

Jetzt brauchte es kein großes Nachdenken und keine umständliche Beratung, jetzt war klar, was zu tun war. Rosenbaum steckte die Karteikarte ein und brauste los. Gerlach folgte ihm.

Um Iago Schulz wuselten seine Assistenten und Adlaten, brachten Meldungen und nahmen Anordnungen entgegen, und zu dem Telefon auf seinem Schreibtisch hatte sich inzwischen ein zweites gesellt. Schulz schien in diesen Tagen der wichtigste Mann in Kiel zu sein. Jedenfalls tat er so. Als Rosenbaum und Gerlach sein Büro betraten, schaute er nur kurz auf.

»Was wollen Sie jetzt wieder hier? Ich habe wirklich keine Zeit für Ihr Kaspertheater.«

Er wandte sich von seinem Besuch wieder ab, nahm den Hörer von einem der Telefone und drehte an der Wählscheibe. Gerlach ging auf ihn zu und drückte die Gabel wieder hinunter. Dann hielt Rosenbaum sich die Karteikarte vor Augen und las vor:

12.4.19: Anzeige wegen Kokainbesitzes,

17.5.19: Ermittlung wegen Körperverletzung,

28.5.19: Beamtenbeleidigung,

16.6.19: Widerstand gegen Vollstreckungsbeamte,

2.7.19: Gefährliche Körperverletzung,

6.8.19: Verleumdung.

»Und dann, am 14. August 1919, wird alles eingestellt, alles am selben Tag«, ergänzte Gerlach. »Danach keine neuen Einträge.«

Schulz legte den Hörer auf die Gabel. »Was soll das?«, fragte er.

»Das ist unsere Kartei von Ludwig Faber. Von dem Zeugen, den Sie angeblich vernommen haben, weil ich angeblich nicht im Hause war, der einen völlig Unbeteiligten beschuldigte und unter falschem Namen auftrat.« Rosenbaum trat dicht an seinen Kollegen heran und beugte sich zu ihm hinunter, so dicht, dass er die

Zwiebelsuppe riechen konnte, die Schulz zu Mittag gegessen haben musste. »Für mich sieht es verdammt danach aus, dass plötzlich jemand seine schützende Hand über diesen Faber hält. Was mag seine Gegenleistung sein?«

Schulz wand sich aus seinem Sessel und brachte mit zwei Schritten etwas Abstand zwischen sich und seinen Kollegen. »Hören Sie, Rosenbaum«, sagte er, plötzlich nicht mehr so beschäftigt, aber seltsam schmierig. »Sie wissen doch, dass ich meine Order von höchsten Stellen bekomme.«

»Höchste Stellen? Aus Berlin? Vom Kaiser? Ach, nein. Vielleicht vom ehemaligen Polizeipräsidenten? Traugott von Jagow? Durch *Reichskanzler* Kapp zum Innenminister befördert und vor einer Stunde wegen Beteiligung am Putsch verhaftet worden? Meinen Sie den?«

»Ich meine aus Schwerin.«

Rosenbaum hatte höhnisch gegrinst. Dieses Grinsen fror auf einmal ein. Aus Schwerin. Das, in der Tat, war ein überraschender, doch bei einiger Überlegung durchaus naheliegender Zusammenhang. Naheliegend jedoch nur, weil er den Kreis der beteiligten Personen eng hielt. Doch welches Motiv der Vater des Mordopfers haben sollte, die polizeilichen Ermittlungen in eine falsche Richtung zu lenken, war für Rosenbaum völlig undurchschaubar.

»Warum?«, fragte er.

»Mehr weiß ich nicht, Rosenbaum. Und wenn ich mehr wüsste, würde ich es Ihnen nicht sagen.«

Noch einmal fragte Rosenbaum nach, wieder bekam er die gleiche Antwort. Dann nickte er. Grüblerisch drehte er sich um, warf Gerlach einen Blick zu, der bedeutete, dass sie sich zurückziehen sollten, und ging zur Tür.

»Rosenbaum«, rief Schulz ihm hinterher. »Glauben Sie, dass in einem zukünftigen Krieg Giftgas eingesetzt wird?«

»Was?«

»Im Weltkrieg haben beide Seiten Giftgas eingesetzt und auf beiden Seiten waren die Folgen verheerend. Wird im nächsten Krieg wieder Gas eingesetzt werden? Wenn beide Seiten darüber verfügen? Oder wird man darauf verzichten, solange der Gegner darauf verzichtet?«

»Das ... weiß ich nicht.«

»Die Frage lautet: Ist es richtig, jemanden zu vernichten, wenn seine Reaktion einen selbst vernichten würde? Denken Sie mal darüber nach.«

X

Ein neuer Morgen. Nachdem Levetzow am Vortag abgesetzt und die Maschinenbauschule von den Aufständischen übernommen worden waren, hatten sich die Militäreinheiten bis zum Abend in den nördlichen Teil der Stadt zurückdrängen lassen, alle wesentlichen Einrichtungen der Marine, insbesondere die Alte und die Neue Station, die meisten Kasernen und der Kriegshafen, waren hier konzentriert. Der neue Stationschef Konteradmiral Ernst Ewers hatte dann in bemerkenswert konstruktiver Einmütigkeit mit dem wiedereingesetzten Polizeipräsidenten Poller und einem eilig von den demokratischen Parteien gebildeten Beirat eine Demarkationslinie gezogen, die vom Schreventeich über den Kleinen Kiel bis zur Universität im Schlosspark verlief und von der grünen Polizei bewacht wurde. Mit weißen Fahnen zogen Gruppen von Bürgern die Linie entlang und verkündeten – manchmal unter Lebensgefahr – jedem, der es noch nicht wusste, dass Waffenstillstand herrsche. Südlich der Linie war die militärische Präsenz nahezu vollständig aufgehoben. Notwendige Dienstfahrten von Offizieren in die Innenstadt wurden von einer Abordnung des Ordnungsbundes begleitet, um deren friedliche Einstellung zu bezeugen. Nördlich der Linie angetroffene Arbeiter wurden, wenn sie bewaffnet waren, vor die Wahl gestellt, entweder die Waffen abzugeben oder sich in den Süden abschieben zu lassen. Es war ein nervöser und brüchiger und von Geplänkel belasteter Waffenstillstand.

Valentin und Mahjub redeten kaum noch miteinander. Gerade hatten sie den Stadtkommandanten zur Neuen Station gebracht, weil dort eine Beratung der neuen Stationsführung mit dem Beirat und den wichtigsten zivilen Organisationen zur Deeskalation der Konfliktlage angesetzt war. Mittlerweilen saßen sie wieder im Mannschaftsraum der Alten Station und warteten. Valentin schaute meist aus dem Fenster. Auf seinen Knien lag die Textausgabe von »Othello«, mit Mühe war er bis zur dritten Seite gekommen. Mahjub saß oft an einem kleinen Tisch in der anderen Ecke des Raumes und starrte vor sich hin, als meditierte er, oder er war geschäftig irgendwo im Haus unterwegs, meist in der Fernmeldezentrale oder beim Stadtkommandanten. Sie sprachen nur das Nötigste. So ging es seit der Nacht, in der sie voneinander erfuhren, dass beide Katharina kannten. Ob Mahjub überhaupt wusste, dass sie tot war? Natürlich wusste er das. Seine Tränen neulich Nacht waren für sie, dachte Valentin. Und dann dachte er, dass Mahjub es vielleicht doch nicht wusste und dass er nie für eine Frau weinen würde.

Auch einige Gefreite saßen hier, manchmal spielten sie am großen Tisch in der Mitte des Raumes Skat oder Doppelkopf, doch meist stritten sie nur oder fluchten. Die Stimmung war gereizt, die Disziplin dahin.

Gerade war der Sergeant herausgerufen worden. Als er zurückkam, hielt er ein Blatt Papier in der Hand, das er in seiner Ecke sorgfältig ausgebreitet auf den Tisch legte. Er setzte sich davor und las es durch, mehrmals, gründlich, als suchte er nach Schreibfehlern. Dann stand er auf, zerknüllte es und warf es in den Papierkorb. Mit einem kurzen Blick zur Seite sagte er zu Valentin, er solle sich fertig machen, sie müssen gleich zur Deckoffizierschule. Dann ging er hinaus. Die Gefreiten am großen Tisch bekamen davon nichts mit. Sie stritten darüber, ob gerade ein Null Ouvert oder ein Null Ouvert Hand verloren gegangen war.

»Doch, ich habe es aufgenommen, und schau her, das da habe ich wieder abgelegt.«

»Das hast du nicht! Wer legt denn bei einem Null eine Piksieben ab und behält eine blanke Karoacht auf der Hand?«

Valentin steckte den »Othello« in seine Jackentasche, stand behäbig auf, zog seine Mütze vom Haken und schlenderte zur Tür. Dann drehte er um, ging zu dem Tisch, an dem Mahjub gerade gesessen hatte, und ließ seinen »Othello« in den Papierkorb fallen.

»Oh«, murmelte er, »so was Dummes«, und kramte das Büchlein mitsamt dem zerknüllten Zettel wieder heraus.

»Das war ein Versehen, nur ein Versehen«, schallte es vom großen Tisch herüber. »Ich habe nur aus Versehen die falsche Karte gegriffen. Ehrlich.«

Valentin ging hinaus. Auf dem Weg zum Auto las er den Zettel:

Admiralität der Reichsmarine, Berlin

An Konteradmiral Magnus von Levetzow, Kiel

Sie werden freundlich ersucht, sich baldigst möglich zum Marineverwaltungsamt Berlin zu begeben, um dessen Leitung zu übernehmen.

Hochachtungsvoll
Kapitän z. S. Raeder

Mit laufendem Motor wartete Valentin im Opel auf Mahjub. Neben dem Trittbrett hatte er eine weiße Fahne montiert, wie es am Morgen für alle Kurierfahrten verfügt worden war.

»Mach das ab«, befahl der Sergeant, als er mit einer Mappe in der Hand auf ihn zukam. »Und setz dich rüber. Ich fahre.« Er gab Valentin die Mappe und setzte sich ans Steuer.

Sie fuhren zur Deckoffizierschule in der Wik. Valentin wusste, dass Levetzow sich dorthin zurückgezogen hatte, nachdem er abgesetzt worden war.

»Was haben wir dort zu tun?«

»Nur ein Fernschreiben überbringen.«

»An Levetzow?«

Mahjub nickte.

Valentin schaute auf die Mappe in seiner Hand, das zerknüllte Fernschreiben befand sich in seiner Hosentasche. Er könnte die Mappe aufschlagen und nachschauen, was sich darin befand. Aber das durfte er natürlich nicht. Aus der Ferne war die Salve eines Maschinengewehrs zu hören, vor dem Auto huschte ein erschrockenes Eichhörnchen über die Straße. Wie durch Zufall glitt Valentin die Mappe aus der Hand und ein dem zerknüllten Fernschreiben zum Verwechseln ähnliches Stück Papier fiel heraus:

```
Admiralität der Reichsmarine, Berlin


An Konteradmiral Magnus von Levetzow,
Kiel


Sie werden freundlich ersucht, sich
baldigst möglich zum Stationskommando
Kiel zu begeben, um dessen Leitung zu
übernehmen.


Hochachtungsvoll
Kapitän z. S. Raeder
```

»Leg das zurück«, fauchte Mahjub.

Bis sie an der Deckoffizierschule ankamen, sprachen sie nicht mehr. Mahjub hielt das Auto vor dem

Haupttor an, der Sergeant schnappte sich die Mappe und rannte ins Gebäude, Valentin wartete. Er schaute in den Himmel, der drohend mit bizarren Wolkenformationen über der Stadt lag, und auf den Hof, wo seit gestern keine neuen Rekruten mehr aufgetaucht waren und sich nun unablässig ehemalige Zeitfreiwillige mit ihrem Päckchen auf dem Rücken nach Hause aufmachten. Die einen enttäuscht von der Sinnlosigkeit ihrer Bemühungen, die anderen befriedigt von den Aufregungen eines Abenteuers.

Als Mahjub zurückkam, zog Valentin das zerknüllte Fernschreiben aus seiner Tasche und hielt es vor die Nase des Sergeanten.

»Wo hast du das her?«

Valentin ging auf die Frage nicht ein. Er fand nicht, dass er sich verteidigen müsse, er fand eher, dass er der Ankläger war.

»Konteradmiral Levetzow wurde von der verfassungsmäßigen Regierung seines Postens enthoben und nach Berlin beordert, und du hast das wieder rückgängig gemacht.«

»Es ist eine neue Situation entstanden. Die Aufständischen kontrollieren die halbe Stadt. Da braucht es eine starke Hand.«

»Aber das entscheidest doch nicht du!«

»Es kommt nicht darauf an, wer entscheidet, sondern was entschieden wird.«

Valentin hätte zustimmen müssen. Das war immer seine naturrechtliche Überzeugung gewesen. Nicht auf die Form, auf den Inhalt kam es an. Der Professor hätte ihm widersprochen: Der Inhalt sei austauschbar, erst die Form verschaffe ihm Legitimität. Valentin hätte Mahjub zustimmen müssen, doch er konnte nicht. Er blieb stumm.

Während der gesamten Rückfahrt sagte er kein Wort. Auch Mahjub schwieg. Auf der Hälfte des Weges schien er sich ein Zwischenziel überlegt zu haben. Er bog in den Knooper Weg ein, erklärte jedoch nicht, warum er das tat. Dann sollte Valentin die weiße Fahne wieder anbringen, das Steuer übernehmen und in die Fährstraße in den von den Arbeitern kontrollierten Teil der Stadt fahren. Warum, erfuhr er nicht. In der Fährstraße sollte er Mahjub vor der Frauengewerbeschule hinauslassen, fünfmal um den Block fahren, dabei möglichst nicht anhalten und ihn anschließend wieder einsammeln. Valentin wusste nicht, warum, aber er konnte es sich denken. Wenn es auf den Inhalt ankam und nicht auf die Form, durfte er sich jetzt vielleicht widersetzen, vielleicht musste er es sogar. Doch wer sollte das entscheiden, wenn es nicht auf die Form ankam? Einen Moment zögerte er, dann nickte er.

*

Mit fliegendem Schritt huschte Gustav Radbruch das Eingangspodest der Neuen Station hinauf. Mit seinem weißen Taschentuch tupfte er sich die Stirn ab, dann steckte er es zurück ins Jackett. Auf dem gesamten

Fußmarsch hatte er es in den Händen gehalten und jedem, der ihm begegnete, ob in Marineuniform oder Arbeiterkluft, zugewinkt, wie man es sonst nur von Bahnsteigen neben ausfahrenden Zügen kannte. Er musste zum Stationskommando und dem neuen Stationschef vor Augen führen, dass sich vor der Alten Station Übles zusammenbraute.

Die am Vortag so mühsam eingerichtete Demarkationslinie hatte sich über Nacht scheinbar von selbst verschoben. Jetzt trennte nur noch ein Häuserblock die Alte Station von einer grummelnden Menschenmenge. Ein vorgezogener Doppelposten sollte sie daran hindern weiterzuziehen und war doch bestenfalls eine psychologische Hürde. In der Alten Station hatte Radbruch mit Engelszungen auf Kapitänleutnant Middendorf eingeredet, dem Kommandeur des I. Küstenabwehrbataillons, das das Gebäude sichern sollte. Auch wenn Middendorf ein besonnener Mann zu sein schien, seine Position war maßgeblich von Fragen der Soldatenehre geprägt. Die beiden konnten sich darauf einigen, dass der Doppelposten zurückgezogen würde. Auf mehr nicht.

Der Adjutant des neuen Stationschefs vermochte den Professor nur kurz im Vorzimmer aufzuhalten. Es werde gerade eine überaus wichtige Versammlung abgehalten, bei der nicht gestört werden dürfe, sagte er, dann war Radbruch auch schon an ihm vorbei. Er öffnete die Tür und stand im fast überquellend vollen Arbeitszimmer von Konteradmiral Ewers. Der Kommandostab und der neue städtische Beirat waren vollzählig anwesend, ebenso einige Vertreter der Parteien, der Gewerkschaften und sogar der Presse. Ewers, einige seiner Offiziere und ein Großteil des Beirats saßen am Konferenztisch, die meisten Herren mussten stehen.

»Professor Radbruch?«, sagte Ewers erstaunt.

Radbruch hatte Schwierigkeiten, den neuen Stationschef in dem Gedränge auszumachen, halb verdeckt von Gewerkschaftsvertretern und Offizieren. Er entschuldigte sein unangekündigtes Eindringen und schilderte die Lage vor der Alten Station. Die Offiziere schauten streng, die Politiker tuschelten und die Reporter kratzten in ihre Notizblöcke.

»Wir müssen sofort reagieren«, sagte Radbruch, als Ewers ihn nach seinen Vorschlägen fragte. Mit Middendorf hatte er noch über einen Abzug des Bataillons diskutiert, doch dafür schien es jetzt zu spät zu sein, wenn die Alte Station bereits von Arbeitern eingekreist war. »Zumindest müssen die militärischen Posten an den Eingängen unverzüglich abgezogen und durch die grüne Polizei und die neue Arbeiterwehr ersetzt werden. Die Bürger empfinden Soldaten vor dem Gebäude als Provokation.«

»Das geht nicht.« Ewers stand auf und fasste sich ans Kinn. »Dort befindet sich die Fernmeldezentrale, unsere einzige direkte Verbindung nach Berlin. Das kann nicht durch zivile Kräfte gesichert werden, das müssen wir selbst machen.«

Der stellvertretende Stabschef Korvettenkapitän

Schultze stand ebenfalls auf. »Zur Unterstützung der Alten Station könnten wir Einheiten aus der Wik holen. Das würde allerdings einige Zeit dauern«, sagte er. »Ansonsten bliebe nur, Kräfte von hier dorthin zu schicken. Dann wären wir aber ohne Schutz.«

Nach und nach erhoben sich alle von ihren Stühlen. Die Sichtbarkeit war erneut nicht vom Rang bestimmt, sondern von der Körpergröße, und das gereichte dem Stationschef nicht zum Vorteil.

Für Radbruch gingen die Vorschläge in die völlig falsche Richtung. »Aber wir müssen deeskalieren, sonst droht ein Blutbad«, sagte er mit überzeugter und ungewollt vielleicht ein wenig flehender Stimme.

Der Stationschef räusperte sich. »Herr Professor, es gibt Anhaltspunkte dafür, dass nach der Belagerung der Alten Station ein Angriff auf die Neue Station geplant ist und dass beides gezielte Manöver der bolschewistischen Gegenrevolution sind. Da können wir unser Schicksal doch nicht in die Hand von Polizei und Arbeiterwehr legen, wenn wir nicht einmal wissen, inwieweit diese Kräfte bereits von Bolschewisten unterwandert sind.«

Jetzt konnte Radbruch kaum noch an sich halten. »Es gibt in Kiel keine Bolschewisten!«, entfuhr es ihm, womöglich etwas zu heftig. Und so versuchte er, sich wieder zu zügeln. In dieser Absolutheit war seine Behauptung sicher nicht richtig, wie überhaupt absolute Aussagen kaum jemals richtig sein konnten, das war dem Professor durchaus bewusst, er war Relativist, und nun dieser Fauxpas. Doch darum ging es jetzt nicht. Vielleicht hätte ein freiwilliger Rücktritt Levet-zows zwei Tage zuvor noch ausgereicht, die Massen zu beruhigen. Aber seine Weigerung zurückzutreten, seine erzwungene Absetzung und die dadurch verur-sachten Zusammenstöße vom Vortag, das alles hatte die Gemüter so sehr erhitzt, dass es mittlerweile eines überzeugenderen Beweises für die Verfassungstreue der Marine bedurfte. Radbruch suchte nach Worten, die seine Aussage relativierten und das eigentliche Prob-lem darstellen konnten. Doch dazu kam es nicht mehr.

Plötzlich öffnete sich hinter ihm die Tür. Radbruch fuhr herum. Gerade hörte er noch den Adjutanten rufen: »Das geht jetzt nicht …«, da marschierte auch schon der ehemalige Stationschef ein, unheilvoll und unaufhaltsam wie der Komtur bei »Don Giovanni«.

»Ich übernehme wieder die Station«, rief er und streckte die Hand in die Luft, als wollte er Gratulatio-nen entgegennehmen. Hinter ihm drängten sich einige Offiziere und Soldaten in den Raum, etliche blieben vor der Tür stehen, etwa fünfzig Mann, seine treue Gefolgschaft.

»Levetzow, sind Sie noch bei Sinnen?«, entgeg-nete Ewers ihm mit ebenso großer Geste. Noch war nicht auszumachen, wer der Held in diesem Stück sein würde.

»Die Admiralität hat mich wieder zum Stationschef ernannt. Man hat in Berlin erkannt, dass es eine starke Hand braucht und kein endloses Geschwafel mit Bei-räten und Kommunisten.«

»Unerhört!«, empörte sich ein Beiratsmitglied.

Levetzow deutete auf den Mann, drehte sich zu einem seiner Offiziere um und ordnete die Verhaftung des vorlauten Beraters an. Dann drehte er sich zu Radbruch, den er zuvor offenbar nicht wahrgenommen, ihm bislang jedenfalls keine Aufmerksamkeit geschenkt hatte. »Und den Professor auch verhaften.« Nach einer kurzen Pause: »Am besten gleich alle anwesenden Zivilisten verhaften.«

»Halt!«, rief Ewers und streckte dem Offizier, der sich gerade anschicken wollte, die Verhaftungen durchzuführen, seine offene Hand wie ein Prellbock entgegen. »Das ist ungesetzlich, das ist Amtsanmaßung! Und Meuterei!« Er schnaufte wie eine Dampflok. »Die Verhaftungen sind rechtswidrig und unwirksam. Ich nehme Sie hiermit fest, Herr Konteradmiral.« Dabei betonte er das »Sie«, als enthielte es eine Beschwörungsformel. Dann forderte er den stellvertretenden Stabschef Schultze auf, die Festnahme durchzuführen. Nur war Schultze dazu praktisch nicht in der Lage. Er stand am anderen Ende des Raumes, hätte sich mühsam zu Levetzow vordrängen müssen, und zudem gab es aktuell keinen Untergebenen in diesem Zimmer, der Levetzow hätte abführen können.

»Berlin hat Sie nicht ins Amt zurückbeordert«, rief er Levetzow stattdessen zu. »Chef der Marinestation Ostsee ist seit gestern Mittag Konteradmiral Ewers. Daran hat sich nichts geändert.«

»Mir liegt ein entsprechendes Fernschreiben der Admiralität vor«, sagte Levetzow.

»Hier liegt aber nichts dergleichen vor«, erwiderte Schultze.

»Dann haben Sie das eben verschlampt!« Levetzow wurde lauter. »So schnell geht das also, wenn ich nicht da bin.«

»Ich habe gestern Abend ausführlich mit Kapitän Raeder von der Admiralität telefoniert.« Schultze war nur wenig leiser als Levetzow. »Er erwähnte am Rande, dass man überlege, Ihnen ein Amt in Berlin zu übertragen. Von Kiel war dabei nicht die Rede.«

»Dann war Raeder gestern Abend offenbar nicht auf dem neuesten Stand.«

»Ruhe«, brüllte Ewers und schlug mit der Faust auf den Tisch, was die Anwesenden in Erinnerung brachte, dass er auch noch da war. »Wir rufen in Berlin an und fragen nach. Dann werden wir ja sehen.«

Damit war Levetzow nicht einverstanden. »Ich pflege meine Befehle auszuführen und nicht nachzufragen, ob sie ernst gemeint sind.«

Jetzt war die Grenze überschritten, hinter der man nicht mehr freundlich grüßend auseinandergehen, sich gegenseitig seine Achtung versichern und eine Fortsetzung der Diskussion in Aussicht stellen konnte. Die Kontrahenten hatten nun mit körperlicher Gewalt aufeinander loszugehen, falls niemandem mehr etwas Gescheites zu sagen einfallen sollte.

»Unter diesen Umständen sehe ich mich nicht in

der Lage, meine Männer dem Befehl von Konteradmiral von Levetzow zu unterstellen«, sagte plötzlich ein Offizier, der bislang geschwiegen hatte.

Konnte das das Gescheite sein, das die Gewalt noch verhindern würde? Zwei andere Offiziere pflichteten ihm bei. Ein Mitglied des Beirates verkündete, dass er der Stadt nicht empfehlen werde, Levetzow als Stationschef erneut anzuerkennen.

»Was jetzt?«, fragte Ewers. »Schießerei um das Stationskommando?«

Radbruch bemerkte, dass sich um ihn niemand mehr kümmerte. Er trat einen Schritt zurück, noch einen und noch einen. Bald war er nicht mehr in Levetzows Sichtfeld, und dann, ganz langsam, auch nicht mehr in Raum.

Eine Viertelstunde später hatte er wieder die Alte Station erreicht. Hier wurde er gebraucht, hier konnte er vielleicht das Schlimmste verhindern.

Der vorgezogene Doppelposten hatte sich inzwischen zurückgezogen, nur vor den Eingängen standen Soldaten und wurden von der Menge aus Arbeitern und Bürgern, von Männern, Frauen und Kinder bedrängt. Die Stimmung war deutlich gereizter als vorhin. Man erzählte sich, dass Levetzow das Kommando über die Station wieder an sich gerissen habe.

»Woher wissen Sie das?«, fragte Radbruch jeden, der diese Nachricht verkündete.

Jeder wusste es, doch niemand wusste, woher. Und alle wussten, dass der Putsch jetzt doch weitergehe, und jeder schien es vorher geahnt zu haben. Noch hielten die Leute einen Abstand von zwei oder drei Metern zu den Wachen.

Auf einer Streugutkiste stand der rothaarige Student, der gestern die Arbeiter im Gewerkschaftshaus aufgestachelt hatte, und sprach zu den Menschen. Seine Hand lag auf den Schultern eines Arbeiters, der aussah, als sei er kürzlich von einem Pferdefuhrwerk überfahren worden.

»Schaut her, dieser tapfere Mann, er verbrachte fünf Tage in Schutzhaft und wurde grausam misshandelt.«

»*Ich* verbrachte fünf Tage in Schutzhaft und wurde anständig behandelt«, rief Radbruch in die Menge. »Und ebenso alle, die mit mir waren.«

Der Student nahm keine Notiz von ihm, doch aus der Menge flogen ihm Blicke zu, die sagten: Verräter.

Radbruch ging auf den Haupteingang zu. Links und rechts standen jeweils zwei Soldaten, die Gewehre auf den Rücken geschnallt, den Riemen krampfhaft umklammert, den Blick unbewegt in die Ferne gerichtet, auf der Stirn Schweißtropfen, junge Kerle, an ihren blauen Armbinden als Zeitfreiwillige zu erkennen. Der zweite von links war Valentin.

*

In der Blume waren Aufregung und Hektik zunehmend einer angespannten Ruhe gewichen. Die Städtische Polizei hatte sich auf Anweisung des Polizeipräsidenten von den Unruhen der letzten Tage weitgehend ferngehalten. Iago Schulz war dagegen gewesen, hatte aber nichts ausrichten können. Rosenbaum hatte es gefreut, beides: dass die Polizei sich zurückhielt und dass Schulz gezügelt wurde. Um Präsenz zu zeigen und in der Hoffnung, auf diese Weise zur Ruhe beitragen zu können, liefen die Wachtmeister Streife, zogen sich jedoch zurück, wenn es zwischen Arbeitern und Militär zu Zusammenstößen kam. Ihre Tätigkeit bestand in erster Linie darin, beruhigend auf die Bürger einzuwirken und Gullydeckel auf Gullys zu legen. Gullydeckel? Zunächst hatten sie sich nicht erklären können, dass manche Deckel neben den Kanalisationsschächten lagen, dann hatten sie beobachtet, dass einzelne Trupps bewaffneter Arbeiter die Kanalisation nutzten, um heimlich die Demarkationslinie zu überwinden. Sie verzichteten allerdings darauf, diese Beobachtung dem Stationskommando zu melden. Ansonsten beschränkten sie sich auf die Sicherung der eigenen Dienststellen, des Rathauses und des Elektrizitätswerks in der Humboldtstraße. Soweit sie sich in den von Arbeitern kontrollierten Teilen der Stadt bewegten, wurden sie von Männern der Arbeiterwehr oder des Ordnungsbundes begleitet. Doch trug all das wirklich zur Verbesserung der Situation bei oder war es nur eine hilflose Geste?

Rosenbaum stand vor dem Fenster seines Büros und zog gedankenverloren an seiner Massary. Er schaute nach links auf die Landesversicherungsanstalt, die wegen des Generalstreiks ihren Betrieb unterbrochen und wegen der Unruhen noch nicht wiederaufgenommen hatte, und nach rechts auf die Maschinenbauschule, die seit gestern von der Arbeiterwehr besetzt war. Auf dem Besucherstuhl saß Gerlach und drückte seine Eckstein im Aschenbecher aus, dann stand er auf und wischte den Namen »Ostermann« von der Schiefertafel. Der Ermittlungsrichter hatte Heiner Ostermann inzwischen aus der Untersuchungshaft entlassen, weil er offensichtlich unschuldig war. Eine falsche Fährte, Iago Schulz hatte sie in Lettow-Vorbecks Auftrag gelegt. Die Ermittler verstanden nicht mehr viel.

Gerlach hatte den Askari finden sollen, doch wie sollte er das anstellen, wenn es keine Telefonverbindung und keine Zugverbindung nach Schwerin gab? Und er hätte Valentin Mohrs Kontakte nach Schwerin und Kassel überprüfen sollen. Aber wie, ohne Telefon und Zug? Und ohne Valentin danach fragen zu können, denn der war seit Tagen nicht auffindbar. Der Name Valentin war einer der letzten, die noch auf der Tafel standen, dick unterstrichen und mit zwei Fragezeichen versehen. Der Kommissar schaute seinen Assistenten an, und der schaute zurück, dann schauten beide auf die Tafel und waren sich einig.

»Mona«, sagte Gerlach, und Rosenbaum nickte.

Kurze Zeit später klopften sie an der Zimmertür von Mona Fährbach. Der Lehrbetrieb des Lyzeums war unterbrochen worden, nicht wegen des Generalstreiks, so weit ging die Republiktreue preußischer Lehranstalten nicht, sondern wegen der Unruhen. Die Schülerinnen, die nicht rechtzeitig nach Hause oder zu Verwandten hatten fahren können, durften das Gebäude nicht mehr verlassen, die meisten wollten es auch nicht.

Monas Augen waren verquollen, ihr Blick unschlüssig, ob eine frohe Botschaft oder eine böse Nachricht kommen würde.

»Ist Ihr Verlobter bei Ihnen?«, fragte Gerlach.

»Nein«, sagte sie enttäuscht und erleichtert. Dann schaute sie fragend. Natürlich, wenn Valentin ihr nichts von Katharinas Erpressung erzählt hatte, konnte sie nicht verstehen, weshalb die Polizei sich für ihn interessierte.

»Wissen Sie, wo er ist?«

Erst als Rosenbaum diese Frage aussprach, wurde ihm klar, dass Valentin auf der Flucht sein könnte, dass er sogar sehr wahrscheinlich auf der Flucht war, wenn er den Mord begangen hatte. Die Flucht könnte das Geständnis sein, wie so oft.

»Er hat sich zu den Zeitfreiwilligen gemeldet. In der Alten Station.«

*

Noch immer sprachen Valentin und Mahjub kaum miteinander. Sie beschränkten sie auf kurze Anweisungen und sachliche Hinweise, wie zwei Fremde, und das waren sie auch. Mehr noch, sie waren plötzlich

Feinde, eingegraben in ihren Stellungen, jedes überflüssige Wort hätte eine Aufkündigung des Waffenstillstands bedeutet. Hätte Valentin seine Beobachtungen melden müssen? Und wem? Er tastete nach der Tasche mit dem zerknüllten Fernschreiben. Sie war nicht mehr da. Hätte er jetzt Mahjub fragen sollen, ob er die Tasche weggenommen hatte? Die Tasche mit dem Beweis für Mahjubs Machenschaften? Der Waffenstillstand wäre zu Ende.

Als sie zur Alten Station zurückgekehrt waren, hatte sich ein Pulk von Bürgern vor dem Gebäude versammelt. Sie hupten sich den Weg auf den Innenhof frei. Argwöhnische Blicke, ein paar Flüche und eine emporgereckte Faust waren die Quittung. Mit der Zeit wurde der Pulk größer und aggressiver. Erste Parolen waren zu hören: »Nieder mit den Putschisten!« und »Nieder mit Levetzow!«

Im Mannschaftsraum stritten Männer des Küstenabwehrbataillons mit Zeitfreiwilligen. Einige meinten, man müsse in die Menge schießen, um Schlimmeres zu verhüten. Andere meinten, man müsse die Station übergeben, um Schlimmeres zu verhüten. Immer wieder liefen Männer hinaus auf den Korridor, durch dessen Fenster man die Straße einsehen konnte, und berichteten von ihren Beobachtungen, als sie zurückkamen. Auch Valentin postierte sich an einem der Fenster und sah eine Menschenmenge, größer und wütender als zuvor. Und er sah diesen rothaarigen Studenten, der ihm schon mehrmals aufgefallen war, wie er auf einer

Streugutkiste stand und die Leute anstachelte. Valentin drehte sich um, Mahjub stand hinter ihm, beide mit zornigem Blick.

»Das ist dein Werk«, brüllte Valentin. »Ich zeig dich an!«

»Du? Mich?«, erwiderte Mahjub.

Dann schlug er auf Valentin ein, mit den Fäusten, links und rechts, und Valentin schlug zurück. Sie packten sich und wälzten sich und schleuderten einander gegen die Wand, bis ein Leutnant sie trennte. Er zog seine Pistole und richtete sie auf die Kontrahenten, bereit, auf denjenigen zu schießen, der sich als Erster rühren würde.

»Habt ihr sie noch alle?«, brüllte er.

Valentin wischte Blut von seiner Lippe. Jetzt war der richtige Zeitpunkt für eine Meldung. Und gleich darauf war er wieder vorbei. Der Leutnant packte die beiden am Kragen, einen links, einen rechts, und beförderte sie in den Mannschaftsraum, wo die hektischen Streitereien jäh abbrachen und einem Moment verwunderter Stille Platz machten. Die beiden Raufbolde zur Räson zu bringen schien eine leichte Übung für den Leutnant gewesen zu sein. Jetzt nutzte er die Gelegenheit für eine Ansage und ordnete an, dass die Wachen vor dem Gebäude, die bisher aus Freikorpssoldaten mit Stahlhelmen und Hakenkreuzen bestanden hatten, durch Zeitfreiwillige abgelöst werden sollten, um die Massen nicht noch mehr zu provozieren. Ein Teil der Männer applaudierte, ein anderer Teil schimpfte, bis der Leutnant sagte, das sei eine Anordnung des Kommandanten, da gebe es nichts zu diskutieren. Valentin wurde für den Haupteingang eingeteilt.

Jetzt stand er dort mit einer notdürftig gestillten Blutung an der Lippe, einem geladenen Gewehr auf dem Rücken und einer blauen Armbinde, die ihn als Zeitfreiwilligen auswies. Er schaute strikt geradeaus, wie es ihm aufgetragen war, und beobachtete aus den Augenwinkeln geballte Fäuste und hassverzerrte Gesichter von Menschen, die, wie er, Demokratie und Rechtstaatlichkeit wollten. Er hätte schon längst nicht mehr hier sein sollen. Er hätte sich der Polizei stellen sollen. Es war ein lächerliches Unterfangen, eine aussichtslose und naive Hoffnung gewesen, sich auf diese Weise seiner Strafe entziehen zu können. Er hätte sich schon längst stellen sollen, gestehen sollen, auf ein Verfahrenshindernis oder Zuerkennung mildernder Umstände hoffen sollen. Er hätte die Tat als Unfall oder Kurzschlusshandlung, eine ausweglose Konfliktsituation schildern sollen und hoffen, dass man ihm glauben würde. Er hätte sich erst gar nicht zu den Zeitfreiwilligen melden oder sofort wieder den Dienst quittieren sollen, so wie es unzählige andere Freiwillige gemacht hatten. Er hatte zu lange gezögert, er hatte den Zeitpunkt verpasst, wie er den Zeitpunkt verpasst hatte, Mahjub anzuzeigen, er war ein Zauderer. Jetzt musste er hierbleiben, ein paar Tage nur, bis sich die Situation wieder entspannt haben würde.

Aus der Ferne, ziemlich genau von dort, wo Valentin hinschaute, kam ein Mann in einem schwarzen Wollmantel, mit Glatze und einem breiten Schnauzbart auf die Station zu, während er in alle Richtungen mit einem weißen Taschentuch wedelte. Sofort erkannte Valentin den Professor und wünschte sich umso mehr, nicht hier zu sein. Als Gustav Radbruch sich näherte, diskutierte er mit irgendwelchen Umstehenden und rief dem rothaarigen Studenten etwas zu. Dann ging er weiter in Richtung Haupteingang. Valentin verharrte ohne Regung, vielleicht würde der Professor achtlos vorbeigehen, wenn er sich unauffällig verhielt. Doch Radbruch blieb vor ihm stehen, schaute ihn an, stumm, unerträglich lange. Valentin spürte seine Enttäuschung.

»Darf ich es Ihnen nachher erklären?«, fragte er.

Radbruch nickte und ging wortlos ins Gebäude. Valentin konnte ihn nicht anlügen, aber er konnte ihm auch nicht die Wahrheit sagen. Der Professor war ein Meister in Sachen Recht, das sowieso, aber auch ein Meister in Sachen Gerechtigkeit. Wenn er ihm alles wahrheitsgetreu erzählen würde, was würde der Professor tun? Prävention als Zweck der Strafe und Schuld als ihre Voraussetzung? Und der kategorische Imperativ als Handlungsmaxime? Er würde ihm jedenfalls nicht raten, die Tat zu gestehen und alle Schuld auf sich zu nehmen. Valentin müsste ihn anlügen, doch dann wäre er in den Augen des Professors ein Schurke.

Nach einiger Zeit traten der Professor und Kapitänleutnant Middendorf vor die Tür. Sie blieben auf dem

Podest stehen, schräg hinter Valentin, er spürte Radbruchs bohrenden Blick. Der Professor hob die Arme, als wollte er die Menge segnen, es wurde leiser.

»Bürgerinnen und Bürger, Arbeiterinnen und Arbeiter«, sagte er, obwohl in den vordersten Reihen kaum Frauen zu finden waren. »Der Putsch ist niedergeschlagen, die Schuldigen werden ihrer gerechten Strafe zugeführt. Die Marine steht treu zur Verfassung und zur verfassungsmäßigen Regierung. Admiral von Levetzow ist und bleibt von dem Posten als Chef der Marinestation Ostsee abberufen. Admiral Ewers ist und bleibt der neue Stationschef und arbeitet vertrauensvoll mit den Gremien der Stadt zusammen. Ihr habt euren Kampf siegreich beendet. Ihr könnt jetzt beruhigt nach Hause gehen.«

Unruhiges Gemurmel war zu hören. Es schien, dass die Leute dem Professor nicht glaubten. Der rothaarige Student stand jetzt in der ersten Reihe und bekundete es als Erster: »Lüge!« Zaghaft, dann anschwellend skandierte schließlich die Menge »Lüge!« und »Verräter!« und »Tod den Verbrechern!«

Radbruch und nach ihm Middendorf versuchten, noch etwas zu sagen, doch ihre Worte gingen im Lärm von tausend aufgebrachten Kehlen unter. Sie drehten sich kopfschüttelnd um und gingen wieder hinein.

Arbeiter- und Bürgerwut vereinten sich zu tobender Volkswut. Eine Frau trat zwei Schritte vor und spuckte dem Wachposten, der neben Valentin stand, ins Gesicht. Alle vier Wachen rissen sich die Gewehre von den Schultern. Die Seitengewehre hingen an ihren Gürteln. Sie hatten sie nicht aufgepflanzt, um nicht zu provozieren. Jetzt bereuten sie es. Dann trat wieder eine Frau aus der Menge – war es dieselbe oder eine andere? – und machte einen Schritt auf Valentin zu, der versuchte, sie mit dem Gewehrkolben auf Abstand zu halten, bis ihm von der Seite jemand ins Gewehr griff.

Genau so hatte er sich das Gefühl vorgestellt. Zwar hatte er es im Krieg nicht bis an die Front gebracht, aber vorgestellt hatte er sich schon, wie es sein würde, im Schützengraben zu liegen, wenn Kugeln und Granatensplitter durch die Gegend flögen oder der Feind mit aufgepflanztem Bajonett auf ihn zustürmte, wie es sich anfühlen würde, wenn sich das Bajonett durch die Bauchdecke oder eine Kugel sich in die Brust bohrte. Und genau so war es auch. Ein schlagartiges Nachlassen der Kräfte und der Anspannung, zunächst keine Schmerzen, nur ein Ziehen in der Brust und ein warmer Blutstrom, der die Kleidung durchnässte. Und die allmählich erstarkende Überzeugung, dass das Schicksal sich entschieden habe.

*

Auf dem Weg vom Lyzeum zur Neuen Station stellten Rosenbaum und Gerlach fest, dass die Demarkationslinie sich aufgelöst hatte. Es war nicht angenehm, in diesen Tagen durch die Stadt zu laufen. Immer wieder wurde von irgendwo nach irgendwo geschossen, nicht so viel wie am Vortag, aber von Entwarnung mochte noch niemand sprechen. Man begegnete bewaffneten Trupps irgendeiner Couleur, die nervös befürchteten oder herbeisehnten, mit Trupps einer anderen Couleur zusammenzustoßen. Hinter jeder Straßenecke konnte sich Bedrohliches verbergen, jeder Passant, erst recht jede Menschengruppe wurde unwillkürlich bereits aus der Entfernung auf Gefährlichkeit taxiert.

Als die beiden Ermittler in die Adolfstraße einbogen, sahen sie vor der Neuen Station einen Menschenauflauf. Erregte Bürger und Arbeiter, entsetzte Gesichter, Mütter, die ihre Kinder wegführten. Eine eigenartige Stille herrschte, Hektik, Gemurmel, vereinzelte Rufe, aber dazwischen Stille. Rosenbaum kämpfte sich durch die Menge, die sich wenig aufrührerisch, eher schaulustig vor dem Haupteingang drängelte, dicht hinter ihm Gerlach. Nur widerwillig wurden sie vorbeigelassen. Sie mussten sich als Kriminalbeamte zu erkennen geben, anders kamen sie nicht voran. Im Zentrum der Aufregung standen Soldaten, die die Menschen auf Abstand hielten, dahinter Soldaten und Offiziere, die vor einem reglos auf dem Boden liegenden Soldaten knieten. Zwischen ihnen war Professor Radbruch. Rosenbaum ging auf ihn zu und wollte nach dem Grund der Aufregung fragen, da erkannte er den reglosen Soldaten.

»Rosenbaum«, sagte der Professor, als er den Kommissar sah, »gut, dass Sie da sind.«

»Was ist passiert?«

»Erschossen, im Handgemenge. Mehr weiß ich auch nicht.« Radbruch erhob sich langsam von den Knien, dann stand er da, gebeugt, kraftlos, elend. »Er war mein Doktorand.«

»Ja, ich kenne ihn.«

Ein Leutnant veranlasste, dass die Leiche ins Gebäude gebracht wurde. Der Professor und die beiden Ermittler folgten. Im Rot-Kreuz-Raum stellte ein Sanitäter offiziell den Tod fest. »Schuss durchs Herz, in weniger als einer Minute verblutet.«

Der Professor drückte Valentins Augen zu, die sich trotzig ein kleines Stück wieder öffneten, als wäre die Sache für ihn noch nicht erledigt.

»Das muss untersucht werden«, sagte Gerlach.

Rosenbaum nickte, war allerdings nicht zuständig. Valentin Mohr war während des verschärften Belagerungszustands als Zeitfreiwilliger im Dienst der Marine ums Leben gekommen. Das würde vom Militär selbst untersucht, damit hatte die Städtische Kriminalpolizei nichts zu tun. Fast im selben Moment betrat ein Soldat den Raum und richtete die Bitte von Kapitänleutnant Middendorf aus, die Herren von der Kriminalpolizei und der Professor mögen zu ihm in sein Arbeitszimmer kommen.

Das Zimmer des Bataillonskommandeurs lag zur Straße, und Middendorf stand am Fenster, als die drei eintraten. Er schaute mit Entsetzen und Ratlosigkeit auf die Entwicklungen, die sich bedrohlich unter ihm zusammenbrauten.

»Mir stehen keine weiteren Maßnahmen zur Deeskalation zur Verfügung«, sagte er und winkte seine
Besucher heran, sie sollten sich selbst ein Bild machen.

Die Menge schien an Aggressivität verloren zu haben,
noch steckte der Tod des Zeitfreiwilligen in ihren Knochen, doch bald würde das Ungeheuer ein neues Opfer
fordern. Ein bewaffneter Abzug des Bataillons war
ohne Blutvergießen kaum vorstellbar, und die Waffen abzugeben, ohne ein Massaker zu befürchten, war
hochgradig naiv. Also blieb nur, der Belagerung stand-
zuhalten und zu hoffen, dass es keinen Versuch der
Stürmung geben würde. Das Bataillon würde sich
behaupten können, aber es würde Tote geben.

»Alles, was ich tun kann, ist, Rechtstaatlichkeit zu
demonstrieren«, sagte Middendorf nach einer Weile.
»Wir müssen den Todesfall untersuchen, jetzt und hier.«

Niemand widersprach. Die Herren setzten sich um
den wuchtigen Schreibtisch des Kommandeurs.

»Wir haben Verdächtige und Zeugen, Soldaten und
Zivilisten«, sagte Middendorf. »Widersprüchliche Aussagen, wie es scheint. Ich muss jetzt entscheiden, ob
ich jemanden in Haft nehme.«

Es hörte sich an, als wollte er weitersprechen, als
wollte er sagen, dass es ihm recht wäre, keinen Zivilisten in Haft nehmen zu müssen, doch er sagte es nicht.

Kurz darauf betraten die beiden Kriminaler und der
Professor den Sitzungsraum der Station, den Raum,
den Rosenbaum seit dem Matrosenaufstand von vor
anderthalb Jahren in überaus schlechter Erinnerung

hatte, weil sich hier dramatische Szenen abgespielt hatten. Sie setzten sich an den großen Konferenztisch, Rosenbaum in der Mitte, Gerlach links und Radbruch rechts, wie die Richter bei einem Tribunal. Vor ihnen lagen zwei Gewehre. Zwei Mauser 98, ein Meter elf lang, vier Kilo schwer, eines davon mit fünf Patronen geladen, das andere mit vier, aus diesem Gewehr war die tödliche Kugel abgefeuert worden. Bei der Ausgabe der Gewehre war die Inventarnummer nicht vermerkt worden. Im Korridor vor dem Zimmer warteten ein Sergeant, ein Zeitfreiwilliger und zwei Zivilisten, sorgsam bewacht und voneinander abgeschirmt. Der Zeitfreiwillige war vor dem Zwischenfall mit einem der Gewehre ausgerüstet gewesen und hatte es im Handgemenge verloren.

»Tja, meine Herren, so schaut es aus«, sagte Rosenbaum. »Eines der Gewehre gehörte Valentin Mohr, das andere dem Soldaten, der draußen sitzt.«

Sie riefen ihn herein. Eduard Stocken, Medizinstudent und Korpsbruder mit einem auffälligen Schmiss an der linken Wange.

»Können Sie sagen, welches Ihr Gewehr ist?«, fragte Rosenbaum.

»Nein, die sehen alle gleich aus.«

»Mit Säbeln kennen Sie sich besser aus, was?«, sagte Gerlach.

Der Kommissar ignorierte den Einwurf seines Assistenten und zeigte auf das linke Gewehr. »Dieses hier hat eine Absplitterung am Schaft, sehen Sie?«

»Ja, aber darauf habe ich nicht geachtet. Die Gewehre wurden erst ausgegeben, als wir vor die Tür sollten. Ich habe mir das wirklich nicht genau angeschaut.«

»Aus diesem Gewehr wurde der tödliche Schuss abgegeben.«

»Ich glaube, meines hatte keine Absplitterung.«

»Das war jetzt dreißig Sekunden zu spät, um glaubhaft zu sein«, fuhr Gerlach den Freiwilligen an.

Rosenbaum schaute verärgert zur Seite, er schätzte es nicht, bei einer Zeugenbefragung unterbrochen zu werden. Er hatte es Gerlach bereits oft gesagt, er hatte es allen seinen Assistenten immer wieder gesagt, aber niemand scherte sich wirklich darum.

»Wollen Sie uns damit sagen, dass Ihr Kamerad sich mit seinem Gewehr selbst erschossen hat?«, setzte Gerlach nach.

Bevor der Zeuge antworten konnte, zog Rosenbaum das Wort wieder an sich. »Dann erzählen Sie mal, was geschehen ist.«

»Wir standen vor dem Eingang und wurden vom Pöbel bedrängt. Plötzlich kam eine Frau auf mich zu, ich hatte sie vorher überhaupt nicht wahrgenommen. Sie machte ein paar Schritte auf mich zu und spuckte mir ins Gesicht. Ich habe sie sofort zurückgestoßen, mit dem Gewehr – dem Kolben, nur mit dem Kolben. Dann stürmten andere auf mich zu, drei, vier Männer. Sie brüllten irgendwas und schlugen mit Fäusten auf mich ein. Schließlich griffen sie nach dem Gewehr und haben es mir entrissen. Unmittelbar danach hörte ich einen Schuss und der Kamerad neben mir sackte zu Boden. Mehr weiß ich nicht.«

»Haben Sie nicht gesehen, wie es zu diesem Schuss gekommen ist?«

»Nein. Ich hatte genug damit zu tun, mich selbst zu wehren.«

»Kann es sein, dass sich bei dem Handgemenge aus Ihrem Gewehr ein Schuss gelöst hat?«, fragte Radbruch, der sich bislang höflich zurückgehalten hatte.

»Ich weiß es nicht. Ich glaube nicht. Der Schuss löste sich erst, als ich das Gewehr nicht mehr in der Hand hielt.«

Sie hatten keine Fragen mehr an den Zeitfreiwilligen, er durfte gehen, natürlich nur in vorläufigen Gewahrsam.

Der Sergeant wurde hereingerufen. Als er das Zimmer betrat, mit kurzem, krausem schwarzem Haar und nahezu schwarzer Haut, schauten die beiden Ermittler sich an, über alle Maße verblüfft und einen kleinen Moment später in komplizierteste Spekulationen versunken. Sie versuchten, sich nichts anmerken zu lassen, doch die geistige Anstrengung qualmte aus ihren Blicken. Sekunden nachdenklicher Stille verstrichen, bis der Professor die Befragung einleitete.

»Haben wir uns nicht schon einmal gesehen? Neulich, auf der Werft?«

»Jawohl, Herr Professor. Wer mich zum ersten Mal sieht, vergisst es nicht so schnell.«

»Ihr Name ist Mahjub bin Hashim?«

»Ja, das heißt ›Sohn von Hashim‹. Mein Vater war Hashim ibn 'Abd Manaf, nach dem Urgroßvater des Propheten Mohammed. Ich selbst bin aber Christ.«

»Ja. Interessant.« Radbruch räusperte sich. »Dann erzählen Sie uns doch einmal, was passiert ist. Gehörten Sie zu den vier Posten vor der Tür?«

»Nein, nicht direkt. Ich wurde hinausgeschickt, um die Posten zu verstärken, weil die Menge immer unruhiger wurde.«

»Und dann?«

»Ich hatte gerade die Tür geöffnet und wollte hinausgehen, hinter mir drei weitere Männer, da sah ich, dass die Posten in ein Handgemenge verwickelt waren. Aufständische entrissen ihnen die Gewehre. Ich habe dann laut Alarm gerufen und wollte den Posten zur Hilfe eilen, da fiel plötzlich ein Schuss: Ein Aufständischer feuerte auf den Freiwilligen Mohr. Ich bin sofort auf ihn zugestürmt und konnte ihn überwältigen. Mit vier Mann haben wir ihn festgenommen.«

»Wo hatte der Aufständische denn die Waffe her?«

»Es war das Gewehr des Freiwilligen Mohr. Der Aufständische hatte es ihm unmittelbar zuvor weggenommen.«

»Würden Sie sagen, dass es Absicht war, oder löste sich der Schuss versehentlich bei dem Gerangel?«

»Der Mann hielt das Gewehr bereits fest in den Händen und zielte auf den Freiwilligen.«

»Da sind Sie sich sicher?«

»Ich habe es gesehen.«

»Wo ist dieser Aufständische jetzt?«

»Er wartet nebenan, gut bewacht. Seinen Namen hat er mit Frieder Butt angegeben.«

Das war die schlechteste aller denkbaren Alternativen. Der aufgebrachten Menge einen von ihnen als Mörder zu präsentieren, würde die Eskalation nur noch weiter vorantreiben. Rosenbaum fragte sich, ob es klug gewesen war, dermaßen eilig mit den Untersuchungen begonnen zu haben.

Dann hörten sie sich Frieder Butt an, einen knurrigen Seemann, dessen von Sturm und Salzwasser gegerbte Haut ihn viel älter wirken ließ, als er war.

»De Neger hett em doodscheten. Ick weer dat nich.«

»Den Sergeanten Hashim meinen Sie?« Rosenbaum hatte Schwierigkeiten, den Mann zu verstehen. In das holsteinische Plattdeutsch hatte er sich mit den Jahren allmählich hineingehört, doch Butt hatte entweder einen Sprachfehler oder er kam von woanders her.

»Keene Ahnung, wie de heet. De Neger even. Ick weer dat tominnst nich.«

»Aber aus dem Gewehr des Sergeanten fehlt keine Kugel. Nur aus einem der Gewehre, die den Zeitfreiwilligen entrissen wurden, fehlt eine.«

»He hett dat tuusket. De sünd all over mi herfallen un daarbi hett he mi dat Gewehr ut de Hand wegrieten un mi siens toschoven.«

Das musste Rosenbaum sich von Gerlach übersetzen lassen. Er erfuhr, dass der Sergeant, nach Butts Aussage, die Gewehre miteinander vertauscht haben sollte.

Die Kugel war nicht gefunden worden, es war auch nicht nach ihr gesucht worden, und es wäre ein aussichtsloses Unterfangen, das nachholen zu wollen, vor der Tür tobte noch immer des Volkes Zorn. Am Körper des Toten gab es ein Einschussloch und eine Austrittsöffnung, ein glatter Durchschuss. Doch von den Anwesenden konnte niemand beurteilen, von wo die Kugel gekommen sein musste.

»Aber wenn der Sergeant hinter dem Freiwilligen stand und Sie vor dem Freiwilligen und der Schuss glatt durch dessen Körper ging, müssten Sie dann nicht auch getroffen worden sein?«, fragte Radbruch.

Gerlach übersetzte die Antwort: »Er sagt, das müsse dann auch umgekehrt gelten, wenn er den Freiwilligen erschossen hätte.«

Ja, wahrscheinlich musste es das. Aussage stand gegen Aussage.

Einen Trumpf hatten sie noch, und den wollten sie sich jetzt anhören: Ludwig Faber, der rothaarige Student. Vielleicht nicht wirklich ein Trumpf. Er kam herein, lächelte, war freundlich und kein bisschen trotzig. Rosenbaum hatte etwas anderes erwartet. Doch der Kommissar blieb skeptisch, dieses demonstrativ kooperative Gebaren beeindruckte ihn nicht.

»Sie haben sich freiwillig als Zeuge gemeldet?«, fragte er.

»Ich denke, es ist meine staatsbürgerliche Pflicht, eine Aussage zu machen, wenn ich etwas Bedeutsames beobachtet habe.«

»Aufruhr gehört allerdings nicht zu Ihren staatsbürgerlichen Pflichten.«

»Ich habe mich an den Demonstrationen nicht beteiligt. Im Gegenteil, ich habe versucht, beruhigend auf die Leute einzuwirken.«

»So, haben Sie das?«, sagten Rosenbaum und Radbruch fast wie aus einem Mund.

»Natürlich, nur deshalb war ich vor Ort.«

Der Kommissar war angewidert, er musste schlucken, bevor er eine Frage stellen konnte.

»Was haben Sie denn beobachtet?«

»Ich sah, dass die Soldaten, die vor dem Eingang Wache schoben, von den Menschen bedrängt wurden. Ich rannte hin und wollte versuchen, die Leute zu beruhigen, doch plötzlich schlug einer der Soldaten panisch mit seinem Gewehr auf die Menschen ein. Da waren Frauen darunter und Kinder, ein kleiner Junge wurde von dem Gewehrkolben am Kopf getroffen. Das machte die Menschen noch wütender und sie bedrängten ihn umso mehr, bis er völlig durchdrehte und auf seinen Kameraden schoss.«

»Frauen und Kinder?«, sagte Gerlach. »Ich habe keine Frauen und Kinder gesehen.«

Rosenbaum war sich da nicht so sicher. »Und dann?«

»Dann sind etliche Soldaten aus dem Haus gestürmt und über den Kumpel hergefallen, der vor dem angeschossenen Soldaten stand, und haben ihn verhaftet.«

»Warum sollten die das gemacht haben, wenn dieser Kumpel gar nichts getan hat?«, wollte Rosenbaum wissen.

Weil es Verbrecher sind! Das wäre die Antwort, die zu diesem Kerl gepasst hätte und die er vielleicht auch dachte, die er aber nicht sagte. »Weil er halt vor ihm stand und ein Gewehr in der Hand hielt. Und weil sie sich nicht vorstellen konnten, dass ein Soldat auf seinen eigenen Kameraden schießt.«

»Aber der Schuss muss von vorn gekommen sein oder von hinten, jedoch nicht von der Seite.«

»Der Mann war doch vollkommen panisch. Sein Kamerad ist auf ihn zugegangen, um ihn zu beruhigen. Das war wohl auch der Grund, weshalb er auf ihn schoss.«

»Sie wollen uns hier also weismachen, dass ein Soldat, dem gerade von einer aufgebrachten Menge das Gewehr entrissen worden war, nichts Besseres im Sinn hatte, als seinen Kameraden zu beruhigen?«

»Aber er hatte sein Gewehr doch noch, er starb mit dem Gewehr in der Hand. Als er zu Boden sank, nahm der Kumpel, der vor ihm stand, das Gewehr an sich. Wahrscheinlich wollte er damit die Menschen vor dem panischen Soldaten schützen.«

Der einzige Zeuge, der nachgewiesenermaßen Dreck am Stecken hatte, der am schlechtesten beleumundete, der ein Aufrührer, Polizeispitzel, Handlanger, Intrigant und überführter Lügner war, ausgerechnet dieser Mensch war der einzige Beteiligte, der nicht beschuldigt wurde.

Sie sagten dem Zeugen, er müsse noch dableiben, bis eine Stenotypistin kommen würde, die seine Aussage zu Papier brachte. Dann ließen sie ihn in ein Wartezimmer führen. Sie waren sich einig, dass es sehr lange dauern sollte, bis die Stenotypistin käme, so lange, bis ihnen etwas anderes eingefallen war, diesen Mann davon abzuhalten, die Stimmung vor dem Gebäude erneut anzuheizen.

Sie saßen zusammen, ließen sich eine Tasse Tee und zwei Tassen Kaffee bringen, die Ermittler rauchten Zigaretten, der Professor steckte den Schaft seiner zerbrochenen Pfeife in den Mund, sie waren ratlos. Die Situation, dass Zeugenaussagen einander widersprachen, kannten sie zur Genüge. Wenn Zeugen ihre erfundenen Aussagen aufeinander abstimmten und, wie meist, in Details oder bei Nachfragen voneinander abwichen, war es für Rosenbaum eine Freude, sie zu entlarven. Oder wenn Zeugen trotz bester Absicht unterschiedliche Wahrnehmungen schilderten, konnte man sich die Abweichungen meist mit den verschiedenen Perspektiven der Zeugen erklären. Doch diese Radikalität war ungewöhnlich, dass drei von vier Zeugen die Unwahrheit sagten, dass keine zwei Aussagen in den entscheidenden Punkten übereinstimmten und dass keine Aussage plausibler erschien als die anderen.

»Aber es gibt eine Verbindung zwischen Faber und Valentin Mohr«, sagte Gerlach. »Und das ist der Mordfall Lettow-Vorbeck.«

Die Kriminalbeamten klärten den von den Einzelheiten der Ermittlungen völlig ahnungslosen Professor auf.

»Er hat im Auftrag von General Lettow-Vorbeck mit einer falschen Aussage die Ermittlungen behindert?«, fragte Radbruch erstaunt nach und atmete durch seine Pfeifenreste.

»Ja«, antwortete Rosenbaum. »Und wie es ausschaut, hat er damit den Verdacht von Mohr ablenken wollen.«

»Aber dann müsste Valentin ja der Mörder von diesem Fräulein Katharina gewesen sein.« Der Professor kratzte sich nachdenklich an der Schläfe.

»Und Faber muss es gewusst haben«, ergänzte Gerlach. »So wird ein Schuh daraus.«

»Aber Valentin kann nicht der Mörder gewesen sein.« Radbruch zog seinen Taschenkalender aus der Jacketttasche. »Letzte Woche Donnerstag, sagten Sie? Am Nachmittag?«

»Zwischen fünf und halb sieben.«

»Ja natürlich, ich erinnere mich genau. Da war er bei mir. Um halb fünf kam er und blieb bis kurz vor sieben. Wir haben über seine naturrechtlichen Verirrungen gesprochen.«

Der Professor war sich sicher, er könne sich weder im Datum noch in der Uhrzeit vertan haben, er erinnere sich an alle Einzelheiten ihres Gesprächs. Rosenbaum fragte dreimal nach, Radbruch bestätigte jeweils und fügte jedes Mal ein paar weitere Begründungen für Rechtspositivismus hinzu. Hätte der Kommissar es ein viertes Mal gewagt, wäre er einem ausführlichen rechtsphilosophischen Vortrag nicht mehr entkommen.

»Wir können den Fall jetzt nicht lösen«, sagte Radbruch schließlich und schien darüber nicht unglücklich zu sein. Er stand auf, ging zum Fenster und schaute hinunter, die beiden Kriminalbeamten stellten sich neben ihn.

Auf der Straße waren die erschrockenen Minuten vorbei. Die Menge war wieder lauter geworden und wütender, mehr als vor dem Zwischenfall. Die Posten vor dem Eingangsportal waren abgezogen worden, das Volk herangerückt, zum Sturm bereit.

»Es tut mir leid, meine Herren«, sagte der Professor. »Ich muss mich jetzt der drohenden Katastrophe widmen. Ich muss mit den Leuten verhandeln. Sie sollen das Bataillon abziehen lassen, dann können sie die Station haben. Einen anderen Ausweg sehe ich nicht. Gott stehe uns bei.«

Dann ging er hinaus.

Jetzt hatten die Ermittler zwei Mordfälle und kaum etwas in der Hand. Nur eine weitere Verbindung. Sie waren ihr noch nicht nachgegangen, der Verbindung zwischen Valentin und dem Sergeanten: die negroide Leibesfrucht.

Hashim saß auf der Pritsche, als Rosenbaum die Arrestzelle betrat, die Ellenbogen auf den Knien, die Hände gefaltet, der Blick in der Ferne, nicht empört oder dreist, eher nachdenklich, konzentriert, als leite er gerade das

Finale einer Schachpartie ein. Fast schien es, als habe er mit dem Besuch des Kommissars gerechnet.

»Ich möchte telefonieren«, sagte er.

»Das entscheidet Kapitänleutnant Middendorf.«

»Ein Anruf steht mir zu.«

Einem Beschuldigten stand unter normalen Umständen zu, Kontakt zu einem Verteidiger aufzunehmen, mehr nicht. Aber von normalen Umständen waren sie derzeit weit entfernt. Es herrschte immer noch Belagerungszustand.

»Mit wem denn?«, fragte Rosenbaum.

»Nach Schwerin.«

»Mit Generalmajor von Lettow-Vorbeck?«

Der Sergeant schaute auf, er schien zu bemerken, dass sein letzter Schachzug ungeschickt gewesen war.

»Sie kennen Generalmajor von Lettow-Vorbeck?«

Keine Antwort.

»Sie waren Askari, nicht wahr? Sie kennen den General.«

»Na und?«

»Sie kannten auch seine Tochter. Katharina von Lettow-Vorbeck, nicht wahr?« Der Kommissar ließ dem Sergeanten kaum Zeit für eine Antwort. »Wir wissen, dass Sie nach dem Krieg der persönliche Bursche des Generalmajors waren. Also haben Sie auch seine Tochter kennengelernt.«

Der Sergeant presste das Blut aus den Fingerspitzen seiner gefalteten Hände.

»Sie ist tot. Katharina von Lettow-Vorbeck ist *tot*.«

Rosenbaum betonte das letzte Wort und zog es in die Länge, leise, quälend, als stieße er eine lange, dünne Nadel durch das Ohr des Sergeanten und rührte damit in seinem Gehirn umher.

Keine Antwort, kein Blut in den Fingerspitzen.

»Ersäuft. Wie eine Katze.«

Jetzt zog Hashim die Hände auseinander und ballte sie zu Fäusten. »Hören Sie auf!«

»Ich suche den Mörder von Katharina.«

»Ich habe sie nicht umgebracht. Ich habe sie geliebt. Wir bekamen ein Kind.«

»Ja, ich weiß. Katharina war schwanger. Von Ihnen. Sie würde ein Mischlingskind bekommen, einen Bastard.« Noch eine Pause, nicht lang genug, um zu erwidern, aber ausreichend, um das letzte Wort schmerzend widerhallen zu lassen. »Wusste der Generalmajor davon? Nein, natürlich nicht. Er durfte es niemals erfahren. Katharina wollte das Kind wegmachen lassen, aber Sie wollten das nicht.«

»Unsinn!« Jetzt hielt es den Sergeanten nicht mehr auf seiner Pritsche. Er sprang auf und lief ein paar nervöse Schritte durch die Zelle.

Rosenbaum spürte, dass er den Angelpunkt für seinen Fall gefunden hatte. Jetzt musste er ihn zum Archimedischen Punkt machen. »Für Katharina war es gesellschaftlich nicht tragbar, ein Kind zu bekommen, dem man sofort an der Hautfarbe ansehen würde, dass es einer standeswidrigen Beziehung entstammte. Aber Sie sind Christ. Nicht wahr, das sagten Sie doch? Ein strenggläubiger Christ? Dann kam für Sie eine Abtreibung nicht infrage.«

Hashim lief weiter hin und her, blieb kurz stehen, wollte etwas sagen, verwarf es wieder.

»Was aber noch viel schlimmer ist: Es ging gegen Ihre Ehre, wenn Ihr Kind wegen seiner Hautfarbe abgetrieben wird, denn Sie wollen genauso weiß sein wie die Weißen.«

»Hören Sie auf!«

»Sie trafen sich am Kleinen Kiel, um darüber zu reden. Doch Katharina gab nicht nach. Sie drohte, die Abtreibung auch ohne Ihr Einverständnis durchzuführen. Es entstand ein Streit, Sie wussten sich nicht mehr zu helfen und haben sie schließlich im Affekt ins Wasser gestoßen.«

»Nein, ich habe sie nicht umgebracht!« Hashims Ausruf war ein erbärmlicher Schrei, getragen von Empörung, von Verzweiflung und Schmerz. Oder von der Furcht, kurz vor dem Schachmatt zu stehen. Wer wollte das beurteilen? Er atmete einige Male tief durch, beruhigte sich, vielleicht ein letzter Versuch, dem Matt zu entgehen. »Wir haben uns an dem Tag überhaupt nicht gesehen.«

»Wer könnte es sonst gewesen sein?«

»In der Zeitung stand, dass ihr Geld gestohlen wurde. Es war ein Überfall. Raubmord.«

»Glauben Sie das wirklich?«

»Warum nicht? Ich hatte jedenfalls Dienst, das können Sie überprüfen.«

»Vielleicht wollte sie mit dem Geld die Abtreibung bezahlen. Deshalb nahmen Sie es ihr weg. So würden Sie das Schlimmste vielleicht doch noch verhindern können. Sie sahen keine andere Möglichkeit, Sie entrissen ihr das Geld, sie wehrte sich, dann stürzte sie ins Wasser.«

»Das ist doch vollkommen irre! Man verhindert doch keine Abtreibung, indem man die Schwangere tötet.«

»Es war ein Unfall. Sie gerieten in Panik und liefen weg.« Rosenbaum beobachtete den Schwarzen, wie er verzweifelt und aufgewühlt auf- und abging.

»Vielleicht wurden Sie beobachtet? Von Faber, dem rothaarigen Studenten? Hat er Sie in der Hand?«

»Ich sage nichts mehr.«

Und tatsächlich sagte er nichts mehr. Ein paarmal ging er noch durch den Raum, dann setzte er sich wieder, stützte sich wieder auf seine Knie, schaute wieder in die Ferne, ein wenig entrückt. Rosenbaums Anwesenheit schien ihm gleichgültig zu werden, seine weiteren Fragen, sogar seine Provokationen schien er nicht mehr wahrzunehmen. Es war das Angebot zu einem Remis. Ein paar Minuten versuchte der Kommissar es weiter, provozierte, fragte, provozierte erneut, drohte, riet ins Blaue hinein, auf ein Remis wollte er sich nicht einigen. Schließlich verließ er wortlos die Zelle.

In der Zwischenzeit hatte Gerlach das Diensttagebuch des Bataillons eingesehen.

»Am Donnerstagnachmittag hatte Hashim Dienst, bis acht Uhr. Zwischen zwei und drei hatte er eine

Kurierfahrt, sonst war er immer hier«, sagte Gerlach, als Rosenbaum zu ihm in die Wachstube kam. »Ich habe zwei seiner Kameraden befragt. Sie sagten, dass sie die gesamte Zeit mit ihm im Mannschaftsraum saßen. Er sei nur ein paarmal weg gewesen, höchstens fünf Minuten aufs Klo oder in der Fernmeldezentrale oder bei einem Vorgesetzten.«

XI

Am nächsten Morgen saßen Rosenbaum und Gerlach halbwegs ratlos in der Blume beieinander, tranken Kaffee und pafften Zigaretten. Nicht nur, dass die Ermittlungen durch die Nachwehen des Putsches entscheidend gestört wurden, jetzt war auch der Hauptverdächtige verschwunden.

Am Vorabend war der Druck von der Straße immer weiter angewachsen. Zwar hatte sich allmählich herumgesprochen, dass die erneute Übernahme des Stationskommandos durch Konteradmiral von Levetzow eine Falschmeldung gewesen war, und von den meisten Bürgern wurde diese Nachricht auch geglaubt. Aber vereinzelt hörte man die Vermutung, dass das Dementi dieser Kommandoübernahme seinerseits eine gezielte Falschmeldung sei, was wiederum den Verdacht heraufbeschwor, dass diese Vermutung einer breit angelegten Desinformationskampagne entspringe. Die meisten Bürger beteiligten sich an diesem Pingpong von Verschwörungstheorien allerdings nicht. Dennoch konnte die Entwarnung auf eigentümliche Weise nicht das Potenzial entwickeln, die Gemüter wieder zu beruhigen. Im Gegenteil, immer mehr Menschen trieb es auf die Straße, und je mehr es wurden, desto empörter waren sie, sodass eine Erstürmung der Alten

Station und ein Blutvergießen kaum noch abwendbar erschienen. Auf eindringliches Anraten von Professor Radbruch ließ Kapitänleutnant Middendorf sein Bataillon doch noch entwaffnen, um das Schlimmste zu verhindern, es musste ihm unglaublich schwergefallen sein. Noch schwerer wogen die Demütigungen, die das Bataillon beim anschließenden Abzug erdulden musste. Über Kilometer hinweg wurden die Soldaten mit Tritten, Faustschlägen und Stockhieben traktiert, ihnen wurden übelste Beschimpfungen zugerufen, es war ein wahrer Spießrutenlauf. Aus der Menge wurde immer wieder verlangt, die Offiziere auszuliefern – sie hatten in weiser Voraussicht ihre Abzeichen von den Uniformen abgerissen –, und Gustav Radbruch hatte zusammen mit bewaffneten Ordnern der Arbeiterwehr alle Hände voll zu tun, die schlimmsten Misshandlungen zu verhindern. Als nun die Station vom Militär aufgegeben war, hatte das Volk als Erstes die Gefangenen befreit, so war es seit dem 14. Juli 1789 üblich.

Und seither war Hashim verschwunden.

Noch in der Nacht hatten sämtliche Truppen, soweit sie nicht gefangen gesetzt waren, die Stadt nach Norden verlassen. Allein die Marineführung harrte in der Neuen Station aus, weitgehend entmachtet und auf den Schutz der Polizei und der Arbeiterwehr angewiesen. Die städtischen Gremien versuchten, ihre Verwaltung zu einer routinierten Ordnung zurückzuführen. Vereinzelt fuhren wieder Züge, und mit viel Geduld konnten Ferngespräche geführt werden. Doch für Rosenbaum und Gerlach gab es nun keinen Grund mehr, nach Kassel zu telefonieren, weil Valentin Mohr nicht der Täter gewesen sein konnte, oder nach Schwerin zu telefonieren, weil die Identität des Askaris inzwischen bekannt war.

»Mir fällt nichts ein, außer den Sergeanten Mahjub bin Hashim zur Fahndung auszuschreiben und einen Haftbefehl gegen ihn zu beantragen«, sagte Gerlach.

Rosenbaum grunzte. Auf der Schiefertafel hatte er den Namen »Mohr« durchgestrichen und den Namen »Hashim« hinzugefügt und doppelt unterstrichen. Ihm fiel auch nichts anderes ein.

»Warum haben wir ›Mohr‹ durchgestrichen?«, fragte er und gab die Antwort gleich selbst: »Weil Professor Radbruch ihm ein Alibi gegeben hat. Warum aber streichen wir ›Hashim‹ nicht durch, obwohl auch er ein Alibi hat?«

Jetzt musste Gerlach antworten. »Weil wir dem Diensttagebuch und zwei Soldaten weniger Glauben schenken als dem Professor.«

»Oder weil Hashim ein Neger ist?«, sagte der Kommissar und kräuselte selbstkritisch die Stirn.

»Weil Valentin Mohr im Grunde nie wirklich verdächtig war. Wir hatten ihn doch nur auf der Rechnung, weil er sich mit dieser haarsträubenden Geschichte, die er uns erzählte, selbst verdächtig gemacht hat.«

»Ja, so war das. Wir haben ihm die Geschichte eigentlich nicht geglaubt.« Rosenbaum ging an die Tafel und malte ein Fragezeichen hinter das durchgestrichene »Mohr«. »Aber warum hat er sie uns aufgetischt?«

»Das wird er uns nicht mehr sagen können.«

»Dann sagen Sie es mir: Warum macht sich jemand ohne Not selbst verdächtig?«

»Da kann es viele Gründe geben …«

»Sagen Sie einen.«

»Tja …«

»Warum haben Faber und Schulz den Verdacht auf Ostermann gelenkt?«

»Um den Verdacht von Hashim abzuleiten?« Gerlach kniff die Augen zusammen, als versuchte er sich gerade an einer komplizierten Denksportaufgabe. »Faber und Schulz stecken unter einer Decke. Schulz bekommt seine Anweisungen von General Lettow-Vorbeck. Hashim bekommt seine Anweisungen möglicherweise auch von Lettow-Vorbeck. Dann stecken auch Faber und Hashim unter einer Decke. Also war Hashim entweder wirklich der Täter oder sie befürchteten, dass unsere Ermittlungen ihre Machenschaften bei dem Putsch behindern könnten.«

»Möglich«, sagte Rosenbaum. »Aber bleiben wir bei Valentin Mohr. Von wem könnte er den Verdacht abgeleitet haben wollen?«

»Von seiner Verlobten?«

In diesem Moment schoss den beiden Ermittlern der

gleiche Gedanke durch den Kopf, der Gedanke, der so offensichtlich auf der Hand lag, dass sie im nächsten Moment nicht verstehen konnten, ihn nicht schon gestern gedacht zu haben: Wenn Valentin Mohr zur Tatzeit bei Professor Radbruch war, dann fiel das Alibi von Mona Fährbach fort.

»Desdemona?« Fräulein Gosch-Fassbinder klopfte an Monas Zimmertür, leiser als sonst, auch ihre Stimme war sanfter als sonst. »Der Professor war gestern Abend noch hier und hat es ihr erzählt. Wir haben ihr angeboten, sie nach Hause zu bringen, zu den Eltern, aber sie wollte nicht«, sagte sie zu den beiden Kriminalbeamten, die hinter ihr standen. »Desdemona? Du hast Besuch.«

Die Hausdame drückte leise die Klinke und öffnete langsam die Tür, als wären forsche Bewegungen pietätlos. Mona saß auf ihrem Bett, ein wenig wie gestern Hashim auf der Pritsche, nur viel schlaffer, abwesender, verlorener.

»Desdemona? Die Herren von der Kriminalpolizei wollen mit dir sprechen.«

Rosenbaum und Gerlach betraten das Zimmer und blieben hinter der Tür stehen. Mona blieb abwesend.

»Mein Beileid«, sagte der Kommissar, und sein Assistent nickte kondolierend, während Fräulein Gosch-Fassbinder die Tür sanft hinter ihnen schloss.

Kurz schaute Mona hoch, nickte zaghaft zurück, dann war sie wieder woanders, in einer anderen Zeit, als Valentin noch gelebt hatte, oder an einem anderen Ort, an dem er jetzt lebte. Sosehr Rosenbaum sich anstrengte und sosehr ihm klar war, dass der Glaube an einen solchen Ort tröstlich sein konnte, ihm fehlte die Fantasie für diesen Glauben.

»Muss ich jetzt hassen?«, fragte Mona. »Wen?«

»Leider konnten wir bislang nicht feststellen, wer der Mörder Ihres Verlobten ist«, sagte Rosenbaum.

»Ich soll den Mörder hassen?«

In dieser Frage steckte mehr Weisheit, als der Kommissar einem achtzehnjährigen Fräulein zugetraut hätte. Er ließ sie unbeantwortet im Raum wirken. Eine Weile wurde geschwiegen, bis Gerlach behutsam die Stille brach.

»Wir müssen Ihnen ein paar Fragen stellen. Meinen Sie, dass Sie jetzt die Kraft dafür haben?«

Rosenbaum schaute seinen Assistenten an. Es war nicht klug, jemanden vor eine Wahl zu stellen, wenn man ihm die Wahl gar nicht überlassen wollte. Indes, Mona wählte nicht.

»Wir müssen mit Ihnen noch einmal über den Nachmittag des 11. März sprechen. Sie sagten uns, dass Sie bei Ihrem Verlobten waren. Wir wissen jetzt, dass das nicht der Wahrheit entspricht.«

Mona war wieder woanders.

»Warum haben Sie uns die Unwahrheit gesagt, Fräulein Fährbach?«, fragte Gerlach, und nach einer Weile: »Wo waren Sie?«

Rosenbaum setzte sich auf den einen Schreibtischstuhl, Gerlach auf den anderen. Sie ließen dem Fräulein Zeit, sich von dem Schrecken der Frage zu erholen, sich zu besinnen, dass Kooperation von Vorteil sei, sich zu einer Antwort durchzuringen. Dann fragten sie wieder nach und ließen ihr erneut Zeit. Doch es half nichts, sie blieb stumm, sie war woanders.

»Sie kommen jetzt bitte mit«, sagte Rosenbaum schließlich und stand auf. Mona gehorchte.

Eine Stunde später saß der Kommissar an seinem Schreibtisch in der Blume und wartete. Mona befand sich im Nebenzimmer, an sie war nicht ranzukommen. Nach mehreren vergeblichen Versuchen hatte er Hedi angerufen und sie gebeten, mit dem Fräulein zu sprechen. Er gab es nicht gern zu, denn eigentlich war er derjenige, der es verstand, Menschen zum Reden zu bringen, das schwache Glied in der Kette zu finden, die Sollbruchstelle zu knacken. Aber manchmal hatte Hedi mehr Erfolg als er.

Das Telefon klingelte, und das Fräulein vom Amt meldete den Anruf von Professor Schneider aus Schwerin.

»Erstaunlich, dass ich telefonisch wieder durchkomme«, ertönte eine fröhliche, ältere, etwas kauzige Männerstimme. »Der Generalstreik scheint vorbei zu sein.«

Professor Schneider? Aus Schwerin?

»Jedenfalls, ich verfasse gerade den schriftlichen Obduktionsbericht von diesem Fräulein Lettow-Vorbeck, und da lese ich in den Unterlagen, dass sie Medikamente eingenommen hatte.«

Professor Schneider aus Schwerin, natürlich: der Leiter der Gerichtsmedizin.

»Können Sie mir sagen, welche Medikamente es waren? Nur der Vollständigkeit halber.«

Rosenbaums Zimmertür sprang auf.

»Moment …«

Hedi schoss ins Zimmer, laut, polternd und, natürlich, ohne anzuklopfen. Rosenbaum winkte sie herein, bedeutete ihr, dass sie leise sein solle, und zeigte zugleich auf das Nebenzimmer, um anzudeuten, dass die Beschuldigte dort wartete. Das war ein Fehler, denn Hedi machte sofort kehrt, obwohl Rosenbaum sie instruieren wollte, bevor sie mit Mona sprach.

»Hallo?«

»Ja, Entschuldigung, Herr Professor. Da war gerade jemand in mein Büro geschneit.«

»Jaja, das kenne ich. Wenn das Vorzimmer nicht anständig besetzt ist …«

Fast hätte Rosenbaum entgegnet, dass es sich um seine Vorzimmerdame handelte, aber er verkniff sich diese Bemerkung.

»Die Medikamente von Fräulein Lettow-Vorbeck, meinen Sie?«

»Ja.«

»Das weiß ich leider nicht mehr aus der Erinnerung. Irgendein Kreislaufmittel, glaube ich. Ich müsste nachschauen.«

Wo war nur die Akte?

»Die Akte hat mein Assistent. Ich sage ihm, dass er Sie zurückrufen soll.«

»Das wäre nett. Und wenn er mir dann gleich noch den behandelnden Arzt nennen könnte?«

»Das ist Dr. Stapelhöhe in Kiel, Dahlmannstraße.« Diesen Namen hatte Rosenbaum nicht vergessen.

»Stapelhöhe? Max Stapelhöhe? Ein alter Studienfreund von mir. Guter Arzt und ein grandioser Spaßmacher. Eigentlich heißt er Maximilian.«

Rosenbaum ahnte, dass es ein Fehler gewesen war, den letzten Satz ausgesprochen zu haben.

»In den Semesterferien haben wir in einem Kolonialwarenlager gearbeitet. An den Wänden waren in zwei Meter fünfzig Höhe waagerechte Striche aufgemalt, und daneben stand geschrieben ›Max. Stapelhöhe‹. Seither nennt er sich Max. Ha, ha, ha.«

»Ja, also …«

»Ich rufe ihn einfach an und spreche selbst mit ihm. Das ist eine gute Gelegenheit, ihn daran zu erinnern, dass er mir noch eine Kiste Zigarren schuldet. Ihr Assistent braucht sich nicht zu bemühen. Vielen Dank, Herr Kommissar.«

»Gern geschehen. Auf Wiederhören.«

Rosenbaum vermied jetzt jedes Wort, das verzichtbar war, legte den Hörer auf die Gabel, pustete einmal durch und eilte dann ins Nebenzimmer.

*

Es gab Ärger. Wegen David. Zu wenig Milch, und das Jugendamt hatte davon erfahren. Seit über einer Woche wussten sie offenbar davon, doch während des Generalstreiks hatten sie sich nicht gekümmert. Jetzt schon. Hedi hatte geahnt, dass es nicht gut gehen würde. Sie hatte es von Anfang an geahnt, und seit vorhin, seit dem Besuch dieser Jungfer, dieser mindestens fünfzig Jahre alten, griesgrämigen Jungfer vom Amt, wusste sie, dass der Ärger groß werden würde. Dieses Mal konnte sie sie noch besänftigen, doch lange würde es nicht mehr gut gehen. Und dann hatte auch noch Rosenbaum angerufen und sie in die Blume beordert, als könnte er einfach so über sie bestimmen.

Sie stampfte die Haupttreppe hinauf in den zweiten Stock, wo Rosenbaums Büro lag, mit einer unbändigen, sie wusste nicht was – Wut? – auf ihn. Sie hatte alles stehen und liegen gelassen, weil er es so besonders eilig hatte, und als sie dann in sein Zimmer kam, fand er nicht die Zeit, sie zu begrüßen. Mit einer läppischen Handbewegung gab er ihr zu verstehen, dass sie nach nebenan gehen sollte. Also ging sie. Dort saß Mona Fährbach mit aufgequollenen Augen und starrte auf den Tisch, an dem sie saß.

Rosenbaum hatte am Telefon bereits gesagt, dass Valentin Mohr tot war. Er hatte Hedi auch insoweit instruiert, als nunmehr Mona Fährbach im Verdacht stand, Katharina getötet zu haben, und dass Mona sich in einer echten oder gespielten Schockstarre befand.

»Guten Tag, Fräulein Fährbach.«

»Sie können Mona zu mir sagen.«

»Es tut mir sehr leid, was passiert ist, Mona.«

Es tat ihr wirklich leid, unsagbar leid. Hedis Wut hatte sich gelegt, diese Wut, die sie seit Monaten ständig heimsuchte, sich mit Phasen großer Trauer abwechselte und allenfalls unterbrochen wurde, wenn Rosenbaum da war. Sie ging auf Mona zu, setzte sich ihr gegenüber und fasste ihre Hand. Mona schaute auf, blickte Hedi in die Augen und war anwesend.

»Ich verstehe Sie, Mona. Ich habe vor ein paar Monaten mein Kind verloren, ich verstehe Sie.«

Plötzlich kam Rosenbaum in den Raum gepoltert. Hedi winkte ihm zu, er solle nach nebenan gehen. Er holte Luft, öffnete den Mund, wollte etwas entgegnen. Sie zog streng die Augenbrauen zusammen und duldete kein Wort von ihm. Er ging. Ruhe kehrte wieder ein.

»Der Kommissar denkt, dass Sie Katharina getötet haben.«

»Und Sie? Denken Sie das auch?«

»Sie haben uns ein falsches Alibi genannt.«

»Ich dachte, ich bräuchte eines.«

»Wo waren Sie denn wirklich zur Tatzeit?«

»Ich weiß nicht. Irgendwo.«

»Das ist in der Tat kein gutes Alibi.«

»Was wird jetzt geschehen?«, fragte Mona.

Hedi war sich nicht darüber im Klaren, ob sie die Mordermittlungen oder Valentins Tod meinte. »Das weiß ich nicht.«

»Ich habe ihn geliebt, wir wollten heiraten. Jetzt ist er nicht mehr da.«

»Er hat Sie auch geliebt.«

»Ja?«

»Zweifeln Sie?«

»Ich weiß nicht.«

»Er hat versucht, den Mordverdacht auf sich zu lenken, um Sie zu schützen.«

»Er wollte mich schützen?«

»So sieht es jedenfalls aus. Ich denke, das hätte er nicht getan, wenn er Sie nicht geliebt hätte.« Hedi zögerte ein wenig. »Ich denke aber auch, er hätte es nicht getan, wenn er nicht überzeugt gewesen wäre, dass Sie den Mord begangen haben.«

Tränen fluteten Monas Augen.

»Er wird Sie zumindest gefragt haben, ob sein Verdacht zutrifft. Und was haben Sie geantwortet?«

»Er hat mich nicht gefragt.«

»Und wenn er gefragt hätte?«

»Ich war das nicht.«

»Er muss sich aber sicher gewesen sein. So sicher, dass er nicht einmal fragte.«

Noch immer hielten die beiden Frauen sich bei den Händen. Mona drückte fest zu. War sie sich erst jetzt bewusst geworden, in welcher Lage sie sich befand?

»Katharina und ich haben uns an dem Nachmittag gestritten.«

»Wegen des Kleides?«

»Ja. Wie konnte sie es nur so nachlässig behandeln?

Ich habe nicht so viel Geld wie sie. Ich kann mir nicht einfach im Vorbeigehen ein neues Kleid kaufen. Dann sagte sie, dass sie ein Verhältnis mit Valentin habe. Und dass das Kleid zerrissen sei, als sie miteinander Unzucht getrieben hätten. Und dass sie hätten heiraten wollen.«

»Aber das stimmte nicht?«

»Nein!« Mona zog empört ihre Hand zurück. Für möglich zu halten, dass Valentin sie wegen Katharina hätte verlassen können, schien für sie schwerer zu wiegen, als unter Mordverdacht zu stehen. »Ich weiß nicht, wahrscheinlich nicht. Sie hatte doch einen anderen. Sie wollte mich nur provozieren.«

»Also hatte sie doch einen Verlobten?«

»Ja. Ich weiß nicht. Einmal sagt sie so und im nächsten Moment das Gegenteil.«

»Sie sind sich also nicht sicher, ob Katharina und Valentin ein Verhältnis hatten?«

»Doch, sie hatten ein Verhältnis, irgendwie.«

»Und als sie Ihnen das Verhältnis gestanden hat, sahen Sie rot und stießen Katharina ins Wasser?«

»Nein! Wir waren doch gar nicht am Kleinen Kiel, wir waren in unserem Zimmer. Ich bin einfach weggelaufen. Ich war völlig fertig und bin weggelaufen.« Jetzt hielt es Mona nicht mehr auf dem Stuhl. Sie sprang auf und lief ein paar nervöse Schritte durch das Zimmer. »Sie sagte, ich könne ihren Verlobten haben. Er würde gleich vorbeikommen, um sie zu besuchen. Dann bin ich weggelaufen.«

»Sie sind nicht mit ihr an den Kleinen Kiel gegangen?«

»Nein. Wir haben uns nur gestritten, sonst nichts. Ich lief ziellos durch die Straßen. Ich wollte zuerst zu Valentin, aber er war nicht zu Hause. Ich dachte, vielleicht ist er beim Professor. Also bin ich dorthin. Vor der Tür stand sein Fahrrad. Aber ich habe nicht geklingelt, ich konnte nicht. Ich bin einfach weitergerannt. Ohne Ziel, einfach geradeaus. Irgendwann stand ich am Kanal, in der Wik. Ich dachte, entweder springe ich oder ich gehe nach Hause. Dann bin ich nach Hause gegangen.«

»Und dort sind Sie dem Kommissar und seinem Assistenten begegnet, die Ihnen mitteilten, dass Katharina tot war?«

»Ja.«

Hedi schaute Mona fest in die Augen, Mona schaute zurück, dann an die Decke, dann auf den Boden. Ihr Atem stockte, ihre Mimik krampfte. Hedi hatte gelernt, dass all dies Anhaltspunkte für eine Lüge seien. Doch sie wusste, es konnte alles bedeuten, Schmerz und Trauer, Wut oder Angst. Rosenbaum hatte ihr beigebracht, dass eine vorschnelle Interpretation im Grunde nur dem Wunsch nach Bestätigung des eigenen Vorurteils entsprang.

»Wieso haben Sie das alles nicht gleich gesagt?«

»Weil dann jeder denken würde, dass ich sie ins Wasser gestoßen hätte. Darum habe ich auch den Hundertmarkschein weggenommen. Damit es nach einem

Raubmord aussieht.« Mona brach in Tränen aus. »Und weil sie mir ein neues Kleid schuldete.«

»*Sie* haben das Geld genommen?«

»Der Kommissar bat mich, in Katharinas Handtasche nachzusehen, ob etwas fehlte. Ich sagte, der Geldschein würde fehlen. Das war ganz spontan. Ich hatte nicht darüber nachgedacht.«

»Und dann?«

»Ich wusste, dass der Schein nicht in der Tasche war, sondern in Katharinas Nachttisch. Also lief ich schnell hoch in unser Zimmer, um es an mich zu nehmen, bevor der Kommissar hinterherkommen konnte.«

Hedi schaute Mona vorwurfsvoll an.

»Ich habe es noch. Ich gebe es zurück.« Mona schluchzte. »Möglicherweise hat Valentin den Schein bei mir gesehen.«

Es klopfte an der Tür und Gerlach kam herein.

*

»Was heißt ›verschwunden‹?«

»Also … ›nicht mehr da‹.«

»Sie veralbern mich gerade.«

»Nein.«

»Sie ist weg?«

»Ja … verschwunden eben.«

»Wo ist sie hingegangen?«, fragte Rosenbaum, als sein Assistent in der Tür stand und die überraschende Nachricht mitteilte.

»Nach Hause. Es kam ein Anruf von Hedis Mutter, ich habe sie ans Telefon geholt und dann ist sie überstürzt nach Hause gelaufen.« Gerlach zuckte mit den Schultern. »Fräulein Fährbach sitzt noch immer im Verhörzimmer. Was soll ich mit ihr machen?«

»Hat sie denn nichts weiter gesagt?«

»Doch, natürlich. Aber ich weiß nicht, was. Hedi hat ja die ganze Zeit mit ihr ...«

»Ob Hedi nichts weiter gesagt hat.«

»Nichts.«

Ihr Verhalten war schon immer eigenwillig und schwer nachzuvollziehen. Seit Davids Geburt war es schlimmer, und Rosenbaum verstand kaum noch, wie sie aufgelegt war. Doch dass sie jetzt ohne jede Erklärung wegrannte, setzte allem die Krone auf. Der Kommissar wies seinen Assistenten an, Mona vorläufig in eine Gewahrsamszelle zu stecken, und machte sich mit dem Fahrrad auf den Weg zur Wohnung der Familie Kuhfuß.

»Guten Tag, Frau Kuhfuß. Ist Hedi da?«, fragte er, als ihm zögerlich die Wohnungstür geöffnet wurde.

Sie deutete wortlos auf Hedis Zimmertür und trat einen Schritt zurück. Rosenbaum ging an ihr vorbei, nicht ohne sie eines aufmunternden Blicks zu bedenken, klopfte an Hedis Tür, rief, dass er es sei, und fragte, ob er hereinkommen dürfe, klopfte noch einmal und noch einmal, doch sie reagierte nicht. Er drückte die Klinke, rüttelte an der Tür, sie war abgeschlossen.

»Was ist denn passiert?«, fragte er die Mutter.

»Da war jemand vom Jugendamt und hat David mitgenommen.«

»Was?« Damit hatte Rosenbaum am wenigsten gerechnet. »Wieso?«

»Ich weiß es nicht.« Frau Kuhfuß war den Tränen nahe. Nur die große Anspannung und ihr Ringen um Fassung schienen sie davon abzuhalten, kraftlos zusammenzusinken. »Ich konnte nichts dagegen tun. Da war ein kräftiger, großer Mann dabei, der hat mich einfach zur Seite geschoben.«

Rosenbaum tätschelte ihr beruhigend die Schulter und drehte sich wieder zu Hedis verschlossenem Zimmer.

»Wenn Sie nicht öffnen, trete ich die Tür ein«, rief er und zählte bis drei.

Als er damit fertig war und sich vergegenwärtigte, dass ihm jetzt, ob angemessen oder nicht, nichts anderes übrig blieb, als die Tür aufzubrechen, hörte er Hedi rufen: »Gehen Sie, Chef! Hauen Sie ab!«

»Das tue ich sicher nicht. Sie wissen, dass ich das nicht tun werde. Lassen Sie mich rein, Hedi.« Nach einer Weile fügte er hinzu: »Wenn Sie mich reinlassen, gehe ich nach fünf Minuten wieder. Wenn nicht, bleibe ich hier stehen, bis Sie aufs Klo müssen.«

»Oder bis Sie aufs Klo müssen. Und dann laufe ich schnell weg.«

»Ich war erst gerade.«

Rosenbaum schaute in das irritierte Gesicht von Frau Kuhfuß. Natürlich konnte sie die Wendung, die das Gespräch genommen hatte, nicht verstehen. Es war eine ganz eigentümliche Art, wie Hedi und Rosenbaum sich nach einem Streit, selbst nach einem schweren Streit, wieder annäherten. Auf diese Weise, die Außenstehende für grotesk halten mussten, kamen sie miteinander klar.

An der Tür klickte es, Rosenbaum betätigte die Klinke, ging hinein und schloss die Tür hinter sich. Hedi stand vor ihm, schaute ihn stumm an, schwer zu sagen, ob nur traurig oder auch vorwurfsvoll. Dann sank sie in seinen Arm und heulte, und fast heulte er mit.

Er fragte, was passiert sei.

»Sie haben uns David weggenommen.«

»Aber das geht nicht. Man kann einer Mutter nicht einfach das Kind wegnehmen.« Er überlegte kurz, dann wusste er, was zu tun war. »Ich rufe Spiegel an.« Er drehte sich um und wollte zum Flur hinaus, wo das Telefon stand.

»Nein, Chef, nein.« Hedi hielt ihn am Kragen fest. Das Verbot war trotz ihres Schniefens unmissverständlich. »Sie sagten, Sie bleiben fünf Minuten und dann gehen Sie.«

»Aber ich lasse das nicht zu. Er ist doch auch mein … David. Sozusagen.«

Ein Seufzen war die Reaktion, ein Ächzen fast, und ein verstohlener Blick, etwas, das Rosenbaum ahnen ließ, dass seine Perspektive vielleicht nicht der objektiven Sachlage entsprach.

»Was?«

Es folgte ein verschämtes Gurgeln, Laute, die Rosenbaum von David gut kannte, nicht von Hedi, und nun hatten sie eine bedrohliche Bedeutung.

»Was?«, fragte er noch einmal.

»Er ist nicht unser David.«

Rosenbaum verstand nichts. Hedi erklärte es.

Es war vor sieben Monaten gewesen, am 4. August 1919, und es war bereits eine Woche über der Zeit. Das sei bei Erstgeburten völlig normal, sagte die Hebamme. Dann kamen die Wehen mit Schmerzen, die aus der Hölle stammten. Die Mutter hatte Hedi von der Heftigkeit der Geburtsschmerzen erzählt, aber wirklich vorbereitet war sie darauf nicht. Sie riefen die Hebamme, und die fand, dass es keine normalen Schmerzen seien. Und nachdem sie Hedis Bauch abgehört hatte, fand sie, dass es keine normale Geburt sei. Hedi wurde mit großer Eile in die Gebäranstalt gebracht, dort wurde sie untersucht und noch einmal untersucht, alle sprachen über sie, aber niemand mit ihr. Sie erfuhr nur, dass sie jetzt betäubt werden müsse. Als sie erwachte, schmerzte eine Wunde am Bauch, und die Hebamme sagte, dass das Kind nicht mehr zu retten gewesen sei und dass Hedi Glück gehabt habe, selbst am Leben geblieben zu sein. Später sagte ihr der Arzt, dass sie wahrscheinlich wieder schwanger werden könne. Und Hedi dachte: von wem?

Sie musste eine Woche im Krankenhaus bleiben. Eine Woche müsse man sowieso meistens bleiben, sagte die Hebamme. Hedi begann zu heulen und konnte kaum damit aufhören, nur wenn sie schlief, heulte sie nicht. Sie wollte keinen Besuch, nicht von den Eltern, die nur jammern würden, auch nicht von Rosenbaum. Und erst recht nicht von Popp, er sollte es erst gar nicht erfahren. Niemand sollte es erfahren. Sie begann, sich zu ekeln. Vor der gelblich schleimigen Substanz, die aus ihren Brüsten quoll, vor der rötlich schleimigen Substanz, mit der sich das Tuch zwischen ihren Beinen vollsog, vor ihren Tränen, eigentlich vor sich selbst.

Am zweiten Tag fragte die Hebamme, ob sie ein Findelkind stillen wolle. Im Park hinter der Klinik sei eines aufgefunden worden, ein Junge, mit einem Zettel, darauf stand: »David, 4.8.19«. Eine Lohnamme stehe nicht so schnell zur Verfügung, nur kurz, nur ein paar Tage. Hedi wollte. Auch als die Hebamme sagte, dass sie dann keine Schmerzmittel mehr bekommen könne, wollte sie. Kurz darauf legte eine Schwester ihr zum ersten Mal David an die Brust. Sie heulte kaum noch und ekelte sich weniger. Am dritten Tag war aus der gelblich schleimigen Substanz eine milchige Flüssigkeit geworden. Am vierten Tag sagte die Hebamme, dass jetzt eine Lohnamme gefunden sei. Hedi fragte, ob sie nicht auch Lohnamme werden und David weiter stillen könne. Das ging eigentlich nicht, denn eine Lohnamme musste eine strenge Gesundheitsprüfung bestehen, bevor sie diese Tätigkeit gewerblich ausüben durfte, sonst könnte sie den Säugling mit schlimmen Krankheiten anstecken. Doch dieser Fall liege anders, befand der Klinikdirektor, man könne eine Ausnahme machen, außerdem konnte er die andere Amme nicht leiden. Das letzte Wort hatte allerdings das Jugendamt, und das bestand zunächst auf eine geprüfte Lohnamme, war aber zum Schluss doch mit Hedi einverstanden gewesen – der Direktor musste vergessen haben, dem Amt mitzuteilen, dass eine Lohnamme gefunden war.

Rosenbaum hatte sich während Hedis Schilderung auf einen Stuhl gesetzt. Er hatte das Bedürfnis gehabt, sich zu setzen, das dringende Bedürfnis, einem Impuls seiner Knie folgend, die nach Entlastung verlangt hatten. Jetzt war Hedi fertig, und Rosenbaum brachte zunächst nichts heraus und dann nur: »Eine Amme?«

Hedi war nicht Davids Mutter. Das war der Grund, weshalb Popp keine Alimente zahlte. Und Hedi hatte David nicht nach Rosenbaum benannt, sie hatte ihn überhaupt nicht benannt, sie war nur die Amme.

Sie nickte mit weit geöffneten, glasigen Augen voller Scham und Trauer, offensichtlich auf Vergebung hoffend und zugleich mit schwerer Strafe rechnend und wohl auch in dem Bewusstsein, sie verdient zu haben. Dann fielen sie sich gegenseitig in die Arme.

»Aber – warum?«, fragte Rosenbaum nach stummen, schluchzenden Minuten. »Warum haben Sie nichts gesagt?«

Wäre es nicht Hedi gewesen, die diese Geschichte erzählt hätte, sondern irgendeine Zeugin oder Beschuldigte, irgendeine Fremde, Rosenbaum hätte diese Frage nicht gestellt, weil ihm die Antwort klar gewesen wäre.

XII

Tage später musste Rosenbaum Mona Fährbach aus der Untersuchungshaft entlassen. Auch im Mordfall Valentin Mohr, der nach Aufhebung des verschärften Belagerungszustands endgültig in die Zuständigkeit der Kriminalpolizei gefallen war, kam er nicht voran. Es gab keine aussichtsreichen Ermittlungsansätze mehr, keinen Zeugen, der noch nicht vernommen war, keine zwei Aussagen, die sich deckten, keine weiteren Spuren. Gegen keinen der Verdächtigen reichten die Beweise aus, um sie auch nur in Untersuchungshaft zu nehmen, außer gegen Mahjub bin Hashim, und auch das nur, weil er flüchtig war.

Dann erhielt Rosenbaum die Nachricht, dass Sergeant Hashim wiederaufgetaucht sei. Er hatte sich in Schwerin bei seiner alten Dienststelle zurückgemeldet, und die Kieler Polizei hatte es erfahren. Doch einen preußischen Haftbefehl in Mecklenburg vollstrecken zu lassen, erwies sich als noch komplizierter, als mit der Bahn von Kiel nach Schwerin zu reisen.

»Sie fahren hin.«

»Nein, Chef.«

»Dann fahren wir beide.«

Rosenbaum wusste, dass Gerlach sich dem nicht widersetzen konnte. Außerdem schien es ihm eine letzte Gelegenheit zu sein, den Fall mithilfe – mit vermutlich unfreiwilliger Hilfe – des Generalmajors von Lettow-Vorbeck doch noch aufklären zu können. Die Ermittler entwarfen eine gewiefte Taktik, sie überlegten sich genau, was sie dem Generalmajor vorhalten wollten, was sie zu Hashim sagen wollten und was deren Reaktionen sein könnten. Sie entwickelten Pläne, verwarfen sie, griffen sie wieder auf und entwickelten neue. Sie qualmten, bis sie einander kaum noch sehen konnten, und tranken so viel Kaffee, dass sie in der Nacht nur schlecht in den Schlaf fanden.

Am nächsten Vormittag bestiegen sie den Zug, mussten nach Lübeck, dann nach Bad Kleinen. Rosenbaum wurde schlagartig klar, warum der Kaiser seinerzeit einen eigenen Zug gehabt hatte. Während der Fahrt gingen sie ihre Taktik noch einmal durch, ihre höchst komplizierte Taktik mit unzähligen Alternativen, jeweils abhängig von der Reaktion ihres Gegenübers, nahmen hier und da ein paar kleine Veränderungen vor und wussten doch, dass sich alles sehr bald anders entwickeln würde, als sie geplant hatten; es entwickelte sich immer anders, als man geplant hatte. Als sie damit fertig waren, beschlossen sie, sich zu entspannen. Rosenbaum schloss die Augen, wollte an nichts denken, dem Rattern des Zuges lauschen, dadamm-dadamm, an nichts denken, aber er dachte an Hedi und an David. Nach einiger Zeit begann Gerlach, ihn mit penetranten Fragen nach Hedi und David zu löchern, als hätte er geahnt, dass Rosenbaum an sie dachte. Und Gerlach fragte während der gesamten restlichen Zugfahrt und sogar im überfüllten Wartesaal in Bad Kleinen, wo alle Mitreisenden zuhören konnten und, den verstohlenen Blicken nach zu urteilen, es auch taten.

»Der Junge ist wirklich nicht ihr Kind?«, fragte er. »Und auch nicht Ihr Kind?«

Es ging ihn nichts an. Rosenbaum wollte darüber nicht reden. Er wiegelte ab und lenkte ab und schweifte ab, doch am Ende konnte er der Borniertheit seines Assistenten nicht entkommen.

»Das Jugendamt hat ihn einfach so abgeholt?«, fragte Gerlach nach. »Mir nichts, dir nichts, einfach so? Weil sie nicht genug Muttermilch hatte? Und jetzt ist er in einem Heim?«

Ja, so war das.

»Und das ist rechtens?«

Tja …

»Ist sie nicht zu einem Anwalt gegangen?«

Doch, Rosenbaum hatte sie zu Spiegel geschickt.

»Und was hat der gesagt?«

Er hatte ihr wenig Hoffnung gemacht.

Nach Sonnenuntergang in Schwerin angekommen suchten die beiden Kriminaler zunächst das Hotel auf, in dem Gerlach bei seiner letzten Reise bereits abgestiegen war, und buchten zwei Zimmer. Der Portier erkannte den Kriminalassistenten sofort wieder. Gerlach steckte ihm eine Mark zu und bedankte sich noch einmal für den Rat, den Zehn-Uhr-dreißig-Zug zu nehmen, sonst hätte er die letzten zwei Wochen womöglich in Schwerin verbringen müssen. Beim Abendbrot im Hotelrestaurant – es gab Graubrot mit Wurst und Käse, dazu Dunkelbier von Schall & Schwencke – berieten sie, ob sie sich für den kommenden Tag bei Lettow-Vorbeck anmelden sollten. Sie entschieden sich aber dagegen, um das Überraschungsmoment ausnutzen zu können. Mit Kaffee hielten sie sich heute zurück, lieber tranken sie ein zweites Bier. Und ein drittes.

Tatsächlich war man am nächsten Vormittag im Arsenal am Pfaffenteich hochgradig überrascht, als die Polizei aus Kiel vor dem Tor stand. Generalmajor von Lettow-Vorbeck ließ unverzüglich bitten, und als die Ermittler in sein Arbeitszimmer geführt wurden, stand er, der »Löwe von Afrika«, preußisch und stramm hinter seinem Schreibtisch, als hätte er den Reichspräsidenten erwartet. Er bot seinem Besuch Tee an, zuvorkommend, höflich – oder etwa schuldbewusst, beschwichtigend? –, Rosenbaum nahm an, Gerlach lehnte dankend ab. Dann erkundigte sich der Generalmajor nach dem Stand der Ermittlungen. Der Kommissar gab einen kurzen Abriss und sagte genau das, was sie sich vorgenommen hatten, kein Wort mehr und kein Wort weniger.

»Sie haben dieses Fräulein wieder auf freien Fuß gesetzt?«, empörte sich Lettow-Vorbeck.

Mit dieser Nachfrage hatten sie gerechnet. Es war der Beginn einer Schachpartie, und die Eröffnungsvarianten kannten sie auswendig.

»Aufgrund neuer gerichtsmedizinischer Erkenntnisse kann ausgeschlossen werden, dass Fräulein Fährbach den Tod Ihrer Tochter verursacht hat.«

»Was für neue Erkenntnisse? Ich habe den Obduktionsbericht vorliegen, da steht nichts von neuen Erkenntnissen.«

Rosenbaum hielt sich mit der Erläuterung der neuen Erkenntnisse bewusst zurück. »Es sind ja auch *neue* Erkenntnisse. Sie waren in dem ursprünglichen Bericht noch nicht berücksichtigt. Wir werden nachher den Ergänzungsbericht direkt von der hiesigen Gerichtsmedizin abholen.«

Das traf sogar zu. Am Vortag hatte Professor Schneider noch ein zweites Mal bei Rosenbaum angerufen und den Ergänzungsbericht angekündigt. Rosenbaum hatte erwidert, er könne den Bericht auch persönlich abholen, weil er ohnehin nach Schwerin reisen wolle.

»Wenn Sie die Leiche nicht nach Schwerin hätten transportieren lassen, wären wir mit unseren Ermittlungen viel schneller vorangekommen. Sie wollten verhindern, dass die Schwangerschaft Ihrer Tochter bekannt würde. Das hat uns viel Zeit gekostet.«

»Ich wollte nur, dass meine Tochter bei mir ist. Von der Schwangerschaft wusste ich nichts.«

»Aha, das wussten Sie also nicht?« Rosenbaum legte seinen Kopf in den Nacken.

»Nein, das wusste ich nicht.«

»Dass Sergeant Mahjub bin Hashim der Erzeuger war, wussten Sie dann also auch nicht?«

Für einen Moment verlor der General die Kontrolle über seine Gesichtszüge. Sekundenlang waren sie das Spiegelbild seiner Gedanken. Zuerst Überraschung, dann Entsetzen, ein wenig Ekel. »Natürlich nicht!«, sagte er, und vielleicht wusste er es wirklich nicht.

»Aber Sie haben Hashim nach Kiel geschickt und Ihre Tochter nach Kassel, und zwar kurz nachdem sie schwanger geworden war.«

»Ich wusste nichts von der Schwangerschaft!«

»Warum sonst haben Sie ihn nach Kiel geschickt? Um den Putsch vorzubereiten?«

»Mit dem Putsch habe ich nichts zu tun.«

Sie hatten in Betracht gezogen, dass Lettow-Vorbeck bestreiten würde, von alledem gewusst zu haben. Sie hatten ein solches Bestreiten für töricht gehalten, sie hätten ihn für schlauer gehalten, aber sie hatten es in Betracht gezogen, und sie hatten sich für diesen Fall etwas zurechtgelegt. Sollte sich an ihrer Taktik etwas ändern, wenn der Generalmajor vielleicht doch nichts von der Schwangerschaft gewusst hatte? Einen kurzen Moment zögerte Rosenbaum, dann verwarf er seine Bedenken.

»Gegenüber meinem Assistenten Gerlach haben Sie zugegeben, dass Sie am Putsch beteiligt waren.«

Wieder Überraschung, wieder Entsetzen.

»Das hat er falsch verstanden. Ich habe nur gesagt, dass ich gerüchteweise von Putschplänen gehört habe und über den Zeitpunkt verwundert war. Das ist alles. Ich hatte nur Gerüchte gehört, jeder hatte Gerüchte gehört.«

Jetzt schaltete sich auch Gerlach in das Gespräch ein. »Ich habe das anders in Erinnerung. Bislang habe ich meine Notizen nicht zur Akte genommen, aber wenn Sie wollen, kann ich einen Vermerk erstellen und Ihnen zusenden.« Er zog seinen Notizblock umständlich aus der Tasche und blätterte darin, ein paar Seiten vor, ein paar zurück, in aller Ruhe. »Ah, hier steht es: ›Das ist zu früh – wir sind noch nicht vorbereitet – ich habe den Befehl doch noch gar nicht gegeben.‹«

»Das habe ich nie gesagt!«

»Doch, haben Sie.«

»Mein Adjutant war dabei, er kann bezeugen, dass ich das nicht gesagt habe.«

»Sie haben es gesagt, als er wieder draußen war.«

»Als er wieder draußen war, haben wir darüber gar nicht mehr gesprochen.«

»Doch, hier steht es.«

Lettow-Vorbeck sprang von seinem Schreibtisch auf. »Kein Gericht würde mich wegen eines solchen Gedächtnisprotokolls verurteilen.«

»Wahrscheinlich nicht, aber es würden weitere Untersuchungen angestellt werden.«

Der Generalmajor saß in der Falle und er wusste es. Der große Generalmajor, eine Fliege am Klebestreifen. »Gehören solche Lügengeschichten zu den Methoden der neuen rechtsstaatlichen Polizei?«

Gehörten sie nicht, eigentlich. Noch in Kiel hatten Rosenbaum und Gerlach darüber gesprochen, und sie hatten es für falsch gehalten. Sie hatten Professor Radbruch um Rat gefragt, und der hatte abgeraten und ihnen auch gleich erklärt, warum: weil es dem kategorischen Imperativ widerspräche und weil es nicht von der Verfassung gedeckt wäre und – wäre der Professor nicht konsequenter Rechtspositivist – weil es unmoralisch und verwerflich wäre. Sie taten es trotzdem. Wenn sie später jemand danach fragen würde, würden sie es nicht zugeben.

»Sie haben die verfassungsmäßige Landesregierung von Mecklenburg-Schwerin abgesetzt, weil sie sich geweigert hatte, die Kapp-Regierung anzuerkennen«, sagte Rosenbaum. Er hatte es nicht nötig, aber ihn drängte die Hoffnung, Lettow-Vorbecks Unrecht könnte sein eigenes relativieren.

»Es wurde mir befohlen. Ich bin Soldat, ich muss Befehlen gehorchen.«

»Ach so. Ich dachte schon, Sie müssten der Verfassung gehorchen.« Mit ungewollt süffisanter Miene schaute Rosenbaum seinen Assistenten an.

»Die Lage war unübersichtlich. Die Aufrechterhaltung der öffentlichen Sicherheit erforderte sofortiges Handeln. Da war keine Zeit, umständlich zu prüfen, ob die Befehle in jeder Hinsicht der Verfassung entsprachen.«

»Ein Blick in die aktuellen Tageszeitungen hätte Abhilfe geschaffen.« Noch ein süffisanter Blick von Rosenbaum, wieder ungewollt, aber durchaus von ihm selbst bemerkt und ohne das Bemühen, den Spott vor Lettow-Vorbeck zu verbergen.

Jetzt hätte der Generalmajor einwenden können, dass die Tageszeitungen ab dem 15. März nicht mehr erschienen waren. Doch auch darauf hätte Rosenbaum eine Erwiderung gehabt. Er hätte ihm vorgehalten, dass er es selbst gewesen war, der das Erscheinen der örtlichen Zeitungen verboten hatte.

»Was wollen Sie, Rosenbaum? Wollen Sie mich zur Strecke bringen?«

»Ich will einen Mörder.« Tatsächlich sagte er »*einen* Mörder«, und das hatte Bedeutung, jedoch so unauffällig, dass Lettow-Vorbeck es kaum bemerkt haben konnte.

Der General setzte sich wieder. Er überlegte, nicht wie ein Mörder, der versuchte, sich aus der Falle zu winden, sondern wie ein Schachspieler, der über ein Bauernopfer nachdachte.

»Und wenn Sie Ihren Mörder bekommen?«, fragte er nach.

»Dann ist die Sache für mich erledigt«, antwortete Rosenbaum.

Der Generalmajor stand auf, spazierte bedächtig um seinen Schreibtisch herum, zupfte ein wenig an der Reichskriegsflagge, die in der Zimmerecke hing, ging zum Fenster und ließ seinen Blick über den Pfaffenteich schweifen. Aus seiner Jackentasche zog er zwei gekreuzte Knochen, offenbar eine Elfenbeinschnitzerei, hielt sie gegen das Licht und peilte einen Punkt am Horizont an. Möglicherweise war es kein Elfenbein, sondern menschliches Gebein, Rosenbaum hätte es ihm zugetraut. Dann ließ Lettow-Vorbeck seine Hand sinken. »Sie bekommen Ihren Mörder«, sagte er.

Die Vorbereitungen dauerten bis zum Nachmittag. Das örtliche Polizeipräsidium erklärte sich bereit, eine Stenotypistin zur Verfügung zu stellen. Weil der zuständige Polizeidirektor um die Sicherheit seiner Mitarbeiterin besorgt war, schickte er einen Wachtmeister gleich mit. Rosenbaum war es recht. Dem Wachtmeister offensichtlich nicht, er fragte sich sicher, was er gegen eine ganze Reichswehr-Brigade ausrichten sollte. Er inspizierte Lettow-Vorbecks Arbeitszimmer und prüfte das Nebenzimmer auf seine Eignung, sich darin zu verbarrikadieren – der Schreibtisch müsste im Notfall vor die Tür, die Regale vors Fenster gerückt werden können –, und bestand auf einen eigenen Telefonanschluss. In dieser Weise ausgerüstet befand er das Nebenzimmer für akzeptabel. Dann zogen sich die Ermittler mit der Stenotypistin und dem Wachtmeister in dieses Zimmer zurück und warteten. Die Tür ließen sie einen Spalt offen stehen, gerade so viel, dass es vom Arbeitszimmer aus nicht auffiel, aber zimmerlaut gesprochene Worte vernommen werden konnten. Immer wieder kontrollierte er die Funktionstüchtigkeit seiner Pistole. Die Stenotypistin hatte alle Mühe, ihn zu beruhigen. Als alles bereit war, ließ Lettow-Vorbeck den Sergeanten Hashim zu sich kommen.

Zeit verging. Die Stenotypistin saß am Schreibtisch und machte ein paar Fingerübungen, Bleistift und

Papierblock lagen vor ihr bereit. Der Wachtmeister trommelte nervös mit den Fingern auf das Fensterbrett. Gerlach bedeutete ihm, damit aufzuhören.

Dann ein Klopfen und direkt darauf ein »Herein«.

»Guten Tag, Herr General.«

Die Stenotypistin begann augenblicklich, mit ihrem Bleistift Haken, Linien und Kringel auf das Papier zu malen.

»Der Kommissar aus Kiel war gerade hier. Er sagt, dass du meine Tochter geschwängert hast.« Eine Pause entstand, nichts war zu hören, sekundenlang. »Ein Neger hat meine Tochter geschwängert.«

»Herr General … Ich wollte das nicht. Ich …«

»Als ich euch auf die Schliche kam, habe ich sie nach Kassel geschickt und dich nach Kiel. Aber da hattest du sie schon lange geschwängert. Und dann habt ihr euch weiter getroffen, hinter meinem Rücken.«

Ein dumpfer Schlag war zu hören, eine Faust, die auf den Tisch schlug, oder ein Buch, das zu Boden fiel.

»Ich wusste das nicht, Herr General. Sie folgte mir nach Kiel, ich wollte das nicht. Plötzlich stand sie da. Sie sagte, ihre Mutter habe ihr einen Platz am Oberlyzeum besorgt, damit sie bei mir sein könne. Hätte ich sie wegschicken sollen? Gegen den Willen der gnädigen Frau? Und dann sagte sie mir, dass sie schwanger sei. Ich wollte das nicht.«

»Du wolltest es nicht? Sie läuft einem Neger hinterher, und der will sie dann nicht? Meine Tochter hat sich einem Neger angebiedert?«

»Ich habe ihr gesagt, dass sie nach Kassel zurückfahren muss. Und dass sie zu Ihnen fahren und alles erzählen muss. Aber sie wollte nicht.«

Kurze Zeit war nur ein Schnaufen zu hören, dann wieder die halbwegs bebende und halbwegs gefasste Stimme des Generals: »Und dann?«

»Ich wusste nicht, was ich tun sollte. Ich versuchte, sie dazu zu bringen, sich Ihnen zu offenbaren, wirklich. Doch sie wollte einfach nicht. Wir trafen uns viele Male, und sie blieb dabei. Sie wollte mit mir ein neues Leben anfangen.«

»Ein neues Leben? Das alte war ihr nicht mehr gut genug?«

»Sie sagte, sie wolle mit mir dorthin, wo die Hautfarbe keine Rolle spielt. Wir wollten nach Afrika ziehen. Nach Ruanda, dem Land der tausend Hügel, meine Heimat. Wir haben gesagt, dass wir dort Ziegen haben wollten. Ich bekomme ja eine Rente vom deutschen Staat. Askaris bekommen eine lebenslange Rente, das hat der Kaiser gesagt. Und damit wollten wir uns eine Existenz aufbauen.«

Jetzt deutlich mehr bebend als gefasst: »Sie wäre nie mit dir nach Afrika gezogen, zu den Buschnegern, um Viehhirtin zu werden. Das hast du dir ausgedacht!«

»Nein.«

»Vielleicht war es *dein* Plan. Aber sie wäre nie mitgekommen. Und deshalb hast du sie ins Wasser gestoßen.«

»Nein, ich …«

Plötzlich brach der emsig kritzelnden Stenotypistin die Bleistiftspitze ab, es knackte, dann ließ sie den Stift vor Schreck zu Boden fallen. Augenblicklich war aus dem Arbeitszimmer kein Laut mehr zu hören. Der Wachtmeister griff in professionellem Reflex nach seiner Pistole und hätte sie aus dem Holster gezogen, wenn Rosenbaum ihn nicht mit einer beruhigenden Geste daran gehindert hätte. Dann atmete der Kommissar tief durch, schritt zur Tür, zog sie auf und betrat das Arbeitszimmer. Gerlach folgte. Sie sahen Hashim, der in gebührendem Abstand stramm und krumm vor seinem Chef stand, und Lettow-Vorbeck, der hinter seinem Schreibtisch saß und von oben herab zu dem Sergeanten hinaufschaute.

»Guten Tag, Sergeant Hashim«, sagte der Kommissar.

»Ich … Ich habe sie nicht umgebracht.«

»Soso.« Rosenbaum spürte die Qualen des Sergeanten, Qualen, die für Überraschung keinen Platz übrig ließen. »Und was ist mit Valentin Mohr? Den haben Sie auch nicht umgebracht? Haben Sie denn niemanden umgebracht?«

»Ich … Valentin …«

Rosenbaums letzte Frage katapultierte Hashim schließlich doch in einen Zustand hochgradiger Verwirrung.

»Sie haben im Auftrag von Generalmajor Lettow-Vorbeck intrigiert, und Valentin Mohr ist Ihnen auf die Schliche gekommen. Deshalb musste er sterben.«

»Ich muss doch bitten!«, empörte sich der General.

»Nein«, rief der Sergeant. »Niemand hätte Valentin geglaubt. Und ich habe doch nur auf Befehl gehandelt, da bringt man doch niemanden um.«

»Bist du von Sinnen, Junge? Welcher Befehl?«, empörte sich der General nochmals, doch niemand schien ihn zu hören.

»Dann also doch Katharina?« Rosenbaum beeilte sich, Hashims anhaltende Verwirrung auszunutzen, und erst in diesem Moment wurde ihm selbst klar, wie die Dinge zusammenpassen mussten. »Ihr wolltet nach Afrika gehen. Ihr habt Pläne gemacht. Ihr habt von einer friedlichen Zukunft geträumt, weit weg von gesellschaftlichen Restriktionen. Aber plötzlich hat sie sich anders entschieden, nicht wahr? Sie wollte nicht mehr weg aus Deutschland. Sie hatte einen anderen Mann kennengelernt. Und mit dem Kind wollte sie zum Engelmacher, nicht wahr?«

Keine Antwort.

»NICHT WAHR?«

»Ja.«

»Und dann haben Sie sie ins Wasser gestoßen?«

»Nein, ich war doch an dem Tag gar nicht bei ihr. Das wissen Sie doch!«

Ja, das war von Anfang an Hashims Aussage gewesen, und er hatte ein Alibi. Rosenbaum zweifelte nicht mehr daran.

»Also vermuteten Sie, dass der neue Mann sie getötet haben muss. Der Mann, mit dem sie sich heimlich getroffen hatte, am Kleinen Kiel, der an ihrem Sinneswandel schuld war, dieser Mann hatte sie jetzt auch noch umgebracht. Anders konnte es nicht sein, nicht wahr? Und diesen Mann lernten Sie später zufällig kennen. Es war Valentin Mohr. Also haben Sie ihn aus Rache erschossen. War es so?«

Keine Antwort.

»WAR ES SO?«

»Raus mit der Sprache, Junge«, meldete sich Lettow-Vorbeck wieder zu Wort. »Der Belagerungszustand ist aufgehoben. Du unterstehst wieder der zivilen Gerichtsbarkeit. Da habe ich keinen Einfluss drauf. Aber wenn du jetzt die Wahrheit sagst, kann ich vielleicht noch was für dich tun.«

Hashim schaute ins Leere.

»Der Kerl, der Ihr Glück zerstört hatte, der Katharina auf dem Gewissen hatte, er musste sterben.« Rosenbaum ging auf Hashim zu, fasste ihn an den Armen und schüttelte ihn. »WAR ES SO?«

Hashim rührte sich nicht. Dann nickte er. Es war nur der Hauch einer Bewegung, doch sein Widerstand war gebrochen. Mahjub bin Hashim hatte Valentin Mohr aus Rache erschossen.

»Ja«, hauchte er schließlich.

»Ja«, sagte auch Rosenbaum und ließ Hashim los, nicht ohne einen tröstenden Klaps auf seiner Schulter zu hinterlassen. »Doch das ist noch nicht die ganze Wahrheit.«

Der Kommissar ging ein paar Schritte zurück, bis er auf halbem Weg zwischen dem Sergeanten und dem Generalmajor stehen blieb.

»Vielleicht wollte Katharina Sie wegen Valentin verlassen, vielleicht hatte sie sich wirklich in ihn verliebt, vielleicht erschien ihr auch nur das Leben an seiner Seite als Juristengattin in den besten Kreisen Kiels angenehmer als das Leben einer Ziegenhirtin in Afrika. Ja, ich glaube, Katharina wollte Sie für ihn verlassen. Aber Valentin wollte das alles nicht. Er hatte nicht die Absicht, sich mit Katharina zu liieren. Und er hat sie auch nicht getötet. Er hatte ein Alibi, genau wie Sie. Zur Tatzeit war er bei seinem Professor, das steht fest.« Jetzt wandte sich der Kommissar Lettow-Vorbeck zu. »Herr General, gestern erreichte mich ein Anruf von Professor Schneider, der die Obduktion durchgeführt hatte. Er hatte von dem behandelnden Arzt Ihrer Tochter erfahren, dass sie während der Schwangerschaft unter plötzlichen Ohnmachtsanfällen gelitten und dagegen Medikamente bekommen hatte. Daraufhin hat er die Leiche noch einmal genauer untersucht und festgestellt, dass das Gehirn zum Todeszeitpunkt nicht ausreichend mit Blut versorgt war. Das bedeutet, Ihre Tochter war ohnmächtig, als sie ins Wasser fiel. Sie muss auf dem Steg gestanden haben, vielleicht fütterte sie Enten. Plötzlich verlor sie das Bewusstsein, stürzte unkontrolliert ins Wasser und ertrank. Ein Unfall. Mehr nicht.« Rosenbaum drehte sich wieder zum Sergeanten. »Und Sie haben einen Unschuldigen gerichtet.«

Hashims ohnehin gekrümmter Rücken wurde noch krummer. Er hatte alles verloren und alles falsch gemacht. Er hatte ein Verbrechen begangen, und es gab nicht den Hauch einer Rechtfertigung. Er hatte schwerste Schuld auf sich geladen, und alles an ihm verriet, dass ihm das jetzt bewusst wurde. Für einen Moment war es vollkommen still im Raum, bis die Stenotypistin ergriffen seufzte. Lettow-Vorbeck lehnte sich zurück, fast schien er zufrieden zu sein. Einen Versuch, etwas für seinen Schützling zu tun, unternahm er nicht. Der Wachtmeister blinzelte ins Zimmer, sichtlich erleichtert, nicht gegen Hunderte kampferprobte Soldaten antreten zu müssen. Gerlach gab ihm den Befehl, den Sergeanten festzunehmen.

Für die Rückfahrt nach Kiel war es an diesem Tag zu spät. Sie würden am nächsten Vormittag fahren. Als Rosenbaum und Gerlach nach dem Frühstück mit ihren Koffern vor der Rezeption standen, wies der Portier darauf hin, dass heute kein Generalstreik drohe. Die Herren könnten den Nachmittagszug nehmen und sich vorher in Ruhe die Stadt ansehen, das Schloss sei sehr zu empfehlen und ein Fremdenführer könne unverzüglich bereitgestellt werden. Gerlach steckte dem Mann eine Mark zu und lehnte dankend ab.

Im Zug saßen sie in der zweiten Klasse, zu zweit in einem Abteil, Hashim mit zwei Wachtmeistern im Abteil nebenan. Gerlach blickte zufrieden mit sich selbst und mit der Welt im Reinen aus dem Fenster.

»Es scheint Ihnen zu gefallen, dass wir den Kleinen verhaften und den Großen laufen lassen?«, fragte Rosenbaum.

»Es wird doch sicher eine Untersuchung geben. Da wird der Generalmajor schon zur Rechenschaft gezogen werden«, antwortete Gerlach, der offensichtlich nicht bereit war, sich seine Laune verderben zu lassen. »Ein Militärputsch ist Hochverrat, das muss untersucht werden.«

»Ja, das muss es. Aber wird es das auch?«

»Fragen Sie Professor Radbruch. Er wird sagen, dass Straftaten immer verfolgt werden müssen. Er nennt es Prävention.«

»Natürlich, ja.« Rosenbaum kratzte sich nachdenklich die Schläfe. Dann zog er sein Zigarettenetui aus der Sakkotasche. Er hatte nur noch eine Massary, die wollte er sich für später aufheben. »Doch wenn es politisch nicht opportun ist?«

»Ach was.« Gerlach schaute aus dem Fenster in eine norddeutsche Landschaft, die kurz davorstand, sich in einen Frühling zu explodieren. »Das haben die Menschen jedenfalls ganz gut hinbekommen: einen Militärputsch vereitelt, indem sie einfach nicht mitgemacht haben«.

»Mut auf dem Schlachtfeld ist bei uns Gemeingut, aber Sie werden nicht selten finden, dass es ganz achtbaren Leuten an Zivilcourage fehlt«, sinnierte Rosenbaum. »Das hat Otto von Bismarck gesagt.«

»Der alte Bismarck hat das gesagt?«

»Ja, Bismarck.«

Der Schaffner riss die Tür vom Abteil auf. »Fahrscheinkontrolle«, schrie er so laut, als hätte er einen ganzen Wagen zu beschallen. Unsanft ratterte der Zug über eine Weiche.

»Wie hätte er zum Kapp-Putsch gestanden, der alte Bismarck?«, fragte Gerlach, als der Schaffner wieder weg war.

»Schwer zu sagen. Er war Monarchist. Wahrscheinlich hätte er mitgemacht. Ihm war der Erfolg wohl immer wichtiger als die Mittel.«

»Aber uns doch auch, oder?«

Der Kommissar nickte zögerlich. »Ja, uns offenbar auch.«

Ein paar Stunden trennten Rosenbaum noch von Hedi, die ihn jetzt brauchte, da war er sich sicher, und die er brauchte, vielleicht. Sie liebte David, als wäre er ihr eigenes Kind. Doch sie war nur seine Amme. Die Mutter hatte ihn ausgesetzt, auf Liebe kam es nicht an. Was wäre, wenn Hedi Davids Vater heiraten würde? Dann wäre er nachträglich legitimiert und die Eheleute würden die elterliche Gewalt über ihn erlangen. Und das Jugendamt wäre draußen. Doch wer war Davids Vater? Der biologische Erzeuger?

Was würde Charlotte dazu sagen?

PS

Am 4. August 1920, an Davids erstem Geburtstag, wurde ein Amnestiegesetz verkündet, das den am Kapp-Putsch Beteiligten – mit Ausnahme der Urheber und Führer – Straffreiheit gewährte, sofern sie nicht aus Rohheit oder Eigennutz gehandelt hatten. Lettow-Vorbeck profitierte davon. Hashim nicht.

PPS

Der Roman ist ein Roman, er ist Fiktion. Er hält sich aber oft an Stellen, bei denen man es kaum glauben mag, an die historisch belegten Fakten. Beispielsweise gab es am 19. März 1920 tatsächlich den Befehl der Admiralität an Levetzow, die Leitung in Berlin zu übernehmen. Dieser Befehl wurde von ihm dahin gehend missverstanden, dass er die Leitung in Kiel wieder zu übernehmen hätte. Doch ist dies auf eine unglückliche Ausdrucksweise und nicht auf die – von mir erfundene – Verfälschung eines Fernschreibens zurückzuführen.

Paul von Lettow-Vorbeck hatte keine Tochter namens Katharina. Nach dem Kapp-Putsch tauchten Hinweise auf, dass er an den Vorbereitungen des Putsches beteiligt gewesen sein könnte. Beweise wurden aber nie gefunden. Während der Nazi-Zeit stand er dem Regime nahe, war aber nie Mitglied der NSDAP.

Anders Magnus von Levetzow. Wegen seines Verhaltens während des Kapp-Putsches wurde er nach kurzer Haft aus der Reichsmarine entlassen. 1931 trat er der NSDAP bei und wurde nach der Machtergreifung der Nazis 1933 zum Polizeichef von Berlin ernannt.

Mehrere am Putsch beteiligte Militärangehörige, die durch das Amnestiegesetz vom 4. August 1920 vor

Strafverfolgung geschützt waren, gründeten später die »Organisation Consul«, eine rechtsradikale Terrorgruppe, die eine Reihe politischer Morde, unter anderem an den damaligen Außenminister Walther Rathenau, beging.

Trotz der Bekundungen des Militärs in Kiel, mit seinen Maßnahmen nur die Sicherheit und Ordnung aufrechterhalten zu wollen, sahen die Arbeiter darin den Versuch, die Konterrevolution zu betreiben. Das Militär wiederum interpretierte die Gegenmaßnahmen der Arbeiter als den Beginn einer bolschewistischen Revolution. So entstand in Kiel die kuriose Situation sich gegenseitig hervorrufender Fehlinterpretationen. Tatsächlich ist aber nichts davon bekannt, dass ein rothaariger Student oder ein ehemaliger Askari dies durch Intrigen inszeniert hätten.

Gustav Radbruch wurde wegen seines beherzten Eingreifens während des Kapp-Putsches in den Folgejahren zu einem der beliebtesten SPD-Politiker in Deutschland. Er ließ sich in den Reichstag wählen und war für anderthalb Jahre Reichsjustizminister. Während dieser Zeit stritt er energisch, aber letzten Endes erfolglos für eine Fristenlösung beim Schwangerschaftsabbruch und für die Abschaffung der Todesstrafe. 1926 wandte er sich von der Politik ab, um sich wieder seiner wissenschaftlichen Arbeit zu widmen.

Der Meinungsstreit, den Radbruch mit seinem gelehrigen (fiktiven) Schüler Valentin Mohr um Naturrecht und Rechtspositivismus führte, hat ihn noch lange beschäftigt. Als überzeugter Neokantianer bestand für ihn ein unüberbrückbarer Graben zwischen Sein und Sollen. 1932 veröffentlichte er sein Hauptwerk *Rechtsphilosophie,* um darin seine positivistische Lehre grundlegend auszuführen. Danach sei jedes in einem ordnungsgemäßen Verfahren geschaffene Gesetz gültig, solange es nicht gegen die Staatsverfassung verstoße. Unter dem Eindruck des Nationalsozialismus – die Nazis hatten für jedes ihrer Verbrechen vorher ein Gesetz verabschiedet – modifizierte Radbruch 1946 seine Position und schuf die noch heute berühmte Radbruch'sche Formel, nach der ein ungerechtes Gesetz dann, und nur dann, keine Geltung besitze, wenn es die im Begriff des Rechts grundsätzlich angelegte Gleichheit aller Menschen bewusst verleugne oder seine Ungerechtigkeit aus anderen Gründen unerträglich sei – ein später Schritt hin zu naturrechtlichen Aspekten. Diese Formel schuf die theoretische Grundlage für die späteren Prozesse gegen Nazi-Verbrecher und DDR-Mauerschützen und wird bis heute vom Bundesgerichtshof vertreten.

Und Lothar Popp, den gab es wirklich, und er hieß wirklich so.

PERSONEN

Historische Personen

Beudt, Heinrich (1876–1943): Polizeirat, Stellvertretender Polizeipräsident Kiel.

Ebert, Friedrich (1871–1925): SPD, erster Reichspräsident der Weimarer Republik.

Ewers, Ernst (1873–1940): Konteradmiral, 18.–23. März 1920 Chef der Marinestation der Ostsee.

Garbe, Gustav (1865–1935): SPD, Gewerkschaftssekretär, Stadtverordneter.

Heller, Hermann, Dr. (1891–1933): SPD, Staatsrechtler, Privatdozent an der Universität Kiel, später Professor für Öffentliches Recht in Berlin und Frankfurt/M.

Kapp, Wolfgang (1858–1922): Generallandschaftsdirektor in Königsberg, Mitinitiator des Kapp-Putsches, 13.–17. März 1920 selbst ernannter Reichskanzler und preußischer Ministerpräsident.

Kürbis, Heinrich (1873–1951): SPD, Oberpräsident der preußischen Provinz Schleswig-Holstein.

von Lettow-Vorbeck, Paul – »Löwe von Afrika« – (1870–1964): Generalmajor, Kommandeur der Reichswehr-Brigade 9.

von Levetzow, Magnus (1871–1939): Konteradmiral, Chef der Marinestation Ostsee. Später Mitglied der NSDAP und von 1933 bis 1935 Polizeipräsident von Berlin.

Lindemann, Paul (1871–1924): ehemaliger Oberbürgermeister von Kiel, während des Kapp-Putsches vorübergehend Oberpräsident der preußischen Provinz Schleswig-Holstein.

Looff, Max (1874–1954): Kapitän z. S., Stadtkommandant von Kiel, später Vizeadmiral.

von Lüttwitz, Walther (1859–1942): General, Befehlshaber des Reichswehrgruppenkommandos 1, Hauptinitiator des Kapp-Putsches.

Middendorf, Heinrich: Kapitänleutnant, Kommandeur des I. Bataillons der Küstenabwehrabteilung 1.

Noske, Gustav (1868–1946): SPD, Reichswehrminister. Entschiedener Antibolschewist. Musste nach dem

Kapp-Putsch wegen ›Begünstigung der Konterrevolution‹ als Minister zurücktreten.

Poller, Wilhelm (1860–1935): SPD, Polizeipräsident Kiel.

Popp, Lothar (1887–1980): ehem. Bezirksvorsitzender der USPD. Während des Kieler Matrosenaufstands Vorsitzender des Obersten Soldatenrats.

Radbruch, Gustav, Prof. Dr. (1878–1949): SPD, Professor für Strafrecht und Rechtsphilosophie in Kiel, später in Heidelberg, Reichsjustizminister.

Schultze: Korvettenkapitän, stellvertretender Stabschef der Marinestation Ostsee.

Spiegel, Wilhelm (1876–1933): SPD, Rechtsanwalt, Kieler Stadtverordneter und Vorsitzender der Stadtverordnetenversammlung.

*

Fiktive Personen

Bäcker, Peter: Schlachtermeister.

Faber, Ludwig: Student.

Fährbach, Desdemona – »Mona«: Schülerin des Kieler Oberlyzeums, Zimmergenossin von Katharina von Lettow-Vorbeck, Verlobte von Valentin Mohr.

Frahm, Gustav: Arbeiter.

Gerlach, Klaus: Kriminalassistent, Mitarbeiter von Rosenbaum.

bin Hashim, Mahjub: Sergeant, ehemaliger Askari.

Klemp, Friedrich: Kriminaldirektor, Rosenbaums Chef.

Kuhfuß, Hedwig – »Hedi«: Rosenbaums Assistentin.

Kunz, Xavier: Polizeifotograf und Polizeizeichner.

von Lettow-Vorbeck, Katharina: Tochter von Paul von Lettow-Vorbeck.

Mohr, Valentin: Doktorand von Radbruch, Verlobter von Mona Fährbach.

Ostermann, Heiner: Arbeiter der Reichswerft.

Rosenbaum, Charlotte: Josef Rosenbaums Ehefrau.

Rosenbaum, Josef: Kriminalkommissar, Leiter der Kieler Mordkommission.

Schulz, Iago: Kriminalkommissar, Leiter der Kieler Abteilung der Politischen Polizei.

Kriminalobersekretär Josef Rosenbaum ermittelt:

1. Fall: Kieler Schatten
ISBN 978-3-8392-1697-2

2. Fall: Kieler Dämmerung
ISBN 978-3-8392-1889-1

3. Fall: Kieler Helden
ISBN 978-3-8392-2129-7

4. Fall: Kieler Morgenrot
ISBN 978-3-8392-2227-0

5. Fall: Kieler Courage
ISBN 978-3-8392-2835-7

weitere:

Das gefälschte Lächeln
ISBN 978-3-8392-2031-3

SPANNUNG

GMEINER

WWW.GMEINER-VERLAG.DE
Wir machen's spannend